革新与守固

林纾国际学术研讨会论文集

吴仁华 主编
郭丹 朱晓慧 副主编

商务印书馆
The Commercial Press

2017年·北京

图书在版编目(CIP)数据

革新与守固:林纾国际学术研讨会论文集/吴仁华主编.—北京:商务印书馆,2017
ISBN 978-7-100-12943-5

Ⅰ.①革… Ⅱ.①吴… Ⅲ.①林纾(1852—1924)—文学翻译—国际学术会议—文集 Ⅳ.①I206.5-53

中国版本图书馆 CIP 数据核字(2017)第 067930 号

权利保留,侵权必究。

革 新 与 守 固
——林纾国际学术研讨会论文集

吴仁华　主编
郭　丹　朱晓慧　副主编

商 务 印 书 馆 出 版
(北京王府井大街36号 邮政编码100710)
商 务 印 书 馆 发 行
北 京 冠 中 印 刷 厂 印 刷
ISBN 978-7-100-12943-5

2017年5月第1版　开本880×1230　1/32
2017年5月北京第1次印刷　印张 11¾
定价:48.00元

前　言

　　林纾是19世纪至20世纪之交的一位有影响的文化人,这么说是因为他的翻译小说在全国范围内产生过深刻的影响,而他在"五四"新文化运动中的表现又为后人所诟病。但是,全面审视林纾的一生,他的文学艺术创造、人格正气与家国情怀,仍有诸多方面值得我们敬仰和弘扬。新时期以来,思想解放,对林纾的功过评价有了新的发展。

　　林纾与福建工程学院有着重要的渊源关系。他是福建工程学院的前身苍霞精舍的创办人之一。1896年,林纾和清末著名乡贤名士陈璧、孙葆瑨、力钧,末代帝师陈宝琛等一起在福州创办了教授西学的苍霞精舍。解放前,苍霞精舍即发展成为享有盛誉的"福建高工"。此后,几经辗转,成为今天的福建工程学院。

　　福建工程学院自建立之日起,就非常重视林纾研究。在推动林纾研究时,首先,我们力求以辩证唯物主义和历史唯物主义为指导,坚持客观、慎重的研究态度,力争准确地评价林纾。我们既希望将林纾在中国近现代文化、历史发展中的地位准确定位,也希望将林纾作为一个文化人所具有的人格魅力、文化品格进行深入挖掘。其次,如何判断林纾在近现代文化及历史发展中的地位,也是我们一直思考的问题。我们注意到,在多数的晚清、民国思想史著作中,林纾是"缺席"的。那么,这种"缺席"究竟是研究者的视域造成的,还是必然的?如果林纾无法作为"思想人物"而存在,那么他在近现代文化中的地位如何确定?他作为新旧文学乃至新旧时代交替之际的人物,其贡献是否仅仅在于他的小说翻译?且就小说翻译而言,他在中西文化交流中的地位该如何评价?林纾的现代价值何在?对于改革开放有何意义?更进一步说,林纾的人格、情操和学术活动,能为当代大学文化建设和大学生培养提供什么启示?——林纾及其文化遗产能否在大学文化建设中起到支撑作用?因此,为进一步挖掘、传承学校的历史文化传统,更好地把握林纾研究方向,推动林纾文化遗产的研究与传承,福建工程学院于2014年10月中旬举办了林纾研究国际学术研讨会。

本次研讨会把林纾研究推向了一个新的层面。研讨会前后,我们收到了近百篇论文,内容涉及林纾研究的各个方面。我们把其中的部分论文结集,由商务印书馆出版。本次研讨会得到福建省委宣传部的大力支持,谨此表示衷心感谢!同时,感谢参加本次研讨会的所有代表,感谢所有论文作者,感谢商务印书馆的张稷女士。

我们愿为林纾研究做出更大的贡献。

福建工程学院　吴仁华

目 录

古文传授的现代命运——教育史上的林纾 …………… 陈平原 1

一场未曾发生的文白论争

  ——林纾一则晚年佚文的发现与释读 …………… 夏晓虹 35

文学革命时期"林纾败北"问题新探

  ——兼论共和话语与新文学合法性的建立 ………… 宋声泉 54

文化交流中"二三流者"的非凡意义

  ——略说林译小说中的通俗作品 ………………… 陆建德 81

林译言情小说《巴黎茶花女遗事》的日常性 ………… 黄锦珠 98

林纾《韩柳文研究法》的学术史意义 ………………… 刘　城 115

林纾的楚辞读本与楚辞批评…………………………… 郭　丹 137

心头未蓄风波险，一任蒲帆向那边

  ——从《畏庐诗存》题画诗看林纾的生命情调 …… 朱晓慧 151

诗世界里先维新

  ——林纾《闽中新乐府》的诗歌史意义 ………… 胡全章 165

身世原非杜拾遗，凄凉偏读拾遗诗

  ——试析杜甫对林纾诗歌创作的影响 …………… 徐　瑛 181

画坛又谱广陵散——《〈林纾书画集〉序》 …………… 卢仁龙 192

略论林纾的绘画…………………………………………… 林　农 206

西方文化的引荐者与国学传统的卫道士
　　——林纾晚年谈中西方绘画……………………… 王少羽　213
林纾与近现代之交的闽都戏剧……………………… 邹自振　227
林纾致陈宝琛三札考释……………………………… 宋一明　239
交友—结社—从师：琴南先生在榕生平轶事考辨简评…… 苏建新　254
严复、林纾交游考论………………………………… 郭道平　269
林纾与杜亚泉……………………………………… 王　勇　333
《林纾家书》和家教………………………………… 包立民　345
林纾的文化品格与大学文化建设………… 吴仁华　郭　丹　359

古文传授的现代命运
——教育史上的林纾

陈平原

作为早期北大的教员,林纾当初的热情投入,中间的突遭解聘①,后期的积怨成仇,都有深厚的教育史及思想史背景,而不仅仅是偶发事件。本文从"大学教员"的角度,讨论林纾与京师大学堂及北京大学的历史渊源、个人恩怨以及冲突的历史必然性,希望借此凸显现代中国文化、思想及教育的艰难转型。

一、"至死必伸其说"

离开北大教席六年之后,林纾以一篇备受争议的《答大学堂校长蔡鹤卿太史书》而"名扬青史"——日后凡谈论轰轰烈烈的"五四"新文化运动,无论如何都绕不开这个自己找上门来的靶子。此文的中心论点,第一,批"提倡新道德,反对旧道德"者乃"必覆孔孟、铲伦常为快";第二,反对"尽废古书,行用土语为文字",强调"非读破万卷不能为古文,

---

① 参见陈平原:《林纾与北京大学的离合悲欢》,《文艺争鸣》2016年第1期。

亦并不能为白话"①。其实,此类不合时宜的卫道之语,进入民国以后,林纾经常提及。被解聘前不久,林纾为北大第一届文科毕业生写序,已在感叹欧风东渐,"俗士以古文为朽败",因而导致"中华数千年文字光气"日渐暗淡,呼吁诸君"力延古文之一线,使不至于颠坠"②。至于1917年在天津《大公报》及上海《民国日报》上发表的《论古文之不宜废》,态度依然很好:"知腊丁之不可废,则马、班、韩、柳亦自有其不宜废者。吾识其理,乃不能道其所以然,此则嗜古者之痼也。"③你谈你的新文化,我爱我的旧道德,本可以相安无事的。即便《新青年》上的《复王敬轩书》有所冒犯,也不是特别严重。直到这篇《答大学堂校长蔡鹤卿太史书》以及蔡元培的《致〈公言报〉函并答林琴南函》出现,林纾与新文化人的冲突才全面升级。因蔡元培的辩驳有理有据,不愠不火,且提出了日后广为传扬的"对于学说,仿世界各大学通例,循'思想自由'原则,取兼容并包主义"④,这两封立场针锋相对的公开信于是格外有名,任何一位讨论"五四"新文化运动、北京大学校史或"大学精神"的学者,都不会轻易放过。

1919年3月18日,林纾在北京的《公言报》上发表《致蔡鹤卿太史书》,五天后,又在同一个报纸刊出"劝孝白话道情"。只见老道挟鼓板上,说唱起《闵子骞芦花故事》,引言部分乃夫子自道:

---

① 林纾:《答大学堂校长蔡鹤卿太史书》,《畏庐三集》,商务印书馆1924年版,第26—28页。
② 林纾:《〈送大学文科毕业诸学士〉序》,《畏庐续集》,商务印书馆1916年版,第20页。
③ 林纾:《论古文之不宜废》,《大公报》,1917年2月1日;《民国日报》,1917年2月8日。
④ 蔡元培:《致〈公言报〉函并答林琴南函》,高平叔编:《蔡元培全集》第三卷,中华书局1984年版,第271页。

> 报界纷纷骂老林,说他泥古不通今。谁知劝孝歌儿出,能尽人间孝子心。咳!倒霉一个蠢叟,替孔子声明,却像犯了十恶大罪;又替伦常辩护,有似定下不赦死刑。我想报界诸君,未必不明白,到此只是不骂骂咧咧,报阘中却没有材料,要是支支节节答应,我倒没有工夫。今定下老主意,拼着一副厚脸皮,两个聋耳朵,以半年工夫,听汝讨战,只挑上免战牌,汝总有没趣时候。①

真是好谐谑的老顽童,值此论战的关键时刻,还有心思开这样的玩笑。民国初年,林纾曾在《平报》上连载《讽谕新乐府》,讥时事,骂政府,痛快淋漓②;那时既无人认领,也没人干涉。可这回不一样,林纾明显低估了此次论战的严重性,即便你高挂"免战牌",其后续影响也不是一年半载就能消解的。

但到此为止,还是君子之争,无伤大雅。林纾的失策之处在于,不该在这个节骨眼上撰写并发表影射小说《荆生》与《妖梦》。如此授人以柄,难怪日后谈及这段历史,林纾明显落了下风——还不是对方人多势众,也不是新学理直气壮,而是此等指桑骂槐的"小动作",不入高人眼。小说的事暂且按下不表,先说这位好谐谑的老先生,为何这个时候要跳出来,让正感到寂寞的新文化人有一个鲜活的靶子,可以畅快淋漓地集中火力猛攻?

如此提问,是因当初中国政界、学界及文坛,比林纾位子高、资格

---

① 李家骥等整理:《林纾诗文选》,商务印书馆1993年版,第239页。
② 以初刊1913年9月14日《平报》"讽谕新乐府"栏之《共和实在好》为例:"共和实在好,人伦道德一起扫。入手去了孔先生,五教扑地四维倒。四维五教不必言,但说造反尤专门。问君造反为何事,似诉平生不得志。乘兵一拥巨款来,百万资财可立致。……男也说自由,女也说自由,青天白日卖风流。如此瞎闹何时休,怕有瓜分在后头。"参见李家骥等整理:《林纾诗文选》,商务印书馆1993年版,第227页。

老、名气大的还有好多,怎么会轮到林纾来独挑重任,替"旧文化"出头呢?钱基博在《现代中国文学史》称:

> 然纾初年能以古文辞译欧美小说,风动一时;信足为中国文学别辟蹊径。独不晓时变,姝姝守一先生之言;力持唐宋,以与崇魏晋之章炳麟争;继又持古文,以与倡今文学之胡适争;丛举世之诟尤,不以为悔!殆所谓"俗士可与虑常"者耶?①

这句"丛举世之诟尤,不以为悔",很能说明林纾的性格。文化立场与林纾接近的严复②,虽也看不上北大陈、胡"文白合一"的主张,但懒得跟他们争。因为,在他看来:

> 须知此事,全属天演,革命时代,学说万千,然而施之人间,优者自存,劣者自败,虽千陈独秀,万胡适、钱玄同,岂能劫持其柄,则亦如春鸟秋虫,听其自鸣自止可耳。林琴南辈与之较论,亦可笑也。③

让见多识广的严复跌破眼镜的是,陈、胡之说并没有如春鸟秋虫自鸣自止,日后竟成了现代中国的主流论述。虽然判断不准,但严复深藏不露,不与后生争锋,避免成为新文化人的论敌,乃明智之举。至于另一位老友姚永概,也对林纾的"好辩"不以为然,故林纾《〈惜宜轩文集〉

---

① 钱基博:《现代中国文学史》,岳麓书社1986年版,第199页。
② 严复《遗嘱》第一条是:"须知中国不灭,旧法可损益,必不可叛。"参见王栻主编:《严复集》第二册,中华书局1986年版,第360页。
③ 严复:《与熊纯如书(八十三)》,王栻主编:《严复集》第三册,中华书局1986年版,第699页。

序》才有"吾友桐城姚君叔节恒以余为任气而好辩"的说法①。别人对新文化不以为然,只是腹诽或私下议论,为何独林纾跳出来叫阵?除了《冷红生传》所说的林纾性格"木强多怒"②,以及《林琴南再答蔡鹤卿书》所说的"公遇难不变其操,弟亦至死必伸其说",林纾之"拼我残年,极力卫道"③,应该还有别的缘故。

这里最为关键的,还是六年前被北大解聘的心结尚未解开。相对于陈、胡等后生小子,他是北大的老前辈,在这所大学工作了将近十年,有其自尊与自信。基于自家的政治及文化立场,林纾对北京大学另有想象与期待。也正如此,当听到社会上不少关于这所大学的风言风语时,林纾自以为有责任替北大"纠偏",于是迫不及待地跳了出来,公私兼顾,说了一些情绪性的话。这一心情,给蔡元培写第一信时已有表露,而在《林琴南再答蔡鹤卿书》中说得更清楚:

> 弟辞大学九年矣,然甚盼大学之得人。公来主持甚善。顾比年以来,恶声盈耳,至使人难忍,因于答书中孟浪进言。至于传闻失实,弟拾以为言,不无过听,幸公恕之。然尚有关白者:弟近著《蠡叟丛谈》,近亦编白话新乐府,专以抨击人之有禽兽行者,与大学讲师无涉,公不必怀疑。④

检讨自己因听信谣传而"孟浪进言",但辩说初心是爱护北大名誉。这样的申辩,我以为是可以接受的。就连一贯激进的陈独秀,也称林纾的

---

① 林纾:《〈惜宜轩文集〉序》,《畏庐三集》,商务印书馆1924年版,第5页。
② 林纾:《冷红生传》,《畏庐文集》,商务印书馆1910年版,第25页。
③ 林纾:《林琴南再答蔡鹤卿书》,《大公报》,1919年3月25日。
④ 同上。

公开道歉了不起,值得佩服①。只是林纾撰文时,离开北大只有六年,而不是九年;另外,那篇刊于《公言报》的《致蔡鹤卿书》,收入《畏庐三集》时,改题《答大学堂校长蔡鹤卿太史书》,隐约还能见其对于京师大学堂及北京大学的感情。

二、从《荆生》《妖梦》到《续辨奸论》

林、蔡之争,单就《公言报》和《北京大学日刊》上的公开信而言,双方都不失风度,基本都在说理,即便有挖苦的味道,仍相对委婉,给对方留足了面子②。但小说《荆生》《妖梦》就不一样了③,明显带人身攻击。尤其不智的是,林纾将矛头直接指向了德高望重的蔡元培。你可以说"好谐谑"乃其天性,再加上小说既然"专以抨击人之有禽兽行者",自然没什么好话;但辩称《蠡叟丛谈》的文字"与大学讲师无涉,公不必怀疑",那是说不过去的。《荆生》里的"皖人田其美"指陈独秀,"浙人金心异"指钱玄同,"新归自美洲"的"狄莫"指胡适,不必考证,当初的读者一眼就能认出,这还有什么可辩解的呢?至于《妖梦》里被"罗睺罗阿修罗王"全部吃掉的白话学堂的人,包括那位"谦谦一书生也"、见教务长田恒(影射陈独秀)毁谤伦常、提倡白话,竟然"点首称赞不已"的

---

① 参见林纾:《林琴南先生致包世杰君书》,《新申报》,1919年4月5日;陈独秀:《林琴南很可佩服》,《每周评论》第17期,1919年4月13日。
② 《致〈公言报〉函并答林琴南函》是蔡元培少有的驳论文章,有条不紊,不愠不火,挡过众多飞来的子弹,转而阐述自家主张。只是在谈及胡适、钱玄同、周作人的古文修养以及"了解古书之眼光"时,隐含对于林纾学识之讥讽。
③ 《荆生》初刊1919年2月17—18日《新申报》,《妖梦》初刊1919年3月18—22日《新申报》。参见薛绥之、张俊才编:《林纾研究资料》,福建人民出版社1982年版,第81—85页。

"校长元绪",不是蔡元培又能是谁呢?

1919年3月21日《北京大学日刊》上刊出蔡元培复张厚载函,并附有张的来函,后者对林纾影射蔡元培一事并未隐瞒:

> 《新申报》所载林琴南先生小说稿,悉由鄙处转寄。近更有一篇攻击陈、胡两先生,并有牵涉先生之处。稿发后,而林先生来函,谓先生已乞彼为刘应秋文集作序,《妖梦》一篇,当可勿登。但稿已寄至上海,殊难中止,不日即登出。倘有渎犯先生之语,务乞归罪于生。先生大度包容,对于林先生之游戏笔墨,当不甚介意也。

蔡元培怎么能不介意呢?如此北大学生,挑拨师长是非,且在报上传播诸多不利于学校的风言风语,说轻了也是唯恐天下不乱的"小报记者"风格。校方将其开除,处罚虽稍重,却也不无道理①。至于蔡元培的回信,显得很有风度:

> 仆生平不喜作谩骂语、轻薄语,以为受者无伤,而施者实为失德。林君詈仆,仆将哀矜之不暇,而又何憾焉!②

无论新派、老派,读这两段文字,都会觉得林纾骂人不对,蔡元培修养很好。这一局,林纾输得很惨。

---

① 1919年3月31日《北京大学日刊》刊出校方公告:"学生张厚载屡次通信于京、沪各报,传播无根据之谣言,损坏本校名誉,依大学章程第六章第四十六条第一项,令其退学。此布。"

② 蔡元培:《复张厚载函》(附《张厚载致蔡元培函》),高平叔编:《蔡元培全集》第三卷,中华书局1984年版,第278页。

至于传闻林纾写《荆生》是在怂恿手握兵权的弟子徐树铮动用武力来消灭新文化人,目前没有找到任何旁证材料,大概属于新文化人的"哀兵之计"。张厚载说的没错,那只是林纾一时兴起的"游戏笔墨",偶有杀伐之声,也只是嘴上说说而已。想想林纾本人自幼学剑,且"少年里社目狂生,被酒时时带剑行。列传常思追剧孟,天心强派作程婴"①,再加上撰有记录闽中武林轶事的《技击余闻》,还有《剑腥录》中吹嘘邴仲光如何仗剑行侠,这"伟丈夫"实为林纾的自我期许②。只是三人成虎,日后史家也懒得仔细追究,林纾"勾结军阀铲除异己"的罪名,就这样被派定了。

林纾在新旧文化论战中发表"游戏笔墨"的《荆生》与《妖梦》,确实不太妥当,起码是有失大家风度。可这也说不上多大的罪过。新文化人因没有对手,太寂寞了,演起双簧戏,在《新青年》上刊出钱玄同代拟的王敬轩来信,以及刘半农嬉笑怒骂皆成文章的《答王敬轩书》,不也是一种假托与戏弄? 这与林纾写小说骂陈、胡,不过是五十步与百步的差别。

在《新青年》与《学衡》的对抗中,后者批评前者"以群众运动之法,提倡学术,垄断舆论,号召徒党,无所不用其极,而尤借重于团体机关,以推广其势力"③。在一个风云变幻的变革年代,很难真的像胡先骕所设想的,"以中正之态度,为平情之议论"——《学衡》上的文章,论及新文化时,同样充满怒气与怨气;但胡君最后提出的"勿谩骂"戒律,还是

---

① 即林纾《七十自寿诗(其二)》。参见朱羲胄述编:《贞文先生年谱》卷二,《林琴南学行谱记四种》,世界书局1961年版,第46页。

② 关于"荆生可以说是林纾想象中有点美化了的自我",以及新文化人的"运动之术决定了阐释的方向",陆建德《再说"荆生",兼及运动之术》(《南方周末》2008年12月4日)有精彩的论述,请参阅。

③ 梅光迪:《评今人提倡学术之方法》,《学衡》第二期,1922年2月。

发人深省①。值得注意的是,《新青年》同人中,对"骂人"公开表示不妥的,只有胡适一人②。而且,就连胡适本人,后来也承认陈独秀之"不容他人之匡正"自有其道理。在叙述文学革命进程的《逼上梁山》中,胡适引述了他与陈独秀关于是否允许批评的通信,然后加了个按语:"这样武断的态度,真是一个老革命党的口气。我们一年多的文学讨论的结果,得着了这样一个坚强的革命家做宣传者,做推行者,不久就成为一个有力的大运动了。"③只讲运动效果,不问手段是否正当;胜者为王,败者为寇,如此百无禁忌的"革命",不无深入反省的必要④。

林纾致蔡元培信,前一封开篇叙旧,后一封又有"与公交好二十年"的说法⑤。这可不是胡乱攀附,读蔡元培1901年下半年日记,五处提及与林纾同席或晤谈⑥;此前两年,日记中甚至有:"点勘《巴黎茶花女遗事》译本,深入无浅语,幽矫刻挚,中国小说者,惟《红楼梦》有此境耳。"⑦早年友人,日后立场迥异,"公遇难不变其操,弟亦至死必伸其说",这本是很可钦佩的态度。论战激烈时,双方都控制不住自己"正义的怒火",难免出言不逊,这完全可以理解。但时隔多年,林纾还用刻毒的语言来辱骂蔡元培,这就有点太过分了。我指的是林纾本人特别看重的、撰于1923年春的《续辨奸论》⑧。

---

① 胡先骕:《论批评家之责任》,《学衡》第三期,1922年3月。
② 参见胡适:《胡适答蓝志先书》,《新青年》第六卷第四号,1919年4月。这段关于"革新家的态度问题"的自我批评,收入《胡适文存》时删去。
③ 胡适:《逼上梁山》,胡适编选:《中国新文学大系·建设理论集》,上海良友图书公司1935年版,第27页。
④ 参见陈平原:《思想史视野中的文学——〈新青年〉研究》,《触摸历史与进入五四》,北京大学出版社2005年版,第91—104页。
⑤ 林纾:《林琴南再答蔡鹤卿书》,《大公报》,1919年3月25日。
⑥ 参见王世儒编:《蔡元培日记》上册,北京大学出版社2010年版,第176—188页。
⑦ 王世儒编:《蔡元培日记》上册,北京大学出版社2010年版,第112页。
⑧ 林纾去世前一年编定《畏庐文钞》(1926年刻本),除选自《畏庐文集》《畏庐续集》《畏庐三集》者外,便是此置于卷首的《续辨奸论》。

《续辨奸论》是骂新文化人的,这一眼就能看出来。所谓"用最传统的语汇把'五四'新文化运动的倡导者、响应者统统斥为'巨奸'";"直到此时,林纾对那些鼓吹'新文化'的'五四'新人物,依然是满怀着憎恶和反感"①,说得没错,只是不够贴切。因为,这篇文章直接针对的是北大校长蔡元培。文章开篇,先痛斥"巨奸而冒为国学大师",这可不是无的放矢。请看下面进一步的铺陈:

> 彼具其陶诞突盗之性,适生于乱世。无学术足以使人归仰,则嗾其死党,群力褒拔,拥之讲席,出其谩谭之力,侧媚无识之学子。礼别男女,彼则力溃其防,使之媟嫚为乐;学源经史,彼则盛言其旧,使之离叛于道;校严考试,彼则废置其事,使之遨放自如。少年苦检绳,今一一轶乎范围之外,而又坐享太学之名,孰则不起而拥戴之者?呜呼!吾国四千余年之文化教泽,彼乃以数年烬之。

如此不学无术而又占据高位,能够号令学界,而使得"吾国四千余年之文化教泽"毁于一旦的,可不是一般的学者,陈独秀、钱玄同、胡适都不够格。尤其是使得太学废置考试、学生遨放自如、男女媟嫚为乐的,只能是同意招收女生的北大校长蔡元培。如果说这还有点虚,下面这两句用典,可是彻底坐实了林纾的矛头所向:

> 鱼朝恩之判国子,尚知周易,彼乃宦者之不如;贾似道以去要君,尚有文采,彼乃椎鲁而不学。来为祸而去为福,人人知之,余尚

---

① 张俊才:《林纾评传》,中华书局2007年版,第239—240页。

何辩也？其辩为吾道辩也。①

唐代太监鱼朝恩（722—770）安史之乱后随唐玄宗出逃，侍奉太子李亨，颇得重用。永泰年间，代宗加封鱼朝恩判国子监事，兼光禄、鸿胪、礼宾等职，进封郑国公。朝恩既已贵显，乃学讲经为文，执《周易》升高座。宋理宗时权臣贾似道（1213—1275）多次以弃官相要挟，逼迫度宗不断给他封官加爵。贾除撰有《悦生堂随钞》及《促织经》外，还是个很有造诣的艺术鉴赏家。这两个都不算僻典，林纾那个时代的读书人大概都能读懂。以判国子监（国子监最高长官）来影射北京大学校长，这很容易理解；而更贴切的"今典"是1922年年底及1923年年初，蔡元培一直与北京政府抗争，1923年1月17日更是为抗议教育总长彭允彝干涉司法独立与蹂躏人权，愤而辞职并立即离京。此事引起很大风波，报纸连篇累牍报道，可谓路人皆知。林纾可以不同意蔡元培的立场，但嘲笑他没有学问，且辞职是为了加官晋爵，这明显不入流。因为，按照那个时代的伦理道德及学术标准，这位前清翰林、留学德国多年、曾任民国首任教育总长的北大校长，无论如何是值得尊敬的。

这篇《续辨奸论》当初并没有引起关注，若蔡元培看了，必定还是那句话："林君詈仆，仆将哀矜之不暇，而又何憾焉！"林纾空有一腔卫道热情，可惜不太会说理，再加上喜欢骂人②，那就更是落了下风。用

---

① 朱羲胄述编：《贞文先生年谱》卷二，《林琴南学行谱记四种》，世界书局1961年版，第60—61页；又见薛绥之、张俊才编：《林纾研究资料》，福建人民出版社1982年版，第94—95页。

② 林纾去世前三个多月（1924）所作《留别听讲诸子》，后半截很能显示他的立场坚定与骂人习气："学非孔孟均邪说，语近韩欧始国文。荡子人含禽兽性，吾曹岂可与同群。"参见朱羲胄述编：《贞文先生年谱》卷二，《林琴南学行谱记四种》，世界书局1961年版，第62页。另，周作人《谈方姚文》曾批评桐城诸家为人刻薄，诅咒所有"欲与程朱争名"者皆"身灭嗣绝"，真是"识见何其鄙陋，品性又何其卑劣"。参见周作人：《秉烛谈》，岳麓书社1987年版，第158页。

这种办法,不但打不倒蔡元培,反过来还伤害了自身。

三、"修身"抑或"古文辞"

在《致〈公言报〉函并答林琴南函》中,蔡元培反驳林纾关于北大主张"覆孔孟、铲伦常"的指责,称教员"其在校外之言动,悉听自由",接下来,蔡校长软中带硬,反唇相讥:

> 譬如公曾译有《茶花女》《迦因小传》《红礁画桨录》等小说,而亦曾在各学校讲授古文及伦理学,使有人诋公为以此等小说体裁讲文学,以狎妓、奸通、争有妇之夫讲伦理者,宁值一笑欤?①

这里的各学校,主要指向林纾在京师大学堂及北京大学的授课经历。

林纾之"主大学讲席",分为前后两段:光绪三十二年八月至宣统元年十二月(1906年9月—1910年1月)任预科及师范馆"经学教习",宣统二年正月至民国二年阴历三月(1910年2月—1913年4月)任分科大学"经文科教习"。不是林纾转行,而是大学堂在发展,第一批预科学生毕业后,酝酿已久的分科大学方才得以成立。其中文科大学设中国文学、中国史学两门,林纾于是得以专心讲授古文。只可惜好景不长,三年后,林纾便被正值风雨飘摇的北京大学解聘了。

主大学讲席七八年间,林纾有很多著述,但与教学密切相关的,主

---

① 蔡元培:《致〈公言报〉函并答林琴南函》,高平叔编:《蔡元培全集》第三卷,中华书局1984年版,第271—272页。

要是1916年3月由上海商务印书馆印行的《修身讲义》，以及1913年6月起在《平报》连载，1916年由北京都门印书局刊行的《春觉斋论文》①。在现代大学教书，必然受制于学堂章程及课程设计，不是自家擅长什么就讲什么。这两种与职务密切相关的著述，毫无疑问，前者对应的是预科及师范馆的伦理课，后者则属于大学部的中国文学课。有趣的是，讲授时间在后的"论文"，发表却在《修身讲义》之前，隐约可见世人评价以及作者的自我定位。

林纾所编《修身讲义》分上、下册，封面及书眉均有"师范学堂、中学校"字样，标明适用范围。撰于1915年的序言，对该书的编纂宗旨及讲授效果有完整的记述：

> 南皮张文襄公长学部时，令各校以儒先之言为广义，逐条阐发，以示学生。时余适应李公柳溪之聘，主大学预科及师范班讲席，取夏峰先生《理学宗传》中诸贤语录，诠释讲解，久之积而成帙。迨业毕，遂移文科讲古文辞，不再任此矣。窃谓集英俊之少年，与言陈旧之道学，闻者必倦。而讲台之上，亦恹恹以晷刻为长。践此席者，多不终而去。自余主讲三年，听者似无倦容。一日钟动罢讲，前席数人起而留余续讲。然则余之所言，果不令之生倦邪？后此又试之实业高等学堂，又试之五城中学堂，皆然。似乎此帙为可存矣。②

第一，此讲义除在京师大学堂预科及师范班讲授外，还在实业高等学

---

① 据张俊才《林纾著述系年》，此连载原题《春觉生论文》，起于1913年6月，因9月30日后《平报》未见，无法判定终于何时。参见薛绥之、张俊才编：《林纾研究资料》，福建人民出版社1982年版，第493页。

② 林纾：《修身讲义》卷上，商务印书馆1916年版，第1页。

堂、五城中学堂等使用;第二,作者认同明末清初理学大家孙奇逢(1584—1675)的讲学宗旨,同样"朱陆并举,以有益于身心性命者为宗";第三,具体讲授时,选择孙纂《理学宗传》中诸贤语录,"逐条阐发,以示学生";第四,因讲者对先贤之言体会深刻,表达生动,教学效果极佳,因此,才有必要在结束讲课多年后,刊行此讲义。

"伦理"作为新式学堂的必修课,小学、中学(及师范)、大学均有开设。查1902年颁布的《钦定高等学堂章程》及《钦定京师大学堂章程》,无论政科、艺科还是预备科,每年均必须开设伦理课,其教学目标是:"考求三代汉唐以来诸贤名理,宋元明国朝学案,暨外国名人言行,务以周知实践为归。"①具体到林纾任教的京师大学堂师范馆,同样是伦理课排第一,不过四年教学任务略有分工:第一年"考中国名人言行",第二年"考外国名人言行",第三年"考历代学案,本朝圣训,以周知实践为主",第四年"授以教修身之次序方法"②。这只是纸面文章,查当年坊间所刊各种伦理或修身的讲义,没有如此细致划分的。倒是林纾与蔡元培各自所编"修身讲义"在宗旨及体例上的巨大差异,值得认真辨析。

1910年2月商务印书馆刊行陆费逵所编"师范讲义"之《修身讲义》,版权页上有"山阴蔡元培编辑"之《中学修身【教科书】》的广告:"此书原本我国古圣贤道德之要旨,参取东西伦理学大家最新之学说,自修己,推及家族、社会、国家。秩序井然,有条不紊,说理精透,行文简亮,毫无枯寂干燥之弊,非寻常修身书所可比。"此时书尚未刊,两年后商务印书馆正式推出时,曾在1912年6月22日《民立报》刊登广告,措

---

① 舒新城编:《中国近代教育史资料》中册,人民教育出版社1961年版,第541、553页。

② 同上书,第557—558页。

辞多有修订,删去了"自修己,推及家族、社会、国家。秩序井然,有条不紊",以及"毫无枯寂干燥之弊,非寻常修身书所可比",增加了"本书为山阴蔡先生留学德国时所著",目的是说明此书为何能"熔中外于一冶"。至于结尾处的"出版后大受学界欢迎,原书分订五册,今重行修订,合订一册",终于让我们明白,此乃旧书重刊。

这就说到了蔡元培《中学修身教科书》的编纂及出版过程。因作者曾因言论大胆而被张之洞斥为"谬妄",商务印书馆为稳妥起见,此书前三册1907年12月出版时署"商务印书馆编译所编",1908年3月刊行后两册,方才称"蔡振编"①。民国成立,蔡元培成了首任教育总长,1912年的订正本于是堂堂正正地标明"山阴蔡元培编辑"②。问题在于,蔡元培1907年6月10日随出使德国大臣孙宝琦启程赴德,此前三天,张元济已有信称:"修身书第一册稿本已收到,感谢无已。未去国以前,如有续成者,仍望见寄为祷。"③考虑到此书不久即公开刊行,其撰写与作者之"留学德国"其实关系不是很大。

对比此前蒋智由所编《中学修身教科书》(1906)或此后陆费逵所编《修身讲义》(1910),蔡元培《中学修身教科书》的最大特点在下篇。上篇五章分论"修己""家族""社会""国家""职业",属于"规定动作",那时的修身教科书大都如此结构④;而下篇除"绪论"及"结论"

---

① 参见汪家熔:《蔡元培和商务印书馆》,商务印书馆编辑部编:《商务印书馆九十年》,商务印书馆1987年版,第480—482页;朱锦丽:《蔡元培与清末〈中学修身教科书〉》,《中华读书报》,2013年7月31日。
② 收入中华书局版《蔡元培全集》第二卷的《中学修身教科书》,依据的是1921年9月第16版《订正中学修身教科书》。
③ 参见高平叔撰著:《蔡元培年谱长编》上册,人民教育出版社1996年版,第328页。
④ 如陆费逵编"师范讲习社师范讲义"之《修身讲义》(商务印书馆1910年版),除"绪论"外,第一章"对己",第二章"对家",第三章"对社会",第四章"对国家",第五章"教育家之天职"。

外,第二章"良心论",第三章"理想论",第四章"本务论",第五章"德论",很能显示蔡元培"熔中外于一冶"的学识与关怀。

相对于蔡书的学有本原,兼及中外,林纾的《修身讲义》仅以孙奇逢《理学宗传》为蓝本,引一句格言或一段妙语,再以"纾谨按"或"林纾曰"的形式加以发挥,明显落后多了。但有一点,林纾这么做,符合当年朝廷公布的章程,属于中规中矩。查《奏定高等学堂章程》,在第一类学科第一年的"人伦道德"课下面有注:"摘讲宋元明国朝诸儒学案,择其切于身心日用而明显简要者。"①介绍过三类学科各三年的修身课程,章程中还有总论性质的一段话:

> 外国高等学堂均有伦理一科,其讲授之书名伦理学,其书内亦有实践人伦道德字样,其宗旨亦是勉人为善,而其解说伦理与中国不尽相同。中国学堂讲此科者,必须指定一书,阐发此理,不能无所附丽,以致泛滥无归。查"列朝学案"等书,乃理学诸儒之言论行实,皆是宗法孔孟,纯粹谨严;讲人伦道德者自以此书为最善。惟止宜择其切于身心日用而其说理又明显简要、中正和平者为学生解说,兼讲本书中诸儒本传之躬行实事以资模楷。若其中精深微渺者,可从缓讲;俟入大学堂后,其愿习理学专门者自行研究。又或有议论过高,于古人动加訾议,以及各分门户互相攻驳者,可置不讲。讲授者尤当发明人伦道德为各种学科根本,须臾不可离之故。②

同是"勉人为善","发明人伦道德",因中外情势有异,章程要求修身课

---

① 舒新城编:《中国近代教育史资料》中册,人民教育出版社1961年版,第569页。
② 同上书,第575页。

的教习重在阐发宗法孔孟且纯粹谨严的"理学诸儒之言论"。为了防止"无所附丽,以致泛滥无归",最好是"指定一书,阐发此理"。而这正是林纾所做的——选择"列朝学案"性质的《理学宗传》,讲授时注重"切于身心日用"。局限于传统的"修齐治平",仍在理学框架中打转,与蔡元培之以"修己""家族""社会""国家""职业"等来展开论述,完全不在一个层面上。

但这不等于说,谨依章程、固守传统的林纾,其课堂就一定不精彩。说到底,这种中学、师范或预科的"政治课",没必要有那么高深的学理——连"章程"都称"其中精深微渺者,可从缓讲"——关键在于养成立场与趣味。可就像林纾说的,"集英俊之少年,与言陈旧之道学,闻者必倦",这门课其实是很不好教的。而林纾竟然有本事,让听众欲罢不能,他到底是怎么教的,值得仔细观察。

谈及宋儒张载(1020—1077)的"挤人者人挤之,侮人者人侮之",林纾的《修身讲义》有曰:"时彦言平等自由,纾始闻之,以为说近于释迦、庄周之言。既而思之,吾人亦万万不能离此而立。平等宜作敬人说,自由宜作不侵犯同类说。……以守旧人发斯义,诸君子或不齿冷我也。"①很明显,谈论"自由""平等"等新词,非林纾所长,连他自己都必须自我解嘲。整本《修身讲义》,极少引用新词,更不要说新学说了,一是不懂,二是不屑。于是,林纾调转方向,不纠缠"学理",而直奔"文章"而去。如辨析程颢(1032—1085)的"富贵骄人,固不善;学问骄人,害亦不细",林纾将其掰开来,分两段讲,前半不引,请看后半:

> 至学问一道,尤非骄人之具,人人知之矣。纾则尤谓学问与武技同其危险。武技之有少林,可谓精极,然张三峰则尤称为内家。

---

① 参见林纾:《修身讲义》卷上,商务印书馆1916年版,第37、38页。

以外家之术,遇内家,往往而败。故善兵者,不言兵,正防高出于已者,适足为人所踣。唯学亦然。外国之名为普通,即中国之所云博也。既名为博,则当无所不知,犹之然灯于高竿之上,持之四照,以为足以遍烛。然宁无暗陬所不必至之地,伏弩骤发,亦不胜防。道在博其学,弗博其名。名者万矢之所注也。而矢来有响,则能备;矢来无响,则又何从而备之?贵在重闭而已。重闭之云,即不骄之谓。不骄则遇人能容。须知学士之大病痛,是当面揭人之短。人家言语谬误,从而正之,居心岂不忠厚?然亦须有礼,始不招怨。①

接下来,林纾讲某人因逞能而得罪了强人,落得悲惨结局,以此来说明有学问的人须学会藏拙。如此讲述,没什么高深学理,但"切于身心日用"。更重要的是,道理虽然简单,讲述却很生动,课堂效果肯定不错。某种意义上,这与作者译著小说的经验不无关系。至于讲"学问"而引入"武技",不能不让人联想到此前三年林纾在商务印书馆刊行的笔记体小说《技击余闻》②。

与此类似的以人情练达且讲述生动著称者,还可举出畅谈朱熹的"直须抖擞精神,莫要昏钝。如治病救火,岂可悠悠岁月",以及辨析明代理学家薛瑄的"将圣贤言语作一场说话[话说],学者之通病[患]"③。可惜校订及考证均非林纾所长,书中不时出现若干讹误。

如果说蔡书的特点是"说理精透",那么林著则以"讲述生动"见长。1915年秋,林纾写信给五儿林璐,教诲他"不把有用之光阴虚掷",除"每日功课刻刻留意"外,还可读自家所编《修身讲义》:"《修身讲

---

① 林纾:《修身讲义》卷上,商务印书馆1916年版,第5页。
② 商务印书馆1913年5月刊行林著《技击余闻》,收笔记体小说46则,皆为乡里拳师轶闻,叙事简劲,甚为可读。
③ 参见林纾:《修身讲义》卷下,商务印书馆1916年版,第8—9、24—25页。

义》时时披览,此中不惟可以修身,而且可学文法也。"①这是个很有趣的提醒。如此"阅读秘诀",或许正是作者的潜意识——发挥自家"古文辞"方面的特长,将"政治课"讲成了"语文课"。

在成为京师大学堂及北京大学中国文学门教习之前,作为该校预科及师范馆的经学教员,林纾有责任讲好"修身课"。西洋伦理非其所长,宋明理学也无专研,林纾的诀窍是,以讲授古文的方法来讲修身,沉潜把玩,妙趣横生,效果很不错。若不考虑教育宗旨,单从课堂效果着眼,将"修身课"讲成了"古文辞",未尝不是一条讨巧的路。更何况,林纾对古文确有体会,娓娓道来,犹如一则则浅白但生动有趣的短文,难怪"听者似无倦容"。时过境迁,绝大部分修身教科书早就被淘汰了,反而是林纾的《修身讲义》值得一读,这实在是个奇妙的错位。

说到讲授古文,比起《修身讲义》更为本色当行的,无疑是林纾离开北大后不到两个月便开始在《平报》上连载的《春觉生论文》(1916年都门印书局刊行时改题《春觉斋论文》),以及第二年10月由商务印书馆刊行的《韩柳文研究法》。按时间推算,这两种林纾最重要的"专著",应该是其在京师大学堂及北京大学教书时的讲义,或曰"科研成果"。正是此二书的得与失,让我们明白时代转型中林纾的困境。

四、传统文人与现代学堂

当初新文化运动兴起,旧派人物颇多不以为然,但挺身而出与之直

---

① 林纾:《畏庐老人训子书》,李家骥等整理:《林纾诗文选》,商务印书馆1993年版,第365页。

接对抗的,却是前北大教员林纾。按世俗观念,这位前清举人、以翻译西洋小说起家的老先生,作为旧派人物的代表,分量其实是不够的①。你想代表旧派发言,可人家旧派并不怎么领情。林纾的这一尴尬处境,陈独秀早就说透:"其实林琴南所作的笔记和所译的小说,在真正旧文学家看起来,也就不旧不雅了。"②既然如此,林纾为何还要强出头呢?

除了上面提及的他与北大的"离合悲欢",还有就是林纾对于自家古文水平的过分自信。1906—1913年任大学堂教习期间,除了结交名士,出版译作与自家小说,林纾在古文教学及推广方面,做了很多工作。如1907年应张元济、高梦旦之邀,编选十卷本的《中学国文读本》。这套1908—1910年间由商务印书馆陆续推出的古文读本,由当下(清朝)上溯周秦汉魏,林纾不仅自选篇目,逐文评批,每卷前还有序言(如《六朝文序》《唐文序》《宋文序》等)。类似的选本及评点,还有《评选船山史论》(1910)、《左孟庄骚精华录》(1913)、《〈古文辞类纂〉选本》(1918—1921)、《左传撷华》(1921)、《庄子浅说》(1923)、《林氏选评名家文集》(共15册16种,1924),以上各书,都是由当年在出版界坐头把交椅的商务印书馆印行。在林纾为"力延古文之一线"而作的四种努力中③,比起亲自写作(如《畏庐文集》《畏庐续集》《畏庐三集》)、理论撰述(《春觉斋论文》《韩柳文研究法》《文微》)、招生授业(组织古文讲习会等)来,这选文及评点或许更值得注意。此等事务,琐琐碎碎,卑之

---

① 罗志田在《林纾的认同危机与民初的新旧之争》中称:"恰恰是在后来林纾公开认同的传统范畴里,一个只有举人功名的小说家是没有资格作士林代表的。"参见罗志田:《权势转移——近代中国的思想、社会与学术》,湖北人民出版社1999年版,第266页。

② 陈独秀:《关于北京大学的谣言》,《陈独秀文章选编》上册,生活·读书·新知三联书店1984年版,第363页。

③ 参见张俊才:《林纾评传》,中华书局2007年版,第199—201、256—258页。

无甚高论,但发行量大,市场占有率高,影响力不可小觑。

大概是互相关联,评点家林纾刊行自家所撰古文,销路也很好。1910年4月商务印书馆刊行的《畏庐文集》,选历年所作古文109篇,据前京师大学堂及北大同事姚永概1916年称:"畏庐名重当世,文集已印行者,售至六千部之多。"①到了1924年,商务印书馆刊行《畏庐三集》,曾任商务印书馆编译所所长的高梦旦为其撰序,调门进一步提升:"畏庐之文,每一集出,行销以万计。"②为人作序,总是多说好话;但林纾的古文集得到读者的广泛认可,这应该不会假。正是因为有很好的销售业绩,商务印书馆才会在刊行林译小说的同时,不断邀林纾编选及评点古文。

无论出版文集还是选评古文,均得到读者的热烈欢迎,这就难怪林纾充满自信。所谓归有光以后古文第一人的"自我期许"③,可不是随便说说而已。同是闽籍老乡,年岁相仿且志趣相投的严复④,对林纾的古文评价就很高。《严复集》中收录二诗,《题林畏庐晋安耆年会图》曰:"纾也壮日气食牛,上追西汉摘文藻。"《赠林畏庐》则是:"尽有高词媲汉始,更搜重译续虞初。"⑤后者乃严复为预祝林纾七十寿诞而撰,成

---

① 姚永概:《〈畏庐续集〉序》,林纾:《畏庐续集》,商务印书馆1916年版。
② 高梦旦:《〈畏庐三集〉序》,林纾:《畏庐三集》,商务印书馆1924年版。
③ 林纾晚年曾致信李宣龚,谈及古文,称"六百年中,震川外无一人敢当我者",参见钱锺书:《七缀集(修订本)》,上海古籍出版社1994年版,第104—105页。
④ 除了在《尊疑译书图记》(收入《畏庐文集》)中为严复打抱不平,林纾还在《洪罕女郎传》的跋语中称:"或谓西学一昌,则古文之光焰熸矣。余殊不谓然。学堂中果能将洋、汉两门,分道扬镳而指授,旧者既精,新者复熟,合中、西二文熔为一片,彼严几道先生不如是耶?"参见陈平原、夏晓虹编:《二十世纪中国小说理论资料》第一卷,北京大学出版社1997年版,第181页。
⑤ 王栻主编:《严复集》第二册,中华书局1986年版,第388、413页。

于1921年9月27日,一个月后严复病逝于福州①。不仅严复这么看,史家钱基博对林纾的古文也有肯定的评价:"当清之季,士大夫言文章者,必以纾为师法";"盖中国有文章以来,未有用以作长篇言情小说者,有之,自林纾《茶花女》始也。"②钱著《现代中国文学史》中这两句评语,可是"一字千钧"。不过,这里所说的"文章",特指古文——准确说,应该是文言文。

出书多,在社会上影响大,不等于就学问渊深,文章精美。在专门家眼中,即便限制在唐宋古文派,林纾的地位也没有那么高。同为福建壬午科举人、后曾在京师大学堂同事且多有唱和的陈衍,便喜欢嘲笑林纾没学问。1932年阴历除夕,陈衍与后辈钱锺书谈近世学人之不能"根柢经史",单靠"道听途说,东涂西抹",举的例子便是严复、林纾与冒鹤亭。严复是留学生,"半路出家,未宜苛论";而"琴南一代宗匠",学问竟如此空疏,实在不能原谅。据陈衍称,林纾"任京师大学教习时,谬误百出","予先后为遮丑掩羞,不知多少"③。这还只是私下议论,无伤大雅;章太炎不一样,公开撰文抨击。1910年,流亡日本的革命家章太炎在《学林》第二册发表《与人论文书》,其中论及严、林文章:

> 并世所见,王闿运能尽雅,其次吴汝纶以下,有桐城马其昶为能尽俗(萧穆犹未能尽俗),下流所仰,乃在严复、林纾之徒。复辞虽饬,气体比于制举,若将所谓曳行作姿者也。纾视复又弥下,辞无涓选,精采杂污,而更浸润唐人小说之风。④

---

① 参见孙应祥:《严复年谱》,福建人民出版社2003年版,第546—548页。
② 钱基博:《现代中国文学史》,岳麓书社1986年版,第193、189页。
③ 参见钱锺书:《石语》,中国社会科学出版社1996年版,第31—34页。
④ 章太炎:《与人论文书》,《章太炎全集》第四卷,上海人民出版社1985年版,第168页。

在尊崇魏晋文章的章太炎看来,林纾与严复的国学修养及古文写作,水平都不高,起码在同代人中不算优秀。这里有文派之争,牵涉章氏的学术立场;除此之外,也与太炎先生好作高论有关。

问题在于,辛亥革命成功,章太炎的声誉如日中天,弟子们纷纷进京任教。相形之下,历来对喜欢在文章中卖弄学问的"汉学"不以为然的林纾①,则显得日渐没落。在《与姚叔节书》中,林纾大谈如何"不容于大学",尤其对"以捃扯为能,以饾饤为富""剽袭汉人余唾"的"庸妄钜子"大加讨伐②。几年后,在一则公开发表的书札中,林纾称此"好用奇字,袭取子书断句,以震炫愚昧之目"的"庸妄钜子",其弟子沈君在大学堂讲《说文》③,这等于是不点名的点名。很明显,林纾是将自己的去职直接归咎于章太炎此前的批评。不能说这种怨怼没有任何道理④,但只是埋怨章太炎,将此学术史上的大转折解读为个人恩怨,显然是把问题简单化了。

在林纾看来,前有"庸妄钜子"章太炎的恶毒攻击,后有"目不识丁,坏至十二分"的何燏时校长的昏庸裁断,自己才会被北京大学解聘。可实际上,导致林纾等老派人士去职的,是整个大的政治环境,以及教

---

① 林纾早年所撰《闽中新乐府》中,就有一《知名士》:"知名士,好标格,辞章考据兼金石。考据有时参《说文》,谐声假借徒纷纭。辨微先析古钟鼎,自谓冥搜驾绝顶。……"参见林纾著、林薇选注:《林纾选集·文诗词卷》,四川人民出版社1988年版,第310页。

② 参见林纾:《与姚叔节书》,《畏庐续集》,商务印书馆1916年版,第16页。类似的抱怨,还有《〈送大学文科毕业诸学士〉序》(《畏庐续集》第20页)、《〈慎宜轩文集〉序》(《畏庐三集》第5页)等。

③ 参见林纾:《与本社社长论讲义书》,张旭、车树昇编著:《林纾年谱长编》,福建教育出版社2014年版,第301页。

④ 钱基博《现代中国文学史》述及此段公案:"既而民国兴,章炳麟实为革命先觉,又能识别古书真伪,不如桐城派学者之以空文号天下。于是,章氏之学兴,而林纾之说熸。纾、其昶、永概咸去大学;而章氏之徒代之。纾愤甚。"(第194页)

育制度的变化。说白了,林纾讲授古文的特长,如今已"英雄无用武之地"了。某种意义上,这一教育制度变革及思想文化演进的过程,林纾还曾积极参与其中。

1897年年底由友人魏瀚出资在福州刻版印行的《闽中新乐府》,是林纾的第一部诗集,内收新乐府诗29题32首,属于那个时代常见的提倡变法维新、救国自强的启蒙读物。其中多首涉及教育制度的反省,如《村先生》《兴女学》《知名士》等。《破蓝衫》之嘲笑八股文与科举制,尤其值得注意:"吁嗟乎!堂堂中国士如林,犬马宁无报国心?一篇制艺束双手,敌来相顾齐低首。"此诗篇以"救时良策在通变,岂抱文章长守株"结束①,显示了林纾的见识。虽系一介书生,且以教书及写作为业,但林纾很清楚国家的命运在于变革学制。

甲午战败,改革教育制度的呼声日高。1896年6月,刑部左侍郎李端棻奏请广开学校②;同年7月,山西巡抚胡聘之要求变通书院③。一反省新式学堂之得失,一提倡旧式书院的改造,共同目标是培养具备"真才实学"、能够"共济时艰"的"有用之才";具体策略是加强"天算格致农务兵事"等西学课程,而摒弃"溺志词章"这一中国旧式教育的通病。日后的创建京师大学堂等,大致依此路径。

改革旧的学制,引进西式学堂,这是那个时代开明人士(包含封疆大吏)的最大共识。因此,即便康梁变法失败,京师大学堂照样成立,学制变革仍在推进。这一历史潮流,毫无疑问,林纾是认可的。在1907

---

① 林纾:《闽中新乐府·破蓝衫》,林纾著、林薇选注:《林纾选集·文诗词卷》,四川人民出版社1988年版,第288页。

② 李端棻:《请推广学校折》,舒新城编:《中国近代教育史资料》上册,人民教育出版社1961年版,第143—148页。

③ 胡聘之等:《请变通书院章程折》,舒新城编:《中国近代教育史资料》上册,人民教育出版社1961年版,第69—71页。

年所撰《〈爱国二童子传〉达旨》中,有这么一段:

> 强国者何恃?曰恃学。恃学生。恃学生之有志于国。尤恃学生人人之精实业。……今日学堂,几遍十八省,试问商业学堂有几也?农业学堂有几也?工业学堂有几也?医业学堂有几也?朝廷之取士,非学法政者不能第上上,则已视实业为贱品。中国结习,人非得官不贵,不能不随风气而趋。①

中间省略部分,是论证过去读书人苦攻八股,学的是宰相之业;如今八股消停,则转而专力于法政,"法政又近宰相之实业矣"。在林纾看来,只有学生们愿意攻读实业,才是国家之福。因此,"吾但留一日之命,即一日泣血以告天下之学生请治实业以自振"②。此文很有时代气息,也很能显示林纾的眼界与胸襟,故曾被郑振铎选入1937年生活书店版《晚清文选》。

可也正因为新式学堂注重"实业教育",这一时代潮流,促使林纾等传统文人日渐边缘化。因张之洞、张百熙等人的努力,"学堂不得废弃中国文辞"终于得到了部分落实,大学堂里设立"中国文学"科目乃至学门。查1904年颁布的《大学堂章程》,在"文学科大学"里专设"中国文学门",主要课程包括"文学研究法""历代文章流别""古人论文要言""周秦至今文章名家""西国文学史"等16种。其中最值得注意的是,要求讲授"西国文学史",以及提醒教员"历代文章源流"一课的讲授,应以日本的《中国文学史》为范本。此前讲授辞章之学,着眼

---

① 林纾:《〈爱国二童子传〉达旨》,薛绥之、张俊才编:《林纾研究资料》,福建人民出版社1982年版,第113—114页。
② 同上书,第115页。

于技能训练,故以吟诵、品味、模拟、创作为中心;如今改为文学史,主要是一种知识传授,并不要求配合写作练习。诗文一事,虽说"诵读既多,必然能作";但新式学堂排斥吟诗作文,将文学教育的重任主要交给了"文学史",这已经注定了林纾等古文家在现代大学迅速没落的命运①。

现代大学设置很多专业,"中国文学"只是其中一课程、科目或学门;即便专研"中国文学",也并非只学"古文",还有诗词、小说、戏曲乃至外国文学等可供选择。退一万步,特别青睐"古文"者,也不一定对林纾的教学方式感兴趣。这就说到了林纾等桐城文家教学的长与短——长于体味、鉴赏、模仿,而短于视野、考辨、阐释。无论选本及评点,还是《春觉斋论文》《韩柳文研究法》《文微》等,林纾编撰的诸多涉及古文的书籍,均有此特点。不要说版本及考证,单是文章源流的辨析,陈衍的功力也在林纾之上——《石遗室论文》中若干重要论述,经由弟子陈柱《中国散文史》的传播,日后在学术史上留下了印记。林纾《春觉斋论文》的精彩之处,在于"应知八则""论文十六忌""用笔八则"等,至于"流别论"则没有什么高明的见解。正如舒芜所说,林著"对散文技巧的研求,一些个别论点,今天也还有可以借鉴的",但"形式主义的烦琐,马二先生式的鄙陋,例如津津乐道归有光、姚鼐的圈点之妙之类",实在不敢恭维②。这半个世纪前的评述,虽稍嫌苛刻,但大致判断准确。与此相近的,还有黄霖在《近代文学批评史》中的评价:"林纾的文论著作,虽有综合前人之功,条分缕析之力和不乏真知灼见

---

① 参见陈平原:《新教育与新文学——从京师大学堂到北京大学》,《作为学科的文学史》,北京大学出版社 2011 年版,第 3—14 页。初刊《学人》第 14 辑,江苏文艺出版社 1998 年版。

② 参见舒芜校点:《论文偶记·初月楼古文绪论·春觉斋论文》,人民文学出版社 1998 年版,第 141 页。

之处,终因缺乏一种恢弘气象和新的理论开拓,故难免给人以陈腐、琐碎的感觉。"①

这不全然是才气问题,首先是工作目标的设定。林纾选评《古文辞类纂》时,在序言中含沙射影,批驳那些主张"古文宜从小学入手"或作文"时时复搀入东人之新名词"者(暗讽章太炎及梁启超),而后极力推荐姚鼐的《古文辞类纂》。下面这段话,前半指向姚鼐,后半更像是自我表白:

> 鄙意总集之选,颇不易易,必其人能文,深知文中之甘苦,而又能言其甘苦者。则每篇之上,所点醒处,均古人之脉络筋节;或断或续,或伏或应,一经指示,读者豁然。②

虽说熟读韩文③,沉潜把玩,深思有得;而真正作文时,林纾追摹的是桐城文派。在林纾眼中,桐城古文"取径端而立言正",而"天下文章,务衷于正轨"④。严整、干净、不枝蔓、无芜辞,这确实是桐城及林纾文章的特点,可过分循规蹈矩的结果是文章干瘪,缺乏生气。若连姚鼐装点门面的"考据",以及曾国藩竭力引进的"经济"都不要了,只剩下那并不怎么高明的"义理",和若干琐琐碎碎的技法("辞章"),这古文是没有出路的。

---

① 黄霖:《近代文学批评史》,上海古籍出版社 1993 年版,第 229 页。
② 林纾:《〈古文辞类纂选本〉序》,林纾评选:《古文辞类纂选本》,商务印书馆 1921 年版。
③ 林纾《韩柳文研究法》开篇就是:"韩氏之文,不佞读之,二十有五年。"参见林纾:《韩柳文研究法》,商务印书馆 1914 年版,第 1 页。
④ 参见林纾:《与姚叔节书》,《畏庐续集》,商务印书馆 1916 年版,第 17 页;《〈慎宜轩文集〉序》,《畏庐三集》,商务印书馆 1924 年版,第 5 页。

要说学作古文,林纾不避琐碎,肯说多余话,循循善诱,确实能使"读者豁然"。虽说无法深入堂奥,但毕竟引路有功,这或许是教书匠的宿命。1916年商务印书馆推出的《浅深递进国文读本》,很能显示林纾的特点——此书精选历代古文78篇,依原题重作一浅一深两篇,供学习参考用。可以这么说,教人学写古文,林纾很用心,也很有一套。问题在于,科举制度已经废除,而大学里讲授中国文辞的,重学养而轻技巧,不再以模拟写作为目标。在新的教学体系中,林纾的才华派不上用场。对比早年北大的四部文学史讲义——刘师培的《中国中古文学史》、黄侃的《文心雕龙札记》、林纾的《春觉斋论文》、姚永朴的《文学研究法》,除了学派(前两者推崇六朝,后两者独尊唐宋),还有就是:

> 前者学养丰厚,后者体会深入,本该各有千秋。可为何前者一路凯歌,而后者兵败如山倒?除了时局的变迁、人事的集合,更有两点值得注意:一是六朝的文章趣味与其时刚传入的西方文学观念比较容易会通;一是朴学家的思路与作为大学课程兼著述体例的"文学史"比较容易契合。因而,此后几十年的"中国文学史学",走的基本上是刘、黄而不是林、姚的路子。①

专业化教育的大趋势,使得即便讲授"中国文学",注重的也是文学史的演进脉络,而不是具体的写作技巧。这么一来,大学堂里的位置,"文章家"必定逐渐被"学问家"所取代,这对林纾等古文家的打击是致命的。

1911年,上海国学扶轮社刊行《文科大辞典》,林纾为其撰序言,对借古文存国故仍有强烈的自信:

---

① 陈平原:《新教育与新文学——从京师大学堂到北京大学》,《作为学科的文学史》,北京大学出版社2011年版,第21—22页。

综言之,新学既昌,旧学日就淹没,孰于故纸堆中觅取生活?然名为中国人,断无抛弃其国故而仍称国民者。仆承乏大学文科讲席,犹兢兢然日取《左》《国》《庄》《骚》《史》《汉》、八家之文,条分缕析,与同学言之。明知其不适于用,然亦所以存国故耳。①

可当有一天,人家告诉你,新学、旧学确实可以并存,古文也很有价值,只是不能像你那么教,应在"文学史"的框架中重新定位并阐释。现代大学所需要的,是知识渊博的学者,而非趣味高雅的文人——借用传统术语,那就是大学里的文学教授,开始从"文苑传"向"儒林传"转。如此大趋势,对于林纾等传统文人来说,无疑是灭顶之灾。

还有一点,时代变了,大学选教员,不是看古文水平高低,也不管你尊桐城还是崇六朝,关键是看"学术背景"。林纾的去职与北大的转型,二者间存在某种隐秘的关系。沈尹默谈及何燏时、胡仁源两任校长陆续引进朱希祖、沈尹默、马裕藻、沈兼士、钱玄同、黄侃等章门弟子,理由是"太炎先生负重名,他的门生都已陆续从日本回国"②。老师声誉高,这固然好;但弟子们都是"陆续从日本回国",这一点也很重要。稍排列一下:朱希祖1905年官费留学日本,入早稻田大学攻读史学专业;马裕藻1905年公派赴日,先入早稻田大学,后转东京帝国大学;沈兼士1905年自费东渡日本,入东京物理学校,同时拜入章太炎门下;黄侃1905年赴日避难、游学,师从正在日本举办国学讲习会的章太炎;钱玄同1906年赴日本早稻田大学习师范,1908年与

---

① 林纾:《〈文科大辞典〉序》,国学扶轮社编著:《文科大辞典》,国学扶轮社1911年版;《畏庐续集》,商务印书馆1916年版,第10页。

② 沈尹默:《我和北大》,陈平原、夏晓虹编:《北大旧事》,生活·读书·新知三联书店1998年版,第164页。初刊《文史资料选辑》第六十一辑,中华书局1979年版。

鲁迅、黄侃等师从章太炎研究音韵训诂及《说文解字》；沈尹默1905年与其三弟兼士一起自费赴日，游学时间不长，也未正式注册①。如此履历，对于浙江老乡、同样留日的前后两任校长来说②，是很有诱惑力的。

其实，林纾很敏感，也了解时代风气的变化。人前捍卫古文尊严，似乎很自信；私下里教孩儿读书，也都充满困惑与挣扎。熟悉近代史事的人，大概都会记得这两个细节：1924年9月5日，林纾为擅长古文的四子林琮立下遗训："琮子古文，万不可释手，将来必为世宝贵"；10月8日病情恶化，林纾以食指在林琮手上写道："古文万无灭亡之理，其勿怠尔修。"③第二天，一代文豪林纾与世长辞。

可现实生活中的林纾，还有另外一面，那就是不断叮嘱孩儿学洋文。先看林纾如何提醒古文根基甚好的四儿林琮："学生出洋，只有学坏，不能有益其性情，醇养其道德。然方今觅食，不由出洋进身，几于无可谋生。余为尔操心至矣。"④再看林纾给五儿林璐的信：

> 吾意以七成之功治洋文，以三成之功治汉文。汉文汝略略通顺矣。然今日要用在洋文，不在汉文。尔父读书到老，治古文三十年，今日竟无人齿及。汝能承吾志、守吾言者，当勉治洋文，将来始

---

① 沈尹默称："其实，我在日本九个月即回国，未从太炎先生受业。"（见《北大旧事》第164页）即便如此，沈也能挂着留学日本及太炎弟子的招牌进北大教书。

② 何燏时1899年入东京第一高等学校学习，1902年考进东京帝国大学工科采矿冶金系，1905年7月从东京帝国大学毕业，获工科学士学位；胡仁源1901年考入南洋公学特班，后留学日本，毕业于仙台第二高等学校，此后又留学英国学习造船，毕业于推尔蒙大学。

③ 参见朱羲胄述编：《贞文先生年谱》卷二，《林琴南学行谱记四种》，世界书局1961年版，第65—66页。

④ 夏晓虹释文：《林纾示琮儿书》，《现代中国》第十辑，北京大学出版社2008年版。

有啖饭之地。①

正如周作人所说，家训这种文体，"在一切著述中这总是比较诚实的"，因为"这是给自己的子女去看去做的"，不能唱高调，要近人情，单是"思想通达"还不够，还得"计算利害"②。个人可以坚持，但为了孩儿日后的生存，林纾竟要求他"七成之功治洋文"，如此委曲求全，对于这位不可一世的古文家来说，内心无疑十分悲苦。

从"事后诸葛亮"的立场，当初林纾与新文化人争得死去活来时，古文的地位实已岌岌可危，甚至到了一推就倒的地步。1898年开启的创办西式学堂热潮（重"实学"而轻"虚文"）、1904年颁布《大学堂章程》所制定的文学教育方针（以"文学史"取代"文章源流"）以及1905年的废除科举制度（"文章"不再是读书人谋生的基本技能）——这一系列天翻地覆的教育改革，已经注定了古文"无可奈何花落去"的命运。只不过古文可以"载道"的最后一丝荣光，被新文化人毫不留情地摧毁，才使得林纾痛心疾首。

清末的开民智、办学堂，引领了整个转型时代的风气。林纾是意识到这一点的，且积极投身其中。但历史大潮汹涌，不久便转过来，冲垮了第一代启蒙者立足的根基。这种在新旧夹缝中苦苦挣扎的两难处境，包括其犹豫、忧伤与困惑以及日渐落寞的身影，很值得后来者深切同情。某种意义上，转型时代读书人的心境、学养与情怀，比起此前此后的"政治正确"来，更为真挚，也更可爱。

最后，还是得回到林纾念兹在兹的古文的现代命运。世人谈及林

---

① 林纾著，夏晓虹、包立民编注：《林纾家书》，商务印书馆2016年版，第46页。此前林大文在《后人心目中的林纾》（钱理群、严瑞芳编：《我的父辈与北京大学》，北京大学出版社2006年版，第20页）中曾引用。

② 参见周作人：《关于家训》，《风雨谈》，岳麓书社1987年版，第62—65页。

纾之捍卫古文，或彻底贬斥，或极力表彰。但有趣的是，有心栽花花不发，无心插柳柳成荫，林纾在文学史上的真正贡献，不在桐城古文的复兴，而是西洋小说的引进。这一点，林纾去世一个月后，新文化人郑振铎撰写了初刊《小说月报》第十五卷第十一号的《林琴南先生》，就已经给予了很高的评价。此后90年，"林译小说研究"始终是中外学界的热门话题，且不时有精彩论述出现①。这里换一个角度，谈论林纾翻译及创作小说的经验，如何反过来促成了古文的自我改造与更新。

桐城名家马其昶为林纾《韩柳文研究法》作序，开篇即称道："今之治古文者稀矣，畏庐先生最推为老宿。其传译稗官杂说遍天下，顾其所自为者，则矜慎敛遏，一根诸性情。劬学不倦，其于史汉及唐宋大家文，诵之数十年，说其义，玩其辞，醰醰乎其有味也。"②表面上好话说尽，可你要是熟悉桐城文家的思路及语汇，这表扬之中（从"传译稗官杂说"入手），其实包含着某种贬抑。马序无意中说出了林纾的古文为何名气那么大，一是凭借翻译小说积累的声望，二是用小说家的趣味来经营古文。从传统古文家的眼光看，林纾的古文并不纯粹；可正是这种夹杂着小说笔调，使得林纾的古文别有洞天。

除了众所周知的林译小说，林纾还自撰长篇小说五种——《剑腥录》(1913)、《金陵秋》(1914)、《劫外昙花》(1915)、《冤海灵光》(1915)、《巾帼阳秋》(1917)，以及短篇小说（笔记）集五种——《践卓翁小说》(1913—1917)、《技击余闻》(1914)、《铁笛亭琐记》(1916)、《畏庐笔记》(1917)、《蠡叟丛谈》(1920)。这些创作，除了自身业绩，

---

① 关于林纾的翻译，近年成果甚多，实证研究中最值得推荐的是樽本照雄的《林纾冤罪事件簿》（日本清末小说研究会2008年版）、《林纾研究论集》（日本清末小说研究会2009年版）。

② 马其昶:《〈韩柳文研究法〉序》，林纾:《韩柳文研究法》，商务印书馆1914年版。

更是大大拓展了古文的表现空间。这一点,先贤早有论述。1922年,胡适在《五十年来中国之文学》中表扬林译小说,称"古文的应用,自司马迁以来,从没有这种大的成绩"①;1932年,鲁迅给增田涉写信,谈及早年翻译《域外小说集》的背景:"当时中国流行林琴南用古文翻译的外国小说,文章确实很好,但误译很多。"②到了1964年初刊《文学研究集刊》第一册的《林纾的翻译》,钱锺书对林纾的"古文"做了精彩的辨析,称若严格遵守桐城古文的清规戒律,根本就无法翻译;林纾之所以成功,是因为"他的译笔违背和破坏了他亲手制定的'古文'规律":

> 林纾译书所用文体是他心目中认为较通俗、较随便、富于弹性的文言。它虽然保留若干"古文"成分,但比"古文"自由得多;在词汇和句法上,规矩不严密,收容量很宽大。③

这段关于林译小说语言的描述,同样适应于其自撰的长篇小说及短篇小说集。单从文体角度看,用古文译介外国小说,林纾的努力越成功,古文的危机就越大。因为,公众养成了阅读外国小说的兴趣后,离古文只能越来越远。这一过程,说得不好听,乃"引狼入室"。

但如果跳出独尊古文的褊狭趣味,就文章论文章,林纾的译述,确实是大大拓展了"古文"(严格上说是"文言文")的表现能力。某种意义上,这与他看不起的梁启超等人的"报章文体",可谓异曲同工。若着眼于清末民初语言及文体变革的大潮,由幽深的文言到平实的白话

---

① 胡适:《五十年来中国之文学》,《胡适全集》第2卷,安徽教育出版社2003年版,第280页。
② 鲁迅:《致增田涉》,《鲁迅全集》第13卷,人民文学出版社1981年版,第473页。
③ 钱锺书:《林纾的翻译》,《七缀集(修订本)》,上海古籍出版社1994年版,第95—96页。

之间,有个过渡形态,那就是浅白文言;而由洁净的古文到芜杂的小说之间,也有个简易桥梁,那便是林纾那些一身二任、徘徊于雅俗之间的译述小说。若承认白话文运动的成功,并非简单的"有什么话,说什么话;话怎么说,就怎么说"①,而是必须兼及文章与学术②,纵横小说与散文,杂糅口语、古文、方言、欧化语等,"有知识与趣味的两重的统制,才可以造出有雅致的俗语文来"③,那么,林纾对于现代白话文的意义,便不只是扮演反对者的角色,而是有某些实实在在的贡献。

(作者单位:北京大学中文系)

---

① 胡适:《建设的文学革命论》,《胡适全集》第 1 卷,安徽教育出版社 2003 年版,第 53 页。
② 参见陈平原《触摸历史与进入五四》第四章"学问该如何表述"之第四节"白话文的另一渊源"。
③ 周作人:《〈燕知草〉跋》,《永日集》,岳麓书社 1988 年版,第 78 页。

一场未曾发生的文白论争
——林纾一则晚年佚文的发现与释读

夏晓虹

1924年3月10日,《益世报》发表了一则由该报编者王芸渠撰写的《偶谈》。这篇旨在坚持白话文立场,批评引导文学风气的胡适言论失当、产生了不良后果的短文,因涉及林译小说由五年前的冷落到现在的热销,语带嘲讽,令林纾"颇为难受",故与弟子张汤铭合作撰写了一篇题为《读〈益世报〉芸渠〈偶谈〉书后》的白话游戏文进行反击。此文本拟交由《晨报副刊》发表,由于主编孙伏园的反对,当年并未刊出,一场很可能发生的新一轮文白论争因此消泯。由于该文作于林纾去世之年,且关联着林氏一生倾力的古文事业,林纾本人也相当看重,更值得庆幸的是,其原稿尚存人间,故笔者对芸渠的《偶谈》与林纾的回应做了互文释读,以期贴近与揭示林纾的晚年心态。

晚年佚文的发现与作者认定

近日受托整理、校注林纾家书,在合作者、负责联系林纾后人的包立民先生打包寄来的文稿中,发现了一篇题为《读〈益世报〉芸渠〈偶谈〉书后》的文字。此文作者署名"张铭",经阅读原文及末后所附林仲易致林圣明函,始知此乃一则很可能会引发新一轮文白论争的林纾晚年佚文。

其实,早在2008年写作《阅读林纾训子书札记》时,笔者已注意到有此一文,并因林纾在与林仲易末后一信中嘱其"摧烧之",而遗憾此举"却使我们今日少了一份可贵的论争文本"①。如今见到这份原稿历经沧桑,仍然完好地保存于世,实在大为欣喜。此稿连同林仲易40年后所写信札,均盖有"圣明藏书"印,可知其为林纾侄孙林圣明的收藏。而其流传经过,在林仲易函中亦有交代:

> 得六月十六日来函,知近与孟铼兄同访伯森,并为诊察,由足下破费也。四十年前,藏有琴叔托登北京《晨报》一稿,未为发表。老人有两函寄我,前曾抄寄孟铼兄,备选入书牍,足下可借阅。原稿托名张铭,实老人自拟,文中更改及圈点皆老人亲笔。特以寄赠足下藏之。

其中所言"伯森",即福州文史老人萨伯森(1898—1985),与林仲易有戚谊,称林为"表姊丈";"孟铼"疑当为孟莹,即林纾弟子胡尔瑛别字,与萨氏为好友,胡尝辑抄《畏庐尺牍》一卷,现藏福建省图书馆。林圣明亦居福州,业医。② 由信中所言可知,大抵是为了感谢林圣明为萨伯森治病,多有破费,林仲易故将珍藏40年的此稿相赠。

这篇《读〈益世报〉芸渠〈偶谈〉书后》全文如下:

---

① 夏晓虹:《阅读林纾训子书札记》,《现代中国》第十辑,北京大学出版社2008年版,第191页。
② 均参见萨伯森著、萨本珪编校:《识适室剩墨》,自印本,2003年,第368、356、482页。

余从琴南师廿年，学画山水。师每日必译书三千六百言，成书一百五十三种。读者多，诟者亦有，其寔于师无毫末之损益也。近读《益世报》阑中有芸渠《偶谈》一则，谓林译《声影录》，写一俄国穷妇，作古文腔调祈祷，大为世诟，不期哑然失笑。师不会俄文，既以文言迻译，自然是古文腔调；若径抄俄文，何必用译。譬如直隶人译广东话，若仍作广东腔调，何人能懂？自然以直隶之词，达广东之意，有何可诟？至云"拂袖而起"，"拂"字当是"挽"字之讹。即言"拂袖"，亦不过一时语病，何至将一百馀种之文，因兹一言，概行抹煞。吹毛求疵，弄些小聪明，此所谓"寸朽弃连抱"也。无聊不平，敬以《偶谈》一阑，褒贬间出，上之吾师。师笑曰：有趣极矣。他说余倒霉，吾本来是倒霉人，何用他说！且吾力谶[识]名誉，即有百个胡适之，亦扶不起；即有千个某杂说[志]，亦踩不倒。今日到清闲无事，不妨与他说说。他说吾七十老翁，卖文为活，至此当自嗒然。然我不嗒然，我的奴子，周四，他到欣然。吾每译小说，与舌人对分，一月不过六百元。今舍译卖画，一月到得千元。周四随封加一，岂不欣然？他既欣然，我也不嗒了。《偶谈》中却说到洛阳纸贵，方今吴子玉用武力统一，那有功夫瞅字？即传抄吾书一万年亦说不到，况吾书悉用洋纸，不用洛阳之纸。且洛阳并不出纸，商务馆掌柜，岂肯白跑到洛阳，蹈空而回？此着又废话矣。若提起《茶花女》一书，是我四十年前游戏之作。今有了《新茶花》，上海人呼吾书为"老茶花"。"老茶花"不走运，《新茶花》却有坤角演唱。前此骂我之人，今乃寻觅此书不得。我意寻《老茶花》是死的，无可言晤；不如找《新茶花》是活的，可以吊膀，到还有趣。未知觅书诸君，以为何如？至胡适之比我为司马迁，几乎嚇我老大一跳。司马迁是没有东西的人。我前年患癃闭，拉不出尿，比司马迁更糟。幸亏西医克利,中医陆仲安,合治而愈,至今视这个东西,为极大忌讳。而胡君忽提起司马迁栽我身上,我只好战战兢兢,写一个心领谢帖,挡驾完事。此外又蒙欧人温彩嗣先生,为我辩护,说林先生为当代作家,感极感极!唯律师辩护,例有酬劳。当择吉日,在六国饭店,购三数瓶香槟酒,恭候台光,即请胡君作陪,或能赏脸也。吾师说至此,仍大笑不止。予拾而记之,以供芸渠先生一粲。

因此引发的问题是,此文何时所写?为何署名"张铭"?是否出自林纾之手?芸渠所作《偶谈》对林纾有怎样的批评?林纾抱着什么心态写作此文,以及文章最后因何未能刊出?最终所要探究的是其中透露的林纾晚年心事。

前述林仲易致林圣明书,已言及林纾为此稿曾"有两函寄我"。此二函已收入商务印书馆1993年出版的《林纾诗文选》,原未署写信时间,编者说明为林纾"1924年所作"。查其中所言"廿二日六小儿行娶,吉帖想已收到矣"及"余七十有三之年"①,"六小儿"指大排行为第六子、小排行为第四子的林琮,据《贞文先生年谱》民国十三年(1924)记,"春二月,为四子琮取马逸高之女淑端"②,且林纾是年正为73岁,则系年无误。

更进一步,由春二月廿二日为林琮结婚日,可推知《益世报》芸渠文的大致刊载时段以及林纾的回应时间。因林纾与林仲易书开篇即提到,"昨读《益世报》,中有《偶谈》一节"③,可见其文乃是读报之后,即

---

① 林纾:《寄林仲易侄书(二)》《寄林仲易(三)》,李家骥等整理:《林纾诗文选》,商务印书馆1993年版,第334、335页。
② 朱羲胄述编:《贞文先生年谱》,世界书局1949年版,第62页。
③ 林纾:《寄林仲易侄书(二)》,李家骥等整理:《林纾诗文选》,商务印书馆1993年版,第334页。标点有调整,下不再注。

刻援笔写作。而锁定1924年阴历二月、即西历3月的时段查找,果然在《(北京)益世报》当年3月10日的"益世俱乐部"中见到了这则《偶谈》短文。因此可以确定,《读〈益世报〉芸渠〈偶谈〉书后》一文写于1924年3月10—11日,林纾此札也可精确到3月11日所作。

作者"张铭"为何许人,抑或是林纾的托名,在林纾3月11日所写信中也可找到答案。所谓"经敝徒性甫作论辩驳",《林纾诗文选》亦注出:"性甫,即张汤铭,号烟樵,画家。福建闽侯人。"①《林氏弟子表》记林琮言,称其"为先公画弟子中佼佼者";张氏挽林纾词亦有"侍笔砚有年","病榻弥留,遗属丁宁传画册"等语。后者乃指林纾病重时,书《遗训十事》,亦特意交代:"四王吴恽画,送性甫。"②显然,其人为林纾爱重的绘画弟子,形同子弟,故于专言家事安排的遗嘱中也不忘道及。

既然此文乃张汤铭"作论辩驳",何以林仲易指为林纾"自拟"?这在林纾写与仲易的信中也有揭晓。不过,前后两函所言略有不同:3月11日称,因张氏的驳论"搔不着搔[痒]","余率性作白话一篇,将他奚落",是明言其全为林纾自撰;后一信则言,"张生不平,以文抵御。下半余改为游戏之文"③,又仅承认后半篇才是越俎代庖之作。如查看原稿,可见全文字迹为别一人手笔,且显系誊清稿,或即为张汤铭抄写;至于"文中更改及圈点"处,确如林仲易所言,乃林纾"亲笔"。据此可以断定,因张汤铭的原作不得要领,未能令林纾满意,于是林亲自出马,故而此文至少大半篇幅,即"师笑曰"以下均为林纾草拟。这从文章起初

---

① 林纾:《寄林仲易侄书(二)》,李家骥等整理:《林纾诗文选》,商务印书馆1993年版。
② 朱羲胄述编:《贞文先生年谱》,世界书局1949年版,第65页。
③ 林纾:《寄林仲易侄书(二)》《寄林仲易(三)》,李家骥等整理:《林纾诗文选》,商务印书馆1993年版。

用文言,林纾自拟部分转为白话亦可见出。全文既经林纾改写、点定,自当认作是吐露了其心声。

由《偶谈》引出的五年前《新潮》公案

惹恼林纾及其弟子的《偶谈》,若仔细阅读,其实笔锋所向,主要是针对胡适。文章不长,却以花线分隔为三小节。第一小节主要批评世人大多凭借耳食,故"一社会之势力,常为一二天才家所独占",因其总揽了引导舆论的话语权。对林纾以古文译小说的批评构成了第二小节,而其概述的林译小说几年间由冷落到热销的局面,最终被归结为由于胡适近来褒扬林纾古文所致。故第三小节的结论为:"社会上之文学评论空气,亦时为一二天才家所左右,此亦'以耳代目'之类也。"仍然回到了开篇"诮鄙夫无识,嗤为'耳食'或谓之为'以耳代目'"①的感叹,意在指责引导文学风气的胡适言论失当,产生了不良后果,背离了"五四"文学革命提倡白话文的初衷。

林纾最关切的自然是第二小节的文字:

> 林译小说,五年前曾以古文腔调,大为世诟。某杂志称其译《社会声影录》,写一俄国穷妇,作"古文腔调"之祈祷,藉使俄之穷妇,人人皆能作古文腔调,则《社会声影录》可以无作矣。又译侦探小说,用"拂袖而起"一语,经人指摘,令人阅之,不觉失笑。是

---

① 芸渠:《偶谈》,《(北京)益世报》第2张第8版,1920年3月10日。感谢博士生宋雪代为查找此文。

后林译书,销路大落,竟无过问者。七十老翁,卖文为活,至此当自嗒然。今则畏庐小说,市摊上又累累满架。游人常三五游谈,语及《茶花女》,叹赏累日,或攒目[眉]互语,叹林译小说,何竟走遍市廛无处购也。此中人多三五年前痛骂林纾译书捋扯不伦类者,今竟视为瓒[瑰]宝! 五年前之林琴南,今又洛阳纸贵矣!

林纾对此节文字的总体感受是"于余身上若嘲若讽",让他颇感难受①。

这里先说"五年前"的公案。根据下文引述,"某杂志"可以落实为北大激进学生所办的《新潮》。在1919年1月的创刊号上,发表过罗家伦的《今日中国之小说界》。而下半篇"对中国译外国小说的人说"的"四条意见"中,有两条关涉到林纾,正与《偶谈》文字相应。意见第二条认为:

> 欧洲近来做好小说都是白话,他们的妙处尽在白话;因为人类相知,白话的用处最大。设如有位俄国人把 Tolstoy 的小说译成"周诰殷盘"的俄文,请问俄国还有人看吗? 俄国人还肯拿"第一大文豪"的头衔送他吗? 诸君要晓得 Tolstoy 也是个绝顶有学问的人,不是不会"咬文嚼字"呢! 近来林先生也译了几种 Tolstoy 的小说,并且也把"大文豪"的头衔送他;但是他也不问——大文豪的头衔,是从何种文字里得来! 他译了一本《社会声影录》,竟把俄国乡间穷得没有饭吃的农人夫妇,也架上"幸托上帝之灵,尚留余食"的古文腔调来。②

---

① 林纾:《寄林仲易侄书(二)》,李家骥等整理:《林纾诗文选》,商务印书馆1993年版。
② 志希:《今日中国之小说界》,《新潮》第一卷第一号,1919年1月,第113—114页。

《社会声影录》为林纾与陈家麟合译的托尔斯泰小说,内含两篇作品。罗家伦所批评的部分出自第一篇《尼里多福亲王重农务》(*A Morning of a Landed Proprietor*)。此书列入"说部丛书第三集第廿二编",商务印书馆1917年5月初版,封面大书"俄国大文豪托尔司泰著",并印有托氏大幅图像。

罗家伦的第四条意见是:

> 译外国小说还有一个重要条件,就是不可更改原来的意思,或者加入中国的意思。须知中国人固有中国的风俗习惯思想,外国人也有外国的风格习惯思想。中国人既不是无所不知的上帝;外国人也不是愚下不移的庸夫。译小说的人按照原意各求其真便了!现在林先生译外国小说,常常替外国人改思想,而且加入"某也不孝","某也无良","某事契合中国先王之道"的评语;不但逻辑上说不过去,我还不解林先生何其如此不惮烦呢?林先生以为更改意思,尚不满足;巴不得将西洋的一切风俗习惯,饮食起居,一律变成中国式,方才快意。他所译的侦探小说中,叙一个侦探在谈话的时间,"拂袖而起"。所以吴稚晖先生笑他说:"不知道这位侦探先生所穿的,是以前中国官僚所穿的马蹄袖呢?还是英国剑桥大学的大礼服呢?"其余这类的例子,也举不胜举了!林先生!我们说什么总要说得像什么才是。设如我同林先生做一篇小传说:"林先生竖着仁丹式的胡子,戴着卡拉 Collar,约着吕朋 Ribbon,坐在苏花 Sofa 上做桐城派的小说。"先生以为然不以为然呢?若先生"己所不欲",则请"勿施于人"!①

---

① 志希:《今日中国之小说界》,《新潮》第一卷第一号,1919年1月,第115—116页。

可以看出，罗家伦在这里还是抱着与人为善的"建设"态度。不过，关于吴稚晖的批评，恐怕是罗氏误记，此一出典还应着落在其师胡适身上。

此前一年，胡适在《新青年》发表《建设的文学革命论》，文中也拟了三条"翻译西洋文学名著的办法"，第二条谈的是坚持白话文的立场："全用白话韵文之戏曲，也都译为白话散文。用古文译书，必失原文的好处。"举例中即包括了林纾的翻译："如林琴南的'其女珠，其母下之'，早成笑柄，且不必论。前天看见一部侦探小说《圆室案》中，写一位侦探'勃然大怒，拂袖而起'。不知道这位侦探穿的是不(是)康桥大学的广袖制服！——这样译书，不如不译。"实则，商务印书馆1907年出版的"侦探小说"《圆室案》，署"商务印书馆编译所译述"，与林纾无干。罗家伦以及包括芸渠先生在内的读者之所以发生误会，实在是因为胡适在此例前后，评说的对象均为林纾。但如果细味接下来的几句："又知[如]林琴南把Shakespeare的戏曲，译成了记叙体的古文！这真是Shakespear的大罪人，罪在《圆室案》译者之上。"①则胡适在林纾与《圆室案》的译者之间还是作了区分。

不过，张汤铭甚至林纾在辩解时，都没有注意到这一批评的张冠李戴，反而甘愿代人受过，只辩称"拂袖"当为"挽袖"之笔误。由此侦知，林纾其实并不清楚其说原始出处，故不惜大包大揽。更重要的是，胡适与罗家伦对于林译小说的不满，根本在于其不用"活"的白话，专取"死"的文言，走失了原作的口吻与精神。张、林却搁置此白话更宜于翻译小说的前提绝口不论，实在也是因为对外文的语体毫无感受能力。

---

① 胡适：《建设的文学革命论》，《新青年》第四卷第四号，1918年4月，第305—306页。

辩词的出发点于是落在认定以古文译小说为既成且当然的事实,论题也转弯成为译文语言风格的统一,与对手并未接上榫。

与胡适《五十年来之中国文学》的纠葛

还须考述的是何以五年间,林译小说出现了从"无过问者"到"洛阳纸贵"的巨变。芸渠认为,那根由端在胡适不负责任的表彰:

> 胡适之《五十年来之中国文学》,推崇林纾备至,谓林纾为有文学天才的人,甚至谓"古文之应用,自司马迁以后,都没有林纾这样的成绩。"可谓将林抬到天上了。
>
> 温彩嗣 Wenchester 谓文学须有永久的价值,一时毁誉,无伤毫末。林先生要为当代作家,却是自胡适这几句话一把他抬起来,他才不倒霉了,又要走运了。

其实这里所说抬高林纾的只是胡适。至于在美国大学任教的温彩嗣,又译温彻斯特(C. T. Winchester, 1847—1920),此前一年,商务印书馆刚刚出版他的《文学评论之原理》中译本①。芸渠撮述其意,在此乃偏重"誉"之无用,即谓胡适虽"将林抬到天上",林译照样不具"永久的价值"。实则温氏本人连同其书,与林纾毫不相干。不过,林纾明显发生了误会,他没有注意或不了解新式标点中句号的功能,以为已经去世四年

---

① 温彻斯特著:《文学评论之原理》,景昌极、钱堃新译,梅光迪校,商务印书馆1923年版。

的温氏曾称道他,为之辩护,故言"感极感极",甚至说要在六国饭店设宴酬谢。此话当然是戏言,但还是反映出林纾对外国"知己"的感恩心情。

而让芸渠大为不满的《五十年来之中国文学》,本是胡适1922年3月为《申报》创办50周年专门撰写的一篇长文,收在申报馆1923年2月出版的《最近之五十年》纪念专刊中,次年又出版了单行本。其中对于林纾最高的评价,乃是与严复对举,许为:"严复是介绍西洋近世思想的第一人,林纾是介绍西洋近世文学的第一人。"说到林译小说,胡适发表了这样的意见:

> 他(指林纾)的大缺陷在于不能读原文;但他究竟是一个有点文学天才的人,故他若有了好助手,他了解原书的文学趣味往往比现在许多粗能读原文的人高的多。……
>
> 平心而论,林纾用古文做翻译小说的试验,总算是很有成绩的了。古文不曾做过长篇的小说,林纾居然用古文译了一百多种长篇小说,还使许多学他的人也用古文译了许多长篇小说,古文里很少滑稽的风味,林纾居然用古文译了欧文与迭更司的作品。古文不长于写情,林纾居然用古文译了《茶花女》与《迦茵小传》等书。古文的应用,自司马迁以来,从没有这样大的成绩。

这是胡适站在文学史家的立场,对林译小说所作的历史评定,自有合理性。芸渠却只顾坚守白话本位,因而对历史人物与文本缺乏必要的同情。何况,胡适在上述赞语之后,立刻表示:"但这种成绩终归于失败!这实在不是林纾一般[班]人的错处,乃是古文本身的毛病。"因为"古文究竟是已死的文字"①,从而透显出以白话为"活文学"仍是胡适论述的归宿

---

① 胡适:《五十年来之中国文学》,申报馆1924年版,第18、23—24页。

与一贯主张。芸渠有意无意忽略了此点,对胡适的本意不免有所歪曲。

关于文言与白话的"死""活",倒是林纾念念不忘,并假托茶花女之老书新戏,调笑一番。林纾自嘲其初涉译坛的成名作《巴黎茶花女遗事》为"老茶花",乃是因有时事新戏《新茶花》自晚清以来,一直以京剧、话剧等形式在上海舞台热演。于是,针对芸渠所述时人"语及《茶花女》,叹赏累日,或攒目[眉]互语,叹林译小说,何竟走遍市廛无处购也",林纾故意调侃:"我意寻《老茶花》是死的,无可言晤;不如找《新茶花》是活的,可以吊膀,到还有趣。"只是,这样的嘲笑在林纾固然颇为自得,然而已有些无聊。

更有甚者,胡适称赞林译小说对于古文的应用,取得了司马迁以来所没有的大成绩,本是诚心言好;林纾反而就此发难,用司马迁的受宫刑与自己1922年8月间的大小便不通①类比,称为"极大忌讳","只好战战兢兢,写一个心领谢帖,挡驾完事",表示拒绝。尽管林纾自白,"有时称许不伦,颇为难受"②,应是其回应胡适诸言率性而出的原因,但迹近恶俗仍不免是笔者读后的印象。而如果稍微留心胡适所说,不难发现,其并未犯下林纾嘲讽的"比我为司马迁"一类的错误。只是,林纾对司马迁实在是高山仰止,研读有年,故翻译小说时,也会发出"西人文体,何乃甚类我史迁也"③的感叹,以致错会了胡适文意,引司马迁自比。实则,林氏对自家古文已有定位,所谓"六百年中,震川外无一人敢当我者"④。正因有着这样的高度自信,林纾才放出"即有百个胡适

---

① 参见朱羲胄述编:《贞文先生年谱》,世界书局1949年版,第54页。
② 林纾:《寄林仲易侄书(二)》,李家骥等整理:《林纾诗文选》,商务印书馆1993年版。
③ 林纾:《〈斐洲烟水愁城录〉序》,朱羲胄编:《春觉斋著述记》,世界书局1949年版,第26页。
④ 钱锺书:《林纾的翻译》,《旧文四篇》,上海古籍出版社1979年版,第94页。

之,亦扶不起;即有千个某杂说[志],亦踩不倒"的豪言。根本说来,林纾始终最看重的是其古文,而非翻译小说,按照老友陈衍的说法,那情形竟至为"琴南最恼人家恭维他的翻译"①。无怪乎胡适的好心,因赞的不是地方,林纾并不领情,反会生气。

而真正让林纾动怒的,应该还是芸渠所挖苦的"七十老翁,卖文为活",故"师笑曰"最先承接"不倒霉"的话头,就此展开。林纾先后诞育七子五女,家累甚重,又常接济族人及故交,日用开支很大。翻译小说以获取稿酬,确为其重要的养家之道。甚至1913年准备搬家时,住所地点的选择也兼顾到距口译合作者较近,"便于译书也"②。在写给三子林璐的信中,因其游惰成性,林纾每常叹苦,故要求其"当念尔父百般劳瘁,所为何来?切须学好,用功做人";语气中甚至不乏恳求:"一钱来处均不易,父老而力疲,须从俭为是,亦以体贴老父,即为孝子。"由于长期劳累,林纾的身体早已出现病状。在训子书中亦不妨说得明白:"吾年已六十有四,在理喘嗽之病日相侵寻,亦是老年常事。而吾蒙天之佑,常能耐劳,试问吾身尚有何望?"所望者即在儿子们的自立③。为子女笔耕不息的林纾老人,也正有值得人尊敬处。郑振铎于林纾身后,誉之为"实是一个最劳苦的自食其力的人","实可算是最可令人佩服的清介之学者"④,相当中肯。与此相比,芸渠的讥讽不免失之尖刻。但其说仍不过是沿袭了傅斯年五年前在《新潮》对林纾反对白话文学心理的揣测:"苟不至于如林纾一样,怕白话文风行了,他那古文的小说

---

① 钱锺书:《林纾的翻译》,《旧文四篇》,上海古籍出版社1979年版,第91页。
② 林纾:《训林璐书》(1913年4月7日)。
③ 同上书(1913年4月20日、约1916年、1915年秋)。
④ 郑振铎:《林琴南先生》,《小说月报》第十五卷第十一号,1924年11月。

卖不动了,因而发生饭碗问题,断不至于发恨'拼此残年',反对白话。"①这也是浅之乎视林纾了。

而由芸渠"洛阳纸贵"一语带出的"方今吴子玉用武力统一,那有功夫瞅字",实为《书后》文中唯一关系时事之言。吴佩孚(字子玉)为直系军阀首领,当时在北洋各系中军事实力最强,驻守洛阳,操控政局。1923年4月,吴在洛阳大做五十寿庆,有人出多金请林纾作画,林"却之弗为",《贞文先生年谱》谓为"久不直其骄横佳兵也"②。但其间亦不排除林纾亲近的徐树铮为皖系军阀的缘故。1920年的直皖战争中,皖系落败,徐亦被通缉。林纾或不无衔恨,故在此顺便偶刺之。

不过,在林纾的反唇相讥中,倒也透露出其当年真实的谋生情况:"吾每译小说,与舌人对分,一月不过六百元。今舍译卖画,一月到得千元。"可知,起码到1924年,卖画已成为林纾最主要的收入来源。按照1913年所收女弟子王芝青的回忆:"晚年求画者甚多,先生自定润笔,与其他画家不同的是索画先付润笔,茶几书架上常常堆满了纸绢,直到病榻上难以握管还在纸上摸索,他死后还欠了许多画债。"③老友陈衍的记述更为传神:"纾有书画室,广数筵,左右设两案:一案高将及胁,立而画;一案如常,就以属文。左案事毕,则就右案,右案如之。食饮外,少停晷也。"故陈衍"戏呼其室为'造币厂',谓动即得钱也"④。如此辛劳,仍是为了儿辈。以至在去世前,林纾已病势沉重,"犹日作画数事,

---

① 傅斯年:《白话文学与心理的改革》,《新潮》第一卷第五号,1919年5月。
② 朱羲胄述编:《贞文先生年谱》,世界书局1949年版,第61页。
③ 王芝青口述、范文通整理:《我的绘画老师林琴南》,《人物》1982年第2期,第177页。
④ 陈衍:《福建通志·林纾传》,朱羲胄述编:《贞文先生学行记》,世界书局1949年版,第4页。

自谓以分诸子也"①。

至于林纾的翻译情况,此文也作了总结:"师每日必译书三千六百言,成书一百五十三种。"前者可视为林纾与合作者通常约定的译书字数,后者则为其自家认定的译书数目,尽管我们现在知道的林译小说成书已超过此数。而谓为"总结",实在是因为此时距林纾病逝之日——1924年10月9日已经不远。

游戏文中的正经事业

《读〈益世报〉芸渠〈偶谈〉书后》完成,林纾将其寄给林仲易,附信曰:

> 方今盛行白话,余率性作白话一篇,将他奚落。不便付与他报,祈吾侄登在附张,与白话文及白话诗一堆混去,略略开心。余近来身子极健,故有此闲情。②

在此先要说明的是林仲易的身份。林氏本名秉奇(1893—1981),福建闽县(今福州)人。父亲林作舟与林纾为友,林纾曾因仲易之请,为其父撰《清奉直大夫阳山县知县长乐林君墓志铭》。1917年冬,林纾在北京开设古文讲习会,林仲易亦来听讲。故1918年林赴日留学时,林纾为作《送林生仲易之日本序》③。1920年自日本早稻田大学毕业归国

---

① 朱羲胄述编:《贞文先生年谱》,世界书局1949年版,第64页。
② 林纾:《寄林仲易侄书(二)》,李家骥等整理:《林纾诗文选》,商务印书馆1993年版。
③ 林纾所撰二文分别收入《畏庐续集》与《畏庐三集》中。

后，林仲易即加盟北京《晨报》，并专任次年创办的《晨报副刊》编辑，编发了大量卓有影响的新文学作品①。而撰写《偶谈》一文的芸渠应为北京《益世报》编辑王芸渠，该报"益世俱乐部"即由其主编②。可想而知，有此一层关碍，林纾的反击文章自不便在北京《益世报》发表。于是，交给以刊发白话文学为主的《晨报副刊》编辑、弟子林仲易，便是最合适的选择。

此文的出之以白话体，在林纾也有戏谑意，算是"即以其人之道，还治其人之身"。不过，林纾并非反对白话文，而是反对"尽弃古文行以白话"③。因此，早在1901年的《杭州白话报》上，林纾即发表过白话道情多篇④。1922年8月9日至9月15日，《晨报副刊》刊出署名"淑兰女士"撰写的《晋鄂苏越旅行记》，林纾也致函林仲易，大赞其文"用语体，字里行间，咸有卷轴之气，闲闲以白描之笔，写南中山容水态，均栩栩欲活"，以为"必如是始成语体文字"。既极称其为"不易才"，故特意探问："未知为何处人，吾贤曾否认识此人，可否介绍与老人相见。"⑤爱才之情溢于言表。而林氏也果然有眼光，此"淑兰女士"即为日后的著

---

① 参见闽客、张天宇：《林仲易与二十年代的北京〈晨报〉——访旧京〈晨报〉总编辑林仲易之女林薇女士》，《北京档案史料》1999年第二期，第318—321页。

② 蹇先艾《向艰苦的路途走去》提及："在我投稿的初期中，我不得不提到几位认识或不认识的编辑先生的奖掖，并向他们表示感谢之忱。在北平《益世报》的《益世俱乐部》中刊登我的处女作《人力车夫》的编者是王芸渠先生，……不久就到山东教书去了。"参见蹇先艾：《蹇先艾文集（三）》，贵州人民出版社2004年版，第276页。此条材料由宋雪提供，特此致谢。

③ 林纾：《论古文白话之相消长》，原载《文艺丛报》第一期，1919年4月；录自林纾著、林薇选注：《林纾选集·文诗词卷》，四川人民出版社1988年版，第156页。

④ 参见郭道平：《〈杭州白话报〉上林纾的白话道情》；胡全章：《林纾"白话道情"考论》，《福建工程学院学报》2012年第5期。

⑤ 林纾：《寄林仲易侄书（一）》，李家骥等整理：《林纾诗文选》，商务印书馆1993年版，第333页。

名学者冯沅君。于此亦可见出,林纾实将书卷气视为白话文必须具备的质素与底蕴。

而这篇师生合作的戏仿白话文终究没有刊出。据林纾事后写给林仲易的信中"伏卢先生识高于顶"一语可知,主要原因是当时的《晨报副刊》主编孙伏园反对发表此文;而"吾侄见事,良有卓识",说明林仲易也赞同孙氏的意见。虽然孙伏园令林纾"拜服无地"的"持平论"现在不得其详,林仲易的劝解信亦未现身,但二人不愿挑起文坛新事端的息争之意还是可以明白体会出。林纾回应林仲易"卓识"的"余那顾与此辈争雄头[斗]角",以及针对孙伏园"持平论"所说"余七十有三之年,何必与人争无为之气",都在剖白此点。尤其是《书后》文中对胡适的讥讽,在林纾说来,是既有些得意又有些不平的"且胡适之经余指斥,而尚以谀词加我,本不必呶呶与辩"①;若在旁人如孙伏园与林仲易看来,可能生出的倒是不识好歹,甚至好心当作驴肝肺的感觉。

自我解释作文的目的与心态,林纾初时的"颇为难受"与"将他奚落"显然更本真;后来辩解为"如方朔之《解嘲》,以博阅者一笑,并无诋谰之词",起码孙伏园并不相信。不过,寻"开心""游戏"为文,确也是林纾前后二书一致的表白,只是后信于此更多强调,且言及与性情相关:"然好游戏之作,效颦作白话一篇。"②采用调侃语气作文,自然可降低或和缓论争中的敌意,使其处在若有若无之间。但分寸其实很难把握,戏谑也很容易从善意的调笑滑向恶意的讽刺。但无论如何,林纾的性喜"游戏"并非遁词。熟悉其人者,多对林纾自认的"好谐谑"印象深

---

① 林纾:《寄林仲易(三)》,李家骥等整理:《林纾诗文选》,商务印书馆1993年版,第335页。
② 林纾:《寄林仲易侄书(二)》《寄林仲易(三)》,李家骥等整理:《林纾诗文选》,商务印书馆1993年版。

刻。《福建文史资料》第五辑登载过两篇回忆文章,对此竟有相同的记述。世交子吴家琼(其父吴翕芬与林纾同任教于北京五城学堂)称:"林琴南平日风趣洒脱,快言快语,不存芥蒂。"晚年亲近的弟子胡孟玺亦说:"先生性极诙谐,居常以隽永洒脱之辞,作深入浅出之语,其脍炙人口者不可胜纪。"①只是,这样的隐情细节不可能为人人道,并期待人人知。为避免引发新一轮的文白之争,想来也有为林纾老人不致惹火烧身、安度晚年计,《晨报副刊》因此决意"不登"这篇"游戏之作"。林纾此时或许也觉得孟浪,不愿此文再现于世,故信末嘱林仲易"摧烧之可也"②。

虽说是笔墨游戏,在林纾其实也相当郑重。此稿篇首本有林纾所写"登出此文时,祈将贵报送我一分"的嘱咐,分明有留存意。如果放在林纾生命中的最后一年来看,更可见其为延续古文命脉而拼死努力的悲壮心态。这场最终夺去林纾性命的大病起于1924年6月10日。其间,林纾曾扶病去孔教大学讲授《史记》中《魏其武安侯列传》一篇,随即辞讲席,并作《留别听讲诸子》诗:

任他语体讼纷纭,
我意何曾泥《典》《坟》。
驽朽固难肩此席,
殷勤阴愧负诸君。

---

① 吴家琼:《林琴南生平及其思想》;胡孟玺:《林琴南轶事》,政协福建省委员会文史资料编辑室编:《福建文史资料》第五辑,福建人民出版社1981年版,第102、106页。"好谐谑"出自林纾文言小说《庚辛剑腥录》,述"吾乡有凌蔚庐(按:谐音林纾之号畏庐)者,……其人好谐谑";钱锺书《林纾的翻译》中亦有引例。

② 林纾:《寄林仲易(三)》,李家骥等整理:《林纾诗文选》,商务印书馆1993年版。

学非孔孟均邪说,
话近韩欧始国文。
荡子人含禽兽性,
吾曹岂可与同群?①

留给学生的遗言,仍与1919年致蔡元培信中对"覆孔孟、铲伦常""尽废古书,行用土语"②的忧惧相同。临终前一日,林纾已无力说话,"然犹以指书子琮掌曰:'古文万无灭亡之理,其勿怠尔修。'"③这已是真正意义上的遗嘱,其中凸显的是林纾对古文至死不渝的关切。

一篇游戏文,关联的仍然是林纾一生倾力的古文事业。

(作者单位:北京大学中文系)

---

① 朱羲冑述编:《贞文先生年谱》,世界书局1949年版,第62页。
② 林纾:《答大学堂校长蔡鹤卿太史书》,《畏庐三集》,商务印书馆1924年版,第26、27页。
③ 朱羲冑述编:《贞文先生年谱》,世界书局1949年版,第65—66页。

文学革命时期"林纾败北"问题新探
——兼论共和话语与新文学合法性的建立

宋声泉

在新文学的历史叙述中,林纾的形象历来不佳,俨然一位守旧的卫道士,虽然于 1924 年林纾离世后,郑振铎、周作人等新文化人士纷纷撰文重新评价其在译介外国文学方面的成绩,但同时亦对其在"五四"时期的言行表示惋惜①。这种一分为二的人物评价方式长时间地左右着后世史家为林纾定位时的眼光。不过近 20 年来,也有一些研究者尝试对"'五四'前后的林纾"予以重新勾勒与评价,或表示应"着重从新文化人的策略效应的角度"探析林纾攻击新文化运动的动因和手段②;或认为林纾反击《新青年》同人"本意只在泄愤而并非从根本上反对白话"③;或"依据一些材料推断徐树铮在'五四'时期并没有充当'荆生将军',干涉新文化运动的企图"④;或指出"林纾的文化命运:牺牲在实质正义中"⑤;

---

① 郑振铎:《林琴南先生》,《小说月报》第十五卷第十一号,1925 年 11 月。开明:《林琴南与罗振玉》,《语丝》1924 年第三期。"开明"为周作人的笔名。
② 洪峻峰:《林纾晚年评价的两个问题》,《齐鲁学刊》1995 年第 1 期。
③ 刘克敌:《晚年林纾与新文学运动》,《中国现代文学研究丛刊》1997 年第 1 期。
④ 陈思和:《徐树铮与新文化运动——读书札记二则》,《中国现代文学研究丛刊》1996 年第 3 期。
⑤ 杨联芬:《晚清至五四:中国文学现代性的发生》,北京大学出版社 2003 年版,第 108 页。

或"阐明林纾坚守文化保守立场,自有其历史与文化意义"①;或从"'五四人'与'晚清人'的代际文化心态差异"看到"林纾与'五四'时期'新青年派'的文化价值冲突主要表现在一种传统主义的常识与全能主义的理性之间的冲突"②等。尽管成绩颇为明显,但随着林纾形象的渐趋翻转,也引起了一些争论;其间尚存若干需要继续讨论的问题。

目前,既有研究多从林纾被迫应战的姿态及其言论的合理性出发,追究《新青年》同人的言语暴力问题,似乎林纾的败北一是中了新文化者们的圈套,以小说影射人的回应方式失策;二是源自其不擅长富于逻辑的表达,故有口难辩、有理无法说清。与这两类就事论事的分析路径不同,罗志田别出心裁地揭示出从思想观念的视角看,蔡元培驳林纾时"处处皆本林纾所提的观点","恐怕应该说是林胜了蔡";"林纾之所以在社会学意义上被战败,一个主要原因是他的个人身份有些尴尬",即"因其旧派资格不足"③。他以林、蔡之争为中心,旁征博引,凸显了民初新旧杂处而相互纠缠的复杂关系,值得重视;但因其"侧重于论战当事人这些精英人物",所以对"林纾败北"的分析止步于林氏的认同危机。

平心而论,"林纾败北"的根源既不能在论争双方的你来我往、唇枪舌剑中找到,也不能仅靠探求林纾个人身份的尴尬获得。诚如杨联芬所言:"在这场'新'与'旧'的交战中,对立的双方,无论是论辩的发动,还是实际的矛盾,都还未能形成真正的历史冲撞。"④那么,林纾何以在这样一场未能充分展开便已宣告结束的较量中失势的呢?难道林

---

① 胡焕龙:《林纾"落伍"问题研究》,《文艺理论研究》2004年第6期。
② 耿传明:《在"新""旧"对峙的背后——从林纾看"五四人"与"晚清人"的代际文化心态差异》,《天津师范大学学报(社会科学版)》2004年第4期。
③ 罗志田:《林纾的认同危机与民初的新旧之争》,《历史研究》1995年第5期。
④ 杨联芬:《晚清至五四:中国文学现代性的发生》,北京大学出版社2003年版,第119页。

纾批评白话文的言论在当时完全得不到认可吗？还是《新青年》同人的话语修辞确有能偷天换日的魔力？所谓"正宗的旧派"真的是因为林纾的小说家身份而袖手旁观吗？

"林纾败北"，对于民国初年新旧之争而言，具有丰富的象征性意味，亦在文学革命的声势壮大之中扮演着重要的角色；剖析这个历史现象的根源，对今人重新理解民初时段的共和语境之于文学革命的意义有重要的帮助。

一

考察"林纾败北"对文学革命的历史影响，有必要先对当时新文学主张的接受情况予以简要的梳理。对于文学革命来说，至1919年2月，虽然在社会上受到广泛的关注，甚至热烈的肯定，但同时反对者的声音亦开始浮现。在新旧思想尚未充分碰撞之前，文学革命的主张对社会民众的说服力依旧不强。1919年1月15日，陈独秀在第六卷第一号《新青年》上说：

> 本志经过三年，发行已满三十册；所说的都是极平常的话，社会上却大惊小怪，八面非难，那旧人物是不用说了，就是咶咶叫的青年学生，也把《新青年》看作一种邪说，怪物，离经叛道的异端，非圣无法的叛逆。本志同人，实在是惭愧得很；对于吾国革新的希望，不禁抱了无限悲观。

由此更可见，新文学的合法性并没有在这个时刻建立起来。

1918年7月,北京高等师范学校国文部学生周祜给钱玄同写信时说:"先生及《新青年》诸先生常常说:'新文学自从提倡以来,国中有世界观念的人已有一大半赞成了。'"由此来看,《新青年》同人自我鼓吹的是在1918年上半年,新文学已然有很高的接受度了。但周祜经过一番论证,推导出"国中有世界观念的人物,也可以数得清楚了",所以他认为钱玄同等人的话"从表面上看过去似乎很可喜,从实际上考察起来,却是很可悲"。过了半年后,钱玄同在1919年2月复信时说:"至于白话文学,自从《新青年》提倡以来,还没有见到多大的效果,这自然是实情。但我以为可以不必悲观,多大的效果虽没有见到,但小小的感动,也不能说绝无。就使绝无丝毫影响,我们还是要竭力进行。"这不仅意味着钱玄同认可了周祜的说法,承认此前言论的修辞化与虚空,还说明至少到了1919年2月,文学革命产生的实际影响仍旧十分有限。

就在文学革命逐渐引起反响的1918年年末,读者"爱真"致信陈独秀,谈论自己对《新青年》的看法。开篇先肯定"《新青年》者,允为吉祥文字,日处沉沉地狱之中国,仅此新声,微微刺我耳膜,但觉片时舒服",然后说道:

> 自从四卷一号直到五卷二号,——四卷以前我没有读过。——每号中,几乎必有几句"骂人"的话,我读了,心中实在疑惑得很!
>
> 《新青年》是提倡新道德——伦理改革、新文学——文学革命和新思想——改良国民思想——的。难道"骂人"是新道德、新文学和新思想中所应有的么?

陈独秀回答说:

> 尊函来劝本志不要"骂人",感谢之至。"骂人"本是恶俗,本志同人自当有则改之,无则加勉,以答足下的盛意。但是到了辩论真理的时候,本志同人大半气量狭小,性情直率,就不免声色俱厉,宁肯旁人骂我们是暴徒是流氓,却不愿意装出那绅士的腔调,出言吞吐,至使是非不明于天下。因为我们也都抱了"扫毒主义",古人说得好,"除恶务尽",还有什么客气呢?①

倘若对读半年前陈独秀答"崇拜王敬轩者"时的话②,可以发现他对于"骂人"正当与否的看法略有改变,至少不再明说"痛骂之一法"的合理,而是绕着弯子为自己辩护,已然显得不是十分地理直气壮。过了一个月之后,陈独秀又说道:

> 社会上非难本志的人,约分为二种:一是爱护本志的,一是反对本志的。第一种人对于本志的主张,原有几分赞成;惟看见本志上偶然指斥那世界公认的废物,便不必细说理由,措词又未装出绅士的腔调,恐怕本志因此在社会上减了信用,象这种反对,本志同人,是应该感谢他们的好意。

这里陈独秀更是以肯定的方式感谢那些质疑《新青年》骂人的读者观

---

① 爱真、独秀:《通信·五毒》,《新青年》1918年第五卷第六号。
② 1918年6月,第四卷第六号《新青年》刊出署名为"崇拜王敬轩者"的读者来信,该信批评第四卷第三号《新青年》上所载之刘半农对钱玄同所假扮的王敬轩的回复,称:"贵志记者对于王君议论,肆口侮骂,自由讨论学理,固应又[如]是乎?"陈独秀回应时说:"本志自发刊以来,对于反对之言论,非不欢迎;而答词之敬慢,略分三等:立论精到,足以正社论之失者,记者理应虚心受教。其次则是非未定者,苟反对者能言之成理,记者虽未敢苟同,亦必尊重讨论学理之自由虚心请益。其不屑与辩者,则为世界学者业已公同辩明之常识,妄人尚复闭眼胡说,则唯有痛骂之一法。"

点,不再为骂人有理而辩护。不过此时,即使在《新青年》内部,关于"骂人"问题仍未能统一意见。1919年2月,胡适致信钱玄同时说:"适意吾辈不当乱骂人,乱骂人实在无益于事。……若他真不可救,我也只好听他,也决不痛骂他的。"钱玄同回信时称:"老兄的思想,我原是很佩服的,然而我却有一点不以为然之处:即对于千年积腐的旧社会,未免太同他周旋了。平日对外的议论,很该旗帜鲜明,不必和那些腐臭的人去周旋。老兄可知道外面骂胡适之的人很多吗?你无论如何敷衍他们,他们还是很骂你,又何必低首下心,去受他们的气呢?"①如果说强调"旗帜鲜明",还算得是一种论争策略,那么坚持不受论敌的气,则颇显意气用事。

也是在1919年2月,蓝志先致信胡适时,再次谈及《新青年》的"骂人"问题:

> 讲到《新青年》的缺点,有许多人说是骂人太过,吾却不是如此说。在中国这样混浊社会中讲革新,动笔就会骂人,如何可以免得。不过这里头也须有个分别,辩驳人家的议论说几句感情话,原也常有的事,但是专找些轻佻刻薄的话来攻击个人,这是中国自来文人的恶习,主张革新思想的,如何自己反革不了这恶习惯呢?像《新青年》通信栏中常有这种笔墨,令人看了生厌。本来通信一门是将彼此辩论的理由给一般人看的,并不是专与某甲某乙对骂用的,就便骂得很对,将某甲某乙骂一个狗血喷头,与思想界有什么好处呢?难道骂了他一顿,以后这人就不会有这样的主张了么?

---

① 中国社会科学院近代史研究所中华民国史组编:《胡适来往书信选》上,中华书局1979年版,第24—26页。

却反令旁观者生厌,减少议论的价值。吾敢说《新青年》如果没有这几篇刻薄骂人的文章,鼓吹的效果,总要比今天大一倍。吾是敬爱《新青年》的人,很望以后删除这种无谓的笔墨,并希望刘半侬先生也少说这种毫无意思的作揖主义。①

蓝志先指出许多人说《新青年》骂人太过,即可知当时社会舆论的一个方面。虽然他也认为动笔骂人是难免的,已经是能够理解《新青年》处境的人了,但仍然对通信栏的笔墨感到生厌。胡适作答时,对蓝志先的看法完全赞同,称:"这真是我们自命为革新家的人所应该遵守的态度。"由此可见,就在文学革命成为热点话题之时,使读者产生信任危机的原因,不仅来自于旧派文人的压力,很大程度上要归因于《新青年》言说方式的问题。胡适早已注意到了这个问题的重要性,陈独秀也转变了看法,只有钱玄同还持着一贯偏激的态度。

其实,暂不论社会上的一般观点,即便是北京大学中赞同新文化的人亦对《新青年》同人颇有微词。罗家伦便曾忆及刘半农与钱玄同在北大学生心目中的形象,称:

> 刘半农,本来是在上海做无聊小说的,后来陈独秀请他到预科教国文。当时大家很看他不上……刘半农还有一篇《作揖主义》也是同样的轻薄口吻的文字,所以大家都不大看得起……
>
> 钱玄同本来是一个研究音韵学的人,是章太炎的学生,是自己主张白话却是满口说文言的人,是于新知识所得很少却是满口说

---

① 蓝志先:《蓝志先答胡适书》,《新青年》1919 年第六卷第四号。此信原载于 1919 年 2 月 11 日的《国民公报》。

新东西的人,所以大家常说他有神经病,因为他也是一个精神恍惚好说大话的人。①

虽是回忆文字,未必完全可信,但却和与罗家伦一起创立新潮社的张申府的看法有可参照之处。1918年,张申府致信胡适,对陈独秀、钱玄同的"以毁谤古书为事"提出异议,称"望他回省回省才好"②。

而与胡适交往密切的留美学生群体,更是对《新青年》多有非议,尤其是不赞同"骂人"。1918年11月3日,任鸿隽在写给胡适的信中说:

> 足下当知我并非为此类人作辩护,此类人虽较钱先生所说的更加十倍毒骂也不足蔽其辜而快吾心,特以欲为文学界挽此颓风,办法不当如是。第一,要洗涤此种黑脑经,须先灌输外国的文学思想,徒事谩骂是无益的;第二,谩骂是文人一种最坏的习惯,应当阻遏,不应当提倡。兄等方以改良文学为职志,而先作法于凉,则其结果可知。吾爱北京大学,尤爱兄等,故敢进其逆耳之言,愿兄等勿专骛眼前攻击之勤,而忘永久建设之计,则幸甚。③

任氏的着眼点与蓝志先相同,谩骂的方法不仅无益于文学革命,甚至还会起到反作用。1919年,张奚若在致信胡适时,对《新青年》同人的评说更加严厉,称之为"一知半解的维新家",还说"他们许多地方同小孩

---

① 罗家伦:《蔡元培时代的北京大学与五四运动》,陈平原、郑勇编:《追忆蔡元培(增订本)》,生活·读书·新知三联书店2009年版。

② 中国社会科学院近代史研究所中华民国史组编:《胡适来往书信选》上,中华书局1979年版,第11—12页。

③ 同上书,第17页。

子一般的胡说乱道",尤其是反感《新青年》的言说方式:

> 吾非谓《新青年》等报中的人说话毫无道理,不过有道理与无道理参半,因他们说话好持一种挑战的态度,——漫骂更无论了,——所以人家看了只记着无道理的,而忘却有道理的。这因人类心理如此,是不能怪的。

平心而论,张奚若或多或少对《新青年》同人存有偏见,如认为他们大多数是"无源之水";但笔者所引的这段话确实是他的肺腑之言,颇能见出部分读者的心理。

综上来看,1919年前后,尽管《新青年》的社会知名度已然提升,文学革命的主张也引起了人们的重视,但质疑之声仍不绝于耳,甚至十分有力。然而,就在此时,《荆生》的问世,为新文学合法性的广泛建立提供了重要的契机。

二

《荆生》在1919年2月17、18日连载于《新申报》。其发表原本不会引起社会上太多的注意。但该小说刊行不到10日,便传出《新青年》同人受政治压迫面临被辞职的消息,而这消息竟然就是由林纾的学生张厚载放出的。1919年2月26日,张厚载在其为《神州日报》主持的一个不定期的"半谷通信"栏目中说道:

> 近来北京学界忽盛传一种风说,谓北京大学文科学长陈独秀

即将卸职,因有人在东海面前报告文科学长、教员等言论思想多有过于激烈浮躁者,于学界前途大有影响,东海即面谕教育总长傅沅叔令其核办,傅氏遂讽令陈学长辞职,陈亦不安于位,故即将引退。又一说闻,谓东海近据某方面之呈告,对于陈独秀及大学文科各教授如陶履恭、胡适之、刘半农等均极不满意,拟令一律辞职云云。然陶、胡两君品学优异,何至牵连在内,彼主张废弃汉文之钱玄同反得逃避于外,当局有此种意诚不能不谓其失察也。……凡此种种风说果系属实,北京学界自不免有一番大变动也。颇闻陈独秀将卸文科学长职之说最为可靠,昨天学校曾开一极重大讨论会,讨论大学改组问题,欲请某科某门改为某系,如是即可以不用学长,此种讨论亦必与陈学长辞职之说大有关系,可断言也。①

"东海"是时任民国大总统的徐世昌的号。这条消息显示,《新青年》同人或因言论、思想方面的问题,而遭受政治清算,甚至涉及总统的直接干预。如此详细的传言显然不是张厚载自己捏造而成的。尤其是据传言内容推测,辞退陈独秀等人似乎和林纾的活动无关。因为《荆生》中没有陶履恭和刘半农,而有钱玄同;如果真的是林纾向北洋军阀吹风的话,那么,钱玄同不可能不被纳入名单。而张厚载也是居心叵测,他不仅丝毫没有对政府干预言论自由有何指责,反而说政府失察——陶履恭与胡适不该被辞退,钱玄同才是最不能被放过的人。其言外确实有希望政府出面打压《新青年》同人之意。

3月2日,陈独秀在第11期《每周评论》"随感录"中,以《旧党的罪

---

① 本文所引《神州日报》的文字,均转引自王枫:《五四前后的林纾》,《中国现代文学研究丛刊》2000年第1期。

恶》为题写下：

> 言论思想自由，是文明进化的第一重要条件。无论新旧何种思想，他自身本没有什么罪恶。但若利用政府权势，来压迫异己的新思潮，这乃是古今中外旧思想家的罪恶，这也就是他们历来失败的根源。至于够不上利用政府来压迫异己，只好造谣吓人，那更是卑劣无耻了。

联系张厚载放出的消息，便能够体会陈独秀这段文字的背后之意。3月3日，《神州日报》再次刊出张厚载的传言：

> 前次通信报告北京大学文科学长、教授将有更动消息。兹闻文科学长陈独秀已决计自行辞职，并闻已往天津，态度亦颇消极。大约文科学长一席在势必将易人，而陈独秀之即将卸职，已无疑义，不过时间迟早之问题。

如果仅是《神州日报》这样来说，恐怕未必会引起社会上格外的注意。但3月4日，《申报》郑重其事地在"专电"栏中大字号写道："北京电——北京大学有教员陈独秀、胡适等四人驱逐出校，闻与出版物有关。（二日下午三钟）"从后来报刊媒体对此事的反应来看，即多因看到《申报》新闻。

3月5日，李大钊在《晨报》上发表《新旧思潮之激战》，不再像《新青年》上主张的要废弃旧思想、旧伦理、旧文学，而开始大谈新旧二种思潮缺一不可，说："这两种思潮，都应该知道须和他反对的一方面并存同进，不可妄想灭尽反对的势力，以求独自横行的道理。"假使让《新青年》同人按李大钊所言反躬自省,恐怕他们也未能做到这一点。李大钊还较详细地举了日本新旧之争的例子来证明自己的看法,然而话锋一转,开始指责中国旧派势力,称其"想用道理以外的势力,来铲除这刚一萌动的新机",斥他们"想抱着那位伟丈夫的大腿,拿强暴的势力压倒你们所反对的人,替你们出出气,或是作篇鬼话妄想的小说快快口,造段谣言宽宽心,那真是极无聊的举动"。"伟丈夫"一词即来自林纾小说中对荆生的描述——"伟丈夫趫足超过破壁"。这是新文化人首次将《荆生》与谣言、旧派希冀借助政治势力联系起来。

3月6日,《申报》登出"静观"的《北京大学新旧之暗潮》一文,对此前的《国立北京大学之内容》中涉及的文科部分予以扩展与补充。全文计千余字,先述北京大学文科新派人士的主张与刊物,后言与之对峙的旧派人物的主张与刊物,再介绍中间派人士朱希祖的情况,并表示对朱氏较为赞赏。同时谈到:

> 日前喧传教育部有训令达大学,令其将陈、钱、胡三氏辞退,并谓此议发自元首,而元首之所以发动者,由于国史馆内一二耆老之进言。但经记者之详细调查,则知确无其事,此语何自而来,殊不可解。

这实际上是在为3月4日《申报》所载"专电"辟谣。但亦在无意中揭示出坊间的传闻是说"国史馆内一二耆老之进言"。在该文中便说过:"国史馆之耆老先生如屠敬山、张相文之流,亦复视新文学派若蛇蝎而深表同情于刘、黄。"可见,传言中尚无牵涉到林纾。这也与张厚载的说法相印证。林纾在当时显然不具备向大总统进言的资格,但国史馆的耆老不同。

然而，流言传播易而止息难。面对外间汹涌的传言，胡适写信给张厚载，责备他说："不知这种消息你从何处得来，我们竟不知有这么一回事。此种全无根据的谣言，在外人尚可说，你是大学的学生，何以竟不调查一番。"3月7日，张厚载回信时辩解道："神州通信所说的话，是同学方面一般的传言，同班的陈达才君他也告诉我这话，而且法政学校里头，也有许多人这么说……这些传说，绝非我杜撰，也绝非神州报一家里有的话。"3月9日，张厚载在《神州日报》上继续说道：

> 北京大学文科学长陈独秀近有辞职之说，日前记者往访该校校长蔡孑民先生，询以此事。蔡校长对于陈学长辞职，并无否认之表示。且谓该校评议会议决，文科自下学期或暑假后与理科合并，设一教授会主任，统辖文理两科，教务学长一席即当裁去云云。则记者前函报告，信而有征矣……

《申报》明明已有报道辟谣，而张厚载却坚称自己所言不虚。

也是在3月9日，《每周评论》第12期发行。该期新增"杂录"栏，全文转载了林纾的《荆生》，称之"林琴南先生最近作"，并标明"想用强权压制公理的表示"。"记者"还在小说前加上按语，称：

> 近来有一派学者主张用国语著作文学，本报也赞成这种主张的。但是国内一班古文家、骈文家和那些古典派的诗人、词人，都极力反对这种国语文学的主张。我们仔细调查，却又寻不出什么有理由、有根据的议论。甚至于有人想借武人政治的威权来禁压这种鼓吹。前几天上海《新申报》上登出一篇古文家林纾的梦想小说，就是代表这种武力压制的政策的。所以我们把他转抄在此，

请大家赏鉴赏鉴这位古文家的论调。这一篇所说的人物,大约田其美指陈独秀,金心异指钱玄同,狄莫指胡适,还有那荆生自然是那"技击余闻"的著者自己了。

在紧挨"杂录"栏的"选论"栏中,还转载了李大钊3月5日在《晨报》上发表的《新旧思潮之激战》。然而,此文与李大钊对"荆生"形象的看法不同——这里说"荆生"代表林纾自己,而李大钊讲的"抱着那位伟丈夫的大腿"肯定不是说抱着林纾,而是将"伟丈夫"看作政治势力。但耐人寻味的是,"记者"一面称"荆生"代表林纾,另一面又说《荆生》小说"是代表这种武力压制的政策的"。令人感到自相矛盾。

就在《申报》放出消息之后的十天之中,陈独秀等人的"辞职说"开始发酵。《时事新报》质问的是:"今以出版物之关系而国立之大学教员被驱逐,则思想自由何在?学说自由何在?"《中华新报》也说道:"北京大学教授陈独秀等创文学革命之论,那般老腐败怕威信失坠,饭碗打破,遂拚命为轨道外的反对,利用他狗屁不值人家一钱的权力,要想用'驱逐'二字吓人。这本来是他们的人格问题,真不值污我这枝笔。"《民国日报》也对《新青年》的主事者"竟为恶政治势力所摈而遂弃此大学以去"的情况表示愤慨。这些言论均是以3月4日《申报》的"专电"为依据而发表的,并非因张厚载在《神州日报》上的通信而起。

与上述三家媒体不同的是,《晨报》的口径与3月6日《申报》所载的"静观"之言相仿,称:"连日每有所闻,未敢据以登载。嗣经详细调查,知此说实绝无影响。不过因顽旧者流,疾视新派,又不能光明磊落在学理上相为辩争,故造此流言,聊且快意而已。"

3月16日,《每周评论》第13期发行,在"评论之评论"栏中,陈独秀以《关于北京大学的谣言》为题,转载了上文所引四家媒体的报道,并说:"迷顽可怜的国故党,看见《新青年》杂志里面,有几篇大学教习做的文章,他们因为反对《新青年》,便对大学造了种种谣言,其实连影儿也没有。"陈独秀明确地说"政府并没有干涉",并指出国故党造谣是"倚靠权势"与"暗地造谣"两种国民劣根性的体现,尤其是点名道姓的,将林纾视作前者的代表,视张厚载为后者的代表。有趣的是,陈独秀改变了一周之前对荆生形象的判断,说林纾"所崇拜所希望的那位伟丈夫荆生,正是孔夫子不愿会见的阳货一流人物"。"阳货"是乱臣贼子的典型,亦是武人势力的代表。陈独秀还说:"张厚载因为旧戏问题,和《新青年》反对,这事尽可从容辩论,不必藉传播谣言来中伤异己。"所谓"从容辩论"这种话,只是话语策略而已,《新青年》对张厚载的反驳本身就没有做到"从容辩论",而且还认为对其有所侮骂是正当的。但这里论辩方式的合理性问题尚在其次,关键是指出了张氏靠"传播谣言"来中伤异己。至此,原本置身事外的林纾被《每周评论》推上了风口浪尖。在该期"通讯"栏中,还发表了署名"二古"的《评林蝟庐最近所撰〈荆生〉短篇小说》。作者自称中学教员,逐段批改林纾小说中的所谓恶劣不通之处。

同在3月16日,《神州日报》以报社名义刊曰:"据闻前此北京通信中所载北京大学陈独秀辞职,胡适、钱玄同等受教育部干涉等不确,特此更正。"两天后,又登出蔡元培致《神州日报》函,再次对谣言问题予以澄清。

如果事态止步于此,林纾或许也不会遭到后来那么多的指责。然而,林纾耐不住批评之声,变本加厉地创作了新的小说《妖梦》,诋毁之意更甚,还牵涉到了蔡元培。而恰在这篇小说寄向《新申报》之时,林纾收到了蔡元培嘱其为遗民刘应秋遗著题词的信函。林纾立即致信张厚载说《妖梦》当可勿登",但稿子已寄至上海,无法追回,于3月19

至23日继续在"蠹叟丛谈"栏中发表。几乎同时,林纾复信蔡元培,在简短地说了题词之事后,大谈对北京大学的看法。

该信抢在《妖梦》发表前,于3月18日在《公言报》上登出。编者于信前冠以《请看北京学界思潮变迁之近状》的标题,又列出"北京大学之新旧学派……两种杂志之对抗……第三者之调停派学说……三者以外之学者议论……林琴南致蔡鹤卿书"等若干小标题于其后,就其内容而言,几乎是照抄3月6日《申报》登出的"静观"的《北京大学新旧之暗潮》。只是在开篇加了一句"北京近日教育虽不甚发达,而大学教师各人所鼓吹之各种学说,则五花八门,颇有足记者";结尾将"静观"在寄语新文学时表示出的积极语调改为"唯陈、胡等对于新文学之提倡,不第旧文学一笔抹杀,而且绝对的菲弃旧道德,毁斥伦常,诋排孔孟,并且有主张废国语而以法兰西文字为国语之议。其卤莽灭裂,实亦太过"。最后称:"顷林琴南氏有致蔡子民一书,洋洋千言,于学界前途,深致悲悯。兹将原书刊布于下,读者可以知近日学风变迁之剧烈矣。"

在林纾复蔡元培信发表于《公言报》的当天,蔡元培立即写了很长的回信,分别就林纾责备北京大学的"覆孔孟、铲伦常"与"尽废古书,行用土语为文字"予以回击。这封回信逻辑严谨,论证层层深入,义正词严,挑出了林纾信中的不实之词,一一否定。很多研究者认为,林纾之败正在于此。

然而,笔者认为,如果仅此而已,林纾只是发表了影射新文化人的、语气恶毒的小说,以及错信了谣言,自讨没趣地质问蔡元培的话,最后的结果也不会那样糟糕。

但很快他又卷入到了更大的风波中。1919年3月30日,《申报》先后发表两份"专电"称:"参议院耆老派因北京大学暗潮甚烈,傅增湘不加制裁,拟提出弹劾案";"钱命教育部傅总长干涉北京大学,意在禁止新潮、撤换校长，傅以事实上万办不到，拟改为贻书规劝，并设法调和新旧"。同日，《每周评论》第15期发行，陈独秀撰随感录《林纾的留声机器》说道：

> 林纾本来想藉重武力压倒新派的人，那晓得他的伟丈夫不替他做主。他老羞成怒，听说他又去运动他同乡的国会议员，在国会里提出弹劾案，来弹劾教育总长和北京大学校长。

至4月1日，《申报》发布通讯《傅教育弹劾说之由来》，对两日前的"专电"做了较为详细的叙述，称：

> 日前，张君元奇竟赴教育部方面，陈说此等出版物实为纲常名教之罪人，请教育总长加以取缔，当时携去《新青年》、《新潮》等杂志为证。如教育总长无相当之制裁，则将由新国会提出弹劾教育总长案，并弹劾大学校长蔡元培氏，而尤集矢于大学文科学长陈独秀氏。

《申报》只是说"参议院耆老派"拟提出弹劾，而《每周评论》却揭出了幕后黑手是林纾。因为张元奇确实是林纾的同乡，侯官县人。但至今尚无确切材料能够证明弹劾案的提出与林纾有直接的关系。

在《妖梦》与致蔡元培信发表后的十天之内，林纾不过略被嘲讽而已；但当张元奇弹劾一事见诸报端后，引起了舆论的轩然大波，对林纾的笔诛口伐四面而起。4月5日，《新申报》上刊出《林琴南先生致包世杰先生书》，承认了自己"不慎于论说，中有过激骂詈之言"，并表示"知过"；但为孔子之道力争的志向不移，只是"以和平出之，不复谩骂"。

然而，林纾并不明白，其实舆论对他的指责，根本已经不是言说方式的问题了。

三

分别发行于4月13日与4月27日的《每周评论》第17、19期，皆增加四个版面，以"特别附录"的方式，题为《对于新旧思潮的舆论》，转载了全国14家报刊媒体关于新旧论争讨论的27篇文章。可见，无论是文学革命，还是《新青年》都顿时成为全国报界热议的话题。

笔者认真阅读和梳理了这27篇文章，发现林纾受到批评的最核心的根源既不是林纾旧派资格不够的认同危机，也不是林纾采用的漫骂的话语方式问题，而是共和话语。

早在张元奇提出弹劾想法时，《每周评论》第15期上的"随感录"就开始以"共和"为武器发表议论。陈独秀说："无论那国的万能国会，也没有干涉国民信仰、言论自由的道理。"这既是在强调"国会"的功能，亦是凸显"共和"。鲁迅则更旗帜鲜明地指出了林纾身份的尴尬。这与罗志田所说的学术资格不同，而是强调其政治身份。鲁迅抓住了林纾致信蔡元培时的自我表白——"公为民国宣力，弟仍清室举人"来做文章，在其题为《敬告遗老》的随感录中说：

> 自称清室举人的林纾，近来大发议论，要维持中华民国的名教纲常。……有一句话奉劝："你老既不是敌国的人，何苦来多管闲事，多淘闲气。近来公理战胜，小国都主张民族自决，就是东邻的强国，也屡次宣言不干涉中国的内政。你老人家可以省事一点，安

安静静的做个寓公,不要再干涉敝国的事情罢。"

鲁迅的话直击林纾的要害,即自居清朝遗老的林纾根本不算中华民国的公民,没有资格对中华民国的事情品头论足。同期中,还刊有一封署名"贵兼"的读者来信,亦特意指出"清国举人林纾,近来真是可怜"。

至第17期《每周评论》发行,陈独秀再次于"随感录"栏中说:

> 日本是君主国,那德莫克拉西主义,和纲常名教主义冲突,原来是当然的事。若在共和国里,纲常名教本当不成问题了,一方面却还把纲常名教当做旧思潮,一方面也把德莫克拉西当做新思潮,两边居然起了冲突,实在是不可思议。更奇怪的竟有一班调和大家、折衷大家,想用那折衷主义来调和新旧。试问德莫克拉西是什么?纲常名教是什么?两下里折衷调和起来是个什么?

之所以"不可思议",是因为中国国体已然变更,不再是君主国,但明明是以民主为政治基础的共和国,却提倡纲常名教。此文之后,还有一篇陈独秀的《林琴南很可佩服》。陈独秀虽然对林纾"写信给各报馆,承认他自己骂人的错处"表示佩服,但反过来又说:"他那热心卫道、宗圣明伦和拥护古文的理由,必须要解释得十分详细明白,大家才能够相信咧!"如果将这两条随感录一起来看,可知林纾的"热心卫道、宗圣明伦和拥护古文"在陈独秀看来,即是与共和国家不适宜的"纲常名教"。

细读《每周评论》上转载的各报文章,可以发现,以共和话语为武器来大做文章,是非常普遍的方式。如《晨报》发表的"渊泉"《警告守旧党》中说:

> 报载有参议员张元奇其人者,谒傅增湘。请干涉北京大学之新潮运动,否则参议院将提出弹劾案云云。兹事非北京大学二三教员去就问题,实吾中华民国国民有无拥护学问独立思想自由之能力问题。……在昔帝王专制时代,往往因个人之爱憎,滥用权力,压迫思想。然其结果,反动愈烈,卒莫之何。试问今日何时,旧派乃欲以专制手段,阻遏世界潮流,多见其不知量耳。

这篇文章紧扣"中华民国"的标签与共和时代的新诉求发问,言"在昔帝王专制时代"即是凸显当下的"共和语境"。此文也将中国与日本相较,称:"以君主国之日本,对于欢迎民主政治之大学教授,尚不敢以权力压迫。谓我堂堂民主国,因区区反对孔子学说问题,便欲干涉思想压迫大学耶?"这种论调与陈独秀说"不可思议"之时很相似。

《国民公报》上的《最近新旧思潮冲突之杂感》,先表示守旧党企图摧残新思想的举动,本不值得批评,但随后又说:

> 回想民国三四年的时候,复古主义,披靡一世,什么忠孝节义,什么八德的建议案,连篇累牍的披露出来,到后来便有帝制的结果。可见这种顽旧的思想,与恶浊的政治,往往相因而至。现在这辈顽旧思想的人又想借不正当的势力,来摧残新思想。

时人刚经历过袁世凯与张勋的帝制复辟,对复辟问题尤其痛恨。记者甚至说:"这种顽旧的思想,在今日的时候还是这种弥漫,那前途的影响,保不定要发生与帝制一般的危险哩!"这篇文章的作者署名"毋忘",恐怕即是提醒读者"毋忘"帝制复辟。

如果说这两篇还没有直接点林纾的名,那么"遗生"刊于《北京新报》的《最近之学术新潮》则问难林纾致蔡元培函中所说"拼我残年,极力卫道",是"卫桐城派及'文选'之散、骈文体耶?抑卫君主专制政体之学说耶?"作者表示旧派即便想卫道,也不应谩骂,但又说道:

> 且吾人回思旧学界数十年前之状况,无论关于何等学说、何等著述,只要抬出吾夫子、古圣王之招牌,即可横绝一世,而无讨论之余地;而苟有所讨论者,亦遂自陷于"离经叛道、非圣诬法"八大字之罪案之下。虽然,今日其尚适用之乎?吾观于林琴南致蔡氏第一书,其所论列,含糊笼统,绝无条理之可言,平情而论,亦犹是吾夫子、古先王数十年前论学之旧式耳。呜呼!是其出于谩骂,吾又何责已!

这里点出了林纾是以专制时代的方式来对待新思想。"今日其尚适用之乎"的追问,即是在说"离经叛道、非圣诬法"的旧律条在共和话语中已然威力不再。

再如《顺天时报》《民治日报》等均从立宪国家的角度出发对新旧冲突之事加以评议。前者有《酝酿中之教育总长弹劾案》,称:

> 林琴南运动议员张元奇等,因此问题弹劾教育总长,并先使人示意于傅总长,若不立将蔡校长撤换,弹劾案即当实行提出,云云。按思想自由本为立宪国之大原则,纵使新旧不能相容,不妨以笔舌相争,以待识者之公判,今乃欲借政治的势力,以压伏反对之学派,实属骇人听闻之事也。

后者如"隐尘"的《新旧思想冲突平议》亦云:

> 近数日来,京城思想界陡起冲突,谣诼丛生,不可捉摸。夫思想本随时代而变迁者也。言论自由,本神圣不可侵犯,而为各国宪法所特别保护者也。新派之主张,多散见于新闻杂志之间。旧派之主张,亦但见诸书函之内。总之,皆是思想问题、皆是言论问题,纵双方互相攻击,亦为思想进步所必由之途径,按诸法律,实无政府干涉之余地也。

共和应以宪法为基础,而按各国宪法通例,政府皆无干涉言论自由、思想自由的权力。

对此,《益世报》所载"翰艿"的《学术与政治》亦称:"夫思想言论自由,为立宪国之原则。"尤其说道:"今吾国脱离专制之羁绊为日甚浅,各种学术均尚在幼稚之列,提倡之不遑,忍从而摧残之耶?且借政治以干涉学术,即令所愿得伸,而思想言论自由之权,扫地已尽,流弊所及,恐将复蹈专制时代之复辙。"由此,我们可以感知民初舆论对防专制复辟、养共和精神的迫切追求。

各报界媒体除了言共和国不应压制言论自由或政府干预违背宪法原则之外,还就国故党的所守之"旧"提出批评,如《民治日报》上的《新旧思潮平议》先指出守旧者所言之中国固有文化"无非是孔孟的伦理学说",然后批评孔孟学说的不合时宜,其言曰:

> 譬如现在我国已改共和,再要行那君臣的伦理,自是不可。因为共和国民与君主制度是相冲突的。不求改造必不能实施。我国文化与现代思想有不相冲突的吗?若于此点,不加抉择,而何者为应保存的文化,亦不明白开示出来,天天空说着保存的话。是则记者所不胜疑惑的了。

这种说法与《新青年》上反对孔教的论调十分相似。还有《民福报》所载之"仪湖"的《林蔡评议》对当时提倡新旧文学并行不悖的观点加以辩说：

> 真理转因新旧之争而愈显，其应行先决之点亦有三：
> （甲）今之国体，是否为世袭之君统？答：国体已由君统而入共和矣。
> （乙）今之国势，是否为闭关之时代？答：国势已由闭关入棣通矣。
> （丙）国体国势变迁，是否仍适用世袭之学理？答：国体国势已革新，而世袭之学理，自不得不有所递嬗。

这已经不是否定旧派的行为方式了，而是就其所坚持的内容本身提出质疑。

此外，还有《益世报》就北京大学所处环境发表议论，其所载"蕴巢"之《新旧之争》说道：

> 此次外间人对于大学之攻击，即新旧之争之一种。放开眼光，往大方面一看，亦不过官与民之争之一小部分而已。请问现在中国虽高揭民国之旗帜，究之民得意乎？抑官得意乎？……北京大学，居于官僚社会之中心，不被旧派攻击，乃情理中必无之事。

其逻辑在于北京大学受到攻击的悲剧根源是"民国"只是徒有其名，"共和"尚未建成实质性的体制。可与之引为同调的是《民国日报》上的《论大学教员被摈事》，称："北京为数百年龌龊官吏之薮。虽经屡次政迁，而臭腐陈腐之气仍盘桓于上下。政府之人物，无一非专制头脑。

征之于事,显然可知。"为民国政府工作的官员"无一非专制头脑",显然是"共和"之悲。

仅以第17期《每周评论》所转载之16篇文章来看,半数以上都以共和话语来衡量守旧派的行为。尽管这些被转载的文章是经过陈独秀的挑选,但陈氏并非是带着很强的目的性进行选择的,所以由此作为观察当时舆论界反应的一个个案,具有可供参考的价值。由此来看,林纾如果只是写小说影射人、错信谣言给蔡元培写信质问的话,充其量落得个以谩骂为手段的恶名。不过,前文已然梳理过,其实就在《荆生》问世的前后,《新青年》也承受着很多这样的质疑。然而,自3月4日《申报》报道了北大教授因出版物遭受驱逐的消息后,舆论界将矛头集中于思想自由与学说自由方面,不再特意关心出版物本身的内容问题,同时《每周评论》将林纾塑造为一个企图借助政治势力干预学术的国故党形象,而林纾又不甘被批评,继《荆生》后推出《妖梦》,同时致信蔡元培,蔡元培的复信有理有据地驳斥了林纾,经由媒介报道,林纾的形象已然不佳,但后续又传出张元奇在国会提出弹劾议案,而恰巧张氏与林纾为同乡。至此,舆论界对新旧道理上的分析已然不感兴趣,论争内容的谁是谁非亦变得无足轻重。恰如刊于成都《川报》的《对北京大学的愤言》中谈起文学革命时所说的:

安徽出了陈独秀、胡适,主张白话,鼓吹欧风。便伸着两只手,一手指着福建派,骂道:你是桐城谬种;一手指着浙江派,骂道:你是选学妖孽。便造了个安徽派的新文学。人都说安徽派持论过激,我说不错。……不管他议论得是不是,行得到否,总之,是中国思想界的新机括。我认为不可干涉,因为一干涉便造成了"思想专制"的恶现象。

原本被社会上指责过激的《新青年》，经由林纾一事后，舆论对其多了同情与理解。而这很大程度上又源自民国初年舆论界对来之不易的共和国体之维护。

沃尔特·李普曼的经典之作《公众舆论》曾指出，无论何种舆论，都不是知识，只是主体（公众）对客体（事件）做出的反应，而不是对客体的本相的认知①。其实，《新青年》与所谓的以林纾为代表的守旧派之争，是一场没有充分展开的论战。林纾的部分观点，如"古文不宜尽废"的主张，在当时实际上是真正的主流思想。"静观"在《北京大学新旧之暗潮》的结尾便语重心长地"寄语新文学诸君子"，称："中国文学腐败已极，理应顺世界之潮流，力谋改革，诸君之提倡改革，不恤冒世俗之不韪，求文学之革新，用意亦复至善，第宜缓和其手段，毋多树敌，且不宜将旧文学之价值一笔抹杀也。"可见即便支持文学革命的人，亦不赞同完全否定旧文学。社会舆论之所以一边倒地反对林纾，不仅是他输在道理上、输在说话方式上，抑或输在没有人对其旧派资格的认同上，更重要的是，林纾被时人认作言行违背了共和国体，这在根本上是触动了民初公共舆论中最脆弱的政治心理。

1919 年春，当众多报业媒体纷纷报道新旧思潮论争之后，《新青年》迎来了鼎盛时期，4 月 23 日，汪孟邹致胡适信中言："近来《新潮》、《新青年》、《新教育》、《每周评论》，销路均渐兴旺，可见社会心理已转移向上，亦可喜之事也。各种混账杂乱小说，销路已不如往年多矣。"②汪孟邹后来回忆《新青年》时亦说："至民国六年销数渐增，最高额达一万五六千份。"③大概即是在此之时。早在舆论界批评林纾之时，已有

---

① 沃尔特·李普曼：《公众舆论》，阎克文、江红译，上海人民出版社 2006 年版。
② 中国社会科学院近代史研究所中华民国史组编：《胡适来往书信选》上，中华书局 1979 年版，第 40 页。
③ 戈公振：《民国时期的重要报刊》，张静庐辑注：《中国近代出版史料（二编）》，群联出版社 1954 年版，第 315—316 页。

报人预测说:"至少言之,我知从此以后之《新青年》杂志发行额必加起几倍或几十倍。"①

除了杂志销量与社会知名度之外,《新青年》亦在林纾触动共和话语的过程中,得到了更加广泛的认可。当众多报刊在为言论自由、思想自由争地位,对所谓遭受"驱逐"的《新青年》同人抱以同情与支持之时,也极大地肯定了文学革命。如《北京新报》所载"遗生"的《最近之学术新潮》赞曰:

> 近时北京大学教员陈独秀、胡适之、刘半农、钱玄同诸君,提倡中国新文学,主张改用白话文体,且对于我国二千年来障碍文化、桎梏思想最甚之孔孟学说及骈散文体,为学理上之析辨,而认为违反世界进化之公例,亟应自根本上廓清更张,声宏实大,确衷至理。

《民治日报》中"隐尘"的《新旧思想冲突平议》亦认同"历史的文学观念论",称:

> 今日新旧之争点,最大者为孔教与文学问题。……文学因时代变化,唐之文不同于汉,宋之文不同于唐,一代有一代之文章。苟后之人,必尽同乎古而无所用其变革,则直一古人之留音机器耳,又何贵乎有后人哉!

类似的言论在当时报刊中并不鲜见。

1919年11月16日,《申报》再次刊登了对文学革命的报道,题为

---

① 志拯:《谁的耻辱》,《每周评论》1919年第19期。

《白话文在北京社会之势力》,讲到《新青年》提倡白话文时说:

> 其初反对者,约十人而九;近则十人之中,赞成者二三,怀疑者三四,反对者亦仅剩三四矣,而传播此种思想之发源地,实在北京一隅,胡适之、陈独秀辈既倡改良文学之论,一方面为消极的破坏,力抨旧文学之弱点,一方面则为积极的建设,亟筑新文学之始基,其思想传导之速,与夫社会响应之众,殊令人不可拟议。

平心而论,新文学合法性能够建立得如此迅速,即与"林纾败北"事件为文学革命开拓的文化空间分不开。

(作者单位:北京邮电大学民族教育学院)

文化交流中"二三流者"的非凡意义
——略说林译小说中的通俗作品

陆建德

现在一些影响较大的近现代文学史在写到林纾翻译小说时往往会遗憾地提一笔,译本的原作很多属通俗作品,价值不大。这一指责的源头应当是刘半农发表在《新青年》第四卷第三号(1918 年 3 月 15 日)的《复王敬轩书》:"他所译的书:——第一是原稿选择得不精,往往把外国极没有价值的著作,也译了出来;真好的著作,却未尝——或者是没有程度——过问;先生所说的'弃周鼎而宝康瓠',正是林先生译书的绝妙评语。"钱玄同与刘半农制造"双簧信"事件恶意攻击林纾,纯属炒作性质,有违职业道德,其影响却是深远的。

梁启超与"双簧信"作者不属一个营垒,但是他在《清代学术概论》评价林译小说的得失,也袭用了刘半农的观点:"译小说百数十种,颇风行于时,然所译本率皆欧洲二三流者。纾治桐城派古文,每译一书,辄'因文见道',于新思想无与焉。"①这两句话出于梁启超的手笔,分量很重。辛亥革命后,梁启超由日本返国。他在天津主编《庸言》(1912—1913)时曾向林纾索稿并连载其所译《古鬼遗金记》(哈葛德著,*Benita*,

---

① 梁启超:《清代学术概论》,东方出版社 1996 年版,第 89 页。林纾译作的序跋在中国文学批评史上有里程碑的意义。

1906)。林纾对康有为、梁启超等人在戊戌变法时的鲁莽操切很不以为然,但是《古鬼遗金记》的译序写得非常客气:"老友梁任公,英雄人也,为中国倡率新学之导师。天相任公,十年归国,今将以《庸言报》贶我同胞,就余索书,而是书亦适成,上之任公,用附大文之后。嗟夫,吾才不及任公,吾识不及任公,慷慨许国不及任公,备尝艰辛不及任公,而任公独有取于驽朽,或且怜其丹心不死之故,尚许之为国民乎?"①梁启超称林译小说"率皆欧洲二三流者",甚至笑话他"因文见道",未免过分。此时(1920年)还健在的林纾有"遗老"之名,梁启超不屑以礼相待,或有向新文化运动靠拢之意。梁启超自己没有意识到,林译小说中有不少称得上一流,林纾在序跋里表现出来的艺术、伦理敏感性是非常出色的,称得上比较文学的先驱。②

林纾1924年10月9日逝世,11月11日,郑振铎写毕著名的纪念文章《林琴南先生》。郑振铎评价这位家乡前贤在翻译事业上的贡献,基本贴切。但是他也强调,林纾翻译小说为数众多,名著仅有40余种,其余的都是"第二三流的毫无价值的书"。郑振铎与刘半农、梁启超不同的是,他让林纾的合作者来承担责任:这些口译者缺少文学常识,"林先生吃了他们的亏不浅,他的一大半的宝贵的劳力是被他们所虚耗了"。③

对林纾不公平的责难也传到了海外。著名英国批评家 I. A. 瑞恰慈于1929年至1930年执教清华大学外文系,自以为目睹了一场远东的文艺复兴。他在给新创立不久的剑桥大学文学批评杂志《细察》的文章中提及林纾和他的翻译事业,感到可惜:

---

① 林琴南著、吴俊标校:《林琴南书话》,浙江人民出版社1999年版,第106—107页。
② 详见陆建德:《海潮大声起木铎》,中国社会科学院文学所编:《中国社会科学院文学研究所学刊(2011)》,中国社会科学出版社2012年版。
③ 钱锺书等著:《林纾的翻译》,商务印书馆1981年版,第12页。

他的助手太无能,自己又率尔操笔,无暇深究,经常被误导,有时太离谱了。于是莱德·哈葛德和柯南·道尔在他的前言中被列入西方文学最杰出的代表之列。

瑞恰慈接着还写道,好在周作人等人的译作使译坛改观:"取代林纾的《茶花女》和《黑奴吁天录》的是托尔斯泰、陀思妥耶夫斯基、易卜生、斯特林堡和汉斯·安徒生,年轻读者为之一振。"①显然,被误导的是瑞恰慈本人,责任当然不在他。

新文化运动的几位积极参与者一方面提倡白话文学,为古今通俗作品正名,谈及林译小说时,却流露出对外国文学中通俗作品的轻视。鲁迅甚至在1927年断言,有人吃饱了没事干,自然可以去读哈葛德小说中关于伦敦小姐的爱情和白人到非洲蛮邦的冒险,然后"在发胀的皮上搔搔痒"。②人们曾经以为,翻译关于无产阶级和小人物命运的小说就是得风气之先,结果中国读者对亨利·莱德·哈葛德(Henry Rider Haggard,1856—1925)笔下那些帝国主义者、殖民者(以及康拉德在《黑暗的心》讲到的殖民主义背后无数人无私地信奉的"理念")太陌生了,还难以与他们周旋、颉颃。哈葛德好动,积极参与各种公共事务,是维多利亚时期的所谓"体魄强健的基督徒",然而对这种人物,我们至今的认识依然肤浅。③林译中的流行小说与一些所谓"经典作家"的作品

---

① I. A. 瑞恰慈:《中国的文艺复兴》,《细察》第一卷第二期,1932年9月。
② 鲁迅:《祝中俄文字之交》,《鲁迅全集》第4卷,人民文学出版社2005年版,第473页。
③ 涛园居士(即沈瑜庆,林旭岳丈,沈葆桢之子)在为林纾翻译的《埃司兰情侠传》写的《叙》中如此描写作者:"哈葛德者,英之孤愤人也",写是书"以抒其郁伊不平之概"。这是典型的传统文人的俗调,其源头大概就是司马迁的"发愤著书"吧。陈平原、夏晓虹编:《二十世纪中国小说理论资料》第一卷,北京大学出版社1989年版,第121页。

形成多样的格局,其实无可厚非。

先说林译小说的原著是否经典的问题。大人物责难林纾,自己却不甚体面。他们应当知道,很多人只读"名著",是慕名而去,借以自我标榜,就像有人自炫品位,号称只听"高雅"或"古典"音乐。对文学了解稍深的人,读书自有心得,深知经典是历史过程的结果,有其动态建构的一面,名著入选标准不一,不会听从单一"名著"书单的指引,因此"名"与"不名"的分类失之武断,甚至无用。在这方面,我国的外国文学研究者应该向钱锺书先生学习,力求成为"杂食家"。据张佩芬回忆:"上世纪六十年代中期钱锺书先生在文学所借书处谢蔚英书桌前(美丽的吴兴华夫人,当时任出纳员,杂家吴晓铃先生也常在这里出没),大谈伊恩·弗莱明与007。在谈到'愤怒的青年'时,他认为Kingsley Amis 的 *Lucky Jim* 还不是最有趣的英国作品,写得最好的校园小说还要数 Mary McCarthy 的 *The Groves of Academe*。我从〔李〕文俊的转述中立即感到他与我们前此交往的教授学者不太一样,并不轻视与排斥不太正统的俚俗文学。"① 钱锺书先生曾在《论俗气》一文借用 Q. D. 利维斯(批评家利维斯夫人)在《小说与读者大众》中对"低眉""中眉"和"高眉"(代表三种不同阅读水准的读者群)的区分,他在《中国文学小说史序论》推荐这部研究通俗小说接受状况的著作,但是也指出其"颇嫌拘偏不广"②的缺憾,或因作者对通俗作家一概否定。

改革开放初期,人们更愿意从"文学发展的内部规律"来认识文学、研究文学。到了 20 世纪 80 年代中期,偏爱纯文学、纯艺术成为风

---

① 张佩芬:《"偶然欲作最能工"》,丁伟志主编:《钱锺书先生百年诞辰纪念文集》,香港牛津大学出版社 2010 年版,第 165 页。

② 钱锺书:《钱锺书散文》,浙江文艺出版社 1997 年版,第 57 页。

气,学者更愿意强调文学的独立性、自主性。而林纾则不然,他的翻译事业还有社会的、政治的目的。对他来说,小说是中国人观察海外世界的窗口,也是认识并改造自身文化的参照物。与一些希望找到"真理"的理想主义者不同,他主张调和、渐进,因为外部环境太险恶,内部又四分五裂、躁进盲动,容易酿成无法挽救的灾难。林纾通过翻译小说呈现一些对国内读者而言较为陌生的人生态度,同时传递一个重要的信息:中国的改革必须始于移风易俗,读书人自己也是改造的对象,那将是一个深入持久的过程。

林译小说中很多是 19 世纪后期到 20 世纪初期的流行作品,当时还没有英国 18 世纪作家约翰逊博士所说的"时间的检验",拣取时下影响力大的作品,不无可读性、娱乐性以及与此相关联的国内市场因素的考虑,而且通过这些作品了解当时的欧美社会,也比较便捷、全面。如果那时就急于把现在已有经典地位的亨利·詹姆斯(比如说)的小说介绍给中国读者作为外国文学的进门之阶,效果就十分可疑了。齐如山晚年时谈到日本人在百年前就热心收藏中国各种小说的版本,因为日本人知道,"要想研究一国或一处社会的情形,小说乃是最重要的一部分"[1]。要了解中国社会的实际情形,尤其是支配普通人行为习惯的民间信仰和道教(鲁迅:"中国文化的根柢全在道教"),《三国演义》《水浒传》《封神榜》《七侠五义》和"三言""二拍"之类的通俗文学作品恐怕比诗文管用得多。曾纪泽使英期间,阅读英文小说也是他的日常工作,除了学英文,了解英国社会并通过了解他人认识自己也是目的之一。[2]

---

[1] 齐如山:《齐如山随笔》,辽宁教育出版社 2007 年版,第 225 页。
[2] 详见曾纪泽:《出使英法俄国日记》,岳麓书社 1985 年版。

流行作品的意义也不能一概而论,比如法国小说《爱国二童子传》①。作者"G.布鲁诺"(林纾译为"沛那")是奥古斯汀娜·弗伊勒(1833—1923)的笔名,小说在第三共和国时期(1870—1940)的中小学中广泛使用,培养了一代代法国学童的国家意识和爱国情操,到了19世纪末,总销量高达600万册。故事讲的是在普法战争中,法国的阿尔萨斯—洛林地区被普鲁士兼并,安德鲁和朱利安(林纾译为"恩叔"和"舒利亚")两兄弟失去父母,他们投亲靠友,走遍法国,处处得人帮助。他们在法国社会这个大学堂、大家庭学到了无数实用的知识,从冶铁、畜牧、蚕丝、酿酒到科学实验,几乎无所不包。这是一部法国历史文化、地理物产的入门之书,但是作者时时通过具体的场景激发少儿读者和谐于群、努力向善之心,在了解本国概貌的同时生出爱国乐群的情怀。

假如说在科举初废的年代中国人需要检讨读书的目的,那么《爱国二童子传》的意义就非同一般了。晚清的先觉者对传统读书人(即"士")的批评是很严厉的。郭嵩焘在《论士》一文说,"士"这类人物不见于古代,或始于管子(即"士农工商"),当时他们自己各有生计,能够自养。但是科举制度普遍实行之后,出现大批"资人以养"的读书人:

> 唐世尚文,人争以自异,而士重。宋儒讲明性理之学,托名愈高,而士愈重。于是士之数视农工商三者常相倍也。人亦相与异视之,为之名曰:重士。其所谓士,正《周官》所谓闲民也。士愈多,人才愈乏,风俗愈偷。故夫士者,国之蠹也。然且不能自养,而资人以养,于国家奚赖焉!然自士之名立,遂有峨冠博带,从容雅

---

① 合译者李世中,商务印书馆1907年初版。原著(书名 *Le tour de la France par deux enfants*)1877年初版,后来多次再版,中译本最后几章已经出现20世纪初年的内容,所据版本应该是当时最新的。

步,终其身为士者。①

这些士都有"修齐治平"的抱负,自以为有王佐之才而不能"自养",当然动不动可以搬出不切实用而且也无法界定的"横渠四句"来搪塞。商务印书馆在重版《爱国二童子传》时将它归为"实业小说",这是别国人士难以理解的。但是在传统儒家文化"君子不器"的语境下,强调实业也有改造四体不勤、五谷不分的"君子儒"的作用。小说近结尾处两兄弟决定留在老舵手家中,奋力务农。沛那在原序中希望"推求创造之源",少年"据理财之要",改进商务、农务,也是报效国家:"凡身为人子,身为国民,人人咸有理财之责。须知每逢瘠地,当以人力发生之,俾之化瘠硗为膏沃。此等事必令童子知之,使完其应尽之分。"②在中国传统文学中,退耕山林往往是出仕与隐退语境下的象征性行为,农产、畜产如何,不值一问。但是在小说中两兄弟改良土壤,繁殖牲口,采用新技术,农庄面貌为之一新,他们生命的意义和对国家的认同、贡献就体现于稼穑。法国是农业大国,19 世纪下半叶,它的昌盛正是建基在无数个经营有方的农庄上。林纾在小说中特意用了"田舍郎"③一词,在某种程度上颠覆了中国读者关于"天子堂"的联想。学习新知有补于个人的治业和国事,但是必须与做官乃至治国的不舍不弃的所谓"宏愿""壮志"脱离开来。梁启超本人就产生过"中国前途非我归而执政,莫能振救"④的幻想。自以为"舍我其谁",就会萌生必得之志,制订各

---

① 杨坚点校:《郭嵩焘诗文集》,岳麓书社 1984 年版,第 10—11 页。
② 〔法〕沛那著:《爱国二童子传》卷上,林纾、李世中译,商务印书馆 1913 年版,第 1—2 页。
③ 同上书,第 102 页。
④ 梁启超 1909 年 5 月 25 日致梁启勋信,载中华书局 2012 年版《南长街 54 号梁氏档案》上,第 25 页。

种方案，不免掺杂了私念。在1916—1917学年，北京大学占主导的学科是法政，选取这一学科的学生都想借此专业得官。到了20世纪二三十年代，我国大量优秀青年进大学攻读工科、农科，风气的转移就始于《爱国二童子传》之类的"实业小说"。年轻人读书的目的逐渐发生变化，其意义之大不亚于一场轰轰烈烈的运动，可惜至今并未得到恰当的评价。

林纾翻译了不少哈葛德的作品，这是他招致批评的主因。哈葛德写了很多充满帝国主义想象、情节生动的冒险（浪漫）故事，他的作品与英国19世纪探险家戴维·列文斯通和亨利·斯坦利的回忆录构成有趣的互文性，曾经风靡英语世界。哈葛德是通俗作家，也是典型的维多利亚时期殖民者，年轻时曾在南非生活六年多，参与英国在当地的殖民行政管理，与布尔人①、祖鲁人接触颇多。要想了解19世纪末20世纪初英国帝国主义的文化基础，哈葛德小说是最佳门径之一。哈葛德相信他的朋友、诗人吉卜林所说的"白人的责任"②，自以为世上只有英国能够不依赖残酷手段统治有色人种。英国无数男孩曾为哈葛德小说所倾倒，林纾引进哈葛德的作品，实际上有助于目的语（即翻译学中的"target language"）国家国族观念的发育，这方面已有专家进行过详细的论述。③ 哈葛德的意义并不局限于此。

---

① 1910年年初，林纾将哈葛德的《玑司刺虎记》(Jess)译出，小说以第一次布尔战争（1880—1881）为背景。林纾在《序》中由布尔人之败联想到"庚子之事"："教育不备，内治不精，兵力不足，粮械不积，万万勿开衅于外人也。"参见林琴南著、吴俊标校：《林琴南书话》，浙江人民出版社1999年版，第101页。

② 吉卜林在1899年为美国占领菲律宾所作的《白人的负担》一诗中有"承担起你白人的责任"句。

③ 详见关诗珮：《哈葛德少男文学与林纾少年文学：殖民主义与晚清中国国族观念的建立》，王宏志主编：《翻译史研究》，复旦大学出版社2011年版，第138—169页。

《三千年艳尸记》①是哈葛德最有影响的著作之一,这部小说无形中暴露了维多利亚时期的男性焦虑:女性的威权、种族纯洁性、进化论中的退化现象。主人公五岁丧父,被托孤给一位智力超群但脸上却略有退化痕迹的剑桥学者。这位继父熟谙古代语言,痴迷于考古和已经消亡的文明。男孩成人后随继父到非洲内陆探险,被当地一个黑人部落捕获。不料这个部落的绝对统治者竟然是一位白人女王,她的名字就叫"She"。哈葛德年幼时,他的保姆时常用一个玩偶女娃娃来责令他服从管教。说一不二的"She"就是作者潜意识里那个让他生出恐惧的玩偶吗？弗洛伊德还在《释梦》里特意提到这部"想象丰富的小说",荣格的"anima"概念也是从这部小说得到的启发。②

　　"She"的领地里有一古城遗迹,原来她属于一个远逝的古代文明,两千年前她跳进生命之柱的火焰,获得永生,而她的同胞早已不存,现在她苦苦等候她当年情人的灵魂转世归来。见到两位白人来客,她以为那一天终于到来。林纾在小说跋记上称这部书"荒渺不可稽诘",但正是这部小说(以及《斐洲烟水愁城录》等)对后来包括《人猿泰山》、印第安纳·琼斯系列探险作品和《魔戒》等的通俗文学以及根据作品改编的好莱坞电影产生了难以估量的影响。

　　2006年出版的《牛津英国文学百科全书》有专文介绍哈葛德,可见其地位是得到确认的。③ 钱锺书先生在《林纾的翻译》一文中引用的鳄鱼与狮子搏斗一节,就是取自《三千年艳尸记》,该文的附记专为哈葛

---

① 1898年就有曾广铨(曾国藩之孙)译本《长生术》。
② 弗洛伊德:《释梦》,孙名之译,商务印书馆1996年版,第455—457页。《释梦》出版于1899年,荣格后来在《心理学与文学》里也以这本小说为例,但是这篇文章的写作时间是1930年,要比《释梦》晚得多。
③ 参见大卫·司各特·卡斯滕主编:《牛津英国文学百科全书》第2卷,上海外语教育出版社2009年版,第494—498页。

德而作。钱锺书不仅阅读哈葛德的作品,还阅读他的传记,因此能指出"哈葛德在他的同辈通俗小说家里比较经得起时间的考验,一直没有丧失他的读者"①。在我国的外国文学、比较文学研究者中,极少有人像钱锺书那样阅读大量通俗作品,这种营养不良的毛病也有碍于深刻理解外国文化的复杂性与多样性。要了解一个社会,通俗小说往往是最佳途径。我国的外国文学学者以研究一位作家为业,这是过分专门化带来的弊端,要全面了解这位作家身处的社会,通俗文化还是不能回避的。对大学外国文学教学而言,由于学时有限,经典阅读当然不能废弃。即便如此,经典的书单也应该适度反映新的审美观和价值观。文学与文化研究者如果一味排斥通俗作品,或者过于僵化地看待高雅与通俗的分野,那么他们对"名著"的理解、阐释能力势必受到局限。

1908年,林纾与魏易合作,翻译出版阿克西男爵夫人(1865—1947)的《大侠红蘩蕗传》。小说背景是法国大革命后的"恐怖统治"(或曰雅各宾专政)时期,原上层社会的一些成员即将被送上断头台。在伦敦,风流倜傥的佩西爵士不问政治,但他却偷偷率19位英国贵族冒着生命危险解救他们的法国同类。法国大革命往往以负面形象出现在英语文学中,《大侠红蘩蕗传》和狄更斯的《双城记》是最著名的例子。作者先是将红蘩蕗的侠义故事写成剧本,于1903年在伦敦上演,不甚成功。但在1905年年初,重新排演,在伦敦的新剧院连续演出122场,后又在英国各地演出2000场以上,堪称20世纪头十年英国剧坛最红的剧本之一。同名小说1905年出版,极受欢迎,阿克西男爵夫人还

---

① 钱锺书等著:《林纾的翻译》,商务印书馆1981年版,第52页。黄梅曾请钱锺书先生推荐英国小说,钱先生开列的书单里"没有一流'巨著'"。黄梅:《和钱锺书先生做邻居》,丁伟志编:《钱锺书先生诞辰百年纪念文集》,香港牛津大学出版社2010年版,第177页。

写了很多续集。红繁蓐的事迹在欧美影响极大,一次次被拍成电影和电视剧。佐罗和蝙蝠侠化装救人的故事与红繁蓐团的事迹约莫相似。1997 年至 2000 年,同名音乐剧还在纽约百老汇上演,后在多国演出。为该剧谱曲的弗兰克·维尔德霍恩也是惠特尼·休斯顿金榜排名第一的名曲《破碎的心何处去》的作曲人。

再比如英美国民国防意识强,因而崇拜间谍之风。斐立伯·倭本翰(E. Phillips Oppenheim,1866—1946)是间谍小说的开山,曾在英国情报部门供职,1927 年还上了美国《时代》周刊的封面。他的《藕孔避兵录》(The Great Secret)讲述的是旅英德侨阴谋配合德国颠覆英国政府,两位警惕的英国人如何护国的故事。佛典中的阿修罗曾躲进莲藕孔中避兵,书名体现不出小说中普通英国人维护国家安全的积极意义。这类作品也是伊恩·弗莱明的詹姆斯·邦德系列小说的前身。要说詹姆斯·邦德在英国的形象,完全不是"高眉""低眉"之类的概念所能形容的。2012 年伦敦奥运开幕式上有詹姆斯·邦德到白金汉宫请女王参加盛会的电影镜头,要是指责这样的场面有辱女王尊严,那就只能以迂腐称之了。007 系列电影中有《女王密使》(On Her Majesty's Secret Service),那还是 1969 年的出品。英国军情五处和六处的前身"秘密服务局"就是在威廉·特弗奈尔(笔名勒葛)的《德国皇帝的间谍》一书启发下设立的。这种国家安全意识正是中国所不见的。林纾翻译这样的小说,可以使读者对大国之间看不见的博弈更为敏感。英国著名作家如格雷厄姆·格林也曾服务于情报部门,没有这样的经历,也写不出《文静的美国人》这样杰出的小说。当人们一本正经地把这些类型创作都简单地归为"二三流作品"而不欲问津时,他们也暴露了对英国文化了解的肤浅。

清末,中国有大批日本浪人,其中大量是日本间谍,中国浑然不觉。

日俄战争之前,东北遍布日本情报人员,他们都假装中国人而服务于东北的俄国军队与机构。"沈荩案"当时非常有名,但是很少有人会想到沈荩是日本报纸的编辑,也很少有人会想到,《俄事警闻》之类反俄的刊物是在日本刊出的。戊戌变法后,《国闻报》变为日本在天津的舆论工具。戊戌年与康有为、梁启超同遭通缉的方若避难于日本,沦为日本人的工具。八国联军进攻天津,方若引导日军立功,不久成为日本主办的报纸《天津日日新闻》的总编。沈荩作为唐才常自立军(背后有日本的参与)右军统带,案发潜逃,被列通缉名单之首。后又到天津的日本报纸谋职,反清的革命者都以为沈荩因在《天津日日新闻》揭发《中俄密约》而被杖毙,①气愤得很。沈荩之死暴露了中国司法制度的落后,但是笔者也为他感到另一种遗憾:借助外力造反,也可能是帮助外人控制自己的国家。

林纾翻译侦探小说,也不是取决于情节是否扣人心弦。比如,他为阿瑟·毛利森(Arthur Morrison)的《神枢鬼藏录》(*Chronicles of Martin Hewitt*,与魏易同译)写的序言讨论的是中国的鞫狱刑事侦讯。"弊在无律师辩护,无包探为之询侦。每有疑狱,动致牵联缀无辜,至于瘐死,而狱仍不决。"西方的律师也有雌黄之口,但是概而言之,"承审之员广有学问,明律意;而陪审者耳目复聪利,又足以揭举其奸欺"。林纾对包探最为钦佩。他们"明物理,析人情,巧谋捷取,飞迅不可摸捉,即有遁情,已莫脱包探之网,而谳员又端审详慎,故民之堕于冤抑者恒寡"。当时上海翻译侦探小说者尤多,林纾写道:"近年读海上诸君子所译包探

---

① 据考并无此事。所谓的《中俄密约》实际上是俄罗斯的"七条要求",中国政府予以拒绝,故意向外国报刊透露,以期列强向俄罗斯施加压力。沈荩因报道密约被逮捕杖死之说不能成立。参见彭一平:《关于沈荩和"沈荩案"若干史实的补正》,《中南大学学报(社会科学版)》2005年第5期。

诸案,则大喜,惊叹其用心之仁。"他期望小说引发社会改革,人民或许可以免受讼师和隶役之患。"果使此书风行,俾朝之司刑谳者,知变计而用律师包探,且广立学堂以毓律师包探之材。"①这本小说的译本1907年由商务印书馆出版,正值晚清法律改革之际。据初步统计,晚清新政时期出版各类法学图书295种②。林纾把小说的社会功能看得如此重要,从以上这些文字可见,林纾从事翻译多年,从小说略知西方社会大概,所谓的刑谳牵涉广泛,社会治理中的无数细节,不是仅仅依赖"科学""民主"几个抽象词汇。

林纾的小说创作与翻译往往相得益彰。他的《冤海灵光》(1915)讲的就是同治末年发生在福建建阳的一起谋杀案。小说的第一章就比较中国与欧美司法的差别,中国没有侦探"循声以求迹,因迹而造微"③,所赖的只是刑讯逼供,而办事司员恣意婪索。林纾主张重证据,轻口供。他还特意在小说第七章提及民国时刑律上的进步:"民国执法无私,而用刑不滥。"④作为有名的前清遗老,他的这句话还是很中肯的。民国实行的其实还是晚清法律,当时刑法的改革,功劳主要在清廷,但是正是侦探小说的流布形成了一种舆论的气候,促进了刑法改革。

如果说侦探小说有助于司法公平理念的确立,那么很多历史题材的小说则可以帮助中国读者熟悉西欧的历史进程。毕竟由小说进入历史要比阅读粗浅的教科书具体、深入得多。林译小说中历史类占有很

---

① 林琴南著、吴俊标校:《林琴南书话》,浙江人民出版社1999年版,第55页。
② 俞江:《清末法学书目备考:1901—1911》,何勤华主编:《法律文化史研究》第二卷,商务印书馆2005年版。
③ 林纾著、林薇选注:《林纾选集·小说》卷下,四川人民出版社1988年版,第291页。
④ 同上书,第351页。

大比重,他与陈家麟合译莎士比亚戏剧五种,全部是历史剧(译本只是戏剧本事)。① 林译柯南·道尔的《金风铁雨录》描写的是信奉天主教的詹姆斯二世自恃兵力镇压蒙茅斯公爵,导致亡乱。柯南·道尔的另一部著作《黑太子南征录》(The White Company)讲的是英法百年战争期间英王爱德华三世之子黑太子(Black Prince,1330—1376)南征的故事:一位骑士的扈从艾莱恩·阿德里克森随主人南渡英吉利海峡打仗。当时贵族和骑士率民团(company)为国征战,而这种民团是职业军队的前身。弓箭手们豪侠勇敢,为国捐躯,前仆后继。小说对民团这种形式做了生动描画。英国史学家屈维廉还在《英格兰史》这样的普及著作里提到它,称它"呈现了一幅生气盎然、材料翔实但有点理想化的图画"②。柯南·道尔写这本小说与19世纪下半期英国的扩张相关,爱国主义也表现为帝国主义。当时的"爱国主义"诗人韩利(William Ernest Henley,1849—1903)就在名诗《英格兰,我的英格兰》中写道:"我有什么不能为你做的,/英格兰,我的英格兰/你的号角响彻全球。"这部小说也是少儿读物,书中宣扬的爱国尚武精神在民族存亡之秋可以鼓舞士气。英国"二战"时纸张紧张,政府对其实行严格控制,但是这部作品却一再印行,从未受到影响。通过这本书,林纾想要借几百年前英国的弓箭手来激励中国人的爱国心,并进一步阐发他"荏弱之夫不可与语国"的道理。他在序中强调,小说中人物始终把国家的名誉置于首位:"其人均爱国,名为英人,抵死未示其宗国之弱。"他一如既往地想起自己的国家:中国人的脑力和勇气,并不在英国人之下("岂后于彼"),但是也有人畏葸退让,唾面自干:

---

① 林纾以小说形式翻译莎士比亚戏剧,为人所诟病。
② 屈维廉:《英格兰史(第3版)》,朗文出版社1946年版,第228页。

> 嗟夫！让为美德，让不中礼，即谓之示弱。吾国家尚武之精神，又事事为有司遏抑。公理不伸，故皆无心于公战，其流为不义而死之市，或临命高歌，未有所憾。使其人衣食稍足，加以教育，宁不可使之制敌！果人人当敌不惧，前僵后踵，国亦未有不强者。日本之取金州，搏俄人，死人如麻，气皆未馁，盖自视一人之身一日本也，身死而同志继之，虽百人死而一人胜，即可谓之日本胜耳。英人当日之视死如归，即以国为身，不以身为身，故身可死而国不夺，然教育尚未普及，而英人之奋迅已如此。

抽象地提倡爱国尚武的精神，并不能使之成为内在化的价值信念。林译小说不仅是中外文学交流的媒介，也是社会和"心习"（严复语）改革的工具。就译作的社会功能而言，这些通俗小说的意义是不亚于任何"名著"的。

《黑奴吁天录》的意义也在此。将这部通俗小说置于美国19世纪文学的杰作之中，它顿时黯然失色，但是它的社会作用远在《白鲸》之上。这是林纾翻译的第二部小说，1901年在杭州出魏氏刊本。译本的《跋语》就揭示了一个没有挑明的事实：美国随意关押华工，海外华人实际上没有强有力的国家机器来维护自己的尊严："向来文明之国，无私发人函，今彼人于华人之函，无不遍发。有书及'美国'二字，如犯国讳，捕逐驱斥，不遗余力。则谓吾华有国度耶？无国度耶？"日本官员夫人在美因所谓"检疫"受辱，"日人大忿争之"，但是中国有关部门的官员却不敢与美方交涉。"国威之削，又何待言！"①

小说中的女奴意里赛之夫哲而治·海雷敢于反抗，是译者有意作

---

① 林琴南著、吴俊标校：《林琴南书话》，浙江人民出版社1999年版，第5页。

为汤姆叔叔的对立面树立的正面形象。他拒绝"归心上帝"之类廉价的自慰语言,一再追问"国家安在"?为了不让妻女分离,他断然决定举家北上。他在逃往自由的路上,"左抱其儿,右挽其妻,而气概洸洸,如赴严敌,靴声亦极厉"①。这位人物显然是林纾有意激励国人仿效的英雄。哲而治逃到加拿大后获得自由,后去法国留学,还皈依了基督教,学成后决定到自己母亲祖上的土地生活、传教。小说第43章,他在致友人信中一再声明,只有基督教信仰才能救非洲,决不能忘记基督教的天职与使命。而他准备去自由黑人的国家利比里亚(书中译为"辣比利亚"),是作为"一位基督徒爱国者,一位基督教传播者"。但是原文浓郁的基督教口吻在中译里消失了,他的语气变得更像一个中国人:他要做一个有国之人,要以国家的名义诉诸公法公理,"向众人论申,不至坐听白人夷灭吾种"。显然,庚子年惨痛的教训使得林纾将爱国保种的话语塞入译作,使之成为信件的基调。19世纪中叶一部美国小说里虔诚的基督教语言完全改换了颜面:"吾今决赴辣比利亚者,非图安乐也,盖欲振刷国民志气,悉力保种,以祛外侮。吾志至死不懈矣。"②通过这些改动,林纾戴上了自由黑人的面具向他的同胞发出号召,他强调的是国家而非朝代,立场迥异于当时图谋种族革命的激进党人。林纾实际上已走在很多国人的前面。他深知中国历史上的朝代更替无济于事,新朝无非重复旧朝旧事。要打破这种恶性循环,必须明确国家思想,投身于基于现状但是绝对不满足于现状的国家建设和社会改造。

2007年5月3日,为纪念话剧在我国的百年诞辰,中国文化界、话剧界人士在北京人民大会堂演出交响诗《吁天》。整个节目以话剧《黑

---

① 〔美〕斯土活:《黑奴吁天录》,林纾、魏易译,商务印书馆1981年版,第91页。
② 同上书,第203页。

奴吁天录》为主线,回顾了一个世纪中国话剧走过的历程。1906年冬,李叔同、欧阳予倩等留日学生在日本东京组成中国第一个话剧艺术组织春柳社①,并于1907年6月1日和2日在东京上演话剧《黑奴吁天录》,剧本系曾孝谷根据林纾、魏易的中译本改编。演出由日本著名戏剧家藤泽浅二郎指导,大受欢迎。剧本今已不存,但编者曾孝谷的本意是借黑奴汤姆的故事来"警醒国人民族独立之魂",这恰恰也是林纾翻译小说的用意。这次演出比较正规,东京主要报刊上都登载了演出预告,话剧的宣传海报上还录有林纾译本序言上的一段文字。② 1904年,留学日本的鲁迅收到友人寄来的中文《黑奴吁天录》,"乃大喜欢,穷日读之,竟毕"。他在给蒋抑卮的信中说:"曼思故国,来日方长,载悲黑奴如是,弥益感喟。"③鲁迅和众多国内读者一样,是在林纾所给定的接受框架里来理解这部19世纪中叶的美国通俗小说的。也正是在这一年,鲁迅弃医从文。

"名著"不是绝对的,"第二三流的毫无价值的书"也不是绝对的。评价清末民初的文学翻译事业,不妨从这些观念中走出来。

(作者单位:中国社会科学院文学研究所)

---

① 该社受早稻田大学坪内逍遥主持的文艺协会影响,也称"春柳社文艺研究会",但专设演艺部。春柳社首次登台亮相是1907年2月11日在东京的中华基督教青年会馆演出《茶花女》第三幕。
② 详见刘平:《中日现代演剧交流图史》,生活·读书·新知三联书店2012年版,第一章。
③ 转引自张俊才:《林纾年谱简编》,薛绥之、张俊才编:《林纾研究资料》,福建人民出版社1982年版,第27页。

林译言情小说《巴黎茶花女遗事》的日常性

黄锦珠

一、前言

  林译小说不但在翻译文学史上占有一席之位,也在中国近现代文学史上占有重要地位,并发挥过相当的影响力。林译小说中,言情类所占数量颇多,其成名作《巴黎茶花女遗事》便属言情一类,曾获"可怜一卷茶花女,断尽支那荡子肠"[①]的评赞。林译言情小说不仅是引导中国读者一窥西方文学壶奥的重要载体,同时具有引领中国文学现代化转型之功。然而其现代性之意义展现,不仅在于传递前所未闻的西方文学,或者作品中虚构的异人异事,而且在于展呈于言情叙事中所描摹的日常细节琐事。正是在这些生活微末不足道的日常书写中,当时所追求的现代性才真正落实扎根,成为读者大众得以接受的客观事实。文章固然曾是"经国之大业,不朽之盛事",但"经国"与"不朽"之"大",有时却须通过日常之"微"才得以具现成形。本文意图从"日常性"的角

---

① 严复:《甲辰出都呈同里诸公》,王栻主编:《严复集》,中华书局1986年版,第365页。

度,观察林译言情小说如何运用古雅的文言描述细节琐事,并试图抉发此类书写的现代意义。由于林译言情小说较多,为了凝聚焦点,以期对小说文本进行深度解读,本文以《巴黎茶花女遗事》一书为讨论中心。

二、"外国红楼梦"

文言小说具有悠久传统,是中国古典文学中不可忽视的一支。自魏晋志怪、唐传奇以降,历代多有作品刊行。清康熙年间蒲松龄《聊斋志异》问世以后,备受读者喜爱,直至清末仍风行不衰。白话小说于宋元兴起,至明清而大盛,明代"四大奇书"与清代《红楼梦》等,都是深受读者喜爱的名著。林纾翻译小说之始,文言小说与白话小说均有佳作可见,无论他基于什么原因选择了文言作为翻译载体,《巴黎茶花女遗事》一经问世,不但为翻译文学辟一奇境,也为稍晚的民初言情小说辟一奇境,更为文言写作辟一奇境。金松岑《论写情小说于新社会之关系》(1905)曾经提及:"《茶花女遗事》,今人谓之外国《红楼梦》。"①显示当时读者理解并接受林译《巴黎茶花女遗事》的观点之一,是把它与中国自有的白话章回小说《红楼梦》相比拟。也就是说,文言载体或白话载体并不是读者关注的重点,也无碍于此二作之相似处。两部小说的言情内容,包括人物、情节与悲剧性结局等,可能才是读者产生共鸣的要素。邱炜萲《茶花女遗事》一则曾说:"年来忽获《茶花女遗事》,如

---

① 金松岑:《论写情小说于新社会之关系》,原载《新小说》1905 年第十七号,转引自陈平原、夏晓虹编:《二十世纪中国小说理论资料》第一卷,北京大学出版社 1997 年版,第 172 页。

饥得食,读之数反,泪莹然凝栏干。每于高楼独立,昂首四顾,觉情世界铸出情人,而天地无情,偏令好儿女以有情老,独令遗此情根,引起普天下各种情种,不知情生文耶,文生情耶?"①这样的阅读反应,应该很能代表当时读者的心声。从邱炜萲的阅读心得,可以得知男女主人公的真情至爱以及小说的悲剧性结局,是感动读者的重要因素。情爱之所以能真挚动人,结局之所以能令读者共感抱憾,与林纾译笔"传神绘影,如遇两人于纸上"②当有莫大关系。

从某个角度说,林译小说的文言体,无碍于读者品味《巴黎茶花女遗事》的情感描写,也无碍于读者把它与《红楼梦》联想在一起。不过,中国旧有的文言小说中,未必没有男女相爱悦而后中道分离、未得善果者,唐传奇的爱情故事以悲剧性结局收场者,也所在多有。事实上,清末民初的读者也常会从茶花女其人联想到唐传奇的女主人公,例如陈衍《为林琴南题巴黎茶花女遗事后》就有"夫人汧国定前身"的说法,把茶花女形容成汧国夫人李娃投胎转世。吴东园《法京巴黎茶花女史马克格尼尔行》一诗也说:"诡秘行踪学李娃,缠绵别恨满天涯。""小玉自知病不起,红颜薄命乃如此。"③诗中使用李娃与霍小玉为喻,比拟茶花女的行事作为。由此二诗可见,林译小说中的茶花女,与唐传奇的李娃、霍小玉,不止一次被相提并论。不过小说人物的联想是一回事,小说整体的书写风貌是另外一回事。茶花女的妓女身份,使中国读者联

---

① 邱炜萲:《茶花女遗事》,原载 1901 年刊本《挥麈拾遗》,转引自陈平原、夏晓虹编:《二十世纪中国小说理论资料》第一卷,北京大学出版社 1997 年版,第 46 页。

② 邱炜萲:《茶花女遗事》,原载 1901 年刊本《挥麈拾遗》,转引自陈平原、夏晓虹编:《二十世纪中国小说理论资料》第一卷,北京大学出版社 1997 年版,第 45 页。邱炜萲此语本是用以形容小仲马的文笔,但邱氏也是通过林译本而言,故此处借用以形容林纾的译文。

③ 二诗均转引自钱锺书等著:《林纾的翻译》,商务印书馆 1981 年版,第 57—58 页。

想起唐传奇的名妓,如李娃、霍小玉等女性人物,乃是身份、形象使然。至于小说整体的阅读感受,令当时读者联想到的,大部分是白话章回小说,尤其是《红楼梦》。

平子曾说"圣叹乃一热心愤世流血奇男子也。然余于圣叹有三恨焉",其中第三件恨事就是"《红楼梦》、《茶花女》二书,出现太迟,未能得圣叹之批评"①。《巴黎茶花女遗事》一书,被直接拿来与《红楼梦》相提并论。虽然没有进一步说明二作之间的相似性或共通性,但是对当时的读者而言,应不难了然于胸,发会心之一笑。冷血也曾经提到:"读《红楼梦》,一境也;读《水浒》,一境也。读《西厢》,一境也;读《西游记》,一境也。读《茶花女遗事》,一境也;读《包探案》,一境也。天下之境无尽止,天下之好探亦无尽止。我愿共搜索世界之奇境异境,以与天下好探新境者共领略。我乃采译《世界奇谈》。"②冷血的说法,很自然地将《巴黎茶花女遗事》摆放在《水浒传》《红楼梦》等白话小说的脉络中,也把它与白话小说名著等量齐观。由此可以间接印证金松岑的比喻:"《茶花女遗事》,今人谓之外国《红楼梦》。"③此说不是凭空而起,也不仅是个人之见,而是当时不少读者的共同观感。

文言体的林译小说《巴黎茶花女遗事》,为什么这么容易让读者联想到白话体的《红楼梦》?最显而易见的理由,应该是言情内容:它们都是言情小说,而且以悲剧性结局收场。不过唐传奇名篇中,也不乏言

---

① 平子之说见于《小说丛话》,原载《新小说》1903 年第八号,转引自陈平原、夏晓虹编:《二十世纪中国小说理论资料》第一卷,北京大学出版社 1997 年版,第 85 页。
② 冷血:《世界奇谈序言》,原载《新新小说》1904 年第 1 号,转引自陈平原、夏晓虹编:《二十世纪中国小说理论资料》第 1 卷,北京大学出版社 1997 年版,第 144 页。
③ 金松岑:《论写情小说于新社会之关系》,原载《新小说》1905 年第十七号,转引自陈平原、夏晓虹编:《二十世纪中国小说理论资料》第一卷,北京大学出版社 1997 年版,第 172 页。

情且以悲剧收场者。所以,应该还有其他更关键性的因素。邱炜萲的评述或许可以提供些许端倪:"以华文之典料,写欧人之性情,曲曲以赴,煞费匠心,好语穿珠,哀感顽艳,读者但见马克之花魂,亚猛之泪渍,小仲马之文心,冷红生之笔意,一时都活,为之欲叹观止。"①其中对《巴黎茶花女遗事》的文笔极表赞叹之意,"曲曲以赴""一时都活"等语,表达了邱氏对于小说描写鲜活逼真的阅读感受。形成这样的阅读感受,其中一个重要因素,乃是《巴黎茶花女遗事》的内容描述,立足于日常细节、生活琐务者多,与《红楼梦》多叙写生活细节如出一辙,故而容易引起读者联想。

　　林纾以文言从事翻译,译笔优雅,不但使西方文学获得中国读者的青睐,也让传统文言获得新的运用与开拓。林译言情小说中,为了展现原作细腻的情感书写,原以简洁精练见长的文言体,往往也必须进行更为具体枝微甚至烦琐细碎的日常细节描述。胡适就曾经说:"古文不曾作过长篇的小说","古文不长于写情,林纾居然用古文译了《茶花女》、《迦茵小传》等书。古文的应用,自司马迁以来,从没有这样大的成绩"。②胡适认为林纾运用文言体译写长篇言情小说是文言写作的一大成绩。其实《巴黎茶花女遗事》的篇幅远比《迦茵小传》短小,以商务印书馆的现代版本为据,《巴黎茶花女遗事》正文占 82 页,《迦茵小传》正文则占 248 页,为《巴黎茶花女遗事》的三倍。因中国旧有的文言小说很少连绵将近百页者,胡适认为《巴黎茶花女遗事》属于长篇小说并不为过。然而古代小说以文言写情并不罕见,胡适所说的"古文不长于

---

① 邱炜萲:《茶花女遗事》,原载 1901 年刊本《挥麈拾遗》,转引自陈平原、夏晓虹编:《二十世纪中国小说理论资料》第一卷,北京大学出版社 1997 年版,第 45 页。
② 胡适:《五十年来中国之文学》,原载于 1923 年 2 月《申报》50 周年纪念刊《最近之五十年》,收入欧阳哲生编:《胡适文集》第 3 册,北京大学出版社 1998 年版,第 215 页。

写情"可说是一种笼统说法,其背后的比较基准,应是白话小说。《五十年来中国之文学》其实是回顾过去的文言文,并展望未来的白话文,藉以肯定"五四"运动提倡白话文的表现及其成绩的一篇长文。胡适强调文言古文已经是"死文字",不能产生"活文学",①却不抹煞林纾译文的卓越表现,可以说是公允之论。林译小说以文言翻译,而且充分展现小说所需要的言情叙事,其细腻曲折的表现,恐怕是长久以来文言文(包含文言小说)难以达到的成绩。若予以仔细检视,将不难发现,林译小说之所以充分展现细腻曲折的言情叙事,乃得力于日常化的书写内容。下文将以《巴黎茶花女遗事》为例详述。

三、情爱见证:琐碎重复的日常细节

《巴黎茶花女遗事》开篇,通过"小仲马"见到拍卖告示写起,然后写遇见亚猛,进而从亚猛口中,得知他与茶花女马克相识、相爱而中道分离,最后马克病逝的经过。亚猛与马克从相识到定情,间隔二年,不过真正相处的时间却极为短暂。短暂的相处过程中,小说藉由琐碎重复的日常细节,一方面塑造亚猛重情重礼的绅士形象,另一方面则建构二人相待的真情挚意。

亚猛第一次见到马克是在街上,深受马克吸引,但并未交谈,亚猛只是远远看着马克的容貌、衣着、举止。第二次是在剧院,亚猛要求友人代为介绍,友人回答:"勾栏中人,乃烦先容乎?"②友人的回答合乎一

---

① 胡适:《五十年来中国之文学》,原载于1923年2月《申报》50周年纪念刊《最近之五十年》,收入欧阳哲生编:《胡适文集》第3册,北京大学出版社1998年版,第202页。
② 〔法〕小仲马著,林纾、王寿昌译:《巴黎茶花女遗事》,《林译小说丛书》,商务印书馆1981年版,第16页。

般对待风尘女郎的现实,亚猛却坚守对待良家妇女该有的礼节,不愿贸然前往。友人虽果真代为引见,却不止一次提醒亚猛:"君勿钦礼马克如侯爵夫人也。""君何重视若辈,以尊礼妇人之意加之?彼又乌知君意也!"①马克身为妓女,绝大多数男人都会直接接近她,一旦见面,也经常诙谐笑谑以取乐,就像友人所说的:"遇此辈人,可以恣吾谈诙。"②但是亚猛始终以敬重有礼的态度对待马克,展现了他与众不同的品行、格调。故事中,亚猛此举或许遭友人质疑,甚至遭马克揶揄,但正是友人的质疑与马克的揶揄,反衬出亚猛的忠诚厚道、自敬敬人。其形象之特出,一开始即足以吸引读者的目光。

正式见面之时,亚猛过于拘谨,遭到马克嘲笑,曾因此抛下对马克的爱慕:"而一晌厚视马克之心,至此亦复冰释。"③但是没过多久,亚猛见到"马克情影在灯光中,如接图画",这很快扫除了亚猛的不快:"转觉忿怒马克揶揄之心,逐渐为欢爱之心渐推渐远。"④此后两人虽未再正式见面,亚猛爱慕之心已经深植。亚猛倾慕马克,从一开始就比一般男子真诚、深刻,虽然知道马克的妓女身份,却不因此稍有轻慢之心,小说以"天生情种"⑤诠释亚猛的情感性格,至于性格的落实,则是通过他的实际言行。透过交往的细节,一方面写出马克必须送往迎来的现实处境,另一方面又展现了亚猛的真诚挚意。所描述的事物:仅仅是要不要代为介绍、引荐这种小细节,虽极其平淡琐碎,恰恰是日常人际关系

---

① 〔法〕小仲马著,林纾、王寿昌译:《巴黎茶花女遗事》,《林译小说丛书》,商务印书馆1981年版,第16、17页。
② 同上书,第16页。
③ 同上书,第16页。
④ 同上书,第17页。
⑤ 同上书,第15页。

中可以见微知著的细节。

后来亚猛听说马克生病,"余初闻,心怔忡不能自已","乃每日至马克家问阍者,审马克病状"①。这个每日问病的重复行为,并没有见到马克的面,却暗示了一种只知付出、不问回馈的心意。这是后来马克受到感动并迅速定情的因素之一。而因素之二,则是第二次见面时,亚猛流露出对马克身体健康的真诚关切。

马克因病离开巴黎两年,亚猛在剧院中再次与她相遇时竟然已经不认得,因友人家实瞠与马克打招呼,才引起亚猛的注意。当夜亚猛在马克家里与她见面,这是两人第二次正式会面。当夜席上,马克豪饮,不久轻微咳嗽,亚猛观察到她"素巾抹之见血",马克退入更衣处,同席他人不以为意,亚猛则"心骇极,疾趋视之"。亚猛进入更衣处,问候马克,"马克视余,意似喜"②,两人于是在更衣处交谈。这次交谈,亚猛得以向马克表白心意:"情不自禁,发而为此。"③马克不但允诺让亚猛"明夜十一点至十二点两刻"④来访,也很诚恳地说明了自己的处境,不希望亚猛重蹈前人覆辙:"盖吾一年须费十万佛郎,必非亚猛所堪。""若为一马克之身,颠倒谬乱,深所不忍。"⑤亚猛因此也感动莫名:"余此时无言,心念马克平日嫚讴狂饮,侈荡无伦,其性情哀恻之深,如自障十重厚幙,今一夕之谈,全身涌现。余若揭幙而入,抵其肺肝深处,此时竟难寻觅一语以谢马克矣。"⑥两人密谈定约后,马克"以红茶花一朵,着余衣

---

① 〔法〕小仲马著,林纾、王寿昌译:《巴黎茶花女遗事》,《林译小说丛书》,商务印书馆1981年版,第17页。
② 同上书,第23页。
③ 同上书,第25页。
④ 同上书,第27页。
⑤ 同上书,第25、26页。
⑥ 同上书,第25页。

袂之上",还交代"君不能以吾言语客也"。① 两人情谊这时候有了具体的进展,进展之速让马克也颇有自觉,她告诉亚猛说:"君知我许君之速乎?以我余息不久,旋化异物,故谋此甚促耳。"②马克健康亮起红灯,她颇有自知之明,可又自伤命薄,也不甚爱惜健康。但在这么短的时间内就接受亚猛示爱,除了自认余命不长,主因还是亚猛所表现出的诚意与真心。

第二次见面之时,马克知道亚猛曾经关切她的病况,"马克曰:'吾病时闻阍者言,时有一少年时时问余病者,即君也耶?'余曰:'然。'马克曰:'嗟乎!'"③稍后又再次提及:"马克忽又问余曰:'问阍者于门外,常以吾病为焦灼者,即是君耶?'余未及答,马克曰:'此人间至情,吾不知所谢。'"④可见马克对于亚猛的情谊相当留神,而且铭感在心。事实上,马克号称"胭脂队长"⑤,送往迎来,阅人无数,并不像一般妓女那般逢迎客人:"马克接人,恒傲狷落落,不甚为礼"⑥,而且"言论尖峭,微近轻薄"⑦。初见亚猛即揶揄嘲弄,令亚猛难堪。再见亚猛时,又令同时在座的伯爵难堪,可以说,她是一位玩世不恭的名妓。小说描述了她令亚猛难堪的情状:"以纤指握葡萄,且啖且顾余。余色赭,不敢正视。马克耳语隔座妇人,笑吃吃不可止。余此时左右无所自容,马克竟置余无一语。"⑧马克喜欢吃蜜渍葡萄,友人买了葡萄后带亚猛去见马

---

① 〔法〕小仲马著,林纾、王寿昌译:《巴黎茶花女遗事》,《林译小说丛书》,商务印书馆1981年版,第27页。
② 同上。
③ 同上书,第21页。
④ 同上书,第22页。
⑤ 同上书,第17页。
⑥ 同上书,第22页。
⑦ 同上书,第17页。
⑧ 同上书,第16页。

克。小说描述马克一边吃着葡萄,一边看着亚猛,却一句话都不愿意多说,加上耳语、笑声不止等微细的小动作,马克倨傲不恭的情态历历如在目前。吃葡萄,多么平凡无奇,此处透过凡常生活可见的小事,成功营造了"心比天高,身为下贱"①的名妓形象。日常琐事恰恰是用来表现马克身份与性情冲突矛盾的重要媒介。

马克是一位玩世不恭的名妓,她对于自身所处之现实有充分觉知,对于一般男子把她当玩物看待的心态也了如指掌。亚猛相见之初,还没机会表露自己的真心,马克把他看作一般狎客,甚至令其难堪,实在情理之中。然而一旦获知亚猛真心,她的响应也是真诚无隐。亚猛先有时时问病的行为,后有关心马克健康的当下表现。马克咳血,同席他人视为平常,只有亚猛关切备至,进入更衣处问候。小说描述亚猛进入更衣处所见:"案上陈杯水,水面红纹萦带,丝丝均血缕。"②通过水杯沾染、漂浮的血丝暗示了马克病状。马克一开始还未察觉,或者也不相信亚猛果真为她担忧:"然见余愁郁,转以余为病。"③后来才确认亚猛真是来关切她的健康:"马克审吾为马克忧,竟至吾前执吾手。余携马克手至唇际,不觉泪滴其上。"④执手、滴泪等小动作再一次显示、验证了亚猛对待马克的真心诚意。简单地说,亚猛与马克第二次相见过程中并没有特殊的事件,只是谈话、吃饭、饮酒,加上咳嗽、喝水等日常生活的细节,然而通过这些日常琐事恰足以传达并验证亚猛体贴多情、真诚关怀马克的心意,也因而感动了倨傲、玩世的马克。

---

① 此处借用《红楼梦》晴雯判词。
② 〔法〕小仲马著,林纾、王寿昌译:《巴黎茶花女遗事》,《林译小说丛书》,商务印书馆1981年版,第23页。
③ 同上。
④ 同上书,第24页。

亚猛与马克两人从相识到定情,期间描述的主要是日常生活中的琐事,属于妓女生活的常态,而吃葡萄、揶揄、咳嗽、喝水等则属于马克个人的生活习性与病中"常有之事"①。通过对日常生活事物的描述,成功塑造了亚猛与马克的人物形象,也逼真传达了两人的情谊互动。这种以日常生活之事作为小说主要叙写题材与内容的写作风貌,与《红楼梦》有异曲同工之妙。藉日常以写情,尤可说是二作相通的共相,无怪乎晚清读者以"外国红楼梦"称呼《巴黎茶花女遗事》。透过日常性书写,小说所营造的男女情爱乃奠基于平淡凡常的生活,其感情表现反而更具信度与力度。更值得注意的是,在这些日常生活的描述中,"个人"主体的重要性无形中获得实践与强调。大人物、大事件、大时代的宏大叙述,是传统历史文本、文学文本经常可见的题材,自《史记》建构本纪、世家、列传的人物传记序列以后,帝王、诸侯、名臣、名人不但是历史书写的必然对象,也经常成为文学书写的爱好题材。长篇白话章回,如《三国演义》《水浒传》《西游记》所写,都是非常性的人与事,到《金瓶梅》与《红楼梦》才将笔触转向日常性的饮食情色,《巴黎茶花女遗事》透过日常性书写,藉由日常生活的点点滴滴摹绘"人间至情",塑造亚猛与马克的个性、形象,"正因写实,转成新鲜"②,不但彰显日常事物的艺术效应,也暗示了其莫大的潜能。林纾以文言译写言情小说,进而彰显了文言书写日常生活的艺术效能,使得文言体的应用达到开拓、新创的境地,难怪胡适说:"古文的应用,自司马迁以来,从没有这样大的

---

① 〔法〕小仲马著,林纾、王寿昌译:《巴黎茶花女遗事》,《林译小说丛书》,商务印书馆1981年版,第23页。
② 鲁迅:《中国小说史略》,《鲁迅全集》第9册,人民文学出版社1996年版,第234页。按,此处借用了鲁迅形容《红楼梦》特色的说法。

成绩。"①文言历来为正式文体,使用于大人物、大事件、大场合,乃习以为常。至于以文言写日常末微琐事,又借日常琐事写情,反而替文言体的应用拓展了新疆域,形构了新风貌。

四、详确的时空刻度与心理进程

《巴黎茶花女遗事》一开始,描述"小仲马"见到拍卖告示,而后参观拍卖物品,不但写出了确切的时间、地点,同时也在后续事情发展的过程中,不断交代翔实明确的时空刻度,即便是描写亚猛面对马克接待别的客人,不自禁地产生妒忌、愤怒、失望种种复杂情绪的心理进程,也大都伴随明白可验的时日、钟点。这些详确的时空记述,不但展示了现代化的新时空观,也显现了中西不同的日常生活方式与观念。

小说首先描述"小仲马"所见:"余当一千八百四十年三月十三日,在拉非德,见黄榜署拍卖日期","准以十六日十二点至五点止,在恩谈街第九号屋中拍卖。又预计十三、十四二日,可以先往第九号屋中,省识其当意者"②。有关即将拍卖以及事先提供参观的年、月、日、时和地点,均记述得明明白白、详细准确。拍卖当天,也清楚写出到达时间:"于是余于十六日一点钟,仍至恩谈街。"③其中所述"恩谈街第九号",即是马克生前居处门号。稍后写到马克生前经常往来的邻友配唐,也

---

① 胡适:《五十年来中国之文学》,欧阳哲生编:《胡适文集》第3册,北京大学出版社1998年版,第215页。
② [法]小仲马著,林纾、王寿昌译:《巴黎茶花女遗事》,《林译小说丛书》,商务印书馆1981年版,第3页。
③ 同上书,第6页。

是确实写出其所居的门号:"与吾比舍,吾第七号,彼第九号,开窗适面其妆楼。"①假若是中国古典小说,此处很可能只叙述"与吾比舍,开窗适面其妆楼"便足以交代,但《巴黎茶花女遗事》明确写出门牌编号,门牌号码的奇、偶分列与精确计数,与中国民居旧有的标志方式如里、坊、胡同等不同,提供了更为明确的空间方位,也暗示了西方城市街道、房屋的编制方式。这种细致的地点描述,对于中国读者而言不但颇为新鲜,同时所提供的有关西方社会,特别是城市、街道、民居的相关讯息,也让中国读者有了极其不同的具体感受。

小说中公元纪年、一日24小时的西方计时方式,也与中国帝王年号纪年、一日12时辰的传统计时方式不同。24小时比12时辰更为精细,每小时又划分为60分的时间刻度,也远比中国以"刻"为单位的计时方式更为准确。小说不时运用"时""分"等明确时间,作为事件进展与人物行动的依傍。例如马克要求配唐前来作伴、解围,以免除伯爵的纠缠,配唐稍微延迟了一下,马克就抱怨:"我迟君十分钟矣。"②十分钟原本只是很短的时间,因为马克不喜欢伯爵在旁,十分钟也变成令人无奈的漫长时光,马克对伯爵厌恶之深由此可知。配唐带着亚猛、家实瞠一同进入马克住处,当马克获知亚猛经常向守门者询问她病情时,又以此为难伯爵:"是君所能乎?"伯爵回答:"吾识君刚二月耳。"马克立刻反唇相讥:"彼识吾仅五分钟,而钟情若此,吾所以鄙汝之戆也。"③使得伯爵无言以对。两个月的相识时间并不是很长,伯爵对马克不甚关心也完全说得过去,马克的故意刁难恰体现了她对伯爵的厌恶不耐。亚

---

① 〔法〕小仲马著,林纾、王寿昌译:《巴黎茶花女遗事》,《林译小说丛书》,商务印书馆1981年版,第18页。
② 同上书,第19页。
③ 同上书,第21页。

林译言情小说《巴黎茶花女遗事》的日常性

猛认识马克只有五分钟,倒也不是无根之谈,两人初次见面时没有任何交谈,马克只顾吃葡萄,以轻慢的态度对待亚猛,亚猛颇觉尴尬,很快就离开了。这里使用了五分钟如此明确的计时,较之传统的"片刻""须臾""刹那"等用词更为精确,和"二月"形成的对比也更为鲜明。

《巴黎茶花女遗事》不仅在叙述外在的事件进程中处处标记明确的时间、地点,叙述内在的心理变化也经常藉用具体的时间刻度。例如马克与亚猛定情以后,约定"明夜十一点至十二点两刻"再次相见。亚猛一方面高兴莫名,另一方面则迫不及待,"时时视壁上悬表至一百次"①,这里也是使用具体的统计数字"一百次"以具体描摹亚猛的急切情状。接着写亚猛赴约情形:"已而钟动至十点半,余度行至马克家适十一点,遂自寓起行。"②亚猛想要见到马克的心情虽然急切,却依旧遵守时间,预备准时赴约。准时与否,说来也源于中西时间观的不同,且具有某种指标性的行动习性。不过,预计可以准时赴约的亚猛到了马克家,守门者的回答却是:"姑娘出,从未有十一点前即归者。""余始谓由家至恩谈街,为时当半点钟,因阍者言,自视其表,仅五分钟,可知余情恋马克行路之迅也。"③由守门者"从未有十一点前即归者"一语可知,马克与亚猛约定"十一点至十二点两刻"之间相见,原来也是一个准时的约定。这里"五分钟"再次出现,也是借用五分钟之短反衬走路速度之快,用来表现亚猛心情的急切程度。从这些细节描写可以发现西方的计时方式与中国传统小说中的相较有其显著的不同风味。

亚猛与马克定情后再次相见,马克便将自己住处的钥匙给了亚猛,

---

① 〔法〕小仲马著,林纾、王寿昌译:《巴黎茶花女遗事》,《林译小说丛书》,商务印书馆1981年版,第29页。
② 同上。
③ 同上书,第30页。

允许他自由进出。两人情爱之深由此可见。接着,马克原与亚猛相约当天夜里再会,中午时分亚猛突然接到马克的短信,要求晚上暂勿前往,亚猛不免怀疑马克是要接待其他客人。当天下午"四点钟",亚猛便到处访寻马克踪迹,直到夜晚"时钟动十一点余",亚猛即到马克住处门外守候,"迨十二点钟时,有车至九号",亚猛亲见伯爵造访马克,竟在门外守候。伯爵"直至四点仍弗出",亚猛伫立至天亮,然后回寓大哭。① 这一天发生的事主要是亚猛因爱生妒,伺察马克行踪,然后失望、痛心。事件进程中不断以钟点计数说明时间的流逝,以此体现亚猛的猜疑、失望、痛苦之情。当天下午4点到隔天凌晨4点,在总计12个小时的时间内,亚猛不但行动上"进退莫知所适"②,心情上也是跌宕起伏。时间的明确性让读者清楚地了解到这是发生在12个小时内的变化,亚猛深陷情海的痴心于是明晰可辨。

  小说便是在这样的叙事过程中,镶嵌各种久暂不一的年、月、日、时、分,传播西方的时间意识,且在无形中教育了当时的中国读者。中西不同的生活习性与时空观,对于当时正在逐渐接受西方事物的中国读者而言,不但新鲜奇特,同时也是更为具体的感知途径。

  亚猛与马克虽然两情相悦,用情至真且深,然而亚猛之父亲自拜访马克,请求马克主动离开亚猛。马克为了成全亚猛一家不告而别,最后受屈病重而逝。亚猛因获得马克所遗日记才知道事情始末,可惜已追悔无及。《巴黎茶花女遗事》末尾附载有马克日记。既名为日记,每段开头必载记月、日。日记虽是中国早就存在的一种文体,然而把日记引

---

① 〔法〕小仲马著,林纾、王寿昌译:《巴黎茶花女遗事》,《林译小说丛书》,商务印书馆1981年版,第38页。

② 同上。

进小说,《巴黎茶花女遗事》可以说起到了重要的先锋作用。马克遗留的日记里面,第一篇详述离开亚猛的缘由及其后的痛苦情状,篇幅不但最长,所述事件、情景也最为详尽。迨至病重以后,每日所记主要是病痛难忍与思念亚猛之情。例如:

> 十二月二十日。天气极严寒,密雪纷落。余只一人楼居,病狂热三日矣,不能书一字。病中并无殊望,凭虚构想,拟得亚猛一笺,而笺终不可得。
>
> 一月四日。余在此数日中,痛苦无尽,并不知人生受病,其身乃难死如是。
>
> 二月五日。余呼曰:"亚猛来,亚猛来!我苦极死矣!"

此处藉由日记这种日常的书写形式,反复描述身体的病痛与情感的心痛,不但道尽马克临终前的苦情,同时也让读者看到马克时时记挂亚猛的深情及其具化的情态。这种"拟真式"的写实笔法展示了日常生活与心情的重复性,形同不断强化马克境遇的艰难。马克遭遇之不幸与对待亚猛之专情、深情,通过日记这种具有个人私密性质的文体,产生了更为强大的说服力,深深地打动了读者。小说前大半部主要用亚猛第一人称的口吻,陈述他对马克的深情、误会、绝情与忏悔,小说的结尾部分通过马克遗留的日记,读者得以经由"第一手"文字亲见马克的真情。日记在此与亚猛的自述形成互补,具有平衡效应。而亚猛与马克两人的感情,各自有"第一手"文字可以检视,小说的表述于是更为圆满,更具说服力与感染力。

时空刻度的改变,不但影响了人们日常生活的规划与进程,而且改变了人们生活的整体方式,这是现代化过程中一个根本性的改变。中国传统的社会生活、人际关系都因此产生了前所未有且至今未已的变化。《巴黎茶花女遗事》中,精准的时空刻度与细微心理交相呼应、烘衬,乃至通过日记体的重复叙述,强调马克的病情与心情,这些写法一方面藉助凡常的生活事物达到传情写意的目的,另一方面人物之间的真情挚意也让日常微物、琐事产生更为丰沛的艺术能量,二者相辅相成、不可分割。

五、结语

《巴黎茶花女遗事》以翻译言情小说之姿,通过生活的细节,表现亚猛与马克之间情爱的真诚深挚,也将西方社会的时空观、生活方式真实地呈现在中国读者眼前。小说中如图卷般鲜活逼真的日常生活,加上其本身的风行,无形中达到大规模传播异质性的、不同于中国既往之生活方式的效果。当时的中国读者,不仅对"欧人之性情"有了近乎直观的感受,同时也了解到西方的社会习尚与生活日常,无形中增进了对西方社会与生活的认识。而林译小说中如《巴黎茶花女遗事》这样的作品因为传达了西方社会的风土人情和生活方式,对于中西碰撞时期的读者大众而言,也是他们接触和了解西方的重要媒介。

(作者单位:台湾中正大学中文系)

林纾《韩柳文研究法》的学术史意义

刘 城

世人但知林纾为译界巨擘,却往往忽视其作为古文大家的一面。对于能凸显其古文大家地位的古文理论,学者多重《春觉斋论文》及《文微》,又漠视了《韩柳文研究法》。

林纾的古文理论除散见于《中学国文读本》《左孟庄骚精华录》《浅深递进国文读本》《〈古文辞类纂〉选本》《左传撷华》《庄子浅说》《林氏选评名家集》等众多古文选本外,主要集中于三部论著。《春觉斋论文》一直被视为林纾古文理论中最具代表性的作品,具有完整有序的艺术理论体系,是传统古文理论的总结。《文微》虽篇幅不长,但世人对其理论性、系统性评价颇高,黄侃就于此书开端之"题辞"中云:"自彦和已后,世非无谈文之专著,而统纪不明,伦类不析,求如是书之笼圈条贯者,盖已稀矣。"①

而对于《韩柳文研究法》,学界至今未见专文予以深论,这种情况可能与学者多认为其虽以"研究法"标题,不外是传统的韩柳文点评之延伸,其理论自觉性不强有关。故学者多只在论及林纾的古文趣味或韩柳文鉴赏艺术时对其加以引用、论证,并未真正把《韩柳文研究法》视为一部具有古文研究方法学意义的著作。但实际上,该书以韩柳文

---

① 王水照主编:《历代文话》第七册,复旦大学出版社2007年版,第6527页。

并重,是对自宋迄清争论不休的"韩柳优劣论"的反驳,同时也标志着林纾对桐城文派古文理论的修正,更是其毕生"力延古文之一线"主张的具体实践。另外,该书的命意方式也具有重要性,其以韩柳文作为整体加以关合研究,论述形态上也是极为新鲜的。

一、研究视角的独特与命名的首创

《韩柳文研究法》是第一部独以韩柳文为对象的研究著作,以"研究法"命名亦颇具现代学术意义。

韩柳文在宋代被奉为古文典范,这亦促使了韩柳文批评的日渐增多,这些评点文字除见于文人单篇文章外,比较集中于三类著作中。

一是历代独立的文话著作。如宋代朱熹的《朱子语类·论文》为理学家论文之代表作,对唐宋古文大家的文章风格及特色均有较好的概括,其论韩柳文共约34处;黄震的《黄氏日钞》卷五十九至卷六十八为《读文集》,专评十家之文,其中评柳文50篇、韩文106篇;清代何焯的《义门读书记》专论四家之文,其中论韩文167篇、柳文220篇。

二是集约式的古文总集。如宋代吕祖谦的《古文关键》评韩文16篇、柳文八篇;明代茅坤的《唐宋八大家文钞》评韩文178篇、柳文50篇;清代乾隆御选的《唐宋文醇》选评柳文85篇、韩文81篇。

三是各自独立的韩柳文集或选本。元代程端礼《昌黎文式》评韩文53篇,清代孙琮《山晓阁评点柳柳州全集》评柳文98篇。《诂训柳先生文集》《新刊增广百家详补注唐柳先生文集》及《五百家注昌黎文集》等韩柳文集就有论文之语隐于注中。

在第一、第二类论著中,虽也涉及韩柳文的评点,但韩柳文只是其中的一部分;第三类仅分别就韩柳文而言,它们都并非把韩柳文当成一个整体加以考察。而《韩柳文研究法》则是目前所见第一部独以韩柳文为研究对象并加以全面细致论述的著作①,这实际上也是自唐以来韩柳文并称观念强化的一个突出表现。

《韩柳文研究法》以"研究法"命名,亦颇具近代学术色彩。清代以前的高等教育只有经学课程,而无西方学科知识分类意义上的文学课程,京师大学堂作为中国近代兴办最早的大学,其课程的设置理念也多参照西方。1904年,张百熙与荣庆、张之洞制定的《奏定学堂章程》颁布,规定大学的文学科分设中国文学门、英国文学门、法国文学门、俄国文学门、德国文学门和日本国文学门。按照章程的规定,中国文学门要修习16个科目,"主课"有七科,"文学研究法"列第一,可谓这门学问的总纲,为"中国文学"的研究规划和范围,其实际就是中国现代"文学理论"课程最早的雏形。在《大学堂章程》中,除"文学研究法"外,还有"周易学研究法""经学研究法""尚书学研究法""毛诗学研究法""春秋左传学研究法""春秋左氏公羊谷梁学研究法""周礼学研究法""礼记学研究法""论语学研究法""孟子学研究法""理学研究法""史学研

---

① 林纾之前,已出现韩柳文合集。如宋代黄大舆曾有《韩柳文章谱》一书,晁公武《郡斋读书志·后志》卷二云:"《韩柳文章谱》三卷右皇朝黄大舆撰,大舆之意以为文章有庄老之异,故取韩愈、柳宗元文章为三谱,其一取其诗文中官次、年月可改者,次第先后,著其初晚之异也,其一悉取其诗文比叙之。其一列当时君相于上,以见二人之出处,极为详悉。"马茂军认为宋代古文运动是唐代古文运动的继续,因此韩柳文集成为宋人整理研究的热点,但是提高到"韩柳文章"高度来研究阐扬的只有此书。惜该书今佚,今人无从得知其内容及是否有作者点评。参看马茂军:《"韩柳文章"的阐扬者黄大舆考——从黄大舆的几篇佚文看他的生平事迹》,《江西行政学院学报》,2006年第S1期。另,明人游居敬编有《韩柳文》、蒋之翘注《韩柳集》,表明宋以后,世人把韩柳文作为一个整体的取法典范之意识实已逐步形成。但这些文集,虽有注释、注音、评论,但并未脱离传统文章选本的桎梏,且未有统一的理论思想,多止于单篇文章而谈,所论内容驳杂。

究法""中国史学研究法""地理学研究法""中国文学研究法"等目,可见"研究法"在当时京师大学堂课程命名上使用很普遍。① 这些课程的设置,使得一批相关的教材著作随之出现,其中不少即以"研究法"命名,如出版于1914年的《文学研究法》即是由当时在北大讲授"文学研究法"课程的姚永朴所撰,稍后在北大任教的郑奠也有《中国修辞学研究法》(1925)一书。

林纾与京师大学堂渊源颇深,他于1903年受聘为京师大学堂译书局笔述,1906年又被聘为预科和师范馆经学教员,后改教经文科的古文辞,直至1913年辞去北大(当时京师大学堂已改名为北京大学)教职。故笔者推测,《韩柳文研究法》以"研究法"命名,当与林纾在京师大学堂任职、授课有关,它与大学堂"文学研究法"课程的互相呼应,更是林纾对这门颇具现代学术理念课程的一次具体深入地履践。当然,该书之"研究法",并非作严格的现代学术意义上的文学研究方法论之解。此"法",当作"法度"言,故此书乃"评论韩愈、柳宗元文章的立意用笔之妙,总结韩、柳文章的写作'法度'和技巧"②的著作。但即便如此,这种在当时也颇显新颖时髦的命名方式之运用,可知林纾亦受近代学术理念之影响,他希望能以此新理念来研究韩柳文,把韩柳文从文话当中独立提取出来,不再与其他论述对象混杂,并且摆脱了传统古文选本寓评于选的研究方式,直接表述自己对于韩柳文的研究心得。研究视角的独特与命名的首创,使《韩柳文研究法》在韩柳文研究史上具有里程碑式的意义。

---

① 参见(清)端方:《大清光绪新法令》,商务印书馆1909年刊本。
② 杨福生:《姚永朴〈文学研究法〉述论》,《北京大学学报(哲学社会科学版)》1998年第5期。

二、共同推尊韩柳与超越"韩柳优劣论"的局限

共尊韩柳文而不分轩轾,并且客观地比较二者,这是《韩柳文研究法》最重要的文学思想,以此等思想贯彻全书的论述,在林纾之前亦属罕见。

韩柳文并称,唐代已有,晚唐杜牧就曾于《冬至日寄小侄阿宜诗》中以"李杜泛浩浩,韩柳摩苍苍"分别推崇李杜与韩柳在诗歌与文章领域中的地位。韩柳文之比较始自宋代,朱熹就曾与人讨论过"韩、柳二家文体孰正"的问题①,罗大经也曾用"韩如美玉,柳如精金。韩如静女,柳如名姝。韩如德骥,柳如天马"②来比较韩柳文的特色。宋祁、王十朋、吕本中、刘望之、邵博等人曾就文风、师承等问题比较韩柳文。自宋后,历代论者评论韩柳文时,也常承袭二者比较的方法。但在同一论著中频繁以比较之法阐论韩柳文的并不多。以宋代黄震《黄氏日钞》、明代茅坤《唐宋八大家文钞》、清代乾隆御选《唐宋文醇》、孙琮《山晓阁评点柳柳州全集》、林云铭《韩文起》及储欣《昌黎先生全集录》为例,在这些颇具规模的文话、选本、总集中,编著者运用比较法论韩柳文之处并不多见。

《韩柳文研究法》分《韩文研究法》和《柳文研究法》两部分,看似各评其文,互不关联。但林纾有意识地采用了二人比较批评的模式,正如王宜瑗评此书"每以韩柳同类之相比较,评判优劣,更品味各自特色,在整体评价上则不予轩轾,并为古文大家"③,这样便使全书又构成一个

---

① 参见(宋)黎靖德编:《朱子语类》卷一三九,中华书局1986年版,第3303—3304页。
② (宋)罗大经:《鹤林玉露》卷一五,明刻本。
③ 王水照主编:《历代文话》第七册,复旦大学出版社2007年版,第6439页。

有机整体。该书涉及韩柳文比较22条,21条见于《柳文研究法》中。在论柳文时,以韩文较之,见出二者各自特色,这种行文安排见出林纾的良苦用心。其中,有对韩柳文的一并称扬:

> 凡铭幽之文,……柳州集中,此种文字固不少。铭词亦古宕,可以比肩昌黎。……(《故襄阳丞赵君墓志》)文虽怪岸,然以此表来章之孝,而其事复在柳州,安可无子厚为之润色!铭词神似昌黎。有是奇事,自有是奇文也。凡事之愈猥琐者,行文须愈庄重,此《史》《汉》之秘诀,韩、柳可谓得之矣。①

有别韩柳文之异同:

> 《寄京兆许孟容书》,词语至哀痛,而段落又至分明。逐层皆有停顿,虽不如昌黎之穿插变幻,到吃紧处,偏放松,及正面时,转逆写,然亦自成为柳州气格。②

更有韩柳文体擅场之衡论:

> 瀺然以清,则山水诸记,穷桂海之殊相,直前无古人,后无来者。昌黎偶记山水,亦不能与之追逐。古人避短推长,昌黎于此,固让柳州出一头地矣。③

---

① 林纾:《韩柳文研究法》,商务印书馆1914年版,第84—85页。
② 同上书,第121页。
③ 同上书,第58—59页。

柳州集中,有"序隐遁道儒释"一门,制词命意,固有工者,然终不如昌黎之变化。①

韩柳并举,一反过去优劣定势的争论,挣脱桐城派重韩轻柳观念的束缚,体现着林纾通达的文学观。

桐城文派主导着清代文坛,其文章取法韩欧而多抑柳,尤以"桐城三祖"之一的方苞为甚,其《光禄卿吕公墓志铭》云:"余以古文义法,绳班史柳文,尚多瑕疵。"②《书柳文后》更是苛责柳文的名篇。虽然桐城内部并非人人皆恪守此旨,但抑柳之风还是较普遍的。林纾虽受桐城末代宗师吴汝纶赞誉且赏为知音,并友于马通伯、姚永朴、姚永概等桐城文人,文学思想上与桐城亦有契合之处,但他并未受缚于此。他不但重韩欧之文,亦重柳文,对责柳文失义法之说予以驳斥:"虽然《全唐文》一部浩如渊海,何以后人不宗燕、许,而宗韩、柳?南北宋中,文家亦人人各有所长,何以后人但称欧、曾、王、苏六家?讵上下数千年,仅有此八家能文耶?正以此八家者有义法,有意境,入手者正,不至迷惑失次耳。"③并且数十年如一日地予以研习柳文:"纾生平读书寥寥,左、庄、班、马、韩、柳、欧、曾外,不敢问津。"④在《答徐敏书》中又说:"……至于韩柳欧三氏之文,楮叶汗渍近四十年矣。"⑤在论著中更是多以韩柳并举,颇有意为柳文张皇,如《春觉斋论文》云:"柳子厚之文几抗昌

---

① 林纾:《韩柳文研究法》,商务印书馆1914年版,第111页。
② (清)方苞著、刘季高点校:《方苞集》,上海古籍出版社1983年版,第283页。
③ 钱谷融主编:《林琴南书话》,浙江人民出版社1999年版,第186页。
④ 林纾:《〈震川集选〉序》,《林氏选评名家文集·归震川集》,商务印书馆1924年版。
⑤ 林纾:《林琴南文集·畏庐三集》,中国书店1985年版,第30页。

黎之席。"①并著有《柳河东集》选本(1924),选评柳文85篇。

这种并尊韩柳的思想更集中反映在《韩柳文研究法》中。林纾在《柳文研究法》开篇即云：

> 似柳州者,为昌黎配飨之人,虽尊为与韩并,初未有发明其文章之妙者;至方望溪,颇有丑诋之词。……昌黎之于柳州,《祭文》《庙碑》《墓志》,咸无贬词,当时昌黎目中,亦仅有一柳州,翱、湜辈均以弟子目之,未尝屈居柳州于翱、湜之列。且柳州死于贬所,年仅四十七,凡诸所见,均蛮荒僻处之事物,而能振拔于文坛,独有千古,谓得非人杰哉!②

并且在书中反复强调：

> 昌黎之文,虽裴度犹引以为怪,矧在余人。千秋知己,惟一柳州。③
>
> 西汉之文,柳州平日之所从事也。柳州处唐之中叶,舍昌黎外,莫与抗者。④

自宋迄清,关于韩柳优劣之争论甚嚣尘上,世人多因政治及思想因素而扬韩抑柳。在抑柳之风更甚的桐城派主导文坛的情况下,林纾极力推崇柳宗元可"配飨"韩愈,需卓识亦需勇气。章士钊对此曾赞道：

---

① 林纾著、范先渊点校：《春觉斋论文》,人民文学出版社1959年版,第111页。
② 林纾：《韩柳文研究法》,商务印书馆1914年版,第57页。
③ 同上书,第107页。
④ 同上。

> 畏庐为吾平生尚及接近之老辈,彼为古文,人以桐城派目之,实则畏庐文字,与桐城有迳庭。观彼所辑《韩柳文研究法》,虽韩、柳平列,不外老生常谈,特对柳文观点,究与桐城老派异趣。……将柳配韩,此唐末以来之谬见。几于一致。至方望溪辈,且谓柳厪一部分文字能追韩。畏庐突破此点,论柳振拔文坛,独有千古,柳所有苦腴癯清之文,韩亦追随不上,此乃加桐城家一大棒喝。至对柳文词句上之玩味,畏庐已自道所得,无取赘叙。①

可谓明察。

此外,林纾乃清末民初文坛唐宋派宗师,钱基博《现代中国文学史》说:"民国更元,文章多途。……大抵崇魏晋者,以太炎为大师;而取唐宋,则推林纾为宗盟云。"②而唐宋古文肇自韩柳,以韩柳文为研究对象探其文法,亦颇有正源流之意。林纾后于《春觉斋论文》云:

> 穆参军修为宋文开山鼻祖,一力宗昌黎、柳州,取径之正,信古之笃,用心之精,实在柳开之上。③

此处亦明白点出"宗昌黎、柳州"乃"取径之正",强调韩柳古文的典范性。又于同书"述旨"条云:"论文不能不取法乎上。"④并在《〈左传撷华〉序》中指明左、史、韩是他"取法乎上"的所在⑤。故林纾如此推重柳

---

① 章士钊:《柳文指要》,文汇出版社2000年版,第519—520页。
② 钱基博:《现代中国文学史》,世界书局1935年版,第137页。
③ 林纾著、范先渊点校:《春觉斋论文》,人民文学出版社1959年版,第105页。
④ 同上书,第46页。
⑤ 林纾:《林琴南文集·畏庐三集》,中国书店1985年版,第3页。

宗元,认为其乃韩愈"千秋知己",其文章"昌黎外,莫与抗者",毫无疑问把柳文置于文章的至高典范之列。

除比较韩柳文,林纾还注意指出韩柳文之师承,如云韩愈之《进学解》"本于东方《客难》、扬雄《解嘲》"①,柳宗元之《与李睦州论服气书》"神似《国策》"②。该书不仅点明韩柳文所学,还细论其与前人作品的异同,如称韩愈《送穷文》"盖源本于扬子云《逐贫赋》",但"描写穷之真相,亦较扬文为刻深,真神技也"③,而柳宗元之《序饮》与《兰亭集序》虽为记,但"子厚则穷形尽相,必绘出物状,以尽其所能"④。

已明师承与新变外,林纾还论韩柳文对后世之文的惠泽或其不可超越之经典地位:

> 《守原》一议……此种法程,吕东莱几奉为秘诀,苏东坡、王船山尤甚。然皆深文也。⑤
>
> 愚尝谓验人文字之有意境与机轴,当先读其赠送序。序不是论,却句句是论。不惟造句宜敛,即制局亦宜变。赠送序是昌黎绝技,欧、王二家,王得其骨,欧得其神。归震川亦可谓能变化矣,然安能如昌黎之飞行绝迹邪?⑥

把韩柳文置于文章发展的历程中,与传统或后世做对比,指出源流所在或对后世之惠泽,"既注意了'源',也就是其'师古'的一面,又注意了

---

① 林纾:《韩柳文研究法》,商务印书馆1914年版,第7页。
② 同上书,第124页。
③ 同上书,第53页。
④ 同上书,第110页。
⑤ 同上书,第76页。
⑥ 同上书,第22页。

其'流',即其'创新'的一面",这正是中国古代文学批评的传统方法"'推源溯流'的精神贯注之所在"①。"推源溯流"之法在林纾之前的韩柳文批评中已出现,但或只言师法渊源,或只及后世影响,或仅比较韩柳文,单篇文章自不必说,就以成一定规模的选本、文话而言,亦未有一书能似《韩柳文研究法》般如此具体、全面、综合地加以运用。

三、韩柳文艺术之深度阐发与创作规律之揭橥

宋至清以来的韩柳文批评及研究,不仅关于文学,且更频繁涉及政治、思想、人品等方面,《韩柳文研究法》则有意摆脱这些外部因素的纠缠,高度重视韩柳文之艺术。此亦是该书区别于绝大多数前贤之作的一大特色。其在批评方法上对前代有所继承和发展,在评点上亦较传统有所创新。

林纾之前有关韩柳文的评点之作,或所选篇目较少,如宋吕祖谦的《古文关键》仅评柳文七篇,清朱宗洛的《古文一隅》评柳文七篇、韩文八篇;或如宋黄震的《黄氏日钞》,清乾隆御选《唐宋文醇》、何焯《义门读书记》等评论所涉驳杂,多集文章点评、注释、校勘、考证等于一体;或如明茅坤的《唐宋八大家文钞》、清孙琮的《山晓阁评点柳柳州全集》虽也多有从文章艺术角度论析之处,但又失之过略。

《韩柳文研究法》则广择韩柳名篇,首评韩文67篇,后品柳文72篇。与以往评点多议政治背景及道统、学术、人品之褒贬而言,此书更显醇粹,多从文章之艺术角度切入,点出文章之大旨、字句文法及艺术

---

① 张伯伟:《中国古代文学批评方法研究》,中华书局2002年版,第178页。

精妙处,且常对文章段落层层剖析而不避烦琐。

重视文章的艺术性,是林纾古文评点的一贯风格,林纾就多次强调自己"就文论文""学派自学派,文派自文派。……鄙人论文,不是论学,略之可也"①。如世人评《五原》,多从学术角度论辩愈之道统,且评述者不可胜数。林纾于此等重要篇目,不置详评,且"就文论文",超越单纯"论道"的理学标准,见出林纾对"因文"这个文学维度的重视。如他论《五原》就很重视文章的布局安排:

> 黄山谷曰:"文章必谨布置。"每见后学,多告以《原道》命意曲折。后以此既求古人法度,如老杜《赠韦见素》诗,布置最得正体。如官府甲第,厅堂房室,各有定处,不可乱也。须知文之不乱,恃其有法,如不乱也。昌黎生平好弄神通,独于"五原"篇,沈实朴老,使学者有涂轨可寻。②

于此强调要发明"文章法度"的独立价值,这也正是林纾写作此书的基本指导思想。

自吕祖谦的《古文关键》以来,传统古文评点日益重视文章之段落分层、布局谋篇、字法句法及主旨大意。《韩柳文研究法》对其有所承袭并颇有发扬。如区分章段并括其主旨,前人多以层层分段再衍说旨意的方式,林纾并不刻板沿袭,而是以更为艺术化的甚至是尖新的比喻来解析文章的脉络层次及妙处,如评《送廖道士序》:

> 此文制局甚险,似泰西机器,悬数千万斤之巨椎于梁间,以铁

---

① 林纾著、范先渊点校:《春觉斋论文》,人民文学出版社1959年版,第112页。
② 林纾:《韩柳文研究法》,商务印书馆1914年版,第3页。

绳作辘轳,可以疾上疾下,置表于质上,骤下其椎,椎及表面玻璃而止,分毫无损也。文自"五岳于中州"起,至"千寻之名材,不能独当也"止,二百余言作一气下。想廖道士读到"不能独当"句,必谓己足以当之。此千万斤之铁椎,已近玻璃表面矣。"意必有"、"吾未见"六字,即轻轻将椎勒住,于表面无损分毫。然又防他扫兴,即复兜住,言无乃迷惑溺没于老、佛之学而不出,似于廖师身上,仍留一线生机。其下率性还他好处,说"岂所谓魁奇而迷溺",又将巨椎收高放下,弄得廖师笑啼间作,几谓得隽即在言下。忽言"廖师善知人,若不在其身,必在其所与游",此一掷真有万里之远,把以上酝至兴会话头,尽化作蜃楼海市,与廖师一毫无涉。此在事实上则谓之骗人,而在文字中当谓之幻境。昌黎一生忠鲠,而为文乃如是,令人莫测。①

把韩文的狡狯莫测一一道之,更以"泰西机器"之喻显出文章艺术的结构之美。

自刘勰《文心雕龙》"章句""炼字"篇始,古人论文莫不重字句之锻炼,林纾亦不例外。他对韩柳文善用字颇为激赏,详论之处不下14处。明用字之妙难,能道明何以为妙则更难。林纾能超越前人之处即在于后者,如评柳宗元《梦归赋》一文可为代表:

《梦归》一赋,文乃奇绝。自起二语后,即入梦乡,至"心回互以壅塞"止,皆梦中境界。说到"质舒解以自恣兮,息愔翳而愈微。欻腾踊而上浮兮,俄溟濛之无依。"是初入梦时,肢体舒散,气息安

---

① 林纾:《韩柳文研究法》,商务印书馆1914年版,第30—31页。

和,若身与枕席相亲,沉沉无事。"歘"字,《说文》:"有所吹起也。"此说梦魂若御风而游。"溔漾"者,深广貌。魂入梦境,觉深广不知所雇,悠悠然亦无凭依而立。描摹虚无,居然生出景象,"上茫茫而无星辰兮,下不见乎水陆",是正面写梦,虽奇非奇。顶处忽用一"铼"字,"铼",导也,錾针也。不有此字,则谁导梦而归?亦并非谓梦神,但以若有二字了之,故曰:"若有铼余以往路兮,驭傀傀音拟以回复。""傀傀",相疑也。梦中辨路,决不清晰,故言傀傀回复,真一字不苟。自是以下,均梦中幻境,无非风云霾雨之类,音节一本《九章》。至"忽崩謇上下兮,聊按行以自抑",似模糊近乡井矣。故都之委坠,乡间之修直,原田之芜秽,乔木之摧解,垣庐之不饰,不是真向梦中见出,是平日有此思想,遂历历若见诸梦中。脱叙到接见故旧,文酒欢洽,亦未尝不可。顾骚中未尝有此体,且恶占实。"欲周流而无所极"之"欲"字,"纷若喜而佁傀"之"喜"字,皆有制而莫遂意,确是梦欲回时状态,故直接上"钟鼓喧以戒旦兮,陶去幽而开寤",则蘧然觉矣,然尚在惶怂之际。"罾罻蒙其复体兮,孰云桎梏之不固",妙绝。"罾罻",鱼网也。鱼网蒙体,是人醒时神魂未定,尚有麻木之意。不惟罾罻,且愿桎梏,久而久之,知梦归不可再得,故曰"余无蹈乎归路"。只好义命自安,引夫子居九夷自慰,又引老聃之适戎,蒙庄之远去,似不必以故园为慕。然首丘正也,鸟兽丧匹,尚且过其故乡鸣号,况乃人乎!三复兹梦,始还清命题本意。

林纾从"歘""溔漾""铼""傀傀""欲""喜""罾罻"等字词的本义入手,再论这些字如何串联柳宗元由极度思乡而梦归所经历的入梦、归乡、历幻境及梦醒后的神魂未定之精神历程,不仅点明字词的妙用,更把其与文章的布局及作者情感的流动联系在一起,全文近七百字,细致入微,娓娓道来。关于《梦归赋》,宋人晁补之曾云:"《梦归赋》者,柳宗元之所作业。宗元既贬,悔其年少气锐,不识几微,久幽不还,复贻去所知许孟容书。……初言览故都乔木而悲。中言仲尼欲居九夷、老子适戎以自释。末云首丘鸣号,示终不忘其旧。当世怜之。然众畏其才高,竟废不复云。"①晁氏所云虽为知人论世之语,但非论文之言。元代祝尧论道:"《梦归赋》,赋也。中含讽与怨意,其有得于变风之余者。中间意思,全是就《离骚》中脱出。"②明代王锡爵评曰:"梦境之恍惚,乡思之萧条,形容备矣。"③陆梦龙《柳子厚集选》卷一云:"黯然。"④清人储欣云:"子厚此时直欲随寓而安,而勿詹詹故土之为慕,进一解矣。余每读之,未尝不掩卷三叹。"⑤诸人所发虽为赏文之言,但却多简单概括。对比之下,林纾所评尤显纯粹与细腻精到,更富文学色彩。

在评文时,林纾并不局限于单评一文,而是多纵向比较,见出韩柳文之变化及对前贤之作的超越。如林纾论"与书"一体:

> 与书一体,汉人多求详尽,如司马迁之《报任少卿》、李陵之《答苏武》是也。六朝人则简贵,不多说话;前清考订家,则务极穿穴,几于生平所能,尽于书中发泄,亦由与书体竟,匪不消纳,尽可惟意所向。独昌黎与人书则因人而变其词,有陈乞者,有抒愤骂世而吞咽者,有自明气节者,有讲道论德者,有解释文字、为人导师

---

① 转引自朱熹:《楚辞后语》卷三九,上海古籍出版社1979年版,第285页。
② (元)祝尧:《古赋辩体》卷七,文渊阁四库全书本。
③ (明)王锡爵:《王荆石先生批评柳文》卷一,明刻本。
④ (明)陆梦龙:《柳子厚集选》卷一,明刊本。
⑤ (清)储欣:《河东先生全集录》,四库全书存目丛书影康熙刻《唐宋八大家全集录》本。

> 者。一篇之成,必有一篇之结构,未尝有信手挥洒之文字。熟读不已,可悟无数法门。……昌黎三上宰相书,极为张子韶所讥。鄙见自战国及汉初,上书言事者,或藉以进身,比比而是,不足深异。吾特惜昌黎之书,陈义过高,非赵憬、贾耽、卢迈辈所及知,必骇笑为迂漓而置之。①

此处上溯战国、汉及六朝之文而谈,在历代的比较中见出韩文之优,颇具学术史之意味。

《韩柳文研究法》还善于揭示韩柳文创作的一些规律。林纾重师法古人,朱羲胄《春觉斋著述记》曰:

> 为文而不师法古人,直不烛而行间,虽心识其途,而或达焉,则必时构虚摄之象,触物而震,无复坦行之乐。②

"法古"是为了"行今",所谓"坦行之乐"是为了走出文学的坦途。故林纾希望世人能于韩柳文中悟出作文之法,他指出,"石洪、温造二序……可悟文字之波澜"③,读《祭河南张员外文》"可悟韵语长篇之法"④,《考功员外郎卢君墓铭》"可悟叙事之法"⑤,而熟读韩愈与人书更"可悟无数法门"⑥。

这种指导思想使得林纾于擅长精深的微观论析外,还颇能揭示出

---

① 林纾:《韩柳文研究法》,商务印书馆1914年版,第14页。
② 朱羲胄述编:《春觉斋著述记》卷二,世界书局1949年版。
③ 林纾:《韩柳文研究法》,商务印书馆1914年版,第35页。
④ 同上书,第36—37页。
⑤ 同上书,第39页。
⑥ 同上书,第14页。

韩柳文创作的一般性规律,让读者能在整体上把握韩柳文章的大致风格,这就从一般鉴赏提升到了理论的高度。微观与宏观的结合,使《韩柳研究法》优于一般评点之作的重鉴赏而少理论总结。如:

> 柳州每于一篇言之中,必有一句最有力量、最透辟者镇之。①
> 文有诗境,是柳州本色。②
> 昌黎怀才不遇,间有人叩以文章,则昌黎报书,其语必与仕进相关系。③
> 昌黎集中铭志最多,而赠送序次之。无篇不道及身世之感,然匪有同者。④

林纾对韩柳文能"以小题目为大文字"、枯窘题而能翻腾出新的艺术创造力更是推崇备至,文中约八处谈及,其中如:

> 大抵昌黎之文,遇平易之题,偏生出无数丘壑,随步换形,引人入胜,又往往使人不测。⑤
> 《殿中少监马君墓志》空衍无可着笔,而昌黎文字,乃灿烂作珠光照人,真令人莫测。⑥
> 《乞巧文》……以小题目为大文字,造语横空盘硬,不下昌黎。⑦

---

① 林纾:《韩柳文研究法》,商务印书馆1914年版,第99页。
② 同上书,第120页。
③ 同上书,第16页。
④ 同上书,第39页。
⑤ 同上书,第35—36页。
⑥ 同上书,第50页。
⑦ 同上书,第96页。

《小石潭记》……一小小题目,至于穷形尽相,物无遁情,体物直到精微地步矣。①

《永州韦使君新堂记》,与《万石亭》体同。……枯窘题,能展拓如是,非大家莫能跂也。②

韩柳文章的写作对象多本无可记,但却能翻出新格局,说明了艺术技巧及作家创作力的重要。林纾重此,与清末民初时古文面对的困境和林纾的身份有关。林纾身处社会遽变之时,旧文学遭受前所未有之冲击,古文更是首当其冲。国难日亟、人心思变之际,再奢谈乾嘉盛世时姚鼐的"考据"或是同治中兴时曾国藩的"经济"都已不切合实际。另外,林纾一介布衣,无权无势,虽有一腔热血却不能对政治大局有所影响,让其多作大题目也不现实。这不仅仅是林纾也是一般文人所要面对的窘境,故林纾欲保古文这一文章体式,就不能不重视转向小题目、日常生活之境的开拓,如此才可能最大程度地扩大古文的影响,挽救其衰颓之运。这恐怕也是林纾为何如此看重归有光的原因之一。林纾多次称赞归文能于家庭琐细之事见出肺腑之情,文小而情真,如评《周弦斋寿序》:"熙甫文长于述旧,以能举琐细之事为长,似学《史记》、《汉书》之《外戚传》。故叙家庭琐细之事,颇款款有情致。"③并为归有光文章无甚大题目而辩护:"曾文正讥震川无大题目,余读之捧腹。文正官宰相,震川官知县转太仆丞。文正收复金陵,震川老死牖下。责村居之人不审朝廷大政,可乎?"④由此可知林纾所寓之良苦用心。而叙家常

---

① 林纾:《韩柳文研究法》,商务印书馆1914年版,第120页。
② 同上。
③ 慕容真点校:《林纾选评古文辞类纂》,浙江古籍出版社1986年版,第247页。
④ 林纾:《〈震川集选〉序》,《林氏选评名家文集·归震川集》,商务印书馆1924年版,第10页。

事、写普通人,既是林纾的文学思想,也是林纾古文创作的艺术特点之一。①

《韩柳文研究法》论文亦重"情"。林纾平生极厌以理学饰门面之文,认为此等文章"其述政事,则不离官文书气;辨道学,则不离语录气;著经说,则不离高头讲章气。"②此"三气"之文虽"恢恢而壮阔"却缺乏真情实感的流露,所以他一直都持"无情万无文"(《文微·通则》)③之论。此也贯穿于《韩柳文研究法》中,他认为文当有"性情真","文字亦无有不动人者"(评《寄京兆许孟容书》)④,而且对文中所蕴之悲情尤加留意,其评韩愈《送湖南李正字序》亦云:"悲凉世局,俯仰身世,语语从性情中流出,至文也。"⑤认为即使文章"所称不无太过",但"惟其悲之深,遂不觉其言之过"(评《唐故衡州刺史东平吕君诔》)⑥。不但如此,当感动于韩柳文时,林纾也不禁流露出自己的真性情,如评柳宗元《祭弟宗直文》时,他忆及亡弟,不禁老泪纵横:"不肖于亡弟炳耀之丧,曾至台湾野寺中,抚其旅榇而恸,白骨皑皑,不知谁氏之柩,棺破而骨见,即濒弟棺之左右,此时真舍死以外无善途,读子厚文,回思四十二年前事,不期老泪为之涔涔然。"⑦重视文学的情感,使得林纾善于发现作者的自我寄托之情,如他说韩愈的"《说马》及《获麟解》,皆韩子自方之辞也"⑧,柳宗元的"《愚溪之对》,……此托梦神之言,以自方也"⑨。同

---

① 张俊才:《林纾评传》,中华书局2007年版,第215页。
② 林纾著、范先渊点校:《春觉斋论文》,人民文学出版社1959年版,第106页。
③ 王水照主编:《历代文话》第七册,复旦大学出版社2007年版,第6529页。
④ 林纾:《韩柳文研究法》,商务印书馆1914年版,第121页。
⑤ 同上书,第34页。
⑥ 同上书,第83页。
⑦ 同上书,第129页。
⑧ 同上书,第5页。
⑨ 同上书,第88页。

时,林纾也认同文章的宣泄功能,如称韩愈《答崔立之书》"本意在作史,仍是欲以文章自见,吐其前此为蒙昧所屈抑之气。通篇无一语不是昌黎本色"①,论韩愈《答胡生书》"仍是一副牢骚肚皮"②,评柳宗元《愚溪之对》为"愤词也,……则发其无尽之牢骚,泄其一腔之悲愤,楚声满纸,读之肃然"③。这亦是对韩愈"不平则鸣"论调的实例阐发。

重真情,是林纾一贯之文学思想,如其在《春觉斋论文·流别论一》中评论柳宗元的赋云:"惟屈原之忠愤,故发声满乎天地;惟柳州之自叹失身,故追怀哀咎,不可自已:而各成为至文,即刘勰所谓真也,实也。不实不真,佳文又胡从出哉?"④重情尤其是悲情,也是林纾为文特色之一。⑤ 张僖评林纾之文道:"畏庐,忠孝人也,为文出之血性。"⑥钱基博《现代中国文学史》中对林纾古文的评价亦极高:"工为叙事抒情,杂以恢诡,婉媚动人,实前古所未有。"⑦

四、道夫先路:于韩柳文研究的典范意义

晚唐杜牧于文首标韩柳,至五代时《旧唐书》始露扬韩抑柳之意。宋初韩柳文逐渐成为文章典范的同时,世人又多偏重韩文。但无论如何,在世人的心目中,韩柳文共同代表了唐文的最高成就,亦是后人文

---

① 林纾:《韩柳文研究法》,商务印书馆1914年版,第17页。
② 同上书,第18页。
③ 同上书,第88—89页。
④ 林纾著、范先渊点校:《春觉斋论文》,中华书局2007年版,第49页。
⑤ 参见张俊才:《林纾评传》,中华书局2007年版,第214—215页。
⑥ 林纾:《〈畏庐文集〉序》,《林琴南文集》,中国书店1985年版。
⑦ 钱基博:《现代中国文学史》,世界书局1935年版,第137页。

章取法之经典。由于政治、思想等因素,柳宗元多受非议,进而亦影响到读者对于柳文的评价。南宋理学兴盛之后,柳文更受苛责。论文者多以韩柳并举,比较二者为文之异同,但常常又在以道衡文、以人论文的观念下扬韩抑柳,这是自唐迄清人们论韩柳文的常态,虽然也会偶尔出现诸如晏殊等人的抑韩扬柳之声,但实在是微乎其微。清代桐城派主导文坛,"三祖"之一的方苞苛责柳文的态度对桐城为文影响极大,扬韩抑柳之风可谓贯穿着有清一代。

清末民初的林纾在其《韩柳文研究法》中首次独以韩柳二人为研究对象,是自唐以来韩柳文并称观念的强化。该书对韩柳文不予轩轾,并加推崇,更是对历代扬此抑彼论调的有力反驳,为后来的韩柳文研究指明了正确方向,确立了极好的典范。这种新的研究视野与方向,在近现代文学史的书写中逐渐得到回应,并最终定型。当今的韩柳研究,逐渐摒除了千百年来争论不休的"韩柳优劣论",认识到二者古文独特的艺术价值及经典地位,故以"韩柳"作为整体加以比较研究也成为了文学研究的一个思路,并涌现出了一批各具特色的论著,如黄云眉的《韩愈柳宗元文学评价》、胡楚生的《韩柳文新探》、王基伦的《韩柳古文新论》、方介的《韩柳新论》、蒋凡的《文章并峙壮乾坤:韩愈柳宗元研究》、卢宁的《韩柳文学综论》,日本小野四平的《韩愈与柳宗元:唐代古文研究序说》、筧文生的《韩愈柳宗元》等。除此之外,相关的单篇论文及硕博士论文也日益增多,推动着韩柳文及古代散文史的研究。这种研究思路的实践,《韩柳文研究法》无疑道夫先路。

另外,《韩柳文研究法》把韩柳文从古文选本、学术笔记的形态中超脱出来加以独立研究,有意识地避开前人过多纠结的政治、思想、人品等方面的争论,更专注于韩柳古文创作之法的理论总结。林纾在实际操作中虽还残留着传统古文点评的痕迹,却迈向了现代意义上的学术研究,体现了他独特的学术眼光,在韩柳文研究史上值得大书一笔。

(作者单位:广西教育学院文学院)

林纾的楚辞读本与楚辞批评

郭 丹

林纾(琴南)以译著名世自不待言,但他也编印了多种古文选本和读本。据统计,从 1908 年林纾编选《中学国文读本》开始,到 1924 年辞世之前,共有"林氏选评名家文集"20 种左右(朱羲胄《春觉斋著述记》)。如此之多的古文选注选评本,一方面是林纾弘扬古文的宗旨使然,另一方面也是作为教材来选编的。其中很重要的一部,就是《左孟庄骚精华录》①。

一、《左孟庄骚精华录》于楚辞为何独选《九章》

"林氏选评名家文集"所选基本上都是古文,如《左传撷华》《中学国文读本》《浅深递进国文读本》《震川集选》等。唯有《左孟庄骚精华录》有屈原《九章》九首诗,这是颇为引人注目的。《左孟庄骚精华录》于民国二年(1913)所辑,上卷录《春秋左传》文 32 篇,下卷录《孟子》六篇、《庄子》12 篇,以及《离骚九章》(即屈原《九章》全部),就是本文所说的林纾的楚辞读本。与全书体例一样,《九章》部分,先录全诗,采用

---

① 本文所用《左孟庄骚精华录》,为商务印书馆民国二十四年(1935)9 月版。

王逸《楚辞章句》和洪兴祖补注;然后有总评,且在每篇后加以集中评点,亦即篇评。读其选本,可知林纾所谓"精华""撷华",一是所选文章是《左传》《孟子》《庄子》"楚骚"等中他认定的华彩篇章;二是指评点时所揭示的作品内涵的精华所在。因此林纾所编的读本体现了选家的眼光,蕴含着选家的批评思想,且又是从教师教学的眼光来选编的,对今天的古文选编和教学都有一定的启发作用。

昔人之选楚辞,多半选《离骚》《九歌》等①,林纾为何偏选《九章》?一般论者认为,屈原在《离骚》中已经对自己的身世、经历以及在楚国的奋斗历程都叙述详尽,感情的抒发也淋漓尽致。《九章》与《离骚》在内容和感情上基本相同。林纾对楚辞的所有作品都是熟悉的,他在《文微》中评点过屈原和楚辞的众多作品。如对于《离骚》,他评曰:"《离骚》之文,情哀艳而气厚色古,且富曲折。"又说:"《离骚》辞藻,觉极复叠,而其神意内转,极有作用。"评《九歌》曰:"屈原《九歌》之文,无不妙者。词丽而色古,情长而调悲,若抽茧丝,绵延弗绝,而更极有章法。"②可见林纾并非不喜《离骚》《九歌》等作品,而他独选《九章》,殆以其在《春觉斋论文·流别论》中说的一段话可以窥其端倪:

> 《文心雕龙·辨骚》篇曰:酌奇而不失其真,玩华而不坠其实。是言真知"骚"者也。枚贾得其丽,马扬得其奇。此私淑者之径造其室也。然其叙情怨、述离居、论山水、言节候,综此四者,披而读之,瞑目遐想,良有不可自解者。少时喜诵《九章》,怨悱不可申愬

---

① 如《昭明文选》选《离骚》《九歌》(六首)《卜居》《渔父》,《九章》仅选一首《涉江》。
② 林纾口授、朱羲胄撰述:《周秦文平第六》,《文微》,黄岗陶子麟仿宋精刻本。本文所引《文微》均为此版本。

者,无如《惜诵》之文,(下引《惜诵》原文,从略。)……《涉江》之词,(下引《涉江》原文,从略。)……真所谓述离居、论山水、言节候,悉纳于小小篇幅中矣。……乃知骚经之文,非文也,有是心血,始有是至言。……惟屈原之忠愤,故发声满乎天地。①

林纾认同刘勰对楚骚的评价,而《九章》是他自小最喜诵读的一组诗。更重要的是,林纾曾说:"屈子真志尽载《九章》。"(《文微·周秦文平第六》)他认为屈原的心志和情感在《九章》组诗中更为突出。的确,《九章》与《离骚》虽然有相通之处,但对于屈原的心志和情感表达更加直接。屈原在《离骚》中虽也述其志,但毕竟多比兴和象征手法,显得朦胧;《九章》笔述心曲,尤为直接。再者,把《离骚》一篇中的内容分为九首诗来倾诉,当然更加细腻。其三,《九章》所抒发的感情与林纾当时的情感是相通的,所以他对《九章》情有独钟。《左孟庄骚精华录》于楚辞独选《九章》而非《离骚》或其他作品,就不奇怪了。

二、林纾楚辞批评的文化心理与时代心态

陈寅恪在《王观堂先生挽词序》中说:"凡一种文化值衰落之时,为此文化所化之人,必感苦痛,其表现此文化之程量愈宏,则其所受之苦痛亦愈甚;迨既达极深之度,殆非出于自杀以求一己之心安而义尽也。"以陈寅恪先生的看法,王国维的自杀是其自身文化断裂而造成的结果。

---

① 林纾于民国五年(1916)撰《春觉斋论文》,1921年商务印书馆将其易名为《畏庐论文》出版。本文所引均为此版本。

林纾虽然年龄比王国维大一些(林纾 1852—1924,王国维 1877—1927),但同样处于激烈动荡的易代之际、新旧文化交替之际。与王国维相似的是,林纾深受旧文化的浸染,同时他大量翻译西方小说,为其接触和了解西方文化提供了条件。与王国维更为相似的是,新旧文化交替之际,林纾虽未选择自杀,但其"苦痛"也一如王国维"达极深之度"。与王国维的殉身证道不同,林纾选择"借他人之酒杯,浇胸中之块垒"。

历代作楚辞注本,都存在"借他人之酒杯,浇胸中之块垒"的现象。汉代以后,包括洪兴祖、朱熹、吴仁杰、黄文焕、钱澄之、周拱辰、王夫之、林云铭等人,他们或是"借屈原以寓感",或是"以《离骚》寓其幽愤",都把注释楚辞作为释放自己胸中愤懑的方式。洪兴祖在《楚辞补注·离骚后序》中说:"余观自古忠臣义士,慨然发愤,不顾其死,特立独行,自信而不回者,其英烈之气,岂与身俱亡哉!"并认为"《离骚》二十五篇,多忧世之语"。这大概是他晚年因冒犯秦桧而被贬职后发的感慨。后代的注释楚辞大家,闽人学者,除了朱熹之外,还有两位是林纾的同乡。一是明代后期的黄文焕①,一是作《楚辞灯》的林云铭②。黄文焕因黄道周案下狱,在狱中作《楚辞听直》八卷,其注楚辞,采用了注评结合的方式,在注评中特别突出屈原的"忠"和"愤",这正是他要"以《离骚》寓其幽愤"的目的。其后处于明清易代之际的王夫之作《楚辞通释》,则不局限于一己之私恨,而是扩大到家国之痛中。可以见出,后代注楚辞者,或仕途蹭蹬,或遭谗被谤,或心忧家国,都能从屈原的作品中找到共鸣,并通过注释楚辞的方式来释放自己的怨愤之情。③

---

① 福建省永泰县(今属福州市)人。
② 福建省闽县林浦(今福州市仓山区)人。
③ 参见拙著:《〈四库全书总目〉中的楚辞批评》,《漳州师范学院学报》2007年第3期。

《九章》九篇,非屈原一时一地而作,除《橘颂》之外,都是诗人流放时的作品。其精神虽与《离骚》基本一致,但分而叙之,其对流放期间的经历、处境和悲愤苦闷的心情,以及对楚王的深深眷念,对故国生民的深厚感情和对昏君佞臣的极度痛恨,都比《离骚》表现得更加细腻和淋漓尽致。林纾对此深有体会,他在总序中说:"屈原放于江南之野,思君念国,忧心罔极,故复作《九章》。章者,著也,明也,言己所陈忠信之道,甚著明也。卒不见纳,委命自沈。"此乃林纾对屈原《九章》的总体看法。对《九章》各诗的评点,林纾也是有感而发的。

他在《春觉斋论文·流别论》中也涉及《九章》的具体作品,如前面所引,认为《惜诵》之文"怨悱不可申愬",又认为《涉江》"其中著一去国之孤臣,不特此身不可安顿,即此心又宁有安顿之处?又知国家衰败,断无容己之人。即己亦不愿变心而从俗"。又说:"惜古人句,则斗然而醒,觉眼前景物,依然是个亡国气景。"评点《思美人》说:"今已亦秉天地正气而生,何为竟落乱世。欲变节则自引为愧,欲偷生又不自易其性。以独醒之眼,看他车覆马颠,并无趋救之法,悲哉悲哉!"这里虽是评点《涉江》《思美人》这些作品,然而却是林纾发自内心的感慨。"去国之孤臣",他虽未曾像屈原一样"去国",但清亡而民国兴,对林纾而言,却有亡国孤臣之痛。他虽没有像屈原那样流徙,但"恋念故主之情",可以在屈原作品中找到共鸣。他像屈原那样不愿"变心而从俗",不愿"变节",不愿"偷生",所以当新文化运动来临之时,遂有其"落伍"之举。

民国元年(1912)秋,林纾从天津迁返北京。此时袁世凯当国,1913年3月22日宋教仁被刺身亡,统治上层政治斗争复杂,社会依旧黑暗。林纾曾在宣南楼新居门楣上大书"畏天"二字,坚决拒绝为袁世凯签署"劝进表"。林纾忧心如焚,深感苦闷,其作《书感》一诗云:"此心望治几曾灰,时变纷呈胆欲摧。横议直非常理测,边氛谁引切身灾。国先难问遑言党,心果能公转胜才。痼疾日深医又误,唐衢泪眼向谁开。"他一边痛恨袁世凯的专权,一边对革命党人的行为不理解。他反对专制,也反对共和,而主张立宪。这些思想,在《追忆》《咏史》等诗以及《论专制与统一》《〈离恨天〉译余剩语》《国仇私仇缓急辨》等文章中都有所流露。他对支持变法维新的光绪皇帝必然永不释怀。对《思美人》评点说:"思美人者,思怀王也。"又说:"今已亦秉天地正气而生,何为竟落乱世。欲变节则自引为愧,欲偷生又不自易其性。以独醒之眼,看他车覆马颠,并无趋救之法,悲哉悲哉!"对《哀郢》评点说:"身虽东行,而心仍在故都。所恨此身一去,而后顾茫茫,丧礼正无有纪极。大夏为丘,东门可芜,此铜驼荆棘之悲也。"这些话虽是评说屈原,实为自况。萦怀于林纾心中的,"依然是个亡国气景"。忠君怀旧之思,黍离铜驼之悲,身处朝代变化的林纾,因此发出深深的感喟。他在《〈畏庐诗存〉自序》中说:"惟所念念者故君尔。"他多次在谒陵诗中说道"天高难问沧桑局,事去宁灰犬马心","不留余憾存青史,但有精魂恋紫宸","伤心此日兼怀旧","无补兴亡同有恨",都与屈原的情感相通。屈原是"没身绝名,完事都已"(《惜往日》评语),林纾是"可怜八度崇陵拜,剩得归装数首诗"。无怪乎林纾以"沧海孤臣"的身份而有 11 次谒光绪陵之举。这样的感喟,实在是良有以也。

其时民国虽建立不久,然腐败已日益严重,并引发许多人的反感,当时不少人有这样的看法,而林纾的《九章》评语中对屈原时代奸佞小人的批评特别多。《惜诵》评点说:屈原所处之世,"人间皆群小纵横。……小人设阱陷人,忠直者万无可免"。《思美人》评语"臣有思君之心,纯为群小壅蔽"。在《悲回风》评语中,林纾认为"此章极写小人之能壅蔽天日,使忠奸颠倒无别",屈原"谏之不能,救之无术,则寓情高远,翱翔于天地之间。脱去小人之槛陷,以泄其忧愤之怀"。屈原的遭遇引起林纾深深的共鸣。林纾曾写过一篇《书宋张淏〈艮岳记〉后》,文章批评宋徽宗重用奸臣,终于招致亡国之祸。他游颐和园,则感慨李莲英、崔玉贵当权(《游颐和园记》)。面对袁世凯的称帝野心,他忧思日重,感觉"世界已无清白望","陆沉弹指无多日"。林纾在评点《九章》各篇时,借对屈原时代奸佞群小的批评,寄托自己现实的忧思,也借此以"浇胸中之块垒"。对时局的忧虑和对群小的痛恶,常是与爱国情怀联系在一起的。林纾一生并不乏爱国情怀。他在《徐景颜传》中热情歌颂为国捐躯的将士,在《谢枚如先生赌棋山庄记》中希望谢章铤为国效力,挽救民族危亡;游泰山,发出山河"莫教落人手,松石披胡腥"的担忧(《夜中望岱》诗)。这样的爱国情怀必然在评点《九章》时得以宣泄,如他在《涉江》评语中称赞"屈平之气愈高愈亢,志概之坚刚,直同铁石","鸾凤之歌,皆未死前之薤歌也",称赞《涉江》一篇"乱辞极慷慨淋漓。不惧威,不爱死,且欲一死为后世君子爱国之法。生气远出,忠肝义胆,千载下犹凛凛焉"。林纾的爱国情愫与屈原的是相通的,所以林纾的称赞是发自内心的。

林纾在《春觉斋论文·流别论》中首论楚辞,就是以《九章》为例的,屈原在《九章》里抒发的激烈感情始终震荡着他。他指出,《惜诵》"积愫莫伸,悲愤中沸,口不择言而发","骚经之文,非文也,有是心血,始有是至言","惟屈原之忠愤,故发声满乎天地"。这样的看法前人虽也说过,但林纾反复申说,说明其体会之深。他评点《惜诵》说:"屈原文章,以凄厉为主,由楚声悲也。"它与《诗经》的"变风""变雅"有异曲同工之妙:"变风变雅之凄厉,鄙人每于不适意时,闭门户读之,家人虽不知诗中之意,然亦颇肃然为之动容。"(《春觉斋论文·应知八则·声调》)屈原"悲愤中沸",悲愤至极则必发声凄厉,再加上楚辞本是"书楚语,作楚声,纪楚地,名楚物",楚声本悲,当然愈加凄厉了。林纾称赞屈原"志慨之坚刚,直同铁石""高厉孤洁"(《涉江》评语),"热血一腔,极力麾洒,不死不止"(《抽思》评语),这些赞语是林纾读《九章》的感受,也可以说是林纾的自况。

《左孟庄骚精华录》中的《九章》,就是林纾的楚辞选本。选本批评是中国古代文学批评的一种模式,从《昭明文选》到唐人选唐诗以及此后的各类选本,莫不如此。就是没有序言或评语,仅选取某些作品集结起来,也是一种批评,因为选家是按照一定的标准和原则来选择作品的。不过历代的选本一般都有序跋或是评点的文字,其中直接透露了选家的批评思想。鲁迅先生说:"凡是对于文术,自有主张的作家,他所赖以发表和流布自己的主张的手段,倒并不在作文心,文则,诗品,诗话,而在出选本。选本可以借古人的文章,寓自己的意见。"①林纾亦是如此。林纾的"楚骚精华录"有比较简短总序,又有对各篇的评点,形式、内容都符合选本的规范。此外,评点也是中国文学批评的重要形式,它比高头讲章式的论文更加自由活泼,往往更受人喜爱和重视。传统的评点往往和选本相结合,《左孟庄骚精华录》就是如此。

三、林纾楚辞评点的艺术特征

林纾对于古代文学精华的品读是慧眼独具的,这体现在他对许多选本的评点上。林纾又是个理论家,对作品的艺术特色有其自身的敏

---

① 鲁迅:《集外集选本》,《鲁迅全集》第7卷,人民文学出版社1981年版。

感性。《左孟庄骚精华录》虽是读本、是教材,但林纾的评点当然不忘从文学艺术的角度进行解剖分析。

首先,对于《九章》的章法特点,林纾针对批评《九章》"沓"的特点进行申辩。屈原在诗中表达内心之志,常用反复申说的方式,所谓"沓"当指此。林纾是能理解和领会这一特点的。他在《文微·周秦文平第六》中说:"吾年三十许读《离骚》,只知领气取响,及今乃明其千回百转之情,颠扑不破之理。"在《春觉斋论文·应知八则·声调》中说:"试观《离骚》中,句句重复,而愈重复,愈见其悲凉。正其性情之厚所以至此。""沓"是情感表达的需要,《春觉斋论文·流别论》中说得很明白:

> (《惜诵》)其曰莫之白,曰莫察,曰无路,曰莫吾闻,积沓而下不外一意。胡读之不觉其沓?由积愫莫伸,悲愤中沸,口不择言而发。惟其无可申诉,故沓。惟沓,乃见其衷情之真。若无病而呻,为此絮絮者,便不是矣。

屈原正是因为"无可申诉"才反复申说,反复申说才愈见其衷情之真。林纾的体会是很深刻的。《九章》的各篇中凡出现反复的章节,林纾都予以解释,让读者明白此中的道理。如《惜诵》评点:"读《九章》,当不厌其沓。文字犯一沓字,便令人索然无味。独于楚辞则否。"又云:"骤读似患重复,实则情挚声哀,廻环吐茹,非沓也。"真情流露,则不厌其沓。《抽思》评点:"《抽思》一章,词多反复,言之又言,是直华周杞梁之妻之哭声也。试思妻之哭夫,有何长言?自哀身世,凄恋藁砧,数言可了。而至于变其国俗,则听者必有不厌其烦。故则而效之。由情本于衷,虽言之又言,而人感其诚恳,故不以为冗复。"杞梁之妻在《左传》中是为华周杞梁之妻,后来演变为孟姜女的典故。杞梁妻之哭,是一己之悲哀;屈原乃为国忧愁,以"直谏之苦心","抒怀不已,不肯痛觉之意,言之又言"(《抽思》评语),不同于一己之悲哀,故"言之又言",反复倾诉,读者亦不觉其沓。

林纾对各篇的评点亦颇见文心。自东汉王逸的《楚辞章句》之后,楚辞的注释评点本可谓汗牛充栋。林纾是个饱学之士,当然熟悉历代的楚辞评点。在《左孟庄骚精华录》中,林纾评点时不落前人窠臼,而是着眼于作品的精华所在。他一般先总括全篇旨意,然后按照作品结构分而评述。王逸的《楚辞章句》和洪兴祖的补注历来被奉为楚辞评注的圭臬,林纾的《九章》"精华录"也是以《楚辞章句》和洪之补注为准的。且以《涉江》为例,洪兴祖的补注曰:"此章言己佩服殊异,抗志高远,国无人知之者,徘徊江之上,叹小人在位,而君子遇害也。"《涉江》一诗充满悲剧色彩,屈原在诗中表现出艰苦卓绝、坚持理想、矢志不移的精神。林纾的评点突出了此篇的精神内涵:"《涉江》篇,屈平之气愈高愈亢,志概之坚刚,直同铁石。"此篇的总评体现了林纾对作品的整体把握,其后是对作品的具体分析:

奇服,愈忠直之行也。凡长铗切云,明月宝璐,皆自喻其高厉孤洁。无奈落于溷浊之世。然犹淑身葆节,终不迴曲。以下青虬白螭,一一出以寓言。极力反抗浊世,讬身既高,则不能更为乡人迴护。故直肆口骂楚人曰南夷。既骂南夷,万无更与周旋之理。于是涉江而行,容与疑滞,处处皆是凄恋故都。至于枉陼辰阳,则去楚乡远矣。眼中所见,皆猿狖深林,与当日侍从怀王时,景物大异。益以雨雪,更增逐客之悲。此时大有不可自聊之势。然究不愿以愁苦终穷故,变心从俗。又引许多古人自方,重昏以终身。是安心待死矣。鸾凤之歌,皆未死前之薤歌也。伤心极矣。

对照《楚辞章句》和《楚辞补注》全文,林纾的评点更加简洁。简洁之外,上引林纾的评点有两个特点,一是突出了屈原的情操、品格和苏世独立、孤高亢直的精神本质。相对于《诗经》来说,屈原作品的一大创新,是丰富了《诗经》中的意象。"奇服""长铗""明月""宝璐"自有其丰富的含义。林纾毕竟是诗人,深谙这些意象的作用,所以他不再从名物训诂方面多说(作为读本,原文中已随文训释),"忠直""高厉孤洁""淑身葆节""终不廻曲"等就是上述意象的象征意义,因此林纾直接点出其所象征的性格和精神。二是对屈原涉江而行的心情、处境以至结局进行评析和揭示。"凄恋故都",使屈原不忍离去,但"不愿以愁苦终穷故,变心从俗",又使他不得不走,所以"更增逐客之悲"。结局只好"安心待死"。对于作品的内涵和屈原的心情,林纾的确是体会幽微了。

说到林纾对意象的把握,也体现在对《橘颂》的评点中。他领会"橘颂"的意义,说"美橘之有是德,故曰颂"。对于"橘"的意象意义,他指出,"橘树白华赤实,皮既馨香,又有善味,故讬以自方"。屈原歌颂橘皆含象征意义,"棘枝圆果,是外武而内文。明青黄杂糅,则文采之焕发。顾但视文采,亦不足贵,所贵者中怀洁白耳"。"独立不迁,是自信语。苏世独立,是瘄独立之不足以当谗人"。这样的评点对读者领悟"嘉树"美橘的品质有极大的帮助。

《悲回风》一篇,林纾指出屈原是"眇远志,怜浮云,介眇志,窃赋诗,则陈述己之忠节""升高怀远中,写出无尽萧寥景象"。《悲回风》多用比兴,其所用兴象更多,皆有所寄托。林纾在《文微·周秦文平第六》中曾说:"《悲回风》之文,辞面使事设喻,不伦不类,而作者心有主意,故其精气凝固,有层次,又有贯穿,识之弗易,固其所也。"《悲回风》

中的鸟兽鱼龙、兰茝芳椒,这些兴象看似繁杂,却应该透过兴象领悟其手法和精气所在。其实,不仅《悲回风》《九章》各篇比体兴象甚多,林纾甚至认为,"李长吉所作比体诸诗,盖学屈子《九章》也"①。

　　林纾对《九章》其他各篇的评点也多有精到之处,如评《哀郢》说:"以《哀郢》继《涉江》之后,仍是恋恋故都,不忍去之意。""则身虽东行,而心仍在故郢。"《哀郢》作于秦将白起攻破郢都、楚王仓皇东迁之后,哀郢,就是哀悼郢都的沦亡。屈原最不忍舍的就是郢都,而郢都的沦陷恰恰是小人的专权肆虐。所以"惨惨郁郁而不通兮"以下,"均痛斥小人之壅蔽"。林纾的评点抓住了这一结穴点。《抽思》中屈原抒发自己的忧思"与美人抽思兮,并日夜而无正",但君王"敖朕辞而不听"。对此,林纾评曰:"秋风动容,乱兆已见。非君妄怒,何遽至此。"屈原在《抽思》里写道:"昔君与我诚言兮,曰黄昏以为期。羌中道而回畔兮,反既有此他志。"林纾评曰:"因思当日怀忠进谏,及君与诚言,至于薄暮未已,而中道忽尔回畔。握持宝玩,陈列好色,一变从前鱼水君臣之乐。且为己而怒。于是怛伤无已。历情陈词,君皆聋聩不闻。"揭示出屈原反思和痛心之所在。因此屈原才会在诗中"言之又言。热血一腔,极力麾洒,不死不止"。再如《怀沙》,屈原已经在诗中表明必死的决心,林纾评曰:"此章多仗节死义之言。""汨罗之投,已决于此矣。"屈原在《怀沙》里绝望地倾诉,认为楚国已无希望,一切已颠倒错乱,自己的内心痛苦再也不会被理解,于是反复诉说,所以林纾说《怀沙》是"赋体也"。《思美人》有个特点,就是将地下与天国、人间与仙境、历史与现实融合为一,林纾一开始就指出,《思美人》"中间有无尽华严之楼阁,都在清虚想象之中"。屈原在《思美人》中写道:"愿寄言于浮云兮,遇

---

① 《文微·论诗词第十》。

丰隆而不将。因归鸟而致辞兮,羌迅高而难当。"林纾点出屈原在前面斥责群小之壅蔽后的转折,接着说:"忽然仰见白云孤飞,归鸟高翔,两两似皆向郢都而去。"所谓"向郢都而去"是林纾自己的想象,这对于理解原诗中屈原的心情是很惬当的补充。

林纾的评点很注意结合作品的章法结构进行,各篇都有这个特点。我们且举《惜往日》来看:

> 惜往日句起,至明法度之嫌疑句,言怀王重任宗臣,故令修明宪令。
> 国富强而法立四句,写讬心于上,参与密勿不敢漏泄官府之言。
> 贞臣无罪以下四句,则自行剖白心迹。
> 忽着一"惜"字,如垂危张眼,顾视家人,所言均是惨恋怀王,指斥群小。
> 累引四贤,谓汤武桓缪[穆],则必不信谗。四贤君自况也。
> 芳草早殀以下,均伤谗及衔冤无诉意。
> 而结穴复着一个"惜"字,则哀君之愚,何不觉察而明也。千回百转,纯是忠爱之言。

这里特地把林纾的评点分段列出,以便把它们和《惜往日》的各段相对照,可以发现林纾这种提纲挈领的分析对读者掌握作品是很有好处的,能够引导读者去把握作品各部分的内涵。这样对照作品的结构章法进行分析的形式,当然是林纾把它当作教材读本而考虑的。林纾《左孟庄骚精华录》各篇评点文字都统一附在篇末,对照作品就可以看得很清楚,它既可以让读者掌握作品的章法结构,又能让读者领悟原作的真谛。

在历代的楚辞批评家中，林纾并非大家。他遴选《九章》也不是作为一部独立的楚辞选本来选的。但林纾是个文论家，他有自己独立的系统的批评思想，从他作为教材的选本中，我们可以窥视其楚辞批评的特点，其选编和评点也让后人得到一定的启发。总之，林纾对《九章》读本的评点以及他在《春觉斋论文》《文微》等著作中的楚辞批评，构成了他文论思想的重要组成部分。

（作者单位：福建工程学院地方文化资源研究中心）

心头未蓄风波险，一任蒲帆向那边
——从《畏庐诗存》题画诗看林纾的生命情调

朱晓慧

作为新文学的"不祧之祖"、旧文学的"压阵大将"，林纾以主张变法维新开端，以译作辉煌于当时，又因固守旧文化而湮没于后世，堪称中国文化史上奇特的现象。人们往往将目光聚焦于林纾的翻译作品与古文，对其诗画作品未给予充分的重视。实际上，林纾一生不仅以其译著和古文闻名于世，还是一位在琉璃厂挂笔单的出色画家，一名卓有成就的诗人。他的题画诗洋溢着生命的诗意与激情，负载着独特的生命情调与审美情趣，是其诗歌作品中的珍宝。

一

《畏庐诗存》是林纾晚年的一部诗集，1923 年由商务印书馆出版，收入其 1911 年至 1921 年间的 505 篇旧体诗，作品格调"悲凉激楚，乃胜于三十之时"①，多数作品表现作者在辛亥革命后，对政治理想失落与时局混乱的绝望和激愤，寄托着作者狷介孤愤、哀感忧伤的心绪和情

---

① 林纾：《〈畏庐诗存〉自序》，商务印书馆 1931 年版，第 1—2 页。

革新与守固

志。在其"遗老"生涯中,他放弃了早年作《闽中新乐府》时通俗直白的口语形式,作品多为旧体诗。《畏庐诗存》中包含了谒陵诗、感世诗、述怀诗、赠答诗和题画诗等类型。综观全集,"孤独、伤感、激愤、凄凉的情调,是整个《畏庐诗存》的基调"①,透露出作者内心深处的生命情调。

一位作者的风格和情调,是在生活的砥砺和历史的沉淀之中形成的,其生命情调同样如此。笔者认为,创作主体的生命情调,是指一个人在生命存在过程中,所拥有并体现出的为他人所感受的情怀和格调,包括人的性格特质、情感体验、价值关怀、心灵境界和人格气象。可以说,生命情调是一个人在相对较长的时间段中,所拥有和具备的一种统一而稳定的精神气质和生命风致,是一个人情感、思想、信仰和志趣等浑沦而整全的呈现。林纾《畏庐诗存》中的题画诗,是作者性情所寓,更是生命情调的折射,有着独特的风格和情调。我们有必要从林纾的生命历程中,探寻其生命情调形成的缘由和历史。

翻开《福建省志·人物志》,我们可以得知,林纾(1852—1924),原名群玉,字琴南,号畏庐,又号冷红生,晚称蠡叟、践卓翁,福建闽县(今福州市)人,光绪八年(1882)举人。他自小家境清寒,但读书刻苦,嗜书如命,自称"四十五以内匪书不读"②,曾读遍同县李宗言家藏书三四万卷;"尝画棺于壁,而挈其盖,立人于棺前,署曰:'读书则生,不则入棺'"③!他还向石颠山人陈文台学习绘画,在《石颠山人传》中他曾自述:"余自二十至三十,此十年中,月或呕血斗余,不亲药,疾亦弗剧。然一日未尝去书,亦未尝辍笔不画。自计果以明年死者,而今日固饱读吾

---

① 张俊才:《林纾评传》,中华书局2007年版,第189页。
② 林纾:《答徐敏书》,《畏庐三集》,商务印书馆1927年版,第31页。
③ 朱羲胄述编:《林畏庐先生年谱》卷一,商务印书馆1923年版,第5页。

书且以画自怡也。"①发愤刻苦使林纾打下了坚实的学问基础和良好的绘画功底。其古文清淡简朴、文辞隽永,叙事抒情妩媚动人,学者林薇赞其为"我国文学史上最后的古文名家"②。他对自己的古文也相当自负,曾说:"六百年中,震川外无一人敢当我者。"并称自己的一支笔靠在福州南门的城墙上无人搬得动。他研习剑术,练习拳击,"少年里社目狂生,被酒时时带剑行",这是林纾晚年在《七十自寿诗》中为自己青年时代描绘的自画像。因生性高傲,乡人目为狂,是当年福州城里著名的"三狂生"之一。陈衍在《石遗室诗集》卷一曾有一首长句赠琴南,起首一句便是"林生年少负狂名";陈宝琛为林纾所写寿文中也说:"君少以任侠闻,事亲至孝,顾善骂人,人以为狂。"③在《冷红生传》中他评价自己"家贫而貌寝,且木强多怒",是难得的性情中人。1884 年,中法战争在福州爆发,清政府水师在法国坚船利炮的攻击下全面惨败,福建海军全军覆没,他与好友伫立街头、抱头大哭。甲午战争后,他义愤填膺,与高凤岐等人三次上书御史台,强烈抗议侵略者强占土地,并详细陈述强国建议,主张变法维新。1897 年,他印行白话诗集《闽中新乐府》,伤时感乱,呼唤维新救国。其好友高梦旦在《〈畏庐三集〉序》中称其作品"叙悲之作,音吐凄梗,令人不忍卒读。盖以血性为文章,不尽关学问也"④。

林纾的确是一个具有血性气质的传统文人。从他早年写作的白话诗《闽中新乐府》中,我们可以触摸到作者真挚强烈的爱国情怀;从《〈不如归〉序》"余译既,若不胜有冤抑之情,必欲附此一伸,而质海内君子者……纾年已老,报国无日,故日为叫旦之鸡,冀我同胞警醒"的自

---

① 林薇选编:《石颠山人传》,《畏庐小品》,北京出版社 1998 年版,第 7 页。
② 林薇选注:《林纾选集·文诗词卷》,四川人民出版社 1988 年版,前言,第 1 页。
③ 朱羲胄述编:《贞文先生学行记》,商务印书馆 1927 年版,第 1 页。
④ 高梦旦:《〈畏庐三集〉序》,商务印书馆 1927 年版,第 610 页。

陈中,我们可以看到其心中汹涌着的澎湃激情;从"畏庐者,狂人也。生平倔强,不屈人下,尤不甘屈诸虎视眈眈诸强邻之下"①的倾述中,我们可以感受到作者木强傲岸的性格与血脉偾张的傲骨嶙峋;从《与姚叔节书》中"力延古文之一线"的抗争、《林琴南再答蔡子民书》"拼我残年,极力卫道"的激愤中,我们可以触摸到其执着的价值关怀和舍我其谁、力挽狂澜的强烈使命感;从"古文万无灭亡之理"的痛心之语中,我们可以真切感受到林纾对古文的执着和痴情;从"吾辈已老,不能为正其非,悠悠百年,自有能辨之者。请诸君拭目俟之"②的固守中,我们更可以读出其一以贯之的自信坚守与孤独无奈的内心世界。

林纾22岁开始教蒙学,25岁设馆为塾师,46岁为福州苍霞精舍汉文总教习。1899年其应聘掌教杭州东城讲舍,移居杭州。在杭期间,他目睹官场的腐败与黑暗,从此一扫仕宦之心,布衣终老。1901年,林纾应聘北上,主北京金台书院讲席,继而先后在京师大学堂等学校任教,期间多次坚辞各类荐举,终身以教学、著译和绘画为业。他是画家,更是诗人,他用自己独到的体悟和诗意绘画,又以生命本真的性情写诗,是一位典型的文人画家。他常常将春山、疏柳、翠竹、茅屋、柴扉、江水、溪桥、画船、烟岚、云霭、山人等柔婉之景纳入画作,风格清秀雅逸,声誉极高,当时求画者甚众,其画名惜因晚年固执保守成为众矢之的而湮没不彰。他同情疾苦,好义尚侠,陈衍在《林纾传》中称他"遇人缓急,周之无吝色"③。居京期间,但凡有人求助,他都给予援手,以致虽

---

① 林纾:《〈爱国二童子传〉达旨》,薛绥之、张俊才编:《中国文学史资料全编现代卷·林纾研究资料》,知识产权出版社2010年版,第102页。
② 林纾:《论古文白话之相消长》,林纾著、林薇选注:《林纾选集·文诗词卷》,四川人民出版社1988年版,第158页。
③ 陈衍:《林纾传》,薛绥之、张俊才编:《中国文学史资料全编现代卷·林纾研究资料》,知识产权出版社2010年版。

卖画收入甚丰,却常常囊中羞涩。他曾作诗自嘲:"等是天涯羁旅身,忍将陈乞蔑斯人。迁流此后知何极,怀刺频来似有因。倘有轻财疑任侠,却缘多难益怜贫。回头还咀穷滋味,六十年前甑屡尘。"可见,童年和少年时期"甑屡尘"的奇穷经历使他心存深切的同情怜悯,"却缘多难益怜贫",心怀宽厚仁义。早在家乡福州时,他就为亡友抚孤,直至其完成学业,娶亲成家。他在《托孤》一诗中说道:"总角之交两托孤,凄凉身世在穷途。当时一诺凭吾胆,今日双雏竟有须。教养兼资天所佑,解推不吝我非愚。人生交友缘何事,肯作炎凉小丈夫?"从中可见作者的仁爱之心与肝胆侠肠。

　　林纾自小家教严格,深受祖母"畏天而循分"教诲的影响。尽管他满腔热血,为人亦怪亦狂亦侠,脾气躁烈,但一生本分正直,忠君孝亲,真诚待人,笃嗜孔孟程朱之道,持守伦理纲常,并将这些融入自己的血液,构成其生命情调的另一方面。他恪守我国的传统伦理文化,母亲去世,他痛心疾首,哭祭长达60天之久;他与第二任妻子杨氏感情甚笃,却始终不肯将她扶为正室。在新旧文化激战中,他以木强的性格顽固坚守着自己的文化身份。为了表达对新文化阵营"覆孔孟、铲伦常""尽废古文"的不满,他甘冒天下之大不韪,挺身而出,以殉道者的使命感和唐吉诃德式的精神,不惜余力与新文化阵营应声而战,并以"遗老"自居,多次参谒崇陵以明心迹,以不合时宜的守旧举动,彰显坚守民族文化身份的信念,成为新文化运动中顽固的"守旧派"和效忠清室的"遗老"。其晚年的木强、保守、固执与坚持,是其性情气质表现的另一扇窗口,从中蕴含着他畏天循分的传统文化情结。这种蕴含激情与血性而又本分正直的生命情调,伴随着他的一生和创作,"他的热情直至于七十的高龄还不稍衰"[①]。《题画诗》其十八"心头未蓄风波险,一任

---

　　① 郑振铎:《林琴南先生》,薛绥之、张俊才编:《中国文学史资料全编现代卷·林纾研究资料》,知识产权出版社2010年版,第192页。

蒲帆向那边"的诗句,可视为他一生不计毁誉、任情自适、特立独行的写照。今人王旸曾称赞林纾说:"他是一个典型的中国读书人,一个有品有行的文士,一个木强固执的老头子,但又是一个有血性、有骨气、有操守的老头子。"①的确,在他的身上,具有中国传统文人的狷介之气和性情中人的义骨侠肠,"实在是最可令人佩服的清介之学者"②。

透视林纾的一生,可以说,这种愤世嫉俗、暴烈多怒、顽固傲岸、畏天循分而又肝胆狭义的性格,蕴含着其特有的热情与激情,形成了其血性气质和生命情调,贯穿其生命始终,并深深融入了其书画作品之中。

二

纵观林纾一生的创作,除译作、小说、古文外,还留下了众多诗歌与书画作品,其诗集有商务印书馆印行的《闽中新乐府》与《畏庐诗存》,大致可分为乐府诗、题画诗和抒怀述志等杂诗。作为一位学养很深的文人,林纾工书善画,晚年清介自守,郑振铎在《林琴南先生》一文中说"他的晚年的生活,除了译书之外,并靠卖画为生。有人说,他的画较他的古文为好。他当七十岁的高龄时,还一天站立在画桌前六七个小时,不停不息的作画",留下不少山水、花鸟和人物画,以及堪称一绝的题画诗。其每画必题诗,有"诗书画三绝"之誉。在《畏庐诗存·题画诗》中他说道:"余每作一画,必草一绝句于其上。"可惜保留下来的不多。

---

① 王旸:《簾卷西风——林琴南别传》,华夏出版社1999年版,第3页。
② 郑振铎:《林琴南先生》,薛绥之、张俊才编:《中国文学史资料全编现代卷·林纾研究资料》,知识产权出版社2010年版,第135页。

实际上，林纾很重视自己的题画诗。在整理《畏庐诗存》时，他亲自收集一组《题画诗》共30首。在《畏庐诗存》卷下中，作者又收《续题画二十首》，此外拉杂另收题画诗《画竹自题》等几十首，共计100首。这些题画诗清疏淡远、自然天成，多为性情所寓之作，流淌着作者不加掩饰的真性情，蕴含人生哲理，散发着作者独特的生命情调，耐人寻味，是《畏庐诗存》中最精彩的篇章。

顾名思义，题画诗是绘画与诗歌相结合的一种文学样式。在绘画的空白之处，由画家本人或请他人题诗，抒发感情，咏叹画中的意境，使诗情画意相互交融，具有独特的美学意蕴。我国传统绘画多集诗、书、画、印为一体，用以增强绘画的形式美感，因此，人们往往将题画诗视为绘画章法的一部分。实际上，作为语图的联姻文本，题画诗更重视意境的营造，重视表情达意的功能。因此，题画诗与绘画一道，往往成为作者审美感受和人生感悟的折射，林纾也不例外。他的题画诗与其古文一样，多出于血性，直抒性情。他将个体的生命情调渗透在题画诗中，或傲骨嶙峋，凌然倔强，不媚世俗；或任性自适，吟咏性情，超然物外；或吟咏乡愁，自明心迹，别有一番韵致，透露出诗人鲜明的个性，这使其题画诗不仅成为艺术境界的构成，也成为诗人获取精神自由和生命本真的艺术表现、图解人生的艺术形式。近代画家中，在题画诗中留下浓郁自我生命情调的作者，林纾应是不容忽视的一位。

卢仁龙先生在《〈林纾书画集〉序》中指出："他晚年的绘画，更是多次将松树作为绘画主体，画面顶天立地、气势磅礴。他不追逐名利的风骨，淋漓地展露在他的山水字画之中。"这种执拗不群的傲然风骨自然也展露在与画为一体的题画诗中。诗歌是情感的载体，林纾的血性在其题画诗中也常常不加掩饰地流露。我们读读他的《题画》一诗：

> 一亭高立俯群山，路转苍岩待几湾。
>
> 清晓玉童扫红叶，偶吹余片落人间。

凉亭高高兀立于众山之上，蜿蜒的小溪环绕着嶙峋的岩石默默流淌，几片火红的落叶似乎从天而降，脱俗雅致。诗歌在看似幽静的意境中，醒目地突出了突兀而起、俯视群山的凉亭、苍劲的岩石，折射出作者傲骨嶙峋的生命气质，透露出生命本真中的狷介之气。在《夏日斋居，自制十二图，图各定名，系之以诗》第五首"危峰耸翠"一诗中他有着更为直接的表白：

> 胸际不平气，幻此最高峰。
>
> 飞瀑落涧鸣，界破万绿封。
>
> 下界流沉沉，那能闻清钟。
>
> 我欲凌绝顶，临风支一筇。
>
> 张眼俯人境，呼之曰蛋蛋。

诗人将心中的不平之气化为高耸奇危的山峰，让郁勃牢落的情绪不加掩饰地发端破空而来。它熔铸着诗人对污浊现实的感受，透露出精神上的强烈苦闷和抑郁忧愤的情感状态。我们仿佛看到一位愤世嫉俗的老人，不甘沉沦于黑暗污浊的人世间，拄杖奋力向顶峰攀登。作者用传说中互相依靠、奔走求食的古兽蛋蛋比喻可怜渺小的芸芸众生，表现出其深沉悲悯的一面。而在《题画诗》其八"那知人境尤洞黑"、《题画诗》其十七"长念孝陵心不死，青山只画石头城"的诗句中，我们看到了一位以遗老身份固执地坚守文化身份的老人，悲愤、木强、执拗、保守的本真性情。在《题画诗》其十五中他自表心迹：

老树无声水不烟,危峰一白欲穷天。
任他砭骨寒威重,不到袁安卧榻边。

起首二句极力描写大雪的肆虐,令人感到寒威逼人。在这冰天雪地的寒气中,一座危峰傲然耸立,显示出作者傲岸不群的气魄。作者以袁安自况,无论环境多么恶劣,仍安然自若,表现出在政治逆流中坚守情操的人格气象。作者一生耿介,从不言圆通之语。在《续题画二十首》其十三中他写道:

万壑顽云变幻奇,懑雷起处黑风吹。
下方失箸应无数,说与山人似未知。

描写画中风云变幻的景色。在群山耸立的山壑中,凶恶的黑云瞬间变幻,愤怒的雷声起处,强烈的妖风在劲吹。诗歌起首二句突兀陡起,作者用万壑、顽云、懑雷、黑风等意象,渲染出暴风雨来临之前的沉重压迫感和令人窒息的气息。接下一句,作者用刘备托言闻惊雷而失箸的典故,喻天下割据纷争的军阀无数,令人顿悟画中的风云变幻实为军阀纷争、时局动荡变幻的象征。末了"说与山人似未知"的诗句,直接表现出对军阀混战与纷乱污浊世界的厌恶与睥睨,透露出作者不屑与之为伍的独标高格的情操。在《夏日斋居,自制十二图,图各定名,系之以诗》其十二"危峰积雪"一诗中,作者则借危峰上的积雪,抒发着心中的狷狷之气:

万事尽灰冷,岂复畏寒雪。
一白直到天,吾亦表吾洁。

> 高哉袁安卧,卓哉苏武节。
> 丈夫畏污染,所仗心如铁。
> 持赠官中人,与彼浇中热。

对世间一切都心灰意冷的人,难道还惧怕大雪的寒威?诗歌一开头,就呈现出创作主体木强倔强、卓然不群的凌然风骨。作者不仅不惧严寒,还将皑皑的大雪视为自己人格高洁的象征,并以历史上气节高尚的袁安、苏武自况。"丈夫畏污染,所仗心如铁",他担心的不是"寒雪"对自己的逼迫,而是黑暗污浊的社会对自己的熏染,要依仗"如铁"般的心志坚守到底!这是一种对生命价值的追问,是作者人格境界在诗画中的折射,极具情感的张力。在《晨起写雪图有感,因题一首》中,"世界已无清白望,山人写雪自家看"的诗句无疑流淌着作者对污浊世界的激愤和绝望。从中我们可以真切地触摸到作者桀骜的血性和高洁的心志。

任性自适,吟咏性情,追求自由,是诗人在题画诗中流露出来的独特生命气质与审美情趣,洋溢着生命的诗意与激情。这一类诗,诗人褪去了"悲凉激楚"的基调,流露出自然的本真性情和恬淡自然的审美情趣。读读《题画诗》其十八:

> 江上安居四十年,开门逐处水荭鲜。
> 心头未蓄风波险,一任蒲帆向那边。

回首故乡,曾经生于斯长于斯的母亲河闽江,是如此令人依恋。打开家门,面对美丽宽广的江面,只见江流帆影、水波潋滟,柔嫩的水草在水上自由地招摇,令人心旷神怡。江上的水上人家,自由自在,他们从未将江中的风浪之险放在心头,而是任随船帆执着地驶向江的那边。诗人强调了水上人家不畏风浪、任性自适的生活,用诗意写出不计风险、无拘无束、向往自由的本真性情,情趣理趣融为一体,具有独到的韵味。在《画竹自题》一诗中他写道:

辇下貂蝉半苦饥,一逢朱邸即低眉。
先生种竹年年活,尽有山厨得笋时。

在中华文化语境中,由于《诗经·卫风·淇奥》一诗"瞻彼淇奥,绿竹猗猗。有匪君子,如切如磋,如琢如磨"的诗句,竹子典雅、孤傲的神韵雅致,成为君子品格情趣的象征;竹意象与人格、审美雅趣的关系,已成为一种集体的无意识,沉淀在士人的心里。但在这首诗中,作者却一反传统,撇开绘画作品中对竹子的传统审美范式,宕开一笔,从京城达官贵人都有"苦饥"之愁写起,反衬隐居山中,"尽有山厨得笋时"自适逍遥的生活,别开生面,反映出作者对官场生活的不屑,对布衣生活的怡然自得,展示了作者闲逸和悦的心境,散发着其生命情调中高洁耿直的理趣,超乎象外,蕴涵着独特的审美价值。在《续题画二十首》其四中他写道:

万竹敷阴绿荫苔,柴扉岂为子猷开。
山人养鹤无拘管,门外溪桥听往来。

画面描绘一位隐者居处。门前万竿绿竹在大地上洒下一片浓重的绿阴,简陋的柴扉不设防地敞开,仙鹤在其中无拘无束地漫步,主人在溪桥边自在悠闲地听着人声往来。在我国传统文化语境中,形态美丽的仙鹤一贯都以性情孤傲、高雅而被视为高蹈于世的隐者象征。作者用酷爱竹子的子猷和梅妻鹤子的孤山隐士林逋自比，以竹和鹤的高洁意象隐喻自己的情操，承载着创作主体任性自适、散淡无为而又卓尔不群的本真性情，诗中有画，同样具有情趣和理趣。《续题画诗二十首》其二十抒发了作者同样的情感：

对竹思鹤鹤即来，上有白云下苍苔。
吾家处士有双鹤，放鹤时节梅花开。

将蕴含深意的竹、鹤和清高雅致的梅花意象组合入画，突出了自由不拘、坚守节操的人格境界，透露出孤芳独赏的心情。作者将无限情怀寄入诗中，审美的客观对象与主体的主观世界高度契合，画面鲜明，风格清疏淡远、含蓄委婉，极具诗意的张力。从奋求仕进到自甘布衣终老，其中的漫长历程和个中滋味，诗中暗含的哲理，足以令人久久思考与回味。

对故土的眷恋是人类永恒的情感。林纾的题画诗，常常流露出浓浓的乡梓之情。对家乡深深的依恋，使得林纾《题画诗》中不少内容都在抒写心中无法割舍的乡愁。我们试读读其中的几首：

其七
身是台江老钓家，鱼竿长日拂杨花。
收纶问我何消遣，尚有樵青竹里茶。

其十二
粉本新翻戴鹿床，碧云摇曳竹间庄。
故居忆在莲塘路，尽日杨花入草堂。

其二四
回首琼河五十秋,当年雏发尚盈头。
柳花阵阵飘春水,逃学偷骑老牝牛。

其二九
莲塘有客作田居,临水垂杨画不如。
五尺山僮无个事,长年走柬借人书。

其三十
长松落翠荫山家,清晓溪雯薄似纱。
遥想故园春半后,轻烟焙出女儿茶。

在《夏日斋居,自制十二图,图各定名,系之以诗》其十"山亭晚霁"中,他还深情回忆昔日游览鼓山所见美景:"我昔游石鼓,一径入深绿。云罅出孤亭,一俯渺峦麓。僧房出亭后,盎大开白菊。翠微有无间,偶然过仙鹿。至今诗梦中,似在云中宿。"可见,有关家乡的情绪记忆时时牵动着作者的情思。钓家、碧云、绿竹、柳花、牝牛、垂杨、长松、春水、小溪、春茶等家乡常见的景物,故园"临水垂杨画不如"的旖旎风光,"五尺山僮无个事,长年走柬借人书"的优游恬淡,寄托着创作主体含蓄蕴藉的思乡之情,令人遥想故乡田园牧歌似的美好生活。作者在诗中淡化了生活中曾经的困窘与忧愁,将血性化为深深内敛的激情,痴情地倾吐着对故乡的眷念,用诗歌化解着浓浓的乡愁。故乡的石鼓、台江、苍霞、莲塘、琼河等地名直接入诗,使抽象无形的乡愁变为可触可摸可感的一幅幅亲切温馨的画面。尤其"遥想故园春半后,轻烟焙出女儿茶"的诗句,淡雅自然的意象建构,轻柔蕴藉,流露出作家对故园之爱,传达出含蓄不尽的意蕴,散发着温柔沉静又不乏深沉的魅力,展示出其特有的细腻委婉的风格,形成独特的美学气质。它们包含着作者对家乡的生命体验和情感归依的意向,表现出中华民族特有的文化心理和审美范式,传达出绵远的乡关之思,是林纾生命中满溢激情的表现,也是他生命气质中的本真情调。

作者在《梅花诗境》一文中曾自道对诗歌创作的理解:"诗之道,以自然为工,以感人为能。凡有为而作,虽刻形镂法、玉振珠贯,皆务眩观者之耳目而已,而欲感人心、广流传,则未之或逮。大抵诗者,不得已之言也。忧国思家,叹逝怨别,吊古纪行,因人情之所本有者,播之音律,使循声而歌之,一触百应。"明确提出"诗之道,以自然为工,以感人为能"的主张,批评在诗中"刻形镂法、玉振珠贯"的卖弄技巧者为"皆务眩观者之耳目而已"。他指出,卖弄技巧、缺乏情感与内容的诗歌,是无法感人并流传的。作者特别强调情感在诗中的作用:"诗者,不得已之言也",诗歌应为情而发,应有感"不得已"而后作。"忧国思家,叹逝怨别,吊古纪行,因人情之所本有者","情"是诗歌抒发感情的"本"。有了这个"本",诗歌才能令人感动乃至感泣。由此可知,林纾主张"自然",主张"人情之所本有者"。他强调诗的艺术本质,主张以诗抒写性情,认为《诗经》中真挚的情感、杜甫战乱诗中流露出的至情,是打动人心的关键。陶渊明、韦应物的田园诗闲适悠然的情感流露自然而不刻意,因此,他们的诗足以"感人",足以"自抒其乐"。纵观林纾题画诗的文字气质,是主体创作者真实的才情格调,是文字直接指向自我生命的探寻与倾述,是其内心深处独特的感悟和感情,它们构成了作者题画诗中独特的生命情调。

(作者单位:福建工程学院人文学院)

诗世界里先维新
——林纾《闽中新乐府》的诗歌史意义

胡全章

林纾不以诗名。他早年自认不会作诗①,晚年刻诗集时却自视甚高,言"吾诗七律专学东坡、简斋;七绝学白石、石田,参以荆公;五古学韩;其论事之古诗则学杜。惟不长于七古及排律耳"②。不过,畏庐老人晚年刻印的《畏庐诗存》,并不包括壮岁创作的《闽中新乐府》。然而,几年之后,作为"五四"新文学界领军人物的胡适,却对林纾这本戊戌变法前夕问世的《闽中新乐府》刮目相看。历史的吊诡之处常常在于,作者的自我体认和后世史家的评价往往很不一致,林纾就是一个典型例子。在林纾心目中,自己的古文第一,诗第二,小说译著只能忝列末席;然而,历史的定评与其主观意愿恰恰向左,他以林译小说垂史,晚年则因为桐城派古文护法而被新文化阵营斥为"桐城谬种"。就林纾的诗歌创作而言,其自我定位和史家评价之间亦形成了巨大反差。后世史家鲜有对他颇为得意的《畏庐诗存》感兴趣者,而他自言"目不知诗,亦不愿垂老冒为诗人也,故并其姓名逸之"③的《闽中新乐

---

① 陈衍《长句一首赠林琴南》有"谓将肆力古文词,诗非所长休索和"语,参见陈衍撰、陈步编:《陈石遗集》,福建人民出版社2001年版,第67页。

② 原文出自李宣龚保存的《林畏庐先生手札》,系林纾致李宣龚函中所言。转引自钱锺书等著:《林纾的翻译》,商务印书馆1981年版,第51页。

③ 闽中畏庐子:《闽中新乐府三十二首》诗前小序,《知新报》第四十六册,1898年3月13日。

府》,却出于种种原因而得以为世人所知,胡适誉其为一部"很通俗的白话诗"①。

一、"很通俗的白话诗"

1924年金秋时节,林纾走完了充满传奇色彩却在晚年饱受新文化阵营诟病的坎坷人生路。当他活着的时候,新文化阵营的一批干将对他口诛笔伐,斥其为"妖孽"和"谬种";当他带着对古文的眷恋和无限的遗恨溘然长逝,新文化阵营却又有不少人陆续说起他的好话来。是年,胡适从高梦旦处借阅林氏《闽中新乐府》诗集后,很受触动;干了多年笔仗,蓦然回首,突然发现这位"五四"白话文运动的顽固反对派,原来早在30年前就曾写过"很通俗的白话诗",可说是近世白话文学的先驱者和老前辈。于是,这位几年前在小说《荆生》中被一伟丈夫痛打的自美洲留学归来而能哲学的狄莫所影射的冤家对头,现在宣称要做一件"林先生梦想不到的"的事,那就是在《晨报》披露一批"林琴南先生三十年前做的白话诗";不仅如此,他还特意撰写了《林琴南先生的白话诗》一文,为这位昔日文化战线上的老对手说了一番公道话:"我们这一辈的少年人只认得守旧的林琴南,而不知道当日的维新党林琴南;只听得林琴南老年反对白话文学,而不知道林琴南壮年时曾做很通俗的白话诗,——这算不得公平的舆论。"

作为"五四"新文坛和新学界的领军人物,胡适这一评价自然非常

---

① 胡适:《林琴南先生的白话诗》,晨报社编辑处编:《晨报六周年纪念增刊》,晨报社1924年12月版,第267—268页。

重要。林纾作为公然对抗"五四"白话文学运动的"臭名昭著"的"桐城谬种",原来曾经是白话诗创作的先驱者,这对于新文学批评界和其后的新文学史家重新认识并非仅仅是卫道的古文家和不懂西文的小说翻译家林纾,无疑产生了积极影响,发挥了正面效应。然而,就诗言诗,胡适只字不提晚年林纾颇为看重的《畏庐诗存》,而单单拈出壮年林纾教书之余写就的以少年儿童为拟想读者的《闽中新乐府》予以褒扬,赞其为"很通俗的白话诗",这一选择和定位,本身就带有很强的现实针对性,或者说有着特定的用心和语境。胡适是"五四"新文学界公认的白话新诗运动的发起人和语体诗最早的尝试者,他评价《闽中新乐府》的标准有两个:一是其思想在当时是进步的维新党,二是"这些诗都可算是当日的白话诗"。① 前者是思想尺度,后者是语言形式。两条评价标准之中,胡适看好的自然是后者。照适之先生当时的标准,只要是"白话诗",就可以划在"活文学"之列,就是顺应文学进化发展历史潮流的诗歌;反之就是"死文学",至少也是"半死的文学"。用这一标准来定位十几年前林纾的《闽中新乐府》,显然是用"五四"的眼光和标准来重新选择和评判前人的文学创作,旗帜鲜明的先见中包含着显而易见的偏见,其结论之以偏概全自然在所难免。

尽管胡适在为林纾盖棺论定时肯定了其《闽中新乐府》,然而在近百年来的文学史书写中,《闽中新乐府》却很少被述及;即便提及,亦多一笔带过。1922 年,胡适在那部被后世史家奉为中国近现代文学史开山之作的《五十年来中国之文学》中,也只是从"林纾是介绍西洋近世文学的第一人"立论,言其小说翻译成绩"替古文开辟了一个新殖民

---

① 胡适:《林琴南先生的白话诗》,晨报社编辑处编:《晨报六周年纪念增刊》,晨报社 1924 年 12 月版,第 268 页。

地",而对其诗歌创作则只字不提。① 这一最早出现在文学史论著中的关于林纾的评判文字,对此后林氏以何种面目出现在中国文学史书写之中产生了深远的影响;其叙述视角与基本论调,至今仍被大多数文学史著作所沿用。

那么,林纾《闽中新乐府》到底有没有在近代文学史中书写上一笔的价值?如果有,其独到的贡献或突出的意义何在?笔者以为,《闽中新乐府》的价值和意义,不在于其艺术成就之高低和是否能传之于后世,而在于其在当时的启蒙功效和诗体探索意义。一部作品的文学价值和文学史意义,原本就是两回事;许多文学价值不高的作品,反而具有重要的文学史意义。时至今日,我们该如何定位这部胡适称之为"很通俗的白话诗"呢?这就要回到晚清的历史语境和文学现场,从中国近代诗歌的发展脉络——尤其是"诗界革命"运动的渊源流变脉络中——予以观照,方能看清楚其在当时趋新的诗歌创作潮流中所处的位置,及其值得进一步发掘的文学史意义。

二、"以歌诀感人"

林纾《闽中新乐府》写于甲午败绩、马关签约之际,1897年由魏瀚出资在福州刻印成书。1898年3月至5月又在维新派主办的澳门《知新报》旬刊上连载,署名"闽中畏庐子"。多年以后,知友高梦旦交代其写作动因道,在"甲午之役,我师败于日本,国人纷纷言变法,言救国"的危亡之秋,林纾"每议论中外事,慨叹不能自已","以为转移风气,莫

---

① 胡适:《五十年来中国之文学》,申报馆1924年版,第18—21页。

如蒙养,因就议论所得,发为诗歌"。① 启发蒙昧,救亡图存,是壮年林琴南创作这组新乐府诗的直接动因。作者在开篇交代其创作宗旨道:"儿童初学,骤语之以六经之旨,茫然当不一觉,其默诵经文,力图强记,则悟性转窒。故人人以歌诀为至。闻欧西之兴,亦多以歌诀感人者。闲中读白香山讽喻诗,课少子,日仿其体,作乐府一篇,经月得三十二篇。"②此时的村学究畏庐子,何以知晓"欧西之兴"亦"多以歌诀感人"?可见,林纾创作《闽中新乐府》的动因及其所选择的文学形式,既有危亡时局的刺激和白居易乐府诗的熏陶,又有域外文化思想的启迪。

关于林纾甲午前后所受域外文化观念和文学思想影响的情形,邱炜萲在1901年问世的《挥麈拾遗》中谈到林译小说《巴黎茶花女遗事》时,写过一段非常重要却至今仍不太受人关注的回忆文字:"最后讲时务经济之学,尽购中国所有东西洋译本读之,提要钩元而会其通,为省中各后起英隽所矜式……若林先生固于西文未尝从事,惟玩索译本,默印心中,暇复昵近省中船政学堂学生及西儒之谙华语者,与之质西书疑义,而其所得,以视泛涉西文辈,高出万万。观此,并可愧胶庠旧学者固步自封者矣。间出绪余,直抒胸臆,如《闽中新乐府》一书,养蒙者所宜奉为金科玉律……又闻先生宿昔持论,谓欲开中国之民智,道在多译有关政治思想之小说始,故尝与通译友人魏君、王君,取法皇拿破仑第一、德相俾士麦克全传属稿,草创未定,而《茶花女遗事》反于无意中先成书,非先生志也。"③壮年林纾讲求时务经济之学,遍览东西洋书刊译

---

① 高梦旦:《书〈闽中新乐府〉后》,薛绥之、张俊才编:《林纾研究资料》,福建人民出版社1982年版,第127页。
② 闽中畏庐子:《闽中新乐府三十二首》诗前小序,《知新报》第四十六册,1898年3月13日。
③ 邱炜萲:《挥麈拾遗》,阿英编:《晚清文学丛钞·小说戏曲研究卷》,中华书局1960年版,第408页。

本,还曾尝试过翻译当时属于"有关政治思想之小说"范畴的泰西近世伟人传记,可谓梁启超后来倡导著译政治小说的先驱人物。

假如当年林纾译著的《法皇拿破仑第一》《德相俾士麦克全传》率先完稿,并在戊戌前后问世,林纾的命运和近世西洋小说翻译的历史走向又会是一种什么样的情形呢?那时,梁启超东渡后创办了《清议报》,开始倡导"译印政治小说",并将译著政治小说的计划付诸实施;林纾上述"草创未定"的译作自然属于广义的政治小说序列。康门弟子邱炜萲私下里引林纾为同道,这一点从上述谓《茶花女遗事》"非先生志也"的断言中不难看出。然而,历史是不能假设的。历史事实是:林纾译著的《法皇拿破仑第一》《德相俾士麦克全传》草创未定,反而让"非先生志也"的《巴黎茶花女遗事》占了先机,出版后一纸风行,林纾作为小说翻译家的基本面目也因此而被定格;而梁氏则以政治小说为主打品牌,此后又依托《新民丛报》《新小说》发起了一场轰轰烈烈的"小说界革命"。这一结局,使得本来可能成为西洋政治小说译著先行者的林纾,最终与梁氏倡导的"小说界革命"失之交臂。

林纾欲"以歌诀感人"的《闽中新乐府》,在19世纪末20世纪初流传甚广,产生了较大的社会影响。1897年魏瀚出资在福州刻印后,很快邱炜萲又出资在南洋翻印,"赠贻岛客,复採其专辟乡里陋俗之数题,载入《五百石洞天挥麈》",誉其为"养蒙者所宜奉为金科玉律"。① 而戊戌变法前夕连载《闽中新乐府》的澳门《知新报》,其发行地点除澳门本埠外,在上海设有分馆,在香港、广州、福州、天津、星架波(新加坡)、仰光、暹罗(泰国)、横滨、神户、雪梨(悉尼)、鸟丝仑其利茂(新西兰商

---

① 邱炜萲:《挥麈拾遗》,阿英编:《晚清文学丛钞·小说戏曲研究卷》,中华书局1960年版,第408页。

埠)、威灵顿(惠灵顿)、檀香山、域多利、温哥华、旧金山、满地可(蒙特利尔)、舍路埠(西雅图)、砵仑(波特兰)、猫失地埠(北美港口)、气连拿(海伦娜,美国蒙大拿州州府)、波士顿等地设有代派处;①"于五洲大小各埠,皆週通遍达"②,在华南、华东地区和南洋、北美的海外华人世界有着广泛的影响。

三、时政纠弹和陋俗批判

照其门弟子朱羲胄的说法,畏庐子《闽中新乐府》"皆由愤念国仇,忧闵败俗之情,发而为讽刺之言,亢激之音"③,体现出强烈的民族危亡意识、政治改革意念和社会批判精神。《闽中新乐府》计29题32首,仿白居易《新乐府》50首"首句标其目,卒章显其志"之式,一诗一事,一事一议,均含讽喻之旨;其取材倾向和主题意向,大体可归结为时政纠弹和陋俗批判两大类型。

《闽中新乐府》组诗中的时政纠弹主题,机锋所向,涵盖内政、外交、教育、兵制、宗教、吏治、税收等领域。如《国仇》篇旨在"激士气也",《渴睡汉》旨在"讽外交者勿尚意气也",《五石弓》旨在"冀朝廷重武臣也",《村先生》旨在"讥蒙养失也",《兴女学》旨在"美盛举也",《獭驱鱼》旨在"讽守土者勿逼民入教也",《关上虎》旨在"刺税厘之丁横恣陷人也",《破蓝衫》旨在"叹腐也",《谋生难》旨在"伤无艺不足自

---

① 参见《本馆各地代派处》,《知新报》第一百二十八册,1900年11月6日。
② 《本馆告白》,《知新报》第一百二十八册,1900年11月6日。
③ 朱羲胄述编:《贞文先生年谱》,世界书局1949年版,第19页。

活也",《哀长官》旨在"刺不知时务也",《饿隶》旨在"讥役人失其道也",《郭老兵》旨在"刺营制也",《知名士》旨在"叹经生诗人之无益于国也",《番客来》旨在"悯去国者之怀归也",《灯草翁》旨在"伤贫民苦于税券也"……寄寓着振励民气、张我国权、爱国尚武、兴办女学、改良吏治、重视工商、发展经济、改革税制、改革兵制等思想主张,皆以爱国自强、雪我国耻、变法图强为旨归。

我们选《知名士(叹经生诗人之无益于国也)》一篇看看:

> 知名士,好标格,词章考据兼金石。考据有时参《说文》,谐声假借徒纷纭。辨微先析古钟鼎,自谓冥搜驾绝顶。义同声近即牵连,一字引证成长篇。高邮父子不敢击,凌轹孙洪驳王钱。既汗牛,复充栋,骤观其书头便痛。外间边事烂如泥,窗下经生犹作梦。白头老辈鬓飘萧,自谓经学凌前朝。偶闻洋务斥狂佻,此舌不容后辈饶。有时却亦慨时事,不言人事言天意。解否暹罗近渐强,一经变法生民康。老师枉自信干羽,制梃岂堪挞秦楚?既适裸国当裸身,变通我但专神禹。方今欧洲吞亚洲,噤口无人谈国仇。即有诗人学痛哭,其诗寒乞难为读。蓝本全钞陈简斋,祖宗却认黄山谷。乱头粗服充名家,如何能使通人伏?卢转运,毕尚书,昨有其人今则无,名士名士将穷途。①

既嘲笑埋头故纸堆、头脑冬烘、不问时事、不识时务的汉学家,又讥刺作诗以宗宋为风尚的学宋诗人,在倡导时务经济之学和变法自强主张的同时,流露出对不能学以致用的名士之学和学古不化的名士之诗的鄙

---

① 刊于《知新报》第五十五册,1898年6月9日。

薄之情，其思想见解和报国志向可谓超越流俗。

《闽中新乐府》组诗中的陋俗批判主题涉及面很广，举凡缠足、溺女、虐婢、齐醮、看相、跳大神、看风水、检日子等社会百相，以及鸦片流毒、庸医误人、士夫迷信、术家青盲、道士敛财、和尚富足等怪现状，都在闽中畏庐子针砭之列。如《小脚妇》旨在"伤缠足之害也"，《水无情》旨在"痛溺女也"，《棠梨花》旨在"刺人子惑风水之说不葬其亲也"，《非命》旨在"刺士大夫听术家之言也"，《跳神》旨在"病匹夫匹妇之惑于神怪也"，《灶下叹》旨在"刺虐婢也"，《生髑髅》旨在"伤鸦片之流毒也"，《杀人不见血》旨在"刺庸医也"，《检历日》旨在"恶日者之害事也"，《郁罗台》旨在"讥人子以齐醮事亡亲也"，《肥和尚》旨在"讥布施无益也"等，寄寓着反迷信、讲科学、反缠足、倡女权、反陋俗、倡新风、反特权、倡民权等思想意蕴。

我们以《小脚妇（伤缠足之害也）》为例，全诗共三段，开篇一段言：

> 小脚妇，谁家女，裙底弓鞋三寸许。下轻上重怕风吹，一步艰难如万里。左靠妈妈右靠婢，偶然蹴之痛欲死。问君此脚缠何时，奈何负痛了无期？妇言侬不知，五岁六岁才胜衣，阿娘作履命缠足。指儿尖尖腰儿曲，号天叫地娘不闻，宵宵痛楚五更哭。床头呼阿娘，女儿疾病娘痛伤，女儿颠跌娘惊惶，儿今脚痛入骨髓，儿自凄凉娘弗忙。阿娘转笑慰娇女，阿娘少时亦如汝，但求脚小出人前，娘破功夫为汝缠。岂知缠得脚儿小，筋骨不舒食量少。无数芳年泣落花，一弓小墓闻啼鸟。①

以明白如话之语，状写出女儿缠足的痛苦情状，极具感染力和启蒙功

---

① 刊于《知新报》第四十六至第四十七册，1898年3月13日、3月22日。

效。该篇虽无新名词和新意境,但有新情感和新眼光;民间口语的大量采用,通俗易懂,活泼清新,易于传诵。

无论是时政纠弹主题,抑或是陋俗批判主题,其核心宗旨均在救亡图存、振兴中华;而报国仇、雪国耻、强国基、张国权,成为贯穿《闽中新乐府》组诗的一条红线,在民族危机空前严重的19世纪末年呐喊出时代先觉者的悲怆的呼声,奏响了时代的强音。首篇以《国仇》命名,系开篇点题,开宗明义:"国仇国仇在何方,英俄德法偕东洋","我念国仇泣成血,敢有妄言天地灭"。① 念及国仇,诗人悲愤难抑,大有不报国仇誓不为人、不雪国耻死不瞑目之势;报国仇、雪国耻,实乃林纾创作《闽中新乐府》的思想情感原点。"方今欧洲吞亚洲,噤口无人谈国仇",此情此境令一介书生闽中畏庐子大为愤慨。第四篇《村先生》有言:"今日国仇似海深,复仇须鼓儿童心。法念德仇亦歌括,儿童读之涕沾襟","强国之基在蒙养,儿童智慧须开爽,方能凌驾欧人上"。② 国仇似海深,雪耻靠少年,所谓"少年智则国智","少年强则国强",此之谓"国之基在蒙养";"少年胜于欧洲,则国胜于欧洲;少年雄于地球,则国雄于地球"③,此之谓"儿童智慧须开爽,方能凌驾欧人上"。《兴女学》有言:"母明大义念国仇,朝暮语儿怀心头。儿成便蓄报国志,四万万人同作气。女学之兴系匪轻,兴亚之事当其成。"④倡导女学的动因,亦在报国仇、雪国耻;而其最终目标,在于振兴中华。

---

① 刊于《知新报》第四十六册,1898年3月13日。
② 闽中畏庐子:《村先生(讥蒙养失也)》,《知新报》第四十六册,1898年3月13日。
③ 任公:《少年中国说》,《清议报》第三十五册,1900年2月10日。
④ 闽中畏庐子:《兴女学(美盛举也)》,《知新报》第四十六册,1898年3月13日。

四、"诗界革命"之前驱

白居易的新乐府讽喻诗追求妇孺能晓的通俗平易效果,林纾《闽中新乐府》亦以质朴自然、平易畅达为基本风格。或许正因如此,胡适将其定位为"很通俗的白话诗"。然而,从其创作面貌来看,《闽中新乐府》并非现代意义上的"白话诗",而是半文半白、中西兼采的较为通俗的近代"歌诗",语言的近代化与白话化是其鲜明特征,与不久之后梁启超提出的"新意境""新名词"与"古风格"三长兼备的"诗界革命"纲领①倒是有几分暗合。尽管林氏这组《闽中新乐府》歌诗并非每首都采用了新名词,亦非每篇都有"新意境",但却都散发着浓郁的近代气息与时代色彩,无论从思想内容方面来考察,抑或从诗体语体方面来衡量,多数诗篇均可纳入"新派诗"行列。

我们以首篇《国仇(激士气也)》为例,看看其鲜明的新派诗特征:

国仇国仇在何方,英俄德法偕东洋。东洋发难仁川口,舟师全覆东洋手。高升船破英不仇,英人已与日人厚。沙侯袖手看亚洲,旅顺烽火连金州。俄人柄亚得关键,执言仗义排日本。法德联兵同比俄,英人始悔着棋晚。东洋仅仅得台湾,俄已回旋山海关。铁路纵横西伯利,攫取朝鲜指顾间。法人粤西增图版,德人旁觑张馋眼。二国有分我独无,胶州吹角声呜呜。闹教阅兵逐官吏,安民黄榜张通衢。华山亦有教民案,杀盗相偿狱遂断。蹊田夺牛古

---

① 任公:《汗漫录》,《清议报》第三十五册,1900年2月10日。

所讥,德已有心分震旦。虎视耽耽剧可哀,吾华梦梦真奇哉。欧洲尅日兵皆动,我华犹把文章重。廷旨教将时事陈,发策试官无一人。波兰印度皆前事,为奴为虏须臾至。俄人远志岂金辽,德国无端衅屡挑。英人持重迟措手,措手神州皆动摇。剖心哭告诸元老,老谋无若练兵好。须求洋将练陆兵,三十万人堪背城。我念国仇泣成血,敢有妄言天地灭。诸君目笑听我言,言如不验刳吾舌。

以议论为诗,以文为诗,新名词与流俗语冶为一炉,新思想与旧风格相互交缠,可谓词驳今古、理融中外。林纾以乐府歌诀的旧形式抨击时弊、发抒时感,以达到振民气、启民智、新民德功效的创作活动,并非一时心血来潮的即兴之作,而是经过长期酝酿和对诗歌艺术形式的认真探究,才选择了这种可以容纳更多时代内容、诗体语体又较为平易自由的诗歌形式。

1902年8月,梁启超在为即将问世的《新小说》规划栏目时,拟将"有韵之文"设置为"新乐府"专栏,并明确指示"专取泰西史事或现今风俗可法可戒者,用白香山《秦中》《乐府》、尤西堂《明史乐府》之例,长言永叹之,以资观感"。① 在《新民丛报》刊发《中国唯一之文学报〈新小说〉》宣传广告不到半个月,梁氏又迫不及待地专门为计划中的《新小说》"新乐府"栏目刊发《征诗广告》,言"《新小说》报中有新乐府一门,意欲附辀轩之义,广采诗史,传播宇内,为我文学界吐一光焰",并将其分为咏史乐府和感事乐府两大类,指出前者"如尤西堂《明史乐府》

---

① 《中国唯一之文学报〈新小说〉》,《新民丛报》第十四号,1902年8月18日。

之体,论西史尤妙",后者"如白香山《新乐府》之体,专以直陈中国今日时弊为主"。① 可见,在梁氏的最初规划中,题咏中西史实的咏史乐府和"专以直陈中国今日时弊为主"的感事乐府,是《新小说》诗歌专栏的基本特色。这一设计其实是畏庐子《闽中新乐府》的扩大版,将其题材和地域扩大到全国和泰西。

尽管梁启超最终听取了黄遵宪的建议,将《新小说》诗歌栏目定名为"杂歌谣"而非初拟的"新乐府",但新乐府歌诗仍然是"杂歌谣"专栏非常重要的版块。白居易《新乐府并序》所言"篇无定句,句无定字,系于意,不系于文"的指导思想,本身就体现出诗体解放精神,其"为君、为臣、为民、为物、为事而作,不为文而作也"的创作宗旨②,也与梁氏重"革其精神"而非"革其形式"的"诗界革命"指导思想有着深度的契合。明乎此,就不难理解梁氏缘何对白香山《新乐府》如此推许,也就明白了壮年林纾缘何选择这种诗体创作《闽中新乐府》。

《新小说》"杂歌谣"专栏刊发了燕市酒徒《辛壬之间新乐府》、哀郢生《汨罗沉乐府四章有序》、金城冷眼人《潮州报效新乐府有序》、水月庵主《支那新乐府三十章》、雪如《新乐府十章》等新乐府体组诗,均系"以古韵谱近事有关时局之文"③,约占该栏目三分之一版面。我们以雪如《新乐府十章》为例,只消浏览一下十个小标题及其标示的题旨,便可知晓其题材倾向与主题意向。其一题《麟在槛》,旨在"思自由";其二题《怪咄咄》,意在"张女权";其三题《赤帝子》,旨在"痛民智之不开";其四题《教民案》,旨在"悼同种之戕害";其五题《梅瑟约》,旨在"悲宗教";其六题《檀香山》,旨在"悯华工";其七题《朱门开》,旨在

---

① 《征诗广告》,《新民丛报》第十五号,1902年9月2日。
② 白居易:《新乐府并序》,张春林编:《白居易全集》,中国文史出版社1999年版,第25页。
③ 《〈新小说〉第三号之内容》,《新民丛报》第二十五号,1903年2月11日。

"刺巧宦";其八题《官不世》,旨在"病苛法";其九题《耕无器》,旨在"悯拙农";其十题《金满簏》,旨在"思开矿"。① 其所表现的铲奴性、张女权、开民智、新民德、讲群治、振国威、倡廉耻、清吏治、学科学等思想主张,《闽中新乐府》基本上都涉及了。忠君观念与爱国思想两位一体,新名词与流俗语并行不悖,思想半新半旧,诗体不今不古,内容和形式上均体现出过渡时代特有的过渡形态,亦与林纾《闽中新乐府》相仿。

近代报刊视野中的《闽中新乐府》,有着诸多耐人寻味之处。这一组诗在澳门《知新报》刊出两年之后,梁启超领衔发起的"诗界革命"运动才依托《清议报》《知新报》等近代报刊开展起来;又过了两年,梁氏在《新民丛报》"饮冰室诗话"专栏谈及中西合璧的学堂乐歌创作中的甘苦,深有感触地说:"今欲为新歌,适教科用,大非易易。盖文太雅则不适,太俗则无味。斟酌两者之间,使合儿童讽诵之程度,而又不失祖国文学之精粹,真非易也。"②对照几年之后饮冰室主人此番感慨,方知畏庐子《闽中新乐府》不仅在题材题旨方面开风气之先,而且在诗体试验与探索方面亦走在了时代的前面。

《闽中新乐府》在梁启超参与创办并"遥控"指挥的澳门《知新报》连载一年半之后,丘逢甲《海上观日出歌》见诸《知新报》,其中有"完全主权不曾失,诗世界里先维新"③之句;又过了半年,康有为《闻观天演斋主欲为政变小说诗以速之》刊发在《知新报》,其中有"以君妙笔为写生,海潮大声起木铎"④之语。用这几句诗来评价畏庐子《闽中新乐府》

---

① 刊于《新小说》第五号,1903 年 7 月 9 日。
② 饮冰子:《饮冰室诗话》,《新民丛报》第五十七号,1904 年 11 月 21 日。
③ 南武:《海上观日出歌》,《知新报》第一百一十三册,1900 年 3 月 1 日。
④ 更生:《闻观天演斋主欲为政变小说诗以速之》,《知新报》第一百二十九册,1900 年 11 月 22 日。

的先锋作用和时代意义,亦堪称允当。"海潮大声起木铎",敲响的是警世和醒世的警钟,吹奏的是革新图强的觉世之潮音;"诗世界里先维新",体现出甲午败绩之后近代诗歌求用于世的功利性和词驳今古、理融中外的诗体解放精神。

丘逢甲和康有为这两首诗作见诸《知新报》时,历史的车轮已经走到了20世纪初年;梁启超揭橥"诗界革命"旗帜的《汗漫录》一文已于1900年2月在《清议报》发表,梁氏领衔发起的"诗界革命"运动已经依托主阵地《清议报》开展起来;而澳门《知新报》几乎在同一时间率先响应梁氏"诗界革命"之号召,开辟了"诗词随录"诗歌专栏。《知新报》主编的这一举措,改变了此前林纾《闽中新乐府》只是作为一个特例和个案发表的状况,诗歌专栏自此成为《知新报》的常规性栏目,在此后近一年的时间里刊发了康有为、潘飞声、丘逢甲、邱炜萲、秦力山、蒋同超、李东沅等约50位新派诗人175首诗作,成为"诗界革命"运动起步阶段所依托的华南地区的报刊重镇。

如果说黄遵宪1870年代即已付诸实践的"新派诗"乃"诗界革命"之先导,1896年前后夏曾佑、谭嗣同、梁启超三人试验小组一年多时间里秘密尝试的一批"颇喜挦扯新名词以自表异"①的晦涩难懂的"新学诗"为"诗界革命"之前奏,那么,与"新学诗"同期问世而在戊戌变法前夕刊发在其后成为"诗界革命"延展到华南地区的新阵地——澳门《知新报》——的畏庐子《闽中新乐府三十二首》,其题旨和诗体特征又大体符合梁启超其后提出的"诗界革命"的创作纲领与革新方向,且对其后梁氏策划《新小说》"新乐府"栏目及该杂志刊发的一批新乐府诗歌有着示范意义,洵为"诗界革命"之先声,这才是其最有价值的诗歌史

---

① 饮冰子:《饮冰室诗话》,《新民丛报》第二十九号,1903年4月11日。

意义。

如果说黄遵宪的"新派诗"为梁启超领衔发起的"诗界革命"运动提供了符合"以旧风格含新意境"诗学标准的新诗样板,夏、谭、梁三人尝试的"新学诗"为梁氏此后发起"诗界革命"运动提供了打破传统诗学网罗的精神力量和引新学语入诗的经验教训,那么,畏庐子《闽中新乐府》则在以传统新乐府体输入崭新的时代内容并对其进行近代化改造方面作出了有益探索。《闽中新乐府》所传达出的"新思想""新情感""新意境"及作为其表现手段的"新名词""新语句",表征着浓郁的时代气息和晚清特有的近代化特征;其所体现出的通俗化、白话化、散文化趋向,既是晚清梁氏倡导的诗体多元化发展的"诗界革命"题中应有之意,亦是"五四"时期胡适倡导的白话新诗的创作方向。胡适所谓"很通俗的白话诗",只是道出了林纾《闽中新乐府》的白话化特征,而其"新意境""新语句"所体现出的近代化趋向则未被提及。白话化并不代表近代化,白话文和白话诗自古有之;而近代化或欧化的取范路径,才是梁启超倡导的"诗界革命"为中国诗歌的近代化改造乃至现代化转型指出的更为重要的根本出路与革新方向,不过他自己将重心放在了"革其精神",而将"革其形式"的历史任务留给了后来者。

"诗世界里先维新",在诗歌革新的道路上,壮年林纾无疑是一位先行者和探索者,洵为"诗界革命"之前驱。

(作者单位:河南大学文学院)

身世原非杜拾遗,凄凉偏读拾遗诗①
——试析杜甫对林纾诗歌创作的影响

徐 瑛

杜甫既是中国诗歌史上最伟大的诗人,也是中国思想文化史上的杰出代表,其忧患意识、儒者情怀、"诗史"精神等,对中国思想、文化及诗歌的发展都产生过深远的影响。宋代、明末清初出现的"千家注杜"盛观,就是其影响之深远的直观体现。杜甫不仅对中国古代诗歌创作产生过重要影响,其感染力穿越了时空,在千百年后对中国近现代诗歌发展亦产生了不容忽视的影响。近代诗人林纾在对古典诗歌的传承、借鉴方面也"偏读拾遗诗",对杜甫极为推崇,自然而然地将杜诗作为学习对象。综观林纾的诗歌创作生涯及主要诗作,杜甫对其影响,除体现在诗歌的形式和诗句的化用等方面,更主要地体现在以儒家思想为核心的忧国忧民精神及现实主义诗风上。本文将结合林纾的主要诗作和诗歌理论,探讨杜甫对其诗歌创作影响的具体表现。

一

林纾(1852—1924),字琴南,号畏庐,我国近代翻译外国小说的第

---

① 林纾:《独坐读杜诗》,《畏庐诗存》卷上,商务印书馆1923年版,第30页。

一人,同时也是中国近代史上著名的古文家、诗人、画家、教育家。但近代以来,学界对林纾的研究主要集中在其翻译及古文创作方面,对其诗作研究甚少。其实,林纾在诗歌方面也有较深造诣,不仅在当时已享有诗名,在中国诗歌发展史上也占有一定的位置。

据史料记载,林纾对杜甫的最早接触约始于"年十岁受书,读欧文、杜诗,能作慧解……"①,可见,精读杜甫诗歌是林纾启蒙教育的重要内容。自此,杜甫对林纾的影响贯穿于他一生的诗歌创作实践中。

林纾之所以在十岁时接触杜诗,与他当时师从的一名叫薛则柯的老私塾先生有着密不可分的关系。据林纾记载,薛则柯先生"长髯玉立,能颠倒诵七经,独喜欢欧阳公文和杜子美、岑嘉州诗……"②,但仕途不通、科举无名。后来,薛则柯在横山授学,他对课蒙教育有比较开明的见解和主张。他教林纾时,不讲科举应试用的八股文,而是"授纾欧文及杜诗,务于精熟",即将欧阳修的古文和杜甫的诗歌作为讲授的重点。薛则柯教书很严格,林纾学得也很认真,这样的启蒙方式和教学内容对林纾一生影响重大。据林纾自己回忆,16岁以前,他已购读的残烂古书有三橱之多,但真正使他感兴趣并留下深刻记忆的,是《史记》《汉书》、欧文和杜诗。薛则柯先生较早地启迪和培育了林纾对中国传统文学尤其是对杜诗的喜好。就这样,林纾自幼随薛则柯先生精读杜诗,对杜甫这位唐代杰出的现实主义诗人有了清楚的认识和全面的了解。

随后,林纾和杜甫的人生经历大体一致,都曾生逢乱世,目睹过国

---

① 邵镜人:《同光风云录》,沈云龙主编:《近代中国史料丛刊续辑》,文海出版社1983年版。
② 林纾:《薛则柯先生传》,林纾著、林薇选注:《林纾选集·文诗词卷》,四川人民出版社1988年版,第7页。

家的忧患、民生的疾苦。因此,当林纾刻苦自励,于 19 岁开始写诗之时,早期的诗风已有较明显取法杜诗的迹象,其中以 1884 年林纾所作"类少陵天宝乱离之作"①的百余首诗为代表,可惜这些诗稿后来都被林纾付之一炬。其后,林纾还在福州组织、参加过福州支社的唱和,进行诗歌创作,其诗作散见于《福州支社诗拾》。现在,林纾参与福州支社唱和的诗作亦很难搜求了,但从林纾、陈衍等人的零星回忆中,仍可窥见林纾写诗的一些经历及其诗作的大体格调:支社每次集会,林纾等人专赋七律以相唱和,而内容以咏史为多。幸存下来的《〈福州支社诗拾〉序》也曾记录:"纾幼时学为短章,多萧廖悲凉之音,响发而辄断,声飑而不还,古人所谓文家之吃也。储稿径寸,愤而烬之,遂不更作。洎壬午,始友李畲曾兄弟,观其咏史诸诗,于孝烈忠果之士,抗声凄吟,积泪满纸,必悦其同趣。"诗作内容以咏史及感时伤事为多,喜作七律的诗体选择,亦可看作是杜甫对林纾早期诗歌创作及诗歌理念的影响。

  1897 年年底,林纾印行了自己平生的第一部诗集,也是他公开发表的第一部著作——《闽中新乐府》,共收 29 题 32 首诗歌,是用通俗的白话为儿童创作的一部带有启蒙性质的诗集。通读诗集,我们可以发现:大部分"新乐府"作品,如《国仇》《谋生难》《哀长官》《关上虎》《郭老兵》《渴睡汉》《灯草翁》等,比较真实地描绘了晚清社会的黑暗和下层人民生活的疾苦,抨击时弊,体现了鲜明的现实主义特色。在形式上,《闽中新乐府》仿白香山的讽喻诗,"篇无完句,句无定字,系于意不

---

① 张僖:《〈畏庐文集〉序》,薛绥之、张俊才编:《中国文学史资料全编现代卷·林纾研究资料》,知识产权出版社 2010 年版。1884 年甲申中法之战爆发,林纾目睹法国炮击故乡福州马尾军港、福建海军全军覆没,激愤作诗百余首。

系于文,首句标其目,卒章显其志",没有什么创新;但实则"旧瓶装新酒",都是"为君、为臣、为民、为物、为事而作"(《〈闽中新乐府〉序》),或感怀时事,或忧念国仇,或呼吁维新,均具有强烈的批判精神和忧国忧民的情怀。从表象看,《闽中新乐府》标榜所学对象为白居易,但生活在中唐的诗人白居易是杜甫现实主义诗风和精神的直接继承者,无论是在思想上还是在形式上,都受杜甫影响甚深,对杜甫承继颇多;就连新乐府这种诗歌体裁,其实也是杜甫创造性地发展出来的,说杜甫是新乐府的开路人,并不为过。

1912年年底至1913年年中,林纾在《平报》专栏上相继发表白话诗《讽谕新乐府》约130首。诗作或直接议论时政,具有强烈的批判精神;或描绘黑暗的现实,饱含忧国忧民的激情,同样展示出鲜明的现实主义特色。

1923年7月,林纾"自遂己志,自为己诗"(《〈畏庐诗存〉序》),将自己于1911年至1922年间创作的旧体诗共233题440首汇集为《畏庐诗存》上、下卷,由商务印书馆出版。① 此时的林纾目睹北洋军阀的罪恶,思想几经反复,发生了较大的变化。诗人对民初混乱的政局激愤而绝望,表现出"遗老"的颓唐和守旧。他怨愤革命,眷恋故君,甚至在《畏庐诗存》中写下了20余首谒陵诗,内容近于陈腐。但抛开这类遗民情感的宣泄,我们看到,饱经离乱的林纾毕竟是一位入世的文人,在国难当头之际,林纾以社会现状为题材,写下了一批现实主义诗作。《畏庐诗存》中除去谒陵诗、五六十首题画诗外,剩下的作品几乎都是"触事成诗"的感事诗、咏史诗和述怀诗。这类诗作或指斥现实,真实地反映社会的动乱不安;或谴责军阀的无耻,表达忧国忧民之心。与前

---

① 该数据统计以1923年商务印书馆出版的《畏庐诗存》为准。

期的《闽中新乐府》相同,杜甫"少陵有句皆忧国"(周紫芝《乱后并得陶杜二集》)、"一饭未尝忘君"(苏轼《王定国诗集叙》)的忧患意识、爱国忠君情感、现实主义精神及"诗史"的艺术特色,同样对林纾创作《畏庐诗存》产生重大的影响。

综观其一生的诗歌创作生涯①,与杜甫内在的精神、情感产生共通,是促使林纾接受杜甫影响的重要因素。

二

杜甫对林纾诗歌创作的影响,除了体现在精神、情感层面,还体现在诗歌的写作技巧和艺术特色层面。林纾的早期诗作大都已散佚,而《闽中新乐府》中的诗作数量较少,体裁仅限于新乐府一种,故本文以林纾《畏庐诗存》中的诗作为例,分析其具体表现。

林纾在诗作中直接以杜甫为写作内容,是杜甫对其影响的最明显体现。在《畏庐诗存》中,"杜甫""杜拾遗""杜陵翁""少陵"等词时有出现,如《五月廿四日……成此长句》(卷上第31页②)一诗中的"此军再挫清再亡,敢望中兴作杜甫",《舟中读江弢叔集即题其上》(卷下第23页)中的"行藏略似杜陵翁,一片哀音发集中",《后哀闽》(卷下第34页)中的"杜老枉悲秋"等。而《独坐读杜诗》则这样写道:"身世原非杜拾遗,凄凉偏读拾遗诗。许身稷卨终何济?满目疮痍尽可悲。杜宇巢

---

① 林纾一生的诗歌创作,除文中所述诗集和诗作外,还有他在1922年七十大寿之际曾作的自寿诗20首(现行流传下来仅15首),以略述生平为主。
② 以下均见1923年商务印书馆出版的《畏庐诗存》,不再标注。

空谁与哺,彭衙道险我安之。迷离一梦匆匆醒,仿佛重开紫极时",借读杜诗一事,表达了在离乱中自己对清王朝的怀念以及内心的孤独与凄凉,实为遣怀之作。

其次,在《畏庐诗存》中林纾还多次对杜甫诗句进行了化用,这也从一个方面说明了杜甫对林纾诗歌创作的影响甚深。如《夜坐展高啸桐亡友遗墨,怆然有作》(卷上第4页)一诗中的"来魂偏又枫林见"便是化用杜甫《梦李白》的诗句"魂来枫林青,魂返关塞黑",寄托了对友人的追思;而《岁暮闲居,颇有所悟,拉杂书之,不成诗也》其三(卷下第4页)中"杜白侈裘厦"则是化用杜甫《茅屋为秋风所破歌》中的"安得广厦千万间"和白居易《新制布裘》中的"安得万里裘"二句,表达了忧国忧民的情怀;《辛亥十月十六日感事》(卷上第7页)中的"忽传玺绶收昌邑"则摹仿杜甫《闻官军收河南河北》中的"剑外忽传收蓟北"一句,表现了自己闻讯后悲喜交加的情感;《……寄示珪子》(卷上第9页)中的"深为穷黎忧"亦是对杜甫《咏怀五百字》中的"穷年忧黎元"的化用;而《题刘葱石参议汇刻传奇》一诗中的"揾得无穷天宝泪,江南不逢李龟年"则化用杜甫的《江南逢李龟年》一诗,抒发了对昔盛今衰的沉痛感触和对现实的深沉喟叹。

杜甫对林纾诗歌创作的影响,还体现在其现实主义的艺术风格上。综观《畏庐诗存》中的诗作,除去谒陵诗、题画诗及赠答诗,其余均能反映一定的社会现实,现实主义是其主要诗风。杜甫一生历经挫折与苦难,晚年的他对人生、社会、历史进行了回顾与反思,并将思考尽收笔底,诗作中融入了"深广的历史意识和社会内容,所以它深沉、博大,余响不绝,千载以下的读者仍能从这些诗中感受到诗人心灵的强烈震颤"[①]。身处新、旧

[①] 莫砺锋:《杜甫评传》,南京大学出版社1993年版,第193页。

社会制度变革,新、旧思潮激战之际的晚年林纾,同样对历史和人生有着敏锐的感悟,自然而然对杜甫的诗歌产生了强烈的共鸣,并接受、借鉴了杜甫的创作风格与手法。诗集中的《九月十九日南中警报……慨然书壁》(卷上第5页)、《闻福州兵变凄然有作》(卷上第6页)、《十四夜天津果大掠》(卷上第9页)、《述变》(卷下第13页)、《黄夫人诒贼行》(卷下第16页)等,或述兵变,或暴露军阀殃民的罪恶行径,与杜甫的"史诗"风格相似;而《过圆明园》(卷上第26页)、《忆昔》(卷上第33页,与杜甫同题)、《追忆》(卷上第36页)、《咏史》(卷下第1页)、《读史杂咏》(卷下第34页)等部分咏史之作亦与杜甫相似,借古人之酒杯,浇胸中之块垒,感慨历史的沧桑和家国的兴衰;还有一些述怀之作,如《书感》(卷上第10页)、《十一日感事》(卷上第12页)、《遣怀》(卷上第28页)、《述怀》(卷上第29页)、《哀闽》(卷下第12页)等,与杜诗一样,抒发了自己对生命和生活的感悟。这些诗作是林纾对杜甫现实主义诗风的取法与传承,抒情、叙事、纪行、说理等手法相结合,使诗歌的内容与形式高度融合,林纾后期诗作的艺术性有较大的提高,无怪乎陈衍曾说"畏庐近来诗境大进"(《石遗室诗话》卷三)。

杜甫对诗歌体裁的选择和使用,对林纾诗歌创作亦形成影响。林纾曾在写给朋友李宣龚的书信中写道:"吾诗七律专学东坡、简斋;七绝学白石、石田,参以荆公;五古学韩;其论事之古诗则学杜。惟不长于七古及排律耳。"①林纾根据写作内容,准确地选择适合的诗歌体例,使内容与形式相得益彰,故对自己各种体例的诗作都流露出满意之情。虽然在这段文字中,林纾只是明确提到"论事之古诗则学杜",但实则杜

---

① 转引自钱锺书:《林纾的翻译》,《旧文四篇》,上海古籍出版社1979年版。

甫是诗歌的集大成者①,他作诗兼备众体,"尽得古今之体势,而兼人人之所独专"(元稹《唐故检校工部员外郎杜君墓系铭并序》),全面发展和完善了诗歌体裁,五言、七言、古体、绝句、律诗、乐府,他都能运用自如,尤其是五古和七律。林纾在诗歌体裁的选择和使用上,俨然得老杜之真传。笔者曾做粗略统计,《畏庐诗存》一书中,绝句约 102 首,其中又以题画诗(七绝)居多,在题画诗中,丹、碧、青、白、黄、黑、银,色彩鲜明,或浓或淡,颇得老杜题画诗及用色的技巧;七律以感怀、咏史、谒陵为主,约 126 首,得杜甫律诗"极悲壮苍凉沉郁顿挫之妙";古体诗约占诗集的一半,以叙事为主,部分诗作篇幅较长,如《壬子正月十二日入都……余亦几濒于险》(卷上第 7 页)约 360 字,述自己遇到的军阀混战;《哀闽》(卷下第 12 页)约 370 字,述家乡遭灾及对灾情的关心,显然取法杜甫的《咏怀五百字》《北征》等诗的叙事技巧。

三

诗歌理论指导着诗人的诗歌创作,诗人在诗歌创作实践中又不断丰富、完善自己的诗歌理论。林纾没有单独的成体系的诗歌理论专著,诗歌见解散见于他的诗集、文集中。

1895 年秋,林纾应福建兴化(今莆田)知府张僖之邀校阅试卷时,

---

① 清代叶燮《原诗》中说"杜甫之诗,包源流,综正变。自甫以前,如汉魏之浑朴古雅,六朝之藻丽秾纤,澹远韶秀,甫诗无一不备。然出于甫,皆甫之诗,无一字句为前人之诗也。自甫以后,在唐如韩愈、李贺之奇崛,刘禹锡、杜牧之雄杰,刘长卿之流利,温庭筠、李商隐之轻艳,以至宋、金、元、明之诗家,称巨擘者,无虑数十百人,各自炫奇翻异,而甫无一不为之开先",就是肯定杜甫对诗歌的集大成和承前启后的贡献。

曾住在梅花诗境。1896年春,林纾写下《梅花诗境记》①一文,较为简明地阐述了自己对诗歌艺术标准和功能的见解。他首先提出"凡诗之道,应以自然为工,以感人为能",认为"大抵诗者,不得已之言也",强调诗歌是人的思想情感的"自然"流露而不是硬做出来的,应注重情感的真实性;随后又进一步阐述道:"忧国思家,叹逝怨别、吊古纪行,因人情之所本有者,播之音律,使循声而歌之,一触百应,乃有至于感泣者,若《谷风》、《桑柔》、《板荡》、《离骚》、杜甫《北征》诸作是尔。其次则闲适,若陶、韦之属……"这篇《梅花诗境记》本是应张僖之邀而作的,但他将张僖所作"陶写性情",若陶渊明、韦应物等人的"闲适"之作,直截了当地列在"其次"之位,却将《诗经》、杜甫之作列于首位,显见他最推崇和肯定的还是上自《诗经》下迄杜甫的"以自然为工,以感人为能"的具有现实主义精神的诗歌。

在《畏庐文集》诸作品中,林纾还多次高度肯定了杜甫、白居易等现实主义诗人的历史地位和进步价值。在创作《闽中新乐府》前后,林纾曾写作《赠李拔可舍人序》②一文:"世变将兆,有识必先忧之者,非其惜死之心特笃于众也。同处大陆之士,目睹滔天泯夏之贼,劫勒君父、残贼国众,既无遗噍,而吾亦将不独完其身与家。顾又无权以与之抗,则发为悲号,以警觉世士,如唐杜甫、元结之徒。而唐世叙论勋伐,曾无及此二公。而二公卒能自立于唐世,则其以所鸣号者,固大有益于其国众也。"他仰慕杜甫的现实主义与爱国主义精神,对杜甫的推崇溢于言表。此外,南宋诗人、政治家文天祥的诗歌能直抒胸臆,表现出坚贞的民族气节,虽有些篇章显得比较粗糙,但林纾评价"文文山之诗,时时摹

---

① 林纾:《畏庐文集》,商务印书馆1935年版。
② 林纾著、林薇选注:《林纾选集·文诗词卷》,四川人民出版社1988年版,第80页。李拔可即李宣龚,近代诗人,林纾好友李宗祎之子。

仿老杜,间有临时率然之作,不尽协律,而寸缣尺素人皆珍惜"(《拜菊庵诗序》),认为文诗和杜诗一样,能体现情感的真实性,对其给予了充分的认可。

林纾踏入诗坛的时候,正是同光体①兴盛时期。林纾从诗歌与现实的关系着眼,推崇杜甫的现实主义诗歌,对同光体剽袭古人、生涩奥衍、独嗜宋诗的形式主义诗风提出过明确的批评意见。据柳亚子先生的《胡寄尘诗序》记载:"曩者畏庐老人序林先生述庵诗曰:'近十年来,唐诗祧矣。一二巨子,尚倡为苏、黄之派,又降为力摹临川,又降则非后山、简斋,众咸勿齿。忆壬寅都下与某公论诗,竟严斥少陵为颓唐。余至噤不能声,知北地、信阳在今更刍狗耳。'呜呼!何其言之痛也。"在《郭兰石先生〈增默庵遗集〉序》中,林纾又再次写道:"时彦务以西江立派,欲一时之后生小子,咸为謇涩之音。有力者既为之昌,而乱头粗服,亦自以为天趣以冒西江矣!……妄庸者乃极意张大之,力辟李杜,惟此是宗,然则菖蒲之菹,可加乎太牢之上矣。"林纾认为同光派诸人并不能写出真正的"学人之诗",所走"荒寒之路"(陈衍《何心与诗序》)是反现实的道路。林纾曾在《闽中新乐府·知名士》一诗中生动地为他们这种做法画像——"方今欧洲吞亚洲,噤口无人谈国仇。即有时人学痛哭,其诗寒乞难为读。蓝本全抄陈简斋,祖宗却认黄山谷",认为他们脱离现实,与杜甫等现实主义诗人背道而驰。

总之,林纾的诗歌见解较为零散,概括起来主要表现为两点,即认为诗歌在内容上应"因人情之所本有者,播之音律"(《梅花诗境记》);

---

① 同光体,近代诗派之一。"同光"指清代同治、光绪两个年号。光绪九年(1883)至光绪十二年(1886),郑孝胥和陈衍开始标榜此诗派之名,宣称"同、光以来诗人不墨守盛唐者",宗法宋诗,随后为大批文人追捧。代表人物有陈三立、沈曾植和陈衍等。

在艺术表现和艺术特征上应"以自然为工,以感人为能",显然,这也是受到以杜甫为代表的现实主义诗人及传统现实主义诗歌理论的影响而形成的。

一般而言,一位作家选择另外一位作家作为自己的师承对象,两人之间必有一些相同或相似之处,这些因素会促使他接受对方的影响。"身世原非杜拾遗,凄凉偏读拾遗诗",林纾与杜甫之间也存在一定的相似,主要包括相似的社会环境、相似的个人际遇和相似的思想情感。动荡的时代背景、颠沛的生活遭际、忧国忧民的情怀、现实主义精神、传统的儒家教育,使林纾在诗歌创作实践中自然而然地选取杜甫作为学习和传承对象。林纾对杜甫的借鉴,不仅在于对其诗歌技巧和形式的模仿,更重要的是对其诗歌精神和文化内涵的深刻领悟、接受。

"诗言志",尽管林纾是一个颇有争议的复杂人物,但其一生所创作的主要诗作,同样是他所走过的生命轨迹和精神历程的映射。

(作者单位:福建工程学院人文学院)

画坛又谱广陵散
——《〈林纾书画集〉序》

卢仁龙

一、林纾:画史中的"失踪者"

如果说林纾在新文化运动中因论战失败而盛名不再,而近百年来,"一代画师入能品,百家词派洗闽人"(郑守堪《吊畏庐》)①的林纾画作多已失踪,难从寻觅,现代美术史论著几无所论及。

林译小说如此著名,"译才"之称似乎成为了林纾在文坛上的谥号,几乎掩盖了林纾的绘画成就。

而他的朋友郑孝胥在《赠林琴南同年》中称:"文如至宝丹,笔若生姜臼。一篇每脱稿,举世皆俯首。平生不屈节,肝胆照杯酒。纷纷野狐群,忽值狮子吼。京师奔竞场,暮夜孰云丑。畏庐深可畏,斧钺书在口。隐居名益重,方使薄俗厚。奈何推稗官,毋乃亵此叟。敛才偶作画,石谷辄抗手。亦莫称画师,掩名究无取。"②其实,著述、译述、作画、执教

---

① 朱羲胄述编:《贞文先生学行记》卷一,世界书局1935年版。钱锺书《语石》对朱书评价甚低,其实不然,此书集录史料甚多。
② 郑孝胥:《海藏楼诗集》,上海古籍出版社2003年版,第209页。

是林纾一生的职业,也是他谋生的手段。其画作数量不少,但保存在博物馆及藏家手中流传至今的很少。他落寞后,画作罕有人提及,世间也不再视为珍品,连梅兰芳最为珍视的《祝寿图》也落入他人之手,所幸终得归故里。当年最有名望的画家就这样身后寂然无名,其作大多化作尘土。

林纾之文名、声望之不彰也久矣。今天,我们寻觅打捞这样一位当时"天下第一流"(梁鼎芬题林纾画背)①的画家史迹,恍然惊世,有"出土"之感。

当年曾在京师大学堂听过林纾讲演的著名学者金毓黻,在其去世之日曾感慨道:"今日之士不悦学,惟知纵欲任情,恐继起如先生者已无多人,则先生之诗文书画,亦当以广陵散视之矣。"②同书又录有姚鹓雏《林畏庐诗》:"劫余此老堂堂在,三色人间自不磨。鬻画料应题甲子,论文端不废江河。一时名宿风流尽,终古烟云世变多。烽火四郊还满纸,埋忧地下竟如何。"极尽感慨。

林纾的画作在他生前死后一直没有大规模出版,除他的合作出版方商务印书馆当年纪念性地出版了《畏庐遗迹》一、二集,也只有一两幅作品偶尔零星刊布在各地藏品册中,与研究其文学、翻译成就的连篇累牍的作品相比,几乎没有一篇像样的文章涉及其艺术成就③。

黄濬的《花随人圣庵摭忆》曾在记画家陈师曾事时附及:"旧京画史,予所记者,庚子后以姜颖生、林畏庐两先生为巨擘。大雄山民纯学

---

① 朱羲胄述编:《贞文先生学行记》卷一,世界书局1935年版。又樊增祥:"琴南画意近千金。"(陈衍:《石遗室诗话》卷三十,辽宁教育出版社1998年版,第434页。)

② 金毓黻:《静晤室日记》,辽沈书社1993年版。

③ 《中国美术家人名辞典》评其山水"初灵秀似文徵明,继而浓厚近戴熙";李晋铸、万青力的《中国现代绘画史·民国之部》有专节介绍林纾;阮荣春、胡光华《中华民国美术史》称赞林纾山水画:"笔墨浑厚,熔南北诸家之长于一炉。"

耕烟,苍劲密蔚,补柳翁则师田叔,间学大小米,论功,姜自在林上,林则译书作古文,能事多劳,画以人重。"①黄濬为林之弟子,也是才人所评,又是去世后,当属确评。

郑振铎在林纾去世的当月发表了《林琴南先生》长文:"有人说他的画较他的古文为好。"②郑振铎应该是赏评过林纾作品较多的人之一,故有此言说。

1926年1月,吴昌硕、张元济等林纾生前的朋友将他的画作运往上海三山会馆,开了两次"畏庐遗画展览会"。第一次展览屏条、堂幅、册页、长卷等上百种,第二次专选精美作品20种。观摩者或称其画境"已入神化,无往而不精警也",或赞其"落笔弗俗,且无一点烟火气,叹观止矣"! 著名画家朱应鹏作《林琴南遗画展览会参观记》,其中一段写道:"林先生的画也和他的文章一样:桐城派的文章以林先生为殿笔,虞山派的图画也以林先生为殿笔了。"

顾廷龙先生于20世纪30年代将燕京大学所收林纾之遗稿整理刊布为《春觉斋论画》,首次展示了林纾在论画方面的理论学说。顾廷龙在《〈春觉斋论画〉后记》中论述:"畏庐先生善为古文辞,译泰西文学名著百数十种,人莫不称其最先介绍之功,顾余事六法,亦臻上乘,得之者珍为拱璧。以先生于学问艺事,并皆研精入微,其独到处为人所不可及也。"但这样重要的成果后来依然没有得到重视,其书几乎没有在后人的研究成果中被提及。自此以后,艺术界、学术界对林纾艺术几无文字述及,林纾成了画史中的"失踪者"。

迄至近年,邓云乡《〈北平笺谱〉史话》中这样写道:"畏庐老人所做

---

① 黄濬著、李吉奎整理:《花随人圣庵摭忆》,中华书局2008年版,第738页。
② 郑振铎:《林琴南先生》,《小说月报》第十五卷第十一号,1925年11月。

境界极高的文人画,师法南宗,用笔萧疏有致,所选都是山水小品,写宋人词意,高古处如林,如竹下小室轩窗,构图十分简洁,而章法笔法极为高妙,秋情满纸,只此数笔,便把观者引入词境了。又如斜日起凭栏,垂杨舞暮寒。柳丝从画面右上方下垂飘拂水阁之上,轩窗高敞,栏杆静寂,柳丝不多而极具神韵,有凉风吹拂之感。画家议论有'画人难画手,画树难画柳'之说,而且柳丝越少越长越难画,近代画家中,余所见到唯畏庐老人及大千居士,能笔随意到,画出柳丝神韵,他人不足道。"①云乡先生从赏笺到论艺,是林纾去世后数十年间罕有的对其艺术的正面、深入之论。

二、挥画越甲子,苦心向丹青:林纾绘画的历程与内容

林纾习艺并非半路出家、偶拈画笔,也非由字入画,虽没有家学传承,却是少年拜师,专心习画。他所撰《石颠山人传》叙道:"陈文台,字又伯,温陵人。纾事山人二十六年,得山人翎毛用墨法,变之以入山水。""余自二十至三十,此十年中,月或呕血斗余,不亲药,疾亦弗剧。然一日未尝去书,亦未尝辍笔不画。自计果以明日死者,而今日固饱读吾书,且以画自怡也。"②古人有读书疗病养疴者,但未闻如林纾之以读书、作画延命者,十年以画疗病,堪称画史奇闻! 其于读书、作画之痴心,于此可见。绘画成为他一生的生活、志趣与事业! 他如此用功,奠

---

① 邓云乡:《〈北平笺谱〉史话》,《云乡丛稿》,河北教育出版社2004年版。邓云乡另撰有《林琴南文学艺术》一文,是目前所见较为全面深入研究介绍林纾书画艺术的文章。
② 林纾:《畏庐小品》,北京出版社1998年版,第6页。

定了他成为杰出画家的深厚根基,而且与他苦难的青年生命融为一体,终生难舍!

然检点林纾史迹,林纾"余少悟画理",习画则更早。《春觉斋论画》有记其11岁即心慕手仿所见汪志周之作:"吾乡林恭甫先生曾藏汪画四巨帧,余年十一岁时,曾一见之,峭壁插空,然妩媚动人。迨长,粗能作画,则闭目穷追其状,终不能到。"汪志周即陈文台师,擅山水花鸟,喜画巨幛,林纾亦得其传,亦可属之诏安画派。

林纾所撰《黄笏山先生画记》一文中还自记:"余年十六,省府君于台湾,始获拜黄韫山先生于李氏寓斋……逾年,笏山先生以长松巨幛赠李氏,则奇古苍郁,一鹤立丑石上,振翩欲飞。余每遇李氏,辄吮笔摹抚之,凡数十百次,不复一似。先生善松、竹。余不善竹。画松则私淑先生四十年。觇先生风节者,可于画中求之矣。"①今画集中就收录有其在台湾时的作品。

林纾中年时忙于译书、写古文,曾中断作画约十年。1901年,年近60的林纾入都,先是讲学金台书院,继而在五城学堂、京师大学堂等处任教。1913年离开京师大学堂后,他更心无旁骛,潜心绘事,遍临宋代"两米"、元代高克恭、清"四王"诸家,画风大变。他致力传统山水画,追求宋元遗韵,师法吴墨井而以己意出之。至1924年逝世前这20多年间,他除了教书、译书、卖文以外,大量时间用于绘画。"卅载倾心沧趣楼,风流宏奖世无俦。自经导诱诗源得,尽览收藏画笔遒。"②可以说,他晚年"画笔遒",从巨幅到扇面,从题韵到合作,创作量是巨大的,

---

① 林纾:《畏庐三集》,商务印书馆1924年版。黄笏山,祖籍福州,生于台湾淡水厅,精于书画,善写意花卉,尤工水墨兰竹。与黄韫山为兄弟。林纾见其画非常欣赏,因而产生了学画的浓厚兴趣。李氏,李彤恩,林父挚友。

② 林纾《七十自寿诗》中句。

故京城名流显宦均争求其画,络绎不绝。所谓"画以人重",最真实地体现在他身上。由于他倦于应付,但朋友之所愿,则倾心而为,唯恐后人。陈衍曾记其事:(他搬家后),"四壁家徒立,思君画帖悬。打门来急递,梦寐通幽赏"①。

因林纾的文名,当时刚刚在艺坛冉冉升起的齐白石有些为之抱屈。《白石诗草》卷二有诗《题林畏庐画幅》:"如君才气可横行,百种千篇负盛名。天与著书好身手,不知何苦向丹青。"②"不知何苦向丹青",玩其意,究以大事相寄相期耳,而不愿前辈倾心山水之中,毕竟在那个动荡的年代,艺术乃余事。而对于林纾而言,也只能"苦心向丹青",以托其志,为中华之艺术续写新的篇章。1921年,林纾70岁生日,齐白石曾画梅图祝寿,并题诗赠之。齐白石小林纾十余岁,极推其艺事,不做惺惺相惜态。几年前尚处于困顿中的齐白石,此时就是因林纾之点评而身价顿显③。

因新旧文化论战而败落的林纾,感愤之情常发于画。《晨起写雪图有感,因题一首》:"十年卖画隐长安,一面时贤胆即寒。世界已无清白望,山人写雪自家看。"他一生自食其力,卖画是他重要的生活来源之一。"余卖画长安,佐以卖文,萧然一老布衣。""往日西湖补柳翁,不因人热不书空。老来卖画长安市,笑骂由他我自聋。"④晚年的林纾,书画经常描绘早年在故乡的淳朴宁静的生活场景,"故园清地足烟霞,遭乱年来不忆家。点染乡山图画里,先生独坐注华南"。陈声聪《兼于阁诗

---

① 陈衍:《石遗室诗集》,清光绪三十一年(1905)刻本。

② 齐白石:《齐白石文集》,商务印书馆2005年版。

③ 齐白石在《白石老人自述》中曾写道:"(1920年)因朋友(朱羲胄)之介,将所画团扇交林纾,林看了大为赞赏,誉为'南吴北齐,可以媲美'。从此"南吴北齐"成为画坛公认,林纾与齐白石两人成为朋友。

④ 林纾:《畏庐诗存》,民国丛书影印本1916年版。

话》载樊增祥题《南湖归隐图》:"光绪而还画手难,惟君刻意拟荆关。琴南画著琴天句,知是闽山是楚山。"①人到暮年的他,对故乡无比眷恋,尤多为故旧亲朋之请而作,故画作均深具寓意,或直抒晚年零落心境,或追忆童年故乡生活,展示出这位历尽沧桑的老人晚年时真实的心境。朱羲胄《贞文先生学行记》卷一:"晚岁,更鬻画以自赡其家计,虽友朋门生多显贵,而独以自食其力为甘。未尝屑纳不劳而获之金。"但他并非有求必应,唯利是图。如第二次直奉战争爆发那年,恰逢吴佩孚51岁生日,吴出巨资请林纾绘一寿图,便为林纾断然拒绝。

林纾画作最早印行也是其身后事②,在他去世第二年12月,商务印书馆用珂罗版印行了《畏庐遗迹》两集,共28幅,其扉页上写道:"先生晚年尤致力于山水,每有得意之作,便弆皮筐笥,不轻示人。甲子归道山,年七十有三,尽丐所藏集即以公诸世。"此书由其同乡、著名书画家、时任商务印书馆美术部主任的黄葆戉题签,1925年出版,1934年重印。

三、真山真水,写生写命:林纾绘画的特点与创新

林纾是京门画派的开拓者,为20世纪20年代的画坛巨擘,几无人可及。他的画名曾经轰动京城,得其寸简尺缣者,无不视同拱璧。《清史稿·文苑传·林纾》:"尤善画山川,浑厚冶南北于一炉,时皆宝之。"与前代画家相比,林纾得益于走遍山山水水,遍观名家真迹,这把他的艺术创作推进到了一个全新的境界。郑振铎在《近百年来中国绘画的

---

① 陈声聪:《兼于阁诗话》,上海古籍出版社1985年版。
② 1908年出版的《技击余闻》于1914年再版时,卷首即有其笔画精美的全图。

发展》一文中写道:"他虽以真山真水的写生写命,实则是具有很浓厚的传统作风的。"①

林纾以山川为友,得江山之助,每到一处,见殊胜风景,总是逐处留心,撷其精粹,并一一形诸笔端。花鸟得陈文台之传,淡墨薄色,神致生动,能写高松及兰竹,亦间为翎毛花卉。同时又不断求新求变,鲜活的青绿山水、小巧的团扇纸笺,均反映他艺术创作的用心之处。林述庵《观琴南作石颇有所悟》评林纾画石诗:"偶描色相存真品,大露锋棱已不才。"②

他的作品以山水为主,灵秀处略似文徵明,浓厚处近戴熙,后取法"四王",师王原祁、王翚,而以己意出之,独创一格,他善于用干笔皴擦,清秀雅逸,笔力雄浑,尤擅长青山绿水,用色明丽而不艳俗。观其画,好像徘徊于湖光山色之中,给人心旷神怡的美好享受。

林纾一生热爱描绘柳树、松树,在他的山水画作中,柳、松是极为常见的意象。郭白阳《竹间续话》卷四载:"林琴南先生画,世重其山水,不知鹡鸰与柳,亦先生之能事,故自称补柳翁。"③他晚年的绘画,更是多次将松树作为绘画主体,画面顶天立地、气势磅礴。他不追逐名利的风骨,淋漓地展露在他的山水字画之中。

林纾绘画有三大特点:

一曰师承有自而重造化自然。林纾的画作承自地方名家,但随着他壮游天下,逐渐师法自然、得检名迹、取法传统山水大家。他不仅得名师指点,还在摹古盛行的时代得见前人所难见到的精品,尤其是故宫所藏。时逢珂罗版印行名画于世,得见西洋画法,所以见闻远于古人,

---

① 郑振铎:《近百年来中国绘画的发展》,《郑振铎艺术考古论文集》,文物出版社1988年版。
② 陈衍编:《近代诗钞》,商务印书馆1923年版。
③ 郭白阳:《竹间续话》,海风出版社2010年版。

林纾是幸运的。他极重师法前代名家人物,对当时习"四王"之风也恪守谨严,晚年力学吴历,尽弃沈石田、蓝田叔之法,一力追逐渔山、石谷,擅巨幅,尤喜其"神澄气定"。他又曾自题诗曰:"平生不入三王派,家法微微出苦瓜。我意独饶山水味,何须攻苦学名家。"恃才论画,艺人天性。在这点上,他不仅为当代人所无法企及,而且与其同时期的陈师曾等也难以与其比肩。

顾廷龙《〈春觉斋论画〉后记》曰:"先生之画,师法渔山,渔山尝浮游于澳门,多觏西方名迹,故其设色,颇受熏陶。先生既私淑之人,又见闻之广,出渔山上,融化笔墨,自宜更甚,故实为沟通中西文化之一人。"

二曰勤于作画。陈宝琛《沧趣楼诗文集》载:"日必作画数事、译书千余以自程。""溪山无恙尤堪画,甲子长存不废吟。"[1]其子陈衍《福建通志》:"性勤事,不可休。卖文译书外,肆力作画。"[2]朱羲胄《贞文先生学行记》卷一:"越七十龄而犹屹立画案前,日可六七时,劳作不少休。"

三曰自创笔法。林纾作画时对笔墨材料把握十分独特,著名画家狄葆贤《平等阁诗话》评其:"喜用湿笔,得王廉州神理。"[3]他根据自己对墨分五色的理解,把不同深浅的墨分盛五碗,作画时分蘸使用,用墨力求干净。

林纾作画,有人说与内府所藏大有关系,亦应与珂罗版印刷作品大有关系。自珂罗版书画盛行,虽家乏收藏,不难见古今名人真迹。纾因得四王、墨井、南田,上及宋元诸大家杰作,"骎骎擅能品"。这对醉心于此而又早具功力的艺术家来说不能不说是幸事,更由于他的支持方

---

[1] 陈宝琛:《沧趣楼诗文集》,上海古籍出版社 2006 年版。
[2] 陈衍辑:《福建通志》,江苏广陵古籍刻印社影印本 1986 年版。
[3] 张寅彭主编:《民国诗话》,上海书店 2002 年版。

和合作伙伴商务印书馆自1907年起大量以珂罗版技术精印古代名画，无疑使其又获得前所未有的宝贵资源。

文人画罕有巨幛，近代职业山水画家除黄宾虹之外，也罕有巨幛。林纾则有不少巨幛，这也反映了他作为画家的气派与风格。《畏庐诗存》中有题曰："比月来写大屏巨幛四十余轴，出入山樵、梅花道人间（王蒙、吴镇），微有所得。倦枕成梦，均在苍岩翠壁之下，或长溪烟霭，松篁互影，不知所穷，仿佛泰山、石鼓、西溪、方广诸胜，戏作《烟云楼卧游诗》。"流传的林纾巨幛有《理安山色图》《江亭饯别图》《秋檠夜课图》《匹马从戎图》《梅阳归隐图》《万木草堂图》《缀玉轩话别图》等。

作为以卖画为生的画家，林纾常以画扇题图与士大夫交往，固守传统文人画家的传统，所作之画里散发着清新、朴厚的书卷气，与后来西风美雨的民间习艺者不同，讲究的是意味深长、韵味十足的写意。

光绪末年，他曾以吴文英词意为题，刻有山水笺谱。郑振铎《〈北平笺谱〉序》："至宣统中，林琴南先生独取玉田、梦窗词意，制为山水笺，清趣盎然，文人为笺作画，殆始于此。"①所以郑振铎在刻传《北平笺谱》时对林纾作品收录尤其多。

当然林纾长期为生计而卖画，也不乏涂染之笔，也有随俗应酬之作，有的甚至显得草率空疏、精神漫散、皴擦无度，鲁迅当年因其名声所购之作就非精品，造币易货而已。

四、"山水画里好题诗"

林纾画作是文人画的典型代表。林纾是传统文化坚定的守护者，

---

① 郑振铎：《西谛书话》，生活·新知·读书三联书店1983年版，第43—53页。

于传统艺术亦然。陈师曾在《中国文人画之研究》说:"文人画之要素:第一人品,第二学问,第三才情,第四思想,具此四者,乃能完善。"林纾可以说无不契合,而尤以人品高洁和诗画合一为世所罕及。

林纾每画必题诗,对自己的题画艺术充满自信,他曾对学生林仲易说:"我画不必传世,而题画款格必传矣。"时人誉为"诗书画三绝"。题画诗是林纾绘画艺术的精魂之所在。寒光评价:"他的题画诗,的确太妙了,实在话说,假如他不会古文,不曾翻译,只作诗、作画,也就够在中国名人席上占一个位置。"①

林纾本诗人,早年曾在福州参加诗社,于诗创作自然娴熟,而且他作诗素重感咏,作画题诗,正好契合了他那颗感愤满怀的心,几于每画皆有题作,无论尺幅大小,率皆题之。有时一吟数十题,才情与诗情表现无遗。"余客京师不为诗近三十年,辛亥春,罗掞东集同人为诗社,社集必选名胜之地,每集必请余作画,众系以诗,于是稍复为之。"从此,他为画题诗,一发不可收拾。《畏庐诗存》卷上:"余每作一画,必草一绝句于其上,二年以来作画百余帧,而题句都不省记,强忆得三首。"《畏庐诗存》中收录其题画诗 50 多首,其实所作甚多,但不少随其画作散失而湮没。其友李响泉的《清画家诗史》录其题诗六首②。他的题画诗与画论是研究他艺术不可或缺的部分,要真正认识评论其艺术成就必须从这方面用力,但他的作品很多已流散,这对于近代画家是一件悲哀的事。

"买山莫得且作画,诗情姑且藏画中。"诗画一体而又皆有所成者,明清以来罕见矣。陈师曾曾言:"文人不必皆能画,画家不必皆能文。"

---

① 寒光:《林琴南》,中华书局 1935 年版。
② 李响泉:《清画家诗史》,中国书店影印本 1990 年版。

而并擅者,其林纾乎!卓尔近代文人画巨擘,不遑多让也。林纾则以独特的经历、旺盛的生命力和超人的才学,再次将诗画融为一体并深感:"山水画里好题诗。"《石遗室诗话》载:"琴南多才艺,能画能诗,识苏戡后悉弃去,除题画诗外,不问津此道者殆二十余年。""题画诗已与吴仲圭、王山农、沈石田诸人相仿佛,高者可追文与可、米元章。"让本来不甚认同其诗的陈衍也不得不额手称道:"畏庐近来诗境大进,在自然不假做作。"许其"是以文家、画家法作诗者",并不停地抄录在其诗话之中,以事表彰,并坦言:"余实不如其隶事之渊博也。"

友人题赠其画亦多,也是品评其艺术的绝好史料。陈衍虽不甚认同林纾,但其所传的《石遗室诗集》中赠诗题林纾画之作最多,迥出时人之作。陈宝琛《沧趣楼诗文集》写道:"丹青余事且自课,坐待取醉朝朝堪。"郑孝胥《海藏楼诗集》卷六有《严几道属题江亭饯别图林琴南所写》一诗,专为林所题。严复《题畏庐晋安耆年会图》:"兴来铺纸写云山,双管生枯兼润燥。自言得法自吴(墨井)、王(石谷),定价百金酬一纸。文章艺事总延年,六十容颜未枯槁。"①

五、《春觉斋论画》:发文人画论先声

"春觉斋"是林纾在北京的画室名,他曾著《春觉斋论画》一卷,1935年由著名学者、书法家顾廷龙整理作序出版。

林纾在《春觉斋论画》稿中写道:"新学既昌,士多游艺于外洋,而中华旧有之翰墨,弃之如刍狗,无论鄙夷近人之作,即示以名迹,亦复瞠

---

① 王栻主编:《严复集》,中华书局1986年版。

然,尚何论画之云。顾吾中国人也,至老仍守中国旧有之学。前此论文,知审为狗吠驴鸣,必不见采于俗,然老健之性,偏恣言之,今之论画亦尔。"他对新文化健将们的感愤,一如力延古文命脉,故著为画论。此书虽生前没有机缘刊布,但其所见所论,幸得存世。世人皆以陈师曾所刊《文人画之价值》为文人画张目之宣言书,实则林纾画论早已着鞭,甚至较陈师曾所论文人画更加全面而深入。

林纾论画,首先主张"无法不足以作画,无理不足以成画,无趣亦不足尽画之妙,三者备而名家矣",曾谓"画之一道,实兼法、理、趣三者而成",除此而外,他特重"韵"字,尤其强调山水画形与质的表现、魄力与神韵的结合。"余则谓趣外尚须韵之一字。作诗至神韵,为事已难,论画取神韵,则倪高士其当之乎。"他更主张:"作画须书卷气,非文人自高声价也,亦构思着笔,不落俗也。"

此外,他还提出绘画的"陶情养心"观点,认为"西洋机器之图与几何之画,方称有用。若中国之画,特陶情养心最妙之物"。主张绘画要重传神,但也应该重形似,重合"理"。倡导一个画家应该有多种风格,对"以为粉彩填砌即为俗,水墨渲染即为雅"的论点提出异议,主张"法律须尊古人,景物宜师造化"。

六、余说:文人画绝唱

自古以来,以人品论画格,从这点而言,林纾堪称典范,他虽以画为生,但不作媚态,以山水寄托心情。他以生命作画,并以画法写诗,又画中题诗,创作了典型的文人画。自他之后,画家大多走上了职业的道路,如他是古文的殿军一样,他可能也是千年文人画之最后大家与殿军。

奇人异彩,乃林纾之真实写照,写诗作画,乃其本业,而译书作文却暴得大名,风靡神州,激荡潮流,不期为新潮流所冲击,真是后浪推前浪。晚清以迄民国初,在画界文坛,能与之比肩又有谁何?尤其是居京师20年,在其60岁以后,他重新拾起画笔,勤奋作画,以他的性格、学识、修养,其创获自然可知,更何况他有恤亡救穷之责,以艺为生,想必他只有立于画案前,才能驱散社会那些攻击谩骂带来的不快,也只有于画案前寄情山水万物,才可真宣泄他那老而弥坚的文化情怀。

他画不自珍,德足取信,但因他在论战中败北而顿失光芒,其作品除名家故友赏鉴之外,不再为社会所捧、追求,而随着新生力量和海派名家崛起,他的画作迅速褪色,有之者也多塞入筐中,以至于遗忘。他生前为数可观的画作,今天得其下落者也仅仅有数百幅而已,一如他百八十余种译作和几十种古文选本那样已成为"化石"。其书画作品尤甚,几乎没有多少走进博物馆的视野,遑论在社会大众之中遗存流传了。在近一百年的风雨骤变之中,数十年来的文化虚无与浮躁,让这个新时代的弄潮儿成为被彻底冷落和遗忘甚至被曲解的人。

福建工程学院与林纾有创校之缘,一直致力于林纾文化研究,并从资料征集、遗作访寻开始,着力保存、传承林纾之史迹,鸠多方资源,费数年之力,得众人之助,搜罗、征集、受赠林纾书法、绘画作品共百余幅,去伪存真,详考博鉴,择其精品,汇为《林纾书画集》一书出版,首次全面、深入地展示了林纾文化的重要方面,不仅于林纾研究别开生面,而且为研究近代文化艺术史之助。

(作者单位:商务印书馆《四库全书》出版工作委员会)

略论林纾的绘画

林 农

近些年来学术界研究林纾的论文很多,但主要集中在翻译和古文方面,研究其绘画方面的论文却很少。本文主要介绍林纾在绘画方面取得的成就,重点讨论林纾的绘画理论和绘画创新。

林纾(1852—1924),福建闽侯人,原名群玉,字琴南,号畏庐,别署冷红生,晚称蠡叟、补柳翁、践卓翁、长安卖画翁,室名存晦此登临楼、春觉斋、烟云楼、铁笛亭等。他是我国近现代享有盛名的翻译家,同时兼有古文家、小说家、画家、诗人、教育家和文学理论家的身份。林纾的文学研究视野开阔,包括诗论、词论、文论、小说理论和中西比较文论等等,并且他常常以诗论文、以画论文、以文论画,各种艺术融会贯通。

林纾以翻译外国小说最为著名,被誉为"译界之王",而他的画名几乎被翻译的成就所掩盖。其实,林纾才华横溢,诗、书、画无一不精,早年师从石颠山人陈文台学习绘画26年,还大量模仿了陈文台的老师谢琯樵的画作,领悟了翎毛用墨之法,并把它变化运用到山水绘画之中。到晚年其绘画达到炉火纯青的境界,画作淡墨薄色、气韵生动,追求一种淡泊、无为、潇洒、雅意的情致。《中国美术家人名辞典》评其"山水初灵秀似文徵明,继而浓厚近戴熙"。《中国现代绘画史·民国之部》中介绍了民国近40年中不同类型的传统画家12名,林纾就与陈半丁、姚华、陈少梅、刘奎龄等并列。黄濬曾评价:"旧京画史,予所记者,庚子后以姜颖生、林畏庐两先生为巨擘。"寒光则在《林琴南》一书中说:"他一生的大部分光阴可说是消磨在绘画里,并不是余力习画,也不是偶尔遣兴的。所以他的画是致全力的,是精心经营、竭意构造的。"而中国美术馆至今仍收藏着林纾的画,可见画史上他必占一席之地。

寒光对林纾的总结很真实。林纾作画非常勤奋,作画时亦全神贯注,常常睡前构思、晨起作画,看看他在绘画后的注解我们就可以知晓:"余在南中时或长日入山以糗自随,凝坐松下,经时不去,樵者以为怪,五十以后尚尔。自客宣南翠微无复佳处,遂闭户不出,然梦中时时往来于秦亭翱羽间也。"20世纪20年代,林纾画作在北京琉璃厂润格之高,即使齐白石也难以比肩。据文史家郑逸梅在《林琴南卖画》一文中记载:"偶检敝箧,犹存有民国十年(1921)林琴南更定润格一纸,如五尺堂幅28元,五尺开大琴条四幅56元,三尺开四幅小琴条28元,斗方及纨折扇均5元,单条加倍,手卷点景均面议。限期不画,磨墨费加一成,件交北京永光寺街林宅。"虽然林纾的画润很高,但他的生活仍然十分清贫。70高龄时,林纾还每日孜孜不倦地绘画、写作和翻译以养家糊口。林纾曾在提出增长笔润时作诗两首:

往日西湖补柳翁,不因人热不书空。
老来卖画长安市,笑骂由他我自聋。

故旧孤孀待哺多,山人无计奈他何。
不增画润增何润,坐待饥寒作甚么?

寥寥数语写出了林纾生活的艰辛。但当军阀吴佩孚在51岁生日出巨资请林纾画一幅祝寿图时,林纾却因鄙夷其执政时草菅人命一口拒绝,相当有文人的骨气,在京城传为佳话。

林纾的画属于文人画。文人画带有文人的情趣,流露着文人的思想,在重视个性抒发的同时,亦注重现实感受的表达。林纾热爱祖国的大好河山,其绘画十分注重从大自然中取材,非常注意对自然内在本质的领悟和主体精神的表现,就像他在《春觉斋论画》自我总结的:"名大家画,多在人不经意处格外留意。"他追求大自然的淳朴和纯真,深刻地把握变化中的自然规律,并巧妙地将个人的主体意识转化为与自然同一的创造精神,以寄托高洁的心灵和脱俗的情趣。

林纾一生留下许多绘画作品,尤其那些精彩之作让人难以忘怀。

《北斗洞》①充分显示了林纾深厚的绘画功底和过人的文化修养。此画绘于1922年,雁荡山一巨崖危峰之下有一神秘洞窟,四周山势雄峻,洞口翠竹亭亭直立,近处大块岩石使洞口显得狭小,使人遐思洞中的秘密。全图布局相对集中,以洞口为中心向四周发散,似有危岩欲下封堵洞口之态。这幅画采用枯笔披麻,浅绛敷青,还用平涂法染天空,似吸收了西洋画法,颇富形式感的山石结体又似董其昌。读画复读其题记,仿佛体会到林纾意欲追求一种不急不躁的秩序感。题识曰:

> 是洞旧名伏虎,今易其名曰北斗。道流居之洞顶,高三十余丈,中有楼阁五层。余以辛酉五月至,宿阁上,微雨蒙蒙,凭阁视洞外诸峰,杂立云中如樽蒲。入夜皆黑,始无所见,夜深静卧,百虫皆绝,余竟不知身之在何境也。

林纾的《江南雨上图》②则采用元代画家高克恭的画法,以横点画

---

① 现藏中国美术馆。
② 现藏台湾国泰美术馆。

山,突出江南雨色的迷离。那乌云密布、雷声滚滚、山头昏昏、林木蒙蒙的暴风雨来临之际的景色在他的笔下描绘得淋漓尽致,似有"任凭风浪起,稳坐钓鱼船"的无畏精神,充分表现出林纾以画言志的真情实感。

《雪景山水图》①是林纾临摹清代早期画家吴历的作品。此画用墨极为成功,浓、淡、干、潮浑然一体,形成层次丰富的色阶。林纾较好地掌握了协调中求对比的色彩规律,巧妙地应用青花和白粉料晕染,使白云与积雪对映相衬。全画不画一人,但从山脚老树的仰视,以及山谷依山而列的茅屋,使人感觉不到境界的荒寒;反而,却把隆冬季节、清晨时分,夜雪初霁,群山银装素裹,朔风劲吹,冰天雪地的清冷静谧景色描绘得十分感人,这恐怕也是林纾追求的那种纯洁高雅吧。

《双松图》作于1916年,正处林纾绘画的成熟期(1912—1924),是林纾为祝贺妻子杨道郁42岁生日所作,也是林纾晚年的得意之作。林纾1889年娶杨道郁为妻,两人十分恩爱,杨道郁也是林纾后半生得力的贤内助。此画原装原裱,装裱考究。其构图严谨、以简为主、意味深远,其笔法苍劲、设色沉着、浑然天成。画中的青松挺拔坚韧、傲骨峥嵘,双松合璧,表达了林纾对夫妻之间永结连理和相濡以沫的美好祝福。

《秋山图》②是林纾山水画中"远以势、近取质"的典型代表,作于1894年10月,这时是林纾绘画的风格形成期(1891—1911)。画中展示出小桥流水的平淡幽深,画师和樵夫上山的闲庭信步,山中细路的曲折迂回,黄叶树林的错落有致,山中茅舍的闲静生活,千里山峦的雄浑壮阔,画面洋溢着大自然之美,好一个世外桃源。林纾选取生活中动人的场景加以想象发挥,用丰富的形式传达出丰饶的意境,使观者也被这

---

① 现藏安徽省博物馆。
② 画名为笔者所拟,取自题画诗最后一句"丰皴焦墨写秋山"。

秋天的美景所陶醉。题画诗也道出了林纾憧憬的意境:"画师何处问荆关,黄叶疏林意自闲。省识河汤家法在,丰皴焦墨写秋山。"

除了绘画实践之外,林纾还有相当的绘画理论研究,并将这些理论研究用于实践之中。《春觉斋论画》是林纾的论画专著,大致完成于1916—1919年期间。其出入中西,褒贬古今,有许多独到的见解,系近代美术理论史上的重要收获。我国著名的图书馆事业家、古籍版本目录学家顾廷龙在《〈春觉斋论画〉后记》中指出,"先生之画,师法渔山。渔山尝浮游于澳门,多觐西方名迹,故其设色颇受熏陶。先生既私淑之人,又见闻之广,出渔山上,融化笔墨,自宜更甚,故实为沟通中西文化之一人。"时人赞誉《春觉斋论画》"乃萃数十年中挥翰之心得而成,期于至当,阐论法理,敢斥时风,论画之作,曾无有如此之俊伟者也"。

在《春觉斋论画》中,林纾提出了绘画的重要观点,即"法、理、趣三者相结合"和"陶情养心"。林纾指出:"画之一道,实兼法、理、趣三者而成。""无法不足以作画,无理不足以成画,无趣亦不足尽画之妙,三者备而画已名家矣,余则谓趣外尚须韵之一字。作诗至神韵,为事已难,论画而取神韵,则倪高士其当之乎。"在绘画中,画者要兼顾"法、理、趣"三者的结合,"法"即画法,"理"即画理,"趣"即画趣。虽然画者使用了各种绘画的方法,但若不符合画理,就不能创作出好的绘画作品。中国画坛的许多大师,在他们的绘画作品中,画法、画理和画趣尽情显现,他们既遵守画法,又遵循画理,并在作品中体现出感人的画趣。此外,林纾还指出:"若中国之画,特陶情养心最妙之物。春秋佳日,明窗净几,得二三良友沦茗谈心,然后出数轴古画悬之,共相评骘,试问人生乐趣,得此有几遭也。"赏画是一种高雅的享受,在此过程中,赏画者的心灵与画作所表达的意境产生深层的契合,使其心情愉悦,进而净化其心灵、陶冶其情操、养其心健其体。赏画者要从多方面吸收养分,从而提高个人的品格和情致,做到心静通达。

　　林纾主张画家的多种风格,主张"法律须尊古人,景物宜师造化",强调绘画的"古意"和"书卷气",从不空谈理论,重在实践中领会,对于画理也强调一个"悟"字。而他自己绘画能青绿,亦能水墨。他画如其文,善于造景,画中往往"数丛翠竹,几株疏柳,画船桥影,白云堆絮,远山如黛",观其画,好像徜徉于湖光山色之中,给人心旷神怡的美好感受。林纾还讲究用笔,特别追求笔墨的运用,简单质朴的黑白灰变化成万千感受。在绘画的疏密关系上,林纾引述了文徵明的话说:"看吴(镇)画,当于密处求疏;看倪(瓒)画,当于疏处求密。"密处求疏,疏处求密,揭示了疏密关系相反相成的辩证法。在绘画的形神关系上,林纾认为绘画当以"传神""气韵生动"为基本价值取向,以克服"形"对艺术的拘限。他认为:"气主清,韵主高,故文人下笔,必有一种清气高韵。"因此,绘画应是"神澄气定"的。

　　林纾"以文论画""以诗论画"和"以画论画"的艺术特点对绘画理论也做出了突出贡献。刘绮言提到林纾诗、书、画兼善时赞道:"纾论画常间参文法论画法,如其论文,间参画法论文法,又如其作诗,间参画法入诗法,是以诗、书、画三者已贯通已[矣]。"[①] 林纾以文论画的作品有《石颠山人传》《跋王砚田画卷》《跋戴文节遗墨》《跋姚叔节所藏石田山水长卷》和《黄笏山先生画记》等;以诗论画的作品有《题退思斋画影》《小幅经营仿石涛闲中澄墨学清湘》《复笔来描画里诗》《粉本传抄赵伯驹自题小画》《生平低首许先生》和《粉本新翻戴鹿床》等;以画论画的作品有《夏(册页)》《仿吴渔山图》《丙辰重阳后》《庚申十一月孝陵感旧图》

[①] 刘绮言:《林纾事略》,朱传誉主编:《林琴南传记资料》,天一出版社1981年版,第72页。

《仿谢瑁樵》《秋山翠霭图》《壬戌冬日临清晖之作》《鳌山情》《人间那有神仙事》和《松光岸幅》等。林纾的绘画之所以百年来还能光彩照人,与其精彩的题画诗艺术是分不开的,它们是林纾绘画艺术的精魂所在。林纾的绘画清新自然,具有朴厚的书卷气,再加上有感而发的题画诗,充满浓郁的生活气息,让我们得以领悟他的审美取向和画外之音,感到一种恍如隔世的可贵。这些题画诗取法自然、清新质朴、语言优美、音韵流畅、意境含蓄,以其清淡疏远的风韵独步一时,而林纾每作一画必题一首诗,诗与画十分贴切,诗情画意相得益彰,"画中有诗"和"诗中有画"是林纾绘画最明显的艺术特色。

林纾的题画诗,有描写自然风光的,表现山川景物之美,如《题秋山翠霭图》:"万重翠霭入花楼,消纳山中一种秋。山月半钓逢七夕,雨帘高卷看牵牛。"如《榭飞泉》:"四合浓阴如榭秋,飞泉一道破其流。此时正觅谈诗侣,溪上摇来访戴舟。"有描写故土风情的,表达生活情趣。对故乡风物,林纾有一种特殊的喜爱情感,如《忆旧草庐》:"日落空山看捞鱼,钓龙台下卅年居。柳州作赋名师梦,念念仍思旧草庐。"如《冬日忆故乡莲塘故居》:"琼河三月柳花飞,新苗遇雨青四围。牧童临水看山色,夕阳垂落仍忘归。"有关心时局政治的,诉说心中的苦难,如《题故里山》:"纷纷胡骑出榆关,排闷图成故里山。世上桃源何处是,避兵合住画图间。"有诉说生活艰辛、窘状和世态严酷的,笔触流畅洒脱,自然感人,如《晨起写雪图有感,因题一诗》:"十年卖画隐长安,一面时贤胆即寒。世界已无清白望,山人写雪自家看。"

综观林纾一生的绘画创作,无不具有鲜明的个性与时代气息。除了他的翻译和古文,他的绘画成就也不应该被人们遗忘。

(作者单位:中国航天科工集团第二研究院二〇三所)

西方文化的引荐者与国学传统的卫道士
——林纾晚年谈中西方绘画

王少羽

《春觉斋论画》是林纾唯一一部绘画理论著作，是他"萃数十年中挥翰之心得而成"①的，对研究画家林纾具有重要意义。并且，该画论大致完成于1916—1919年，这一时期恰是新文化运动席卷全国之时，因而《春觉斋论画》承载着有别于一般性论著的特殊寄寓，是晚年林纾表达文化主张的重要著作。

林纾不是真正意义上的画论家，他兴之所至将数十年赏画作画所见、心得记录在案，尤其是涉及中西方绘画比较问题时，多为零星片段叙说，没有上升为条分缕析的理论系统。他在此所扮演的角色，些许类同于他的翻译工作——急切地将所能接触到的新鲜见闻引介给国人，又因为对西方文化缺乏足够认知，时常疏于裁选而显得粗浅零乱，然而，描述性语言和简单的评点背后，隐含了林纾的价值判断。《春觉斋论画》中，林纾涉及中西方绘画比较的内容一共有七处，大致可以归纳为以下五个方面：

---

① 林纾：《春觉斋论画》，于安澜辑：《画论丛刊》下卷，人民美术出版社1989年版，第691页。

一、以固我之思维宽容与传播"美术"这一"新"概念

今天,"美术"一词已为国人习以为平常,统称建筑艺术以外的造型艺术。但它并非自生于中国本土的概念,"美术为词,中国古所不道"①,陈振濂教授《"美术"语源考——"美术"译语引进史研究》一文提出,"美术"一词原由奥地利传到日本,再由留日学生带回中国,从王国维到刘师培再到鲁迅"我们发现了'美术'一词内涵的3次转换。它呈现出从抽象到具体、从感觉到存在、从精神到物质、从意义到形式、从一个过程到一个对象的丰富含义"②。时间大约在1903年到1913年之间。也就是说,在《春觉斋论画》著述阶段,"美术"在中国仍是一个新鲜的尚未被普及的概念。与上述学者不同的是,林纾之论述取径"欧人",以木匠、画工、刻石、古文家涵盖美术领域,"欧人之论美术者,木匠也,画工也,刻石也,古文家也。余始闻而骇然,谓古人如韩、柳、欧、王,奈何与泥水匠同科?继而闻其议论,乃深以为是"③。这实际上反映了一个新鲜概念传播之际,怀抱着好奇的国人认识之粗浅与混乱,他们从不同角度揭示了"美术"一词的部分意义,是其与本土文化融合过程中筛汰与汇聚的必要过程。

中国古代文士以超脱自诩,最不能超脱的是他们特有的价值规范

---

① 张光福编注:《鲁迅美术论集》,云南人民出版社1982年版,第1页。
② 陈振濂:《"美术"语源考——"美术"译语引进史研究》,《美术研究》2003年第4期。
③ 林纾:《春觉斋论画》,于安澜辑:《画论丛刊》下卷,人民美术出版社1989年版,第628页。

所评判的声名。它源自刻意区分于凡俗的高蹈的生活姿态,古文,承载着传统士人为人为学的道德教义,承载着他们致仕和经世的根基;绘画,因其不治生而被赋予超脱之性,寄寓自我修养和高洁不俗的品节。文与画,被视为极高雅的事。从林纾由醉心于仕途经济到不离尘世纷争又追求心灵超逸的人生轨迹可知,终其一生都在奋力跻身文士之行列,践行文士之准则。至于木匠、刻石这类"粗鄙"的身份,林纾却能泰然接受并与之为伍,实在是一个值得探讨的有趣现象。

对西方文化的引介,林纾始终抱着"愚公之一担,精卫之一石"的心态,这是因为他对西方文化缺乏系统认识,只能够抱着好奇、接纳的态度,如实介绍他所能够接触到的新鲜事物。他反对对待西方社会"或以犬养鄙之,或以神明奉之"的态度,力所能及地将他所获知的新意识、新思潮反映给国人,甚至包括他并不感同身受的西化概念,"此四者不相附丽,而西人合而一之,斯亦奇矣"①。这种宽容和传播的态度看似信手拈来,实则基于其固我思维的理解与诠释。"美术"作为一个"舶来词","欧人"借助"材""色""精神"的归结,给了林纾可以理解与接受的解释。《春觉斋论画》如是载述,"欧人谓木匠者,集众材而成为巨室,其所仗者,材也。画工杂五色而成图,其所需者,色也。石匠则否,成一石象,但需斧凿,则先以精神环周此片石,然后成为人形。衣袂之飘举,尚为易为,而神宇奕奕,则自出手造,较以上二艺为难。至于古文,并斧凿之用而亦罢去,但凭空虚构而成象,使读者俯仰夷犹,动心而兴感,则较石匠为尤难。"②"材""色"属于物质层面,与"精神"相呼应。

---

① 林纾:《春觉斋论画》,于安澜辑:《画论丛刊》下卷,人民美术出版社1989年版,第629页。

② 同上。

木匠、画工、刻石、古文家归于一流的根源在于，它们都隶属于"依托于物质"——"借助物质表达情感"——"脱离物质表达情感"这一渐进的过程，越接近"锁链"后端，难度越大。这是符合中国人传统的思维理念的。解释虽然牵强，却能够令林纾由"初闻骇然"到"深以为是"了。

二、承认西画中存在更好表达中国传统审美意味的实例

急流飞瀑以其捣珠崩玉、翻空涌雪、江河倒悬的独特美感形态，成为山水画创作经久不息的题材。林纾《春觉斋论画》中就中西方绘画对瀑布的描绘作了比较，认为"西人写瀑布，是真瀑布，能从平顶之石上倾泻而下，上广而下锐，水流极有力，何者？水积岩顶，狂奔而下趣。水之落处，力猛渐下，则水力亦渐杀，故水痕上广而下锐"，"吾辈山水中写瀑，则上狭而下舒，以两边山石参差错落，瀑布从石隙中出，至于大壑，支流始漫"。此为林纾画论中唯一论及中国传统绘画不敌西方绘画之处，"西人写山水极无意味，唯写瀑布，则万非华人所及"[①]。而不敌的原因在于中国画在水流力度上逊色于西画。

中国传统美学把美划分为"壮美"和"优美"两种基本类型，其根源于《周易》的"阴柔阳刚"之说。清代文艺理论家姚鼐在《复鲁絜非书》中用16个比喻精彩地阐述了"阳刚阴柔"的审美特征，"其得于阳与刚之美者，则其文如霆，如电，如长风之出谷，如崇山峻崖，如决大川，如奔骐骥；其得于阴与柔之美者，则其文如升初日，如清风，如云，如霞，如

---

① 林纾：《春觉斋论画》，于安澜辑：《画论丛刊》下卷，人民美术出版社1989年版，第662页。

烟,如幽林曲涧,如沦、如漾,如珠玉之辉,如鸿鹄之鸣而入廖廓"。① 明澈娴静的溪水遭遇悬崖无法勒马,瀑流从断崖腾空而降直泻崖底清潭,清潭上浪花翻滚。这雷霆万钧、汹涌而下、一泻千里、不可阻遏的强劲气势诠释的正是惊心动魄的阳刚之美。中国传统绘画强调写象外之致,传画外之意,所见物象与画家情思相通,是画家精神情感之寄所。中国近代著名学者梁启超曾在《先秦政治思想史·儒家思想》中讲:"儒家舍人生哲学外无学问,舍人格主义外无人生哲学。"②瀑布之历经千险、出处高远是画家豪放情怀、开阔胸襟、潇洒气度、高远理想的物化表达,这波涛汹涌、雄劲豪迈的阳刚之美表征了生命力量的正面昂扬,代表着刚正不阿、气贯长虹、视死如归、睥睨当世的精神气质。具体到外在形象上,自然物象的壮美一般表现为粗犷、激荡、雄浑、刚健、壮伟等审美特征,在对瀑布外形的描摹上,历代诗人佳作纷呈,唐代李白的"挂流三百丈,喷壑数十里。欻如飞电来,隐若白虹起。初惊河汉落,半洒云天里";宋代"永嘉四灵"之一徐照的"一派从天落,曾经李白看。千年流不尽,六月地长寒。洒木喷微沫,冲崖激怒湍。人言深碧处,常有老龙蟠";明代陈沂"云间瀑布三千尺,天外回峰十二重。满耳怒雷飞雨急,转头红日在青松",如此等等,不胜枚举。绚烂辞藻之共同指向是万练奔腾、磅礴雄厉的气势,亦即林纾所提及的瀑布飞流直下的力度美。

林纾在《春觉斋论画》中指称,"西人写瀑布,是真瀑布",正是因其所绘瀑布"能从平顶之石上倾泻而下","上广而下锐","水积岩顶,狂奔而下趣",相较于中国绘画"上狭而下舒,以两边山石参差错落,瀑布从石隙中出,至于大壑,支流始漫",能够更好地诠释瀑布的力度美。换

---

① 姚鼐:《复鲁絜非书》,《惜抱轩诗文集》,上海古籍出版社1992年版,第92页。
② 梁启超:《先秦政治思想史》,《饮冰室合集》第九册,中华书局1989年版,第69页。

言之,它无意间迎合了中国传统美学中"阳刚之美"的艺术表达,把中国传统审美中意欲表达的"力度之美"发挥得更加极致,符合中国人的审美习惯。

这里,林纾将中国传统绘画不敌西方绘画之处归因于自然地理环境的差异,"此其不同于西画处,虽然地不同,故水态亦略别"①,没有涉及技法上的比较,即没有承认西人所画瀑布之所以有"意味"是源于其技法上的因素。

三、用"神"与"理"概括中西方绘画处理空间关系问题上的冲突

绘画上的空间关系,指的是绘者利用大小、色彩、虚实、疏密等构图手段,在平面的画纸上表现出物象的远近层次关系和立体深度空间感觉。基于观念与方法之殊途,中西方绘画在空间建构上存在着明显差异,《春觉斋论画》中,林纾已经认识到"西人远近与吾国画家不同",他认为,中国画的谋篇布局占"神",西画(指的是西方写实主义绘画)占"理",并且两方背道而驰,亦即中国绘画的空间关系占"神"不占"理",而西方绘画占"理"不占"神"。

西人所占之"理",《春觉斋论画》以实例阐释如下:"西人画境,极分远近,有画大树参天者,而树外人家林木,如豆如苗,即远山亦不愈寸,用远镜窥之,形至逼肖。"②它至少包含两层意思:第一,西画依据准

---

① 林纾:《春觉斋论画》,于安澜辑:《画论丛刊》下卷,人民美术出版社1989年版,第662页。
② 同上书,第639页。

确的测算,严格遵循近大远小、近高远低的逻辑来表达空间。第二,入画之物严格按照物象的大小、远近、掩映、明暗如实描绘,画面不论主次,凡是"看到的"物体都须要经得起科学分析而不逾寸。中国画之"不占理",林纾以其绘画经验作了阐述,"然远近之分,亦宜从大小浓淡分之,近处坡石树木宜大,屋宇人物称之,远则峰峦树木当小,屋宇人物称之。唯山水远处,不宜作人物,实则黄鹤山樵于丛松大壑中,点染人物皆极小。盖人愈小则树愈高、山愈峻,此以小形大之法也。"[1]这一论述道明了中国画与"理"恰恰相反的两个方面,一为"以小形大"之法;一为以"大小浓淡"分远近。所谓"以小形大之法"和"以大小浓淡分远近",实际上都是衬托关系,中国画创作须要先立宾主,进而决定近者、远者、小者、大者,又以虚实、有无、疏密造境,例如山水画有"主山正者客山低,主山侧者客山远。众山拱伏,主山始尊,群峰盘亘,祖峰乃厚"[2],"丈山尺树,寸马豆人,远山无皴,远水无痕,远林无叶,远树无枝,远人无目,远阁无基"[3]等等之说。由此可见,中国画的空间布置不是以实际的空间视点透视为基准,大小远近的处理是根据文化视觉习惯和审美心理诉求,"物象由我裁"才是中国画空间意识的根本特征。这与西画以焦点透视作为画面空间建构的基础方法,以客观为依据再现自然物象空间感的写实主义态度所占之"理"大相径庭。

尽管如此,林纾却以为,西画之"理"严守客观真实,但不适用于中国画。他在《春觉斋论画》中指出,"盖西人以算学入画,目力所及处,

---

[1] 林纾:《春觉斋论画》,于安澜辑:《画论丛刊》下卷,人民美术出版社1989年版,第687页。

[2] 笪重光:《画筌》,俞剑华编:《中国古代画论类编》,人民美术出版社2004年版,第806页。

[3] 荆浩:《画山水诀》,俞剑华编:《中国古代画论类编》,人民美术出版社2004年版,第614页。

凡山水树木,均可缩小,若以中国画法绳之,则一无理解矣","若中国山水,亦用此法,不惟不合六法。早已棘人眼目"。① 这是因为西画之"理"不符合中国画之视觉空间审美习惯。中国画的空间处理突破了"理"的限制,画面可以容纳依据西方焦点透视法无法看到的对象,同样也可以对看得见的物象视若无睹,它弱化近大远小,弱化体积,采用散点透视法,游目周览,集合数层与多方视点,画面不受固定视域的限制,迥异于以客观写实的静态空间美为尚的西画。中国画的视觉空间审美习惯之不占"理",非但不会减弱其艺术性,反而获得表现上的自由,合情不合常理,却是"神"境之营造。《春觉斋论画》中,林纾以他所见一帧王石谷画作为例,画面上一丛松针虽比人面大出数倍,观者却不以为谬反以为尚品,从而提出"画神不画理,神足理亦足也"②这一核心观点。林纾认为,绘画空间构建的根本在于"神"的追求而非"理"的坚守,气韵生动的作品自然有其排篇布局的合理性。这里所谓的"神",实际上是"象外之境",是自我性情的容纳,是画家的人生体验与心灵感受。东方绘画的基础在哲理,林纾所强调之"神"亦有其哲学根基。中国画崇尚抛却俗务,由澄澈之心境而发,以"无我"之心境感知宇宙人生,即宇宙之无限又复归心灵,最终诉诸纸端。游心物外、天人感应都根源于中国传统"天人合一"之宇宙观,而要求不断变幻视点、转换视线,观照点随心而动,即散点透视观察法。这与"西洋人研究宇宙,是将宇宙视为外在的而研究之"③,"天人"二元对立,画者冷静客观考察物象而造就的焦点透视法截然相反。

---

① 林纾:《春觉斋论画》,于安澜辑:《画论丛刊》下卷,人民美术出版社 1989 年版,第 639 页。
② 同上书,第 687 页。
③ 张岱年:《中国哲学大纲·序论》,中国社会科学出版社 2004 年版,第 6—7 页。

在空间关系上，林纾认识到中西方绘画的差异，并以"神"与"理"概括之，提出"画神不画理，神足理亦足也"①的核心观点，立场鲜明地站在中国传统绘画一边。

四、"写实"与"写形"两个概念的错误等同

中国传统绘画在数千年的嬗变中形成了特立独行且脉络清晰的审美理想和风格道路，近代以前的闭关锁国政策使国人对域外的文化艺术茫然无知。因为对西方文化缺乏整体认知和恰切理解，因此，绘画发展的两种不同趋势、两条主线——"写实"与"写意"，往往被归结为中国画品格的不同层次——"写形"和"写神"。

中国传统绘画的艺术观可以说完全是写意的，中国人所讲的"意"包括"道""情""境"等丰富内涵，它以虚带实，以藏胜露，通过内省性的"得意忘象"唤起对诗的境界和美的理想的无穷追索，寄寓了中国文人疏离现实与政治的一贯理想。但是由于笔墨本身的特殊性，加之长久以来"逸笔草草"的审美趣味放纵了形的约束，中国画的再现能力逊色于西画。如林纾所举绘树之例，他在《春觉斋论画》中有指，树分前后左右四枝，只有四枝得势才能全幅振起，但中国人苦于无力表现前枝，落笔即有戒心，发枝枯窘、柔弱，无法表现出劲直的姿态。而西画利用光学原理却能够达成。"西人画树，能做弩出之枝，当面向人，此由其用光学也。若吾人水墨浅峰之笔，于左右及后，著想都易，惟前之枝条，仅

---

① 林纾：《春觉斋论画》，于安澜辑：《画论丛刊》下卷，人民美术出版社 1989 年版，第 639 页。

能作横,不能作直。"①这里的西画,实际上指的是欧洲自13世纪末文艺复兴开始形成直至19世纪末印象派肇始之前占据画坛主导地位的写实主义绘画,它"通过研究光线揭示形式的方式,通过发展并运用直线透视法来获得景深幻觉的规则,通过研究人体解剖"以合乎逻辑的摹形,精确、立体地再现物体和空间。西画以其技法上的某些优势能够填补中国传统绘画某些不能成、不易成的部分。

即便如此,林纾仍然坚持认为西画形如照片,毫无意味,这也是遭遇西画冲击之初中国文人的普遍认识。例如,林纾在《春觉斋论画》中指出,"夜山"是中国画创作的一大难题,元代画家高克恭曾有遗墨,可惜未得幸亲见,倒是西画能够镜照般描绘出如水夜色——丛林阴晦之上,瀚空浮云之间一牙新月微露,月光如洒,映照在凌波点点的湖面上,泛起片片亮光。林纾这一段描述尽管唯美,也承认这是中国画不能成、不易成的题材,但其评价却最终落在"似则似耳,然观者如观照片,毫无意味"②。实际上,西画之再现自有其"意味"存在,"写实"的意义在于在精心选择的气氛中,在最能表达主题情感的独特光线下,以严谨的观察对现实世界做不偏不倚、直截了当的复述,以与科学相匀称的真实来"表现生活的所有方式和全部水平",使观者面对画中的人物景象,仿佛亲晤其人、亲临其境,不由自主地为幻象所吸引而进入画境去探索其中的内涵。"写实"代表着一种态度、一种方法、一种风格,而不仅仅局限于"形"。但是作为深受中国传统文化浸染的知识分子,林纾的文化背景是单一的,面对西方文化的骤然冲击,他只能够直观地、直觉地寻求答案,而这答案必然根植于他最熟悉的中国传统文化。中国画中,画

---

① 林纾:《春觉斋论画》,于安澜辑:《画论丛刊》下卷,人民美术出版社1989年版,第661页。
② 同上书,第643页。

家所描绘的并非自然客观的原型,而是寓"意"之形,"形"服务于"神","写形"的目的是为了"传神",正是由于"传神"才使绘画跻身中国文化的上层。同时,文人士大夫的"写意"情结使他们不能真正善意接受"形"的刻意深入描摹。"形似"的通俗性与直观性不符合文士的审美规范,他们甚至认为,过分禁锢于形体会妨碍对"神"的遐思。在这里,林纾显然仅仅看到西画"写形"的表象,而没有理解其"写形"背后更深层次的文化内涵,将"写实"绘画等同于中国画创作的第一个层次——"写形"。而这类被他理解为"单纯塑型"的绘画必然招致中国传统审美观的鄙夷。

林纾虽然承认西画中的某些技法能够帮助中国画更好地达成"传神"的效果,但从根本上说,他是将西方绘画的成绩归结于技法层面,而技法在中国传统观念中是服务于"传神"的。于是便得出西画"写形",中国画"传神",并推衍出中国画胜于西画的结论。这实际上是将西方艺术纳入并无关联的中国传统文化体系强行求解,并在这种解释之中寻找到了自信。

五、以西方绘画附会中国传统"六法"

中国传统观念认为,西方绘画的价值仅仅在于形似,毫无意味可言,但西画百余年前即已价值万镑,中国人并不能理解其中价值之所在。"夫象形之至肖者,似无若西人之画,不惟有影,而且有光。欧洲名人手迹,前此百余年,已有以万镑求取一帧者,今当益知其罕。然持以示之华人,但视若常画,不知贵也。"林纾以为:中国人所鄙夷的"西画但以象形为能事"中的"象形"正蕴涵着中国传统"六法"的精神,西方绘画之价值即在于此,"不知西人之于画,有师传,有算学,有光学。人但说其象形以为能事。正不知其中亦正有六法在也"①。

南齐谢赫《古画品录》所载绘画"六法",即"气韵生动、骨法用笔、应物象形、随类赋彩、经营位置、传移模写"②,被奉为"中国绘画范畴史上仅见的一个完整而严密的艺术纲领",奠定了整个中国古典美术批评史的理论基础。"六法"中位列第三的"应物象形",一般与"随类赋彩""传模移写"一起被视为造型的具体法则,它实际上包含了两层意思,第一层意思是遵循画者所要描绘客观对象的本来面貌,第二层意思是描绘融入了画者主观认识和情感,被赋予尽可能多的文化内容的客观物象。

"天人合一"是中国儒家与道家两大哲学派别思想的汇流,在中国传统美学中分别通过将自然之美与道德人格相比拟,即"比德"的方式,和游心物外、物我两忘玄思体道的方式来体现。尽管儒道存在着有为、进取与出世、超脱的界别,但在艺术思想上都崇尚由感物而生情,由感悟而感应。画家的生命情感与自然物象交融互渗,人的情感、心性被移情于无情之物,最终假借无情之物表达出来,即所谓的"立象尽意"。因此,"似形写神""具象写意"被奉为中国画的宗旨。黄宾虹有言,"画中山川,经画家创造,为天所不能胜者"③,说的即是中国画创作不是单纯的客观表现,而是人性的移情,既源于自然又高于自然。中国古代在论及"形神关系"问题上一向是重"神"轻"形",以"神"为本位的。东

---

① 林纾:《春觉斋论画》,于安澜辑:《画论丛刊》下卷,人民美术出版社1989年版,第631页。

② 谢赫:《古画品录》,俞剑华编:《中国古代画论类编》,人民美术出版社1986年版,第355页。

③ 黄宾虹:《黄宾虹画语录》,人民美术出版社1961年版,第2页。

晋顾恺之提出了"传神写照"和"以形写神"的概念,第一次将"形神"问题纳入美学领域,并且点明了"形""神"之间的辩证关系——形,神之所依附;神,形因之而活。中国文人总是习惯于在前人论述的基础上附加己意。传统绘画虽然仍是"以形写形,以色貌色",但"形"与"神"的天平随着历史的演进越来越倾向于"神"的一方,单纯写形是较低层次的,禁锢于物景表象是匠人之所为,写"形"的目的是"媚道",只有超越物象的束缚,才能体味其中所蕴涵的"神""道",才能够达到"气韵生动"的效果。由此,逐渐演变成为"忘象者,乃得意也"①的观念。具体到绘画领域,从宋代文人水墨画渐趋占据画坛主流开始,重神意轻形迹的态度更是被表露无遗,最著名的是苏轼提出的"论画以形似,见与儿童邻",在随后的几百年里中国画朝着主观抒情的方向发展到了极端,这种情况一直到林纾生活的时代仍在延续。换言之,上段所提及的"应物象形"之第二层意思在中国绘画史上被诠释推衍成为绝对,而其第一层意思却在主观抒情浪潮的覆盖之下益发淡漠薄弱。

　　林纾对西方绘画的认识仅仅局限在感性、片面、浮浅的程度上,他对西方艺术的价值内意和文化背景无从获取合理的解释,于是将其附会到传统画学之金科玉律"六法"之中,复归到中国传统文化当中寻求答案。他认为西方绘画之所以有价值是因为恰合于"应物象形"中的"描绘客观对象的本来面貌"一层意思。林纾的观点一方面强行牵扯中西文化的共同点,期许于中西文化的互通之处求解,其根基于数千年来文人对中华文化博大包容的自信、自尊、自豪之情;另一方面实际上直指中国传统绘画中长久被忽视而薄弱的环节,借助西方绘画以溯求"应物象形"所涵盖的两层意思在中国画史上均衡发展的清源,这一点

---

① (晋)陈寿撰、(宋)裴松之注:《三国志·钟会传》,中华书局1982年版,第795页。

《春觉斋论画》中以实例做了辅证:"元人之作人物,神情意态,栩栩如生,即踵趾之间,用力与不用力,亦加留意。名人仇十洲,尚存遗法,至前清之陈老莲诸名公,则但写其高情远韵,不讲象形。独南沙之写翎毛,匪一不求其肖,则真悟到应物象形。"①

(作者单位:闽江学院美术学院)

---

① 林纾:《春觉斋论画》,于安澜辑:《画论丛刊》下卷,人民美术出版社1989年版,第632页。

林纾与近现代之交的闽都戏剧

邹自振

一

林纾(1852—1924),原名群玉、徽、秉辉,字琴南,号畏庐,别署冷红生,晚称六桥补柳翁、长安卖画翁、践卓翁、蠡叟等。福建闽县(今福州)人。光绪八年(1882)举人,终身未入仕途。曾执教于福州苍霞精舍、杭州东城讲舍、北京金台书院、五城学堂、京师大学堂等。林纾工诗文,善书画,著述甚富。所译各国小说达二百余种,为我国介绍域外文学之第一人。其年谱、生平等资料可参阅薛绥才、张俊才编《林纾研究资料》。林纾著有传奇《天妃庙》《合浦珠》《蜀鹃啼》,闽剧《上金台》,今皆存。

就戏曲书录而言,最早著录林纾三部传奇的是梁淑安、姚柯夫《中国近代传奇杂剧简目(上)》①。后庄一拂《古典戏曲存目汇考》附录一《近代作品》亦著录。郭英德《明清传奇综录》附录一《传奇蜕变期现存

---

① 梁淑安、姚柯夫编:《中国近代传奇杂剧简目》上,《文献》1980年第四辑,书目文献出版社1981年版,第122页。后收录出版为《中国近代传奇杂剧经眼录》。

作品简目》"林纾"目下云:"《蝶归楼》1卷,民国六年(1917)商务印书馆排印本,北京图书馆藏。"①查国家图书馆所藏只有题"(清)古樵道人,(清)今樵道人著,天虚我生、董晰芗参订"的《蝶归楼》传奇,民国六年(1917)上海中华书局刊,并无林纾本。而此本《蝶归楼》实为黄治所作,可详周妙中《江南访曲录要》②。庄一拂《古典戏曲存目汇考》卷十二·下编传奇四·清代作品(下)"黄治《蝶归楼》传奇"条按云:"许之衡云:有印章《梦楼》二字,疑即王梦所作,误。……一说林纾作,亦非。"③

实际上最早记载林纾剧作的是朱羲胄《春觉斋著述记》,其卷二"书录上"对三本传奇有提要。寒光《林琴南》除了论述此三本传奇外,还附记了林纾尚有计划而没有写好的传奇二种,一为林纾《红礁画桨录·译余剩语》中所记载的《哀王孙》传奇:

　　余伤寿伯茀④光禄之殉难于庚子,将编为《哀王孙》传奇。顾长日丹铅,无暇倚声,行思寄迹江南,商之于南中诸君子耳。⑤

一为林纾于光绪三十年(1904)写的《〈美洲童子万里寻亲记〉序》中所自述:

　　余挚友长乐高子益而谦⑥,孝友人也,曾问学于巴黎之女士。

---

① 郭英德编著:《明清传奇综录》,河北教育出版社1997年版,第1202页。
② 周妙中:《江南访曲录要》,《文史》第二辑,中华书局1998年版,第232页。
③ 庄一拂编著:《古典戏曲存目汇考》,上海古籍出版社1982年版,第1422页。
④ 寿伯茀是林纾恩师、清宗室宝廷之子,庚子年(1900)全家人死于八国联军之乱。
⑤ 林琴南著、吴俊标校:《红礁画桨录·译余剩语》,《林琴南书话》,浙江人民出版社1999年版,第60页。
⑥ 高而谦,字子益,福建长乐人,林纾挚友高凤岐之弟,任职于清廷外务部。

迫子益归,而女士贻书子益,言父母皆老,待养其身,势不能事人,将以弹琴、授书活其父母,父母亡,则身沦弃为女冠耳。余闻之恻然,将编为传奇,歌咏其事,旋膺家难,久不填词,笔墨都废。①

计划中的这二种传奇虽未能完成,但同样可见林纾根据自己经历与见闻撰作传奇的创作特点。

林纾《畏庐漫录》卷二"秋悟生"条云,秋悟生作有《霜劫》《落花风》二传奇。二剧今未见传本,亦不见其他著录。郑丽生认为,此二剧亦为林纾所作,"秋悟生"乃其伪托,其《明清两代福建戏曲作者考略》一文中云:

> 按他《七十自寿诗》十五首,其三有"书楼宁负美人恩"之句,自注:"余悼亡后,有某校书者,艳名震一时,初不相识,必欲余从,屡以书来,并馈食品,余方悲戚,且不与相见,同辈恒以为忍。"与此条所叙正复相同,是"秋悟生"就是他的化名,所云《霜劫》、《落花风》二种传奇,当亦他所拟写的剧本。②

林纾的译著中,有欧洲作家剧本两种,一为《膜外风光》一卷,系法国克里孟索(Georges Benyamin Clemenceau)原著;一为《泰西古剧》三卷,系英国达威生(H. C. Davidson)原辑,皆仿中国古代传奇关目,唯不填词。

---

① 林琴南著、吴俊标校:《〈美洲童子万里寻亲记〉序》,《林琴南书话》,浙江人民出版社1999年版,第18页。
② 郑丽生:《明清两代福建戏曲作者考略》,《福建戏曲历史资料》1962年第四辑。

二

《天妃庙》原署"畏庐老人填词",载《小说海》第三卷第二、三号,民国六年(1917)2月5日、3月5日刊,中国社会科学院文学研究所图书资料室藏。同年2月上海商务印书馆出版单行本,1928年11月再版。

《天妃庙》全剧共十出,写光绪年间以松江人侯廉蛰为首的某些留日学生,不事攻读,寻花问柳。回国后,自感身无一技,便以"提倡革命"为名,捣毁了商家集资修建的天妃庙神像而办"新学",引起崇明一带商人们的愤怒,遂将七处学堂毁坏,致使事态急转直下,一发而不可收拾。上海道台(总督)白人雷胜俞即令兵轮前去镇压商会,营务督办福建福宁人谢让(字子螯)从中斡旋,单骑前往商会,迅速平息纠纷,避免了一场血腥惨案。谢让却忤上海道台雷胜俞意而获罪,被革职遣戍。剧首作者以"践卓翁"叙述写作缘起:

【缕缕金】乍归自,沧海东。人人携武器,要兴工。好把觉罗氏,一齐断送。不成革命不英雄,安排共和种。

剧末加《馀波》一出收场,再述寓意,作者以"现身说法"的手法,借"外"这个角色,扶杖出场云:

老汉天生野史才,史家名誉早抛开。谢郎风节人人服,演作传奇唱一回。老汉践卓翁,今年六十有三矣。要尝贫穷况味,是个馆子老厨;若说富贵骨头,轻似一根羊毳。老汉倒也不管。只嫉恶之心过严,服善之情逾笃。昨遇同里谢君,说他一生事实,动起老汉传奇之兴,成此一篇臭腐文字。虽然臭腐,倒也近情。要请我老友后斋先生正谱,不知肯也不肯。(内问)到底谢君遣成回来没有?(外)呆子,他不回来,老汉怎生遇见底?

这段自道独白,无疑寄托着作者的爱与憎、怜与恨。《天妃庙》系根据当时实事写成,传说剧中雷、谢二人有所影射,主人公谢让系作者同里,作品的真实性极强。

此剧的角色安排也值得注意。其一,剧中留日学生姓名均以谐音法出之,如丑扮侯廉蚩,即厚脸匪,贴扮他的同学;木廉,即没廉,绰号就地滚;卜修,即不羞,绰号三寸皮;陶器,即淘气,绰号没遮拦;胡绕,即胡闹,绰号闹跶天。其中表现出作者对这群想发"造反财"的假洋鬼子及其所作所为的否定态度,而对谢让的赞扬之情则亦显而易见。其二,此剧第九出《忆外》旦扮谢让之妻施氏出场,唱曲三支,有说白,有科介。此出中且有小旦扮婢女上场。以往许多学者包括杨世骥、郑振铎等人均以为林纾三种传奇中全无旦角,由此剧可知,这种说法显误,当改。

《合浦珠》亦署"畏庐老人填词",载《妇女杂志》第三卷第四号至第七号,民国六年(1917)4月5日、5月5日、6月5日、7月5日刊,国家图书馆藏。同年2月上海商务印书馆出版单行本,1928年11月再版。张庚、黄菊盛主编《中国近代文学大系·戏剧集一》收有此剧。

《合浦珠》全剧共12出,写福州寒士陈伯沄安贫乐道、为人忠厚,得到本埠南台富商王廷瑛器重,王廷瑛聘陈伯沄为自家布庄司账。因独子王寿嫖赌吸毒,挥金如土,无法成器,王廷瑛临终前将家产托付给陈伯沄。王廷瑛去世后,陈伯沄毫无侵吞他人巨额家财之心,而是苦口婆心,百般设法,开化引导,诱之向上,终使沦为乞丐的王寿浪子回头,痛改前非。最后陈伯沄将王廷瑛临终交付给他的王家财产尽数归还王寿。

《合浦珠》关目与元人秦简夫《东堂老劝破家子弟》杂剧相似,据说此剧有所讽喻。王廷瑛巨眼识人才,陈伯沄忠诚不欺人。作品通过对陈伯沄这一忠厚笃诚之士的描写,表现了对传统道德情操的认可和肯定,特别是对诚信、忠义、笃厚等的向往。这种道德观念和表现方式在晚清民国时期沧桑巨变、传统道德理想和传统文化遭受深刻冲击的时代背景下,当有着鲜明的时代性和现实感。对时代风气和传统道德情操的关注和怀想,也反映了林纾在时代巨变之际思想意识的重要特征。

《蜀鹃啼》仍署"畏庐老人填词",载《小说月报》第八卷第四号和第五号,民国六年(1917)4月25日、5月25日刊,中国社会科学院文学研究所图书资料室藏。同年2月上海商务印书馆出版单行本。阿英《庚子事变文学集》收有此剧。全剧共20出,取材于光绪二十六年(1900)"庚子事变"中发生的一件实事,即义和团事件中吴德潇(字筱村,剧中人称吴德绣)全家遇难事。剧中有末脚"连书字慰间"上场,就是"林纾字畏庐"的谐音。福建师范大学图书馆所藏三剧本皆为上海商务印书馆民国十七年(1928)11月再版本。

《蜀鹃啼》写浙江西安县(今衢江区)知县吴德绣得省中严札,命其诛杀郡中教士教民。吴德绣将文书压下,抗檄不行,致使义和团愤怒,将其全家杀死。同官坐视不救,唯求自保,地痞从中挟嫌,借机报复。这一故事暴露了清政府对待义和团起义和教士教民的亦恨亦惧、又打又拉的政策和心理,揭露了晚清官场派系林立、尔虞我诈的社会现实,对官员庸碌、地痞横行的时代风气也多有披露。此剧与其他作家的同类作品一道,反映了清末民初传奇杂剧创作中比较明显的纪实作风。

蜀中名士吴德潇及其家人在"庚子事变"中的遭遇当时影响很大,作者是吴德潇的挚友。林纾《畏庐文集》中有《纪西安知县吴公德潇全家被难事》一文记其事,黄遵宪《人境庐诗草》卷十《三哀诗》之二《哀吴季清明府》亦写此事,写此事者还有署名"伤心人"的小说《铸错记》等。反映"庚子事变"的戏剧作品,以阿英《庚子事变文学集》所收义和团事件题材剧作最详备。林纾《蜀鹃啼》传奇反映了士绅对"庚子事变"的基本态度,即"拥教反团"(反对义和团的反洋教运动),政治倾向性很明确。

对于林纾剧作的艺术性,评论界向来给予很高评价,认为其积极进行艺术革新,取得了较高的艺术成就。但也批评其剧作的"无旦角"之弊。此说的流传系沿袭郑振铎、杨世骥等人旧说。1924年,郑振铎写了《林琴南先生》一文,其中指出:

> 他的传奇也很可使我们注意。所谓"传奇"向来都是叙恋爱的,叙"悲欢离合"之刻板式的故事的——只有极少数是例外——林琴南的传奇则完全不是叙述这些事的;他的《蜀鹃啼传奇》叙杭州义和团运动时吴德绣被杀的事,他的《天妃庙传奇》叙谢让遭戍的事,他的《合浦珠传奇》叙陈伯沄推产还原主的事。旧的传奇,必不能无"旦",第一出必叙"生",第二出必叙"旦",他的三种传奇则绝未一见旦角;旧的传奇必有四十出或五十出,他的传奇则至多不过二十出,少则只有十出;他可算是一个能大胆的打破传统的规律的人。①

杨世骥指出:"就体式言,旧的传奇必不能无'旦',而林纾的这三种传奇都没有一个旦角,且音乖律违的地方极多,我们可知它也是改途易辙的作品了。"②寒光《林琴南》中亦持相同观点。时至今日,亦有多人持此

---

① 郑振铎:《林琴南先生》,《中国文学论集》上册,开明书店1934年版,第101页。
② 杨世骥:《文苑谈往》,广文书局1981年版。

观点,如韩洪举所著《林译小说研究——兼论林纾自撰小说与传奇》。

其实,认真阅读此三剧会发现,剧中是有旦角的。而郑振铎、杨世骥、寒光等三位论者均以为林纾三种传奇并无一个旦角出现,则与事实情况不符,是相当明显的共同失误。上已言及,《天妃庙》第九出《忆外》就几乎全是以旦为主的旦角戏。又如《合浦珠》第四出《别母》,由老旦扮陈伯沄之妻谢氏,与其子王寿进行对话。孙彩虹《林纾三部传奇研究与校订》①一文对此亦有论述。

当然,林纾三部剧作的艺术性确实是值得肯定的,如剧作的节奏感强,高潮迭起;人物鲜活,有现实感;唱词精致,富有个性化设计等。韩洪举认为,林纾"注重借鉴外国小说和戏剧擅长刻画人物心理的艺术技巧。如果我们把林纾之前的传奇称为'情节剧'的话,那么林纾的传奇则可以称为'心理剧',这在我国戏剧史上是个了不起的贡献"②。

寒光更在所撰《林琴南》一文中指出这三种传奇是"林氏一种完美的文艺物",认为林纾"简直是中国传奇的压阵大将,干干净净的把住阵脚而收军回营"。寒光还曾进一步分析林纾传奇作品的独创价值,指出:

> 中国从前的传奇,大多数是以生、旦做主角,第一出必叙生,第二出必叙旦。此外又有什么排场,必有起伏转折,什么填词长折例用十曲,短折例用八曲等等呆板不灵的格式;而且所谓生旦的传奇,无非是描写恋爱的故事。替才子佳人团圆式的滥调小说别开一条偏路。当林氏那时代,这个风还未销歇,但他偏能独树一帜,

---

① 孙彩虹:《林纾三部传奇与校订》,《求索》2007 年第 2 期。
② 韩洪举:《林译小说研究——兼论林纾自撰小说与传奇》,中国社会科学出版社 2005 年版,第 297 页。

极力打破以前的旧俗套,创造出一种轻松、美妙的新传奇。他所做的传奇三部,内中完全没有旦角,丝毫也没有肉麻式恋爱的痕迹;所叙的不是国事就是社会事,而且事情翔实,文笔简白,像他《闽中新乐府》一样的,都是十分通俗的好文字。

上述对林纾传奇创作的评价可谓非常充分,有的地方甚至有言过其实之处。寒光强调说林纾"简直是中国传奇的压阵大将,干干净净的把住阵脚而收军回营",似有夸张林纾在戏曲历史上的地位之嫌。至于卢冀野指出林纾的传奇"不合于曲律"①,这其实是清末民初传奇杂剧作家一种普遍的创作倾向。

三

闽剧《上金台》亦为林纾所撰,创作年代早于《天妃庙》《合浦珠》《蜀鹃啼》三部传奇,全文分载于民国二十六年(1937)福州《闽剧月刊》第二、第三两期,距离写作时间已相隔40年,离作者逝世已十余年。张俊才《林纾译著系年》附录一中亦有著录。该剧敷衍唐人薛调《无双传》(即《古押衙义救无双女》)的故事,曲调悉用福州地方声腔"逗腔"。徐奋进《闽剧〈紫玉钗〉发展小史——闽剧〈紫玉钗〉研究之一》中有云:

《上金台》作者林琴南。林高慧在《上金台剧本简介》中谓:林

---

① 卢冀野编著:《中国戏剧概论》,世界书局1934年版,第248页。

琴南尝语人曰:"余欲编一传奇,驾乎《紫玉钗》之上。"遂采取"古押衙营救无双女"故事,编成此剧,命名《上金台》。两易蟾圆。始得脱稿。全剧修辞精美,引典堂皇,琢句工整,用笔宛转,即科白口吻,亦维妙维肖,可歌可泣。俾知蒲三善之《紫玉钗》;邱琴舫之《墦间祭》,不能专美于前也。郑丽生在《明清两代福建戏曲作者考略》谓:"此剧有一特点,就是唱词悉用逗腔曲调,如急板、宽板、双板、急板叠、自掏岭等,与《紫玉钗》相同。"是剧水平自然不低,可是始终没有演出,大概为了他对音律不大内行的缘故。

可是该剧不见于林纾的自述,亦未见于其他著录。今此剧列入闽剧传统剧目。

《上金台》是一出折子戏,系根据唐人传奇改编。故事讲的是唐代大臣刘震的外甥王仙客,原本欲娶刘震的女儿无双为妻。无奈泾原造反,王仙客避走襄阳。待三年战乱平定后回到京师,却得知舅父刘震因受伪命已被处死,表妹无双因此而入掖庭的消息。王仙客后任富平县尹兼长乐驿驿丞。某日得知有中使押领内家30人宿驿站,无双也在其中。王仙客派亲信假作驿吏在簾外煮茶。无双认出此人,深夜请他取走书信交给王仙客。信中告知富平县古押衙可救自己。王仙客寻访古押衙,泣拜以告实情。古押衙答应救人,但半年未果。一日,古押衙求得一神药,服此药者立死,三日可后转活。乃派人假作中使,以无双逆党,赐此药,令自尽。后以百缣赎回尸首,与王仙客救疗得愈。王仙客终与无双回到襄阳,白头偕老。

《上金台》一剧可谓充满传奇色彩,情节简练,文字典雅,文学价值极高。剧中塑造了坚贞的无双女和义侠古押衙两个传说人物的鲜明形象。唐传奇所叙的是古押衙三救无双女,林纾则改为古押衙深夜越墙入宫掖中,一次就把无双女救出。这个改动,既适合折子戏的情节,同时突出了古押衙这个英雄人物的形象。

据赵家欣、杨湘衍《林纾编写〈上金台〉的前前后后》一文①,林纾此剧作于光绪二十二年(1896)。此年二月花朝日,福州诗人陈衍、陈香雪、吴曾祺、何振岱、洪星帆等人在乌石山双骖园设宴欢迎自京返乡的林纾,并演戏助兴。演出的是儒林戏名作《紫玉钗》。林纾对《紫玉钗》极为赞赏,下决心要写一个剧本与《紫玉钗》相媲美。同年端午节,福州西湖开化寺主持品峰法师诚邀林纾、陈衍等名士湖滨品茗,观看龙舟竞渡。林纾取出《上金台》剧本,并说已请洪星帆协助编曲,成为一出折子戏。众人传览,交相称许,乃推荐闽班驾云天排演。

后来的三个多月,林纾隔日即到戏班,讲解戏文,督促排练。时值重阳佳节,乌石山涛园主人沈瑜庆约订驾云天作《上金台》首演。林纾与陈衍、陈宝琛、林绍年等福州名流悉数到场。驾云天是福州最著名的儒林戏班,饰男女主角的马伊侬、胜玉环又是红极一时的艺人。爱好家乡戏曲的观众纷至沓来,人山人海。这是林纾创作的唯一一出闽剧《上金台》的唯一一次演出。这段史料,对于研究儒林班时期的闽剧演出和清季以来闽剧的发展变化极有价值,也是林纾研究不可或缺的珍贵文献。

《上金台》是与闽剧儒林班时期以唱腔艺术和文学见长的名剧《紫玉钗》《墦间祭》风格相同,而文学价值无疑超过此两剧的闽剧早期作品之一。闽剧在其长达四百年形成与发展的历史长河中,早有闽都著名文人参与创作队伍之中,如曹学佺、林章、何璧、陈介夫、陈轼、郭柏荫等明清名士,而近现代之交的林纾为求"驾乎《紫玉钗》之上",全剧"修

---

① 邹自振主编:《闽剧史话》,海峡文艺出版社 2008 年版,第 212—213 页。

辞精美,引典堂皇,琢句工整,用笔宛转",而精心创作《上金台》是足以称道的闽都剧坛幸事。

综观林纾的剧作,可谓贴近现实,贴近生活,通俗易懂,但其大部分作品重在抒情,疏于叙事,因而虽情感浓烈,但情节平淡,少奇峰突起,缺乏戏剧冲突,成为极少演出而仅供欣赏的案头文学。但这不是林纾的过失,而是戏曲这一文学样式在近现代之交的时代命运。

(作者原单位:闽江学院中文系)

林纾致陈宝琛三札考释

宋一明

林纾与陈宝琛交往极密,往来书札亦多,其中以林纾居京师、陈宝琛居闽中时所作内容最丰。《畏庐文集·沧趣先生六十寿序》谓:"纾居京师六年,每得沧趣先生赐书及诗,恒张之壁间,乐其意趣闲旷,游心于山水清淑之区,用以陶写性情,纳灵含粹,契乎道真矣。"①今见林纾致陈宝琛书札,以李家骥等编《林纾诗文选》所辑最富,凡19通,多录自福建省图书馆藏胡孟玺辑《畏庐尺牍》。福建博物院亦藏有九通书札原件②,已经陈叔侗先生整理,刊于《福建文史》2011年第四期。因《林纾诗文选》曾选入其中六通,早为人所熟知,而余下三通知者甚尠,兹据原札复印件重新过录,加以考释,以见林、陈二氏交往之迹。原件保存不善,稍有残阙,复印之后更加模糊,辨认字迹颇难,因而残阙之字均代以□,恕不妄补。

---

① 林纾:《畏庐文集》,中国书店1985年影印本,第23页。
② 此九通原藏陈氏家中,陈宝琛于1935年殁后,所存图书、文物多由长子懋复保存(懋复之兄懋颐幼殇,故以之为长子)。懋复字几士,早岁曾留学日本。后于"土改"中被戕。《邓之诚文史札记》1951年农历正月二十八日谓:"张东荪来,高名凯来,言陈宝琛之子几士于二月一日在福州以地主恶霸罪名枪毙。初与其子陈絜同被捕,旋皆释出,后乃补几士,并其管事仆一同枪决。"所藏书画等物,后多辗转入藏福建博物院。

一

　　沧趣先生史席：前奉一笺，未蒙示覆，盼甚。闻高等学堂亦归先生调度，此闽士之庆，唯先生又腹得几许愁烦矣。福州闻又设立高等小学堂一区，想此时教习尚在未定，荐者必多。纾有挚友谢秋坡，学问淹雅，人已中年，甚有阅历。在吾乡亦甚知名，或能胜此一席。先生衡鉴在胸，爱□□命，定能物色得之。若可以充选者，幸赐收录。此事权专在公，纾特知公平日善于容人，故敢为作曹邱①也。寄上译稿两卷，幸为削政。征宇已归，必能以海外闻见告。公家庭聚首，为乐已极。纾在此亦无日不接仲勉先生也。匆匆，即请讲安。世晚林纾顿首

　　此札作于光绪三十一年乙巳（1905）春夏间，时林琴南任教于京师五城学堂，陈宝琛里居闽中。光绪二十七年（1901）八月，诏命各省改省城书院为大学堂，时任闽浙总督许应骙遵旨筹备，延聘记名御史翰林院检讨叶在琦为总教习。次年三月，设立全闽大学堂，二十九年（1903）改称"全闽高等学堂"。三十一年（1905）正月，以原总教习叶在琦辞职入都，陈宝琛继任，且改称"学堂监督"。三十二年（1906）七月，

---

① 曹邱，即曹丘生，此处用《史记》曹丘生为季布扬名之典。《季布栾布列传》："楚人曹丘生，辩士，数招权顾金钱。……即揖季布曰：'楚人谚曰，得黄金百，不如季布一诺，足下何以得此声于梁楚闲哉？且仆楚人，足下亦楚人也。仆游扬足下之名于天下，顾不重耶？何足下距仆之深也！'季布乃大说，引入，留数月，为上客，厚送之。季布名所以益闻者，曹丘扬之也。"见中华书局点校本《史记》第八册，第2731页。

陈宝琛以奉派筹建福建铁路，遂辞监督之职赴厦门。陈宝琛于高等学堂甚为尽心，其经费除原定省垣正谊、致用、鳌峰、凤池四大书院膏火之什三，及藩、盐两署之拨款外，多赖叶氏及陈宝琛之私人筹募。且陈氏任内，于学堂学制、组织等多所改革。林琴南了解陈氏之为人及对教育之热心，故有"此闽士之庆"之说。又谓"唯先生又腹得几许愁烦矣"，则因此前陈宝琛曾总理由苍霞精舍分立、专习日文之东文学堂（1903年改为全闽师范学堂），又代陈璧监督苍霞精舍所改之绅设中西学堂，均以维持不易而苦心经营。1901年，林纾致函陈宝琛，谓："属者敝徒孙布韩就学京师，述执事病中语，力欲整顿东西学两塾，此纾千里悬盼之心，五年未竟之业，专望之先生者，幸先生努力支撑此局，感佩实无涯涘。"① 又一札谓："兹者八股既废，学堂大有生机，东西两塾，尚祈吾丈勉力支持。"②

至于札中所称"福州闻又设立高等小学堂一区"，或指全闽师范学堂附属小学。案全闽师范学堂由东文学堂改建而来，其附属小学于光绪三十一年二月成立。陈氏身为师范学堂监督，可荐聘教师自不待言，故林纾代以为谢秋坡介绍。秋坡名颂品，秋坡为其字，一作秋波，侯官人。光绪十四年（1888）戊子科举人。其弟秋浔，亦与林琴南为友，《畏庐文集》有所作《谢秋浔传》，赞其孤介之高行。

征宇，即陈懋鼎。懋鼎字泽铉，征宇为其号，为陈宝琛弟宝瑨之长子，生于同治九年庚午（1870）。③ 光绪十六年（1890），与其父宝瑨、叔父宝璐同榜成进士，授内阁中书。曾以参赞身份随张德彝出使英国，历

---

① 李家骥等整理：《林纾诗文选》，商务印书馆1993年版，第288页。
② 同上书，第279页。
③ 顾廷龙主编：《清代朱卷集成（六八）》，成文出版社1992年版，第3页。

任外务部参议、弼德院参议、济南道道尹、厦门道道尹等。民国二十九年(1940)卒。有《槐楼诗钞》。陈氏一门中,以陈宝琛与陈懋鼎之诗成就最高,陈衍《石遗室诗话》中屡屡称道。懋鼎诗学陈师道,汪辟疆《光宣诗坛点将录》卷三谓:"征宇为弢庵太傅犹子,弢庵尝誉之。诗专力后山,偶作无不从诗榻中苦吟而得。用意造语,最能窥见后山深处。作虽不多,然篇篇皆可诵也。"王逸塘《今传是楼诗话》谓:"闽中多诗人。陈征宇懋鼎为弢庵先生之犹子,与余共事议会,简静持大体,侪辈重之。"①除写诗外,亦仿林纾以文言翻译外国小说,如所译《岛雄记》,即大仲马《基督山伯爵》。

因以同乡旅居京师,且同被保荐癸卯经济特科,林琴南与陈懋鼎来往颇密。民国间曾同游山东,朱羲胄《贞文先生年谱》卷三谓:民国三年甲寅(1914),夏四月,林纾"与陈懋鼎、陈篆、林志钧同游于鲁,遂登泰山。越日,朝谒孔林。至历下亭,访渔洋老人咏秋柳处"。后有小注谓:"陈懋鼎,字征宇,福建闽侯人。清光绪庚寅进士。斯时官山东济南道尹。"案朱氏小注有误,《畏庐续集·送陈征宇之官济南序》谓:"向与陈征宇及任先、宰平游泰山,三君皆官外务部。道中论外交之难,……既而任先奉使赴哈克图,宰平以部令赴青岛,今征宇亦以道尹尹济南。……余将更约宰平续泰山之游,则征宇为东道主人,不为客矣。"②则知征宇与琴南游鲁之时,尚未任济南道尹。据《光禄大夫建威将军张公年谱》,张德彝光绪二十七年辛丑十月任出使英、意、比国大臣,记名副都统。③

---

① 王逸塘:《今传是楼诗话》,张寅彭主编:《民国诗话丛编(三)》,上海书店出版社2002年版,第309页。
② 林纾:《畏庐续集》,中国书店1985年影印本,第28页。
③ 《光禄大夫建威将军张公年谱》,北京图书馆编:《北京图书馆藏珍本年谱丛刊》第181册,第238页。

后专任驻英公使至光绪三十一年(1905)。① 以林纾札言懋鼎甫归观之,当是随张德彝之卸任而归国。《郑孝胥日记》光绪三十一年十一月廿六日亦谓:"陈懋鼎贞宇来,陈由伦敦使署参赞回闽,尚未入京。"② 懋鼎居外数年,故林琴南谓"必能以海外闻见告"。

仲勉先生,即懋鼎之父宝瑨。宝瑨字敬勖,号仲勉,咸丰二年(1852)生人。光绪二年(1876)丙子科举人,签分户部。十六年(1890)恩科进士,授郎中。二十四年(1898)三月,会典馆奏保补缺,后以知府在任候选,二十七年五月奏补河南司郎中,三十二年补授云南府遗缺知府。③ 此时以寓居京师故,日与琴南往还也。

二

  沧趣先生足下:前寄《吟边燕语》一卷,想已收到。兹《滑铁庐续记》亦由日本寄来,谨以一册奉呈。枚师赙欵,续收三十五两,已交翁杏楼□□□闽。杏楼贫甚,恐为先手。纾已移书杏楼,以何日还者,请先生以何日并入前款生息也。啸桐诗扇,纾已读千遍矣。湖上赠豫生五古及"伤时感逝老尚书"一首,传遍都下,二百年来竟无此手,京兆尤佩服到十二分也。匆匆赴书课,不及专书,幸乞示覆为盼。即请吟安。纾顿首

---

① 钱实甫编:《清代职官年表》,中华书局1980年版,第3044页。
② 中国国家博物馆编,劳祖德整理:《郑孝胥日记》第二册,中华书局2005年版,第1021页。
③ 泰国经主编:《中国第一历史档案馆藏清代官员履历档案全编》第7册,华东师范大学出版社1997年版,第749页。

此札作于光绪三十年甲辰(1904)。是年陈宝琛居福州，林纾任京师金台书院讲席及五城学堂总教习。自上年兼任京师大学堂译书局事，林纾勤于小说翻译，本年出版者四种，札中所述《吟边燕语》《滑铁庐续记》即其二也。其中《滑铁庐续记》即《滑铁庐战血余腥记》，以可续《利俾瑟战血余腥记》，故别称《续记》，上海文明书局出版。《吟边燕语》全称《英国诗人吟边燕语》，翻译底本系英国兰姆姊弟(Charles Lamb, 1775—1834; Mary Lamb, 1764—1847)共撰之《莎士比亚故事集》(*Tales from Shakespeare*)。此书在晚清民国间颇为流行，书名或译作《莎氏乐府本事》，各类学校多以为英文教材。林译本由上海商务印书馆出版。

此札内容可上继李家骥等整理《林纾诗文选·与陈沧趣(一)》，其札谓："啸桐北来，赍先生诗笺，已读过万遍矣。……寄新译《吟边燕语》一卷，希察收。此外尚有数种，或为东洋印刷延搁，或缮写未便呈政，当少须时日。前寄一函，未蒙示覆，定以学务忙迫所致。"①可知《滑铁庐战血余腥记》之译述、出版虽早于《吟边燕语》，然印成、发售则晚于后者。所称"亦由日本寄来"，意谓上海文明书局出版，印制、装订由日本工厂承担，故林琴南札中谓"此外尚有数种或为东洋印刷延搁"。20世纪之初，新式出版物印装技术方兴，各国工价虽有异，而日本工艺更精，故常有日本代印之书。

枚师，指谢章铤(1821—1903)。章铤字枚如，福建长乐人，光绪三年(1876)进士，曾官内阁中书。历主福建、陕西、江西等地书院讲席。晚掌致用书院十数年，成就弟子甚多。有《赌棋山庄全集》。林纾于光绪十一年(1885)曾从谢章铤游，研习经学，故称枚师。而陈、谢之深交更早于此。《闽县陈公宝琛年谱》述光绪九年癸未(1883)陈宝琛任江

---

① 李家骥等整理：《林纾诗文选》，商务印书馆1993年版，第282页。

西学政时事谓:"并会商抚臣修复白鹿洞书院,厘定章程,筹添膏火。谢章铤先生枚如乃闽中巨儒,公官京师时,谢亦以内阁中书居京供职,与公乡里旧交,时有往还,深知其学识渊醇,因聘为山长。江西士风为之一振。"①陈宝琛与谢氏唱和甚多,见诸《沧趣楼诗集》。谢氏之逝,陈宝琛于《沧趣楼文存》卷下《谢枚如先生哀诔》慨叹"师友之兼,而今安仰"②。而宝琛之弟宝璐,又曾从谢章铤问学。民国《闽侯县志》卷六八《陈宝璐传》:"谢中书章铤,主白鹿洞书院讲席,宝璐方佐学幕,则心折章铤从问学。谢章铤贫甚,光绪二十九年十月殁后,其弟子友好集赙资若干,其中陈宝璐所赠颇厚。马其昶《抱润轩文集》卷十二《闽县陈君家传》谓:"君陈氏讳宝璐,字叔毅……大府议纂郡志,建存古学堂,最后京师开礼学馆辟召,君皆不应,独时就谢中书商证所学。中书长乐老儒,名章铤,品节高峻。君平生所严事者也。主讲致用书院,殁而贫甚,君嗣其讲席,以束修为刊其遗集,又育养其孤子女而婚嫁之。"③据札中可知,谢氏友朋弟子居北京者,其赙资由林纾鸠集,并托人带回闽中,交陈氏兄弟经营,以赙款存入银号所生利息养谢氏遗族。至于此次带款之翁杏楼,则已无考,当系寓居北京之闽人。

所谓"啸桐诗扇",实啸桐所持陈宝琛自书诗扇,由前引致陈宝琛札"啸桐北来,赍先生诗笺,已读过万遍矣"可知。啸桐,即高凤岐,啸桐其字,号媿室,福建长乐人。光绪壬午年(1882)乡试中举,与林纾同科。曾入粤督岑春煊幕,官至广西梧州知府。宣统元年己酉(1909)卒

---

① 张允侨:《闽县陈公宝琛年谱》,陈宝琛:《沧趣楼诗文集》,上海古籍出版社2013年版,第859页。
② 陈宝琛:《沧趣楼文存》卷下,《沧趣楼诗文集》,上海古籍出版社2013年版,第460页。
③ 马其昶:《抱润轩文集》卷十二,《清代诗文集汇编》编纂委员会编:《清代诗文集汇编》第781册,上海古籍出版社,第315页。

于上海，林纾为作墓志铭及祭文，俱载《畏庐文集》。高氏与林纾交谊极深，高氏殁后十数年，林纾仍作诗纪之。如《畏庐诗集》卷上有《八月十三日愧［媿］室生辰，余以酒脯祀之春觉斋三年矣。是日，陈弢庵、卓毅斋咸集为礼》①，卷下有《八月十三日为余友高梧州生日，日余合其高足，每年祭之春觉斋，计今十二度矣。壬戌八月病愈，招同黄嘿园、陈杰士、王希农、李孟鲁、高耕愚及林蔚生、鲁生敦民兄弟为礼，怆然感赋二诗》等②。

陈氏诗扇，所书当即"湖上赠豫生五古及'伤时感逝老尚书'"二首。二诗俱作于光绪二十九年（1903），载《沧趣楼诗集》卷三。《留别豫生》为赠侯官许贞干诗，谓："平生爱友朋，况子总角契。行止虽殊涂，趋舍要一致。五年沪上语，人事恍隔世。湖山枉嘉招，握手转欲涕。涉旬飡胜足，别绪起酒次。投诗征赠言，吾意子故会。圣湖自明瑟，宁以晴雨异。颇嫌游者众，林墅或为累。南山虚且深，松篁閟静翠。九溪十八涧，佳处岂在寺。意行试龙井，茗淡滋可味。文字外有禅，兹游子幸识。"③"伤时感逝老尚书"一首则指《朱二子涵留宿寓斋得诗四首》之三，收入《沧趣楼诗集》卷三时稍有改动。诗系此年赴沪上居藏书家朱学勤次子潜宅时所作，谓："伤时痛逝老尚书，闻说聪强渐不如。别十七年千万绪，怕从公语且归欤。"小注："孝达新行，闻方游匡山。"④张允侨《闽县陈公宝琛年谱》光绪二十九年癸卯释此诗本事谓："张公孝达亦新过沪，时方游匡山，失之交臂。相睽已十有七年，世事沧桑，旧游凋谢，

---

① 林纾：《畏庐诗集》卷上，《清代诗文集汇编》编纂委员会编：《清代诗文集汇编》第 775 册，第 697 页。
② 同上书，第 721 页。
③ 陈宝琛：《沧趣楼诗集》卷三，《沧趣楼诗文集》，上海古籍出版社 2013 年版，第 60 页。
④ 同上书，第 59 页。

相见真不知当作何语,故公有'怕从公语'之叹也。"①张孝达即张之洞。

此二诗为林纾等居京士人所钦赏,"京兆尤佩服到十二分也"。"京兆"即指林、陈共同之友沈瑜庆,其时正任顺天府知府。沈瑜庆(1858—1919),字志雨,一字爱苍,号涛园,福建侯官人。沈葆桢第四子。光绪十一年顺天乡试中举,分刑部,寻改江南候补道。曾入张之洞、刘坤一幕。历官淮阳兵备道、顺天府尹、广东按察使、江西布政使、江西巡抚、贵州巡抚等。有《涛园集》。林纾作札时,沈瑜庆已任顺天府尹,故称"京兆"。沈成式《沈敬裕公年谱》光绪二十九年癸卯:"在沪奉旨升授顺天府府尹。"②沈居官京师时,与林纾、高凤岐等闽人来往甚密。如《年谱》所记光绪三十年事:"撰《陈子授太守母寿序》。高少农、林畏庐夙与公狎,诋此序非古文体,公晓以《左》、《史》义法,二君终不屈。适子授太守又来求寿诗,公成七言一律,末句有'更有新诗传不朽,时贤切莫诮吾文'。相与大笑。"③

沈瑜庆与陈宝琛来往亦多,观二家集中唱和诗文可知,兹不赘述。

三

> 沧趣先生执事:得书,知清恙已愈,喜慰莫状。前有密函,乞录马说,此书用保险寄闽,想已接到。碧栖及纾盼此甚切,务乞拨冗

---

① 张允侨:《闽县陈公宝琛年谱》,陈宝琛:《沧趣楼诗文集》,上海古籍出版社2013年版,第883页。
② 沈成式:《沈敬裕公年谱》,沈瑜庆等撰:《涛园集》,福建人民出版社2010年版,第166页。
③ 同上书,第173页。

作一详细折略寄京,或寄碧栖亦可。闽中学务,得廷寄后如何？宗伯南归,先生可引以为助。闽人弱极,故子隐肆其无赖至□。□有人欲有所言,此事碧栖知之。纾以为"不去庆父,鲁难未已"。此獠不得浙帅,意是行贿未至。前一年有人贡某邸至四万金,仍不得复原官,是人至气晕而死。子隐能□□金如此人否,乃妄想如是耶。大抵以君子遇小人,□君子无悻;以小人遇贪得无厌之小人,则小人亦无悻。局外观棋,为之叹息久之。郑苏丹先生上疏后,竟于十三日以病身故。临终对其家人言,恨不见畏庐一面。意托孤也。病革,纾□至,已不能言。纾观其三子,长者方七岁,然哭甚哀。纾见之惨不可耐,解三十金出而付之,当日即令拜纾为师。拟百日后引归,与纾幼子阿御同读。其余恤孀之费,则同令弟仲冕先生。令弟当日亦助五十金。凡十人立一义会,每月应助之款簿之,每人值月收款送其家。至外间朋友伙助,则当署□□。想公念及苏丹先生上疏之为闽人,又重以平日之友谊,□必所助,可勿待言矣。秋坡信来,言闽清之局□先生为之吹嘘,感不可言。唯小樵既不自爱,则必与代者□仇,秋坡雅不欲。纾以为秋坡累重,不可一日无馆,可否烦先生在省中学界上为安置一席。□□与纾同学,读书颇多,必不负公所托。且我公奖进同辈,不遗余力,故纾敢意渎如是,幸公恕之。有无新作,嗜之如脍矣。近体十余首已读万遍。令侄孙想□□欲夺去,纾决不允,已藏之矣。所寄《本纪》四卷,幸乞赐览。此外尚有新译五种,续续呈阅。匆匆奉覆,恭请大安。世晚林纾顿首

此札写于光绪三十一年九月。年中陈宝琛曾患疟疾,此时已愈。所述"前有密函,乞录马说"云云,未详何事。碧栖,即王允皙(1867—

1930），字又点，号碧栖，福建长乐人。光绪十一年乙酉（1885）举人，曾游奉天将军依克唐阿幕，又入北洋海军幕府。官至安徽婺源县知事。有《碧栖诗》《碧栖词》。曾寓居北京、上海等地。

宗伯，指郭曾炘。曾炘字春榆，号匏庵，晚称遯叟、福卢山人。光绪六年庚辰（1880）进士，改庶吉士，散馆授礼部主事。历官军机章京，内阁侍读，太常少卿，光禄卿，通政使兼政务处提调，工部、礼部、户部侍郎等，宣统末任典礼院掌院学士。自光绪二十八年（1902）起，由通政使署礼部右侍郎，故称宗伯。曾炘与陈宝琛、林纾交谊极深，其逝后之墓志铭，亦由陈宝琛撰写。光绪三十一年，其父式昌卒，曾炘丁忧南归。林纾考虑闽中学务起见，亟欲请陈宝琛邀郭氏襄助办理。陈遵统《福建编年史》第四编清光绪三十一年乙巳（1905）谓：十一月十日，全闽学会成立。是年十月，闽籍士绅与福建布政使商议，拟于省城设立若干小学，由布政署按月拨给常款。"而且各校成立以前，必须设一常川总汇机关，主持其事。于是集合在省绅士，克期召集成立大会，定名曰全闽学会。……与会者四五十人，公举陈宝琛、郭曾炘为正副会长。"①后郭氏以不日回京辞。营葬事毕，即得农工商部电聘为实业学堂监督。②

"子隐"原为三国西晋间周处之字，此借指福建布政使周莲。周莲字子迪，贵州金筑人，附贡生。于光绪二十六年（1900）由福建按察使升布政使，至光绪三十二年（1906）解职。有意得浙江巡抚之职，因行贿不果而未得，遂归田定居江苏如皋。光绪二十七年，清廷令各省所有书院于省城均改设大学堂。闽浙总督许应骙奉谕后，改福州凤池书院为全闽大学堂，自任总办，命布政司周莲为会办，盐法道鹿学良为帮办，

---

① 陈遵统等编纂：《福建编年史》下册，福建人民出版社2009年版，第1561页。
② 同上。

叶在琦为总教习,着手筹备。许、周二人拨发之学务经费不敷使用,闽中士人甚为不满。林纾《与陈沧趣(五)》谓:"廷旨趣开学堂,而浙中人壬、闽中言午,均老悖如病驼,但知饱矢,焉知学堂为何物,变法为何事?吾闽丁此陀运,尤叩阍无门。"①周莲筹措学务经费事,更有侵蚀一说,以致遭人纠弹。《恽毓鼎澄斋奏稿》有《纠参闽藩片》,谓"福建藩司周莲,才具平常,闻所创之福建彩票,既未奏明,亦未详报总督,虽称所收之费归入学堂,有无侵蚀,竟不可知"云云。② 故林纾有"子隐肆其无赖"之叹。全闽高等学堂之经费,经陈宝琛等多方筹措,方能勉力维持,甚至有挪用铁路经费之打算。《郑孝胥日记》光绪三十二年二月廿七日:"过伯潜(陈宝琛字),谈及铁路。……伯潜又曰:'吾欲就铁路所筹之款,略拨以办学务。'余曰:'不可。股东以公私于学务而侵蚀其资本,且公何有擅拨之权乎?'陈、王皆默然而罢。"③由此可见其经营之惨淡。

某邸,盖指庆亲王奕劻,光绪二十九年三月,授军机大臣,仍总理外务部如故,旋总理财政处、练兵处事务,权极一时。奕劻卖官鬻爵,资产甚巨。林纾《与陈沧趣(四)》谓:"去年南海佛照楼落成,闻靡内帑四百余万犹不止,另以二百余万属计臣筹之,庆邸得一百四十五万,李珰亦八十余万,到工者不及十分之一。"

以上述各事观之,闽中士人尤怨憎周莲等人,视为闽省学务之羁绊。故有在京闽人上奏朝廷,请饬闽省多筹经费之折,即郑叔忱之上疏。叔忱字宸丹,福建长乐人,光绪十六年庚寅进士。民国《长乐县

---

① 李家骥等整理:《林纾诗文选》,商务印书馆1993年版,第288页。此句原文两处断句有误,引用时已改正。

② (清)恽毓鼎著,史晓风整理:《恽毓鼎澄斋奏稿》,浙江古籍出版社2007年版,第66页。

③ 中国国家博物馆编,劳祖德整理:《郑孝胥日记》第二册,中华书局2005年版,第1035页。

志》卷二十五谓:"由庶常洊历侍讲。……朝廷以叔忱经术湛深,正音明晰,擢奉天府丞,兼提督学政。……岁试甫竣,丁内艰。服阕入都,寻病卒。"郑氏之上疏,见《清实录·德宗实录》卷五四八光绪三十一年八月丙辰:"前奉天府府丞郑叔忱奏《沥陈闽省学务情形请饬多筹经费扩充学堂添派学生出洋》一折。着崇善按照所陈各节,实力通筹,以广造就。原折着钞给阅看,将此谕令知之。"①此时闽浙总督已是满人崇善。

  林纾与郑叔忱友谊颇深,叔忱殁后,曾作《八归》一阕,以寄哀思。其词有小序谓"丙午清明,过观音院视郑扆丹先生停灵处,荒池乔木,萧瑟不类深春。临奠怆然,归成此解"②云云。札中称述之郑叔忱长子即郑天挺。天挺于1899年8月9日生于北京,至1905年恰好虚岁七龄。天挺原名庆甡,字毅生。1920年毕业于北京大学国文系,1922年入北大研究所国学门。后任教于北京大学国文系、史学系,期间曾任北大教务长、西南联合大学总务长、北大史学系主任、北大副校长等职。1952年调任南开大学历史系,直至1981年逝世。有《清史探微》等。梁漱溟《我对郑天挺教授家世之回忆》谓:"(一)他原名郑庆甡,是我的表弟,因他的外祖母姓梁,是我先父的嫡亲姑母,适桂林陆澹吾先生(仁恺),即他的外祖父,是我先父的姑丈。他母亲陆嘉坤字荇洲,是我先父的表妹,我的表姑妈,所以他便是我的表弟。(二)他的父亲郑公叔忱字扆丹,为清季有名翰林,与我先父既结亲戚关系,又雅相知好。……光绪三十一年(一九〇五)九月郑公在京寓病故,临终时亲友多人毕集,而公独托孤于我先父。"不惟梁氏之文及郑天挺自述文章俱未提及从游林纾事,即朱羲胄《林氏弟子表》所列近四百人,亦无郑氏之

---

① 《清实录》第五十九册,中华书局2008年版,第280页。
② 李家骥等整理:《林纾诗文选》,商务印书馆1993年版,第244页。

名。可知虽"解三十金出而付之,当日即令拜纾为师",然郑氏母子四人又得表亲梁济照料,"拟百日后引归,与纾幼子阿御同读"之意并未实现。

此后郑氏一家移居津门,与林纾来往殊少。梁氏又谓:"(三)次年(一九〇六)九月,郑母陆莕洲夫人竟继郑公之后,病故于天津旅邸。盖夫人原有旧学,又吸收时代知识,既受聘为北洋女子高等学堂总教习,故携子女移家在津。(四)京津相距不远,先父闻莕洲夫人病讯赶往照看,又重受托孤之命。……先父即提挈诸孤来我家中,由我先母负责抚育。"①天挺八岁时(1907)曾入闽学堂就读。此学堂为科举废除后,闽人居官京师者合力创设,光绪三十三年(1907)开办于北京。其开办、经常之费由福建省库拨付,并将宣武门福建会馆扩改以为堂址,宣统二年(1910)春间停办。②设中学、小学部,林纾任中学部总教习兼经学、国文教习,与郑天挺当有师生之谊。然郑天挺1917年入读北京大学国文系时,新文化运动勃兴,林纾尝撰《论古文之不当废》以驳之,钱玄同与刘半农假"王敬轩"笔名上演双簧,与林纾论战。林纾1919年撰小说《荆生》《妖梦》以影射陈独秀、钱玄同、胡适等,又作《答大学堂校长蔡鹤卿太史书》以维护孔孟伦常。郑天挺就读国文系时校长为蔡元培,1922年入北京大学研究所国学门读研究生时,其指导教师即为钱玄同。

林纾幼子阿御,即其三子林璐,字叔遇,生于光绪二十五年己亥(1899),为侧室杨道郁所出。年龄与郑天挺相仿,故有"拟百日后引归,与纾幼子阿御同读"之意愿。

---

① 梁漱溟:《我对郑天挺教授家世之回忆》,封越健、张卫国编:《郑天挺先生学行录》,中华书局2009年版,第176页。

② 吴家琼:《闽学堂沿革》,福建省政协文史资料委员会编:《文史资料选编·第一卷,教育编》,福建人民出版社2000年版,第124页。

仲冕、秋坡，前文已述。"小樵"则指王元穉（1843—约 1926）①。元穉字师徐，一字子孺，号少樵，一作小樵，又号无暇逸斋主人。浙江杭州人，寄籍闽县。早岁任事福州船政局，旋赴台湾，游于台湾兵备道夏献纶幕。光绪十五年（1889）副贡，官候选训导。曾任教于京师大学堂、顺天高等学堂、闽学堂、杭州第一中学、女子师范学校等校。著述十数种，汇为《无暇逸斋丛书》。元穉亦师从谢章铤，与林纾谊属同门；林纾好友沈瑜庆，又为元穉弟子，然札中为林纾所斥，不详何故。

《本纪》指林纾所译《拿破仑本纪》四卷，英国洛加德原著，为林纾得意之作，曾致函陈宝琛时道及，严复（字几道）亦以为佳。《与陈沧趣（二）》谓："刻译局亦已辞差，所翻《拿破仑本纪》尚未卒业。此书为纾生平最惬心之作，顾长沙之意，竟令舍去，纾拟自购洋本足成，自刻问世。此书为欧洲全局翻动之枢轴，关系至大，坊间所译者竟格格如教书，都无善本。日本所译则参以议论。为书不过一小本，纾所译者，可二十万言，其中战略、治术、刑宪，一一都备。几道已见过，至以为然。可惜此局不终，纾万不能听其中辍，故欲足成之也。"②光绪三十一年七月由京师学务处官书局出版。

以上即为此札大致背景及相关人物、事件，惟"闽清之局"不知所述何事，亟盼高明有以教之。

（作者单位：福建人民出版社）

---

① 此处承福建省文史研究馆连天雄先生告知。
② 李家骥等整理：《林纾诗文选》，商务印书馆1993年版，第284页。

交友—结社—从师:琴南先生在榕生平轶事考辨简评

苏建新

本文主要从几个方面分析研究了林纾在福州期间的生平事迹,意在纠正学界过去失察造成的讹误。围绕着林纾与林述庵的交友、参加支社活动和从师谢章铤,又进一步探讨了这些事件对林纾后来人生发展走向所产生的影响。

一、福州"三狂"的交友

朱羲胄《贞文先生年谱》在林纾19岁条下记载:

> 乡人益目为狂生,不敢近。《石遗室诗话》曰:述庵少与林畏庐纾及林某,在里中有"三狂"之目。

张俊才《林纾年谱简编》在1870年条著录:

> 本年……(他)与林崧祁和另一林某,被人们称为福州"三狂生"。

似乎在结交前"三狂生"即已驰名榕城。这一假说,其实误将三林交往的时间提前了好几年。

林崧祁去世后,林纾《林述庵哀辞》中已经明言"述庵识余在光绪丁丑"。丁丑为1877年,这时林纾已经26岁。其交友时间,超过假定的19岁已经七年了。

陈衍《石遗室诗话》中说到的"林某"又是谁呢?

林纾弟子胡孟玺在《林琴南轶事》一文中说:林纾"在榕垣时与林述庵、林狷生二人以道义文章相尚,因而被目为省城文化界中之'三狂'"①。曾宪辉《林纾》写道:"某年林纾与林崧祁在一块闲聊。这林崧祁与林纾、林狷生,曾被乡人称为三狂生,是个敢大胆发议论的人。"②孔庆茂在《林纾传》里解释道"有说是林庚园,或作林狷生,不知是否一人"③。

何振岱(1867—1952)的《何振岱集》中有林狷生的不少记载。如"梅生与林狷生孝廉大任至相善,来往诗极多"④。与何振岱交往密切的林狷生在年龄上与林纾相差至少十岁,大致可以排除在"三狂生"的圈子之外。

高拜石《古春风楼琐记》的林纾佚传中又提出"似为林伯颖孝恂"一说。但文中缺乏佐证这一新说的材料。

林薇收集编写的林纾资料书甚多,她在《林纾轶事二三则》中说:

---

① 中国人民政治协商会议福建省委员会文史资料编辑室编:《福建文史资料》第五辑,福建人民出版社1981年版。
② 曾宪辉:《林纾》,福建教育出版社1993年版,第41页。
③ 孔庆茂:《林纾传》,团结出版社1998年版,第17页。
④ 转引自汪辟疆撰、王培军笺证:《光宣诗坛点将录笺证》,中华书局2008年版,第324页。

"'三狂生'中的另一姓林者是谁,尚待续考。"①但在她编的《林纾选集·小说》的《林纾传》一文中,林薇又作出了林某"可能即林庚园"的推测。②

查阅《林纾诗文选》中林纾与林述庵的多封信件,我们不时可以见到"庚园"的身影。《与林述庵》云:"可惜庚园不闻。闻之,当拍案大叫曰:'琴南可儿!'"《与林述庵(一)》云:"庚园来此书示之,亦当首肯。"《与林述庵(二)》云:"薇丈叹曰:'可惜述庵不经见,庚园又不能来,负此良夜,负此良夜!'"③

再看林纾自己对"三狂生"结识经过的陈述:

> 述庵识余在光绪丁丑。有林庚园者,与余论诗不合,以余骄蹇之状告述庵。述庵怒,将于众中折余。寻得余所作《陈节妇吟》,读之大喜,复与庚园以书投余,得相见于桥南水榭中。……明日城中大哗以为怪,好事之人增饰丑态,听者各挟以为谈资。

从上述庚园与述庵的关系,可以看出他们本来的亲近。述庵本欲为庚园挑战林纾,却不料成为一见如故的朋友。二人与林纾在桥南水榭相会时的痛哭烂醉,传扬出去,无疑是本地"三狂"的一大新闻。

因此,我们可以确定另一"林某",应该就是林庚园。林纾在与述庵相交的同时,自必与庚园捐弃前嫌、永结相好了。

除了上述哀辞中的初会剪影,林述庵还用诗歌展示了福州"三狂生"的情状(甚至"丑态"):

---

① 参见《学林漫录》第十三集,中华书局1991年版。
② 参见林纾著、林薇选注:《林纾选集·小说》,四川人民出版社1988年,第294页。
③ 李家骥等整理:《林纾诗文选》,商务印书馆1993年版,第328、329页。

> 三生猖狂天下无,快剑斫断红珊瑚。……周处作横只一人,今乃鼎足而三坐,使籍籍人言塞都市。

> 两生相见忽狂喜,手握吴钩跪不起。……一生狂叫一生哭,拼掷头颅报知己。

在李家骥等整理的《林纾诗文选》中,我们可以见到林纾与林述庵的四封信。《林纾选集》中收录了他与林述庵唱酬的诗作。在李先生的哲嗣李建先生第一批捐书中夹藏的珍贵书信中,又有林纾这位挚友写给"琴哥"的亲笔信函。合而观之,可以勾勒出二林交往中惺惺相惜的知己之情,也让我们洞悉林纾与述庵父子两代情谊绵长不绝的堂奥。

在林纾的信中,"忽于大千世界,数百万众中,蓦得一二人爱我,反复怜我,而谅我也"的知己,非林述庵莫属。不管在自己"浪得浮名"簪花之际,还是听闻对方染上霍乱,林纾心中的喜悲都能与对方产生共鸣。述庵在信中所言"可以告诉胸臆者惟琴南……诸子",表达的是同一默契之感。

在述庵看来,他们的相知有二人比较接近的原因:"顾少而贫贱同,长而戾俗同……验之亲戚、朋友、妻子者亦无不同。惺惺之惜,不能自已。"社会地位、为人习性等许多方面的相同,使他们情投意合,互为知音,倚为良友。在世俗睚眦的冷眼中,琴南得到了人生莫大的安慰。有一回,他得到述庵的和诗,一个人在书室中欣赏,忘情地"左手持铁简,右手把述庵诗,一句一击,一篇一舞,铁声铮铮,墙壁皆动",惊得老母过来探问,林纾才慌忙跪下道:"此阿琴得意时耳。"

林"阿琴"与述庵,属于《论语》中孔子说到的益友。

林纾坦言自己"一生任诞",不知检束。述庵曾作一诗,题为"观琴南作石颇有所悟",高拜石《新编古春风楼琐记》中认为:"述庵这首诗,

表面上是'观画有悟'之作,却有规谏之义,深得讽人微旨。"述庵诗曰:

> 混沌乾坤郁古胎,云根历劫委苍苔。
> 偶描色相存真品,太露锋棱已不才。

诗中借顽石的锋棱毕露,委婉劝告林纾对自己恃才傲物、使气好辩的习性要有所遏抑。林纾后来在高子益痛谏之后,写了《二箴》来自我反省,"轻世蔑人……慎勿诋撼",显然对述庵早有所谏的这种"太露锋棱已不才"有所悔悟。

述庵家难频仍,情绪消沉,林纾则鼓励他放眼开怀,"使处逆境,能以顺受之","固闭其气,养之又养","反青莲之《蜀道难》,为陆畅之《蜀道易》耳"。处于逆境中的述庵向林纾剖白:"盖区区之心,宁受斥于琴南,必不甘受世人之僇辱也。"显示出他对林纾的极力推重。

有此肝胆相照的知己,当述庵的死讯传来,林纾的伤痛可想而知。大千世界中一二怜爱林纾之人,"竟被横风吹之而去",孤立的林纾"惊悸亡魂",仿佛"挽我心头肉耳"[①]。出于对友情的珍视,林纾接受述庵家人托孤的请求,将阿状收养,"就余读书七年",一直到能自立,才离开林家。[②] 阿状就是后来南社创办人之一的林之夏。辛亥首义之后,为了响应、缓解武昌起义军的压力,他参加了林述庆督军指挥的南京光复战役,后因功而升为少将。

林纾的辛亥小说《金陵秋》描写了镇江、南京光复的历史,对起义者表现了赞扬的态度。可以发现书中王仲英的原型就是林之夏。过去

---

① 见《与林述庵(一)》。
② 参见林薇:《百年沉浮——林纾研究综述》,天津教育出版社1990年版,第129页。

我们认为以辛亥为界,后期的林纾退步,变为顽固、封建的守旧人物,"有浓厚的遗民思想,但是在这部小说中,他还是用同情赞美的笔调歌颂了辛亥时代的革命健儿"①。这种矛盾如何解释?只要想一想他的养子是起义者中的一员,还有后来被毒死的林述庆委托夫人交给他的日记《江左用兵记》,作者生前曾主动向林纾从师的前因后果,我们不难发现林纾对辛亥革命持正面态度的由来。

林纾《七十自寿诗》中有两首提到他的交友及其影响:

少年里社目狂生,被酒时时带剑行。
列传常思追剧孟,天心强派作程婴②。

总角知交两托孤③,凄凉身世在穷途。
当时一诺凭吾胆,今日双雏竟有须④。
教养兼资天所佑,解推不吝我非愚⑤。
人生交友缘何事,肯作炎凉小丈夫?

除"狂生"林述庵外,王薇庵也是林纾的"总角知交"。在朋友不幸去世后,林纾义无反顾地"作程婴",承担并完成了王、林二小生的"教养兼资"任务,这位福州狂生因此颇有古来侠客的风姿。

---

① 林薇:《百年沉浮——林纾研究综述》,天津教育出版社1990年版,第61页。
② 林纾自注:"四十年来,连为亲友鞠孤儿七八,其最廑余怀者,则王、林二小生,事见下。"
③ 林纾自注:"王薇庵、林述庵两先生。"
④ 林纾自注:"一为雨楼孝廉,薇庵子;一为复生少将,述庵长子。"
⑤ 林纾自注:"一在余家十一年;一九年。"

在钦佩林纾高义侠情的同时,我们也看到他不"肯作炎凉小丈夫",是因为他与述庵等的结交源于彼此怜爱、惺惺相惜,这在林纾《答周生书》中有详细交代。在林纾人生最孤独的时期,他得到了来自王灼三、林崧祁最真挚的友情。他们的关系非同于泛泛之交,经得起时间的考验。一代不寻常的交谊,甚至还能延续到第二代人的身上,让存者像对待自己子女一样来抚养遗孤,谱写了文人相交的佳话。

二、参与福州支社的雅集活动

有关诗社的情况,朱羲胄《贞文先生年谱》系于辛卯年(1891),因这年有支社诗拾刊行,朱谱推断它的成立时间在辛卯以前,但具体时间不清,"吾未能详其自何年始也"。

张俊才《林纾年谱简编》与《〈贞文先生年谱〉考补》一文,将支社的成立定为壬午年(1882)。依据是林纾的《福州支社诗序》提到:"洎壬午,始友李畬曾兄弟,观其咏史诸诗,于孝烈忠果之士,抗声凄吟,积泪满纸,必悦其同趣。时周辛仲广文亦未就官,相与招邀同人,结为吟社,月或数集,集必数篇。"林序在朱谱中已被收集录入,但编者却不敢据此断定支社成立之时,"壬午"一说显然令人存疑。

黄濬《花随人圣庵摭忆》援引李拔可刊王碧栖遗集,序云:"光绪乙酉(1885),余方十龄,(吾王丈又点碧栖先生)是秋掇乙科,逾年闽有文酒之会,曰支社,……""逾年"为丙戌年(1886)。有这条明确的记载,我们可以肯定支社成立的具体时间,即恰恰介乎张俊才与朱羲胄二人初拟的年份之间。

有关支社活动的下限,张俊才《〈贞文先生年谱〉考补》考订在光绪十九年癸巳即林纾42岁后解体。《石遗室诗话》卷二十九曰:"已而,辛仲卒,畲曾兄弟远宦,社事遂寝。"二说都没有林纾本人记载得更详细。林纾的《李佛客员外哀辞》开篇言:"佛客友余以癸未,别余以甲午。今年乙未六月,余哭佛客矣。前后十三年中,月集于佛客之辛夷楼恒四五。"《李佛客员外墓志铭》中也叙及李:"邀取同志赋诗,月犹四五集焉。比甲午,家益落,身益困,乃旅食江南……"与佛客一道招邀同人的周辛仲亡于癸巳(1893),次年佛客也为谋生而离开福州,旋即病逝,因此福州支社停止活动的时间在甲午(1894)。在佛客投靠江西其舅沈瑜庆之前,或许还举办过最后一次的雅集。

因此,《林纾研究资料》、福建教育版《林纾》"支社活动约十年之久"的提法不妥,支社前后时间(1886—1894),显然不足十年。

据福州《支社诗拾》卷首《支社同人齿序》与李宗言《福州支社诗拾题辞》的交代,支社成员"凡十九人",包括诗流黄敬熙、黄春熙、何尔瑛、周长庚、林葵、黄育韩、欧骏、林纾、卓孝复、陈衍、李宗言、方家澍、高凤岐、林珩、李宗祎、方崐玉、王允皙、李宗典、刘蕲。月恒数集,专赋七律诗,以相唱和。

奇怪的是,虽然林纾作有两部诗集,但是他平素却不大愿意以诗人自居。钱锺书《林纾的翻译》结尾记录了他与陈衍有关"驴鸣狗吠"的一回痛争。陈衍本意是想讨好林纾,之前让两人有隔阂的流言蜚语,晤谈后"一一化为云烟",便如林纾信中记载的,"石遗言吾诗将与吾文并肩,吾又不服,痛争一小时。石遗门外汉,安知文之奥妙!……六百年中,震川外无一人敢当我者;持吾诗相较,特狗吠驴鸣"。从林纾"痛争一小时"的内容看,他对自己"文之奥妙"相当自信,而对抬高他的诗歌地位,甚至"与吾文并肩"则很不以为然。林纾抑此(诗)扬彼(文)的态度十分明显。

即使最初是以一部诗集登上文坛的,林纾对《闽中新乐府》也并不在意。畏庐子自序:"闻欧西之兴,亦多以歌诀感人者。闲中读白香山讽谕诗,课少子,日仿其体,作乐府一篇,经月得三十二篇。吾友魏季渚爱而索其稿,将梓为家塾读本,争之莫得也。呜呼!畏庐子二十六年村学究耳,目不知诗,亦不愿垂老冒为诗人也,故并其姓名佚之。""目不知诗"且又不想滥竽充数地"冒为诗人"的林纾恰恰厕身诗坛,那么时人是怎么看待他的诗呢?

汪国垣在《光宣诗坛点将录》中收录了林纾,而且做了评议:

地明星铁笛仙马麟　林纾　一作江瀚(附子庸)

铁笛裂,中情热。……诗初学娄东,非其至者。(弢庵语余,林氏诗文,晚年为胜。初本俗学,所谓中年出家者也。)辛壬以后,渐近苍秀。晚学坡公、简斋,七言律视前更进矣。石遗尝称其题画绝句。

除了当面揄扬林诗,陈衍的《石遗室诗话》中也多次提到"畏庐近来诗境大进,在自然不假做作。……承接转捩处殊见手腕,是以文家、画家法作诗者",称林纾"雅步媌行,力戒甚嚣尘上矣"。

陈寒光《林琴南》中更是推崇林纾的诗:"实在话说,假使他不会古文,不曾翻译,只作诗和画,也就够在中国名人席上占一个位置。很有人说他的诗、画远超过他的古文,我觉得这话是老实不过的。"

对照林纾诗的自评与他人评介的差异,可知他不仅严重低估了自己,甚至将到手的诗人桂冠也拱手送出。这种落差反映出诗人的过谦,或许也是他在"认识你自己"方面不到位的表现。

交友—结社—从师:琴南先生在榕生平轶事考辨简评

为何林纾如其所言"不为诗近三十年"①而其诗"晚年为胜",且有《畏庐诗存》一集300余首面世呢?林纾早年在支社的活动对此有无影响呢?

林纾《福州支社诗序》曰:"独纾才力沈腿,妄与诸子追角。每营度欲出口吻,声鸣益悲。操笔欲书,将下复止,竟亦不能奇也。轩辕弥明之讥,吾足以当之矣。顾跬步百蹶,而犹乐从诸子之后者。"说明他在与陈衍等诗才更高的吟社成员雅集时,有积极向上的"追角"心态。在竞赛切磋的良好氛围中,他的诗艺提高应该是水到渠成的事。陈衍年谱中提到闽人在京打诗钟,论质论量上他与琴南都是这方面的敌手,显见文人吟社活动对于诗才培养造就的功用。"光绪甲申之变,有诗百余首,类少陵天宝乱离之作,逾年则尽焚之。"②这种对旧作的无情删汰,只有放在林纾作诗水平提高的背景下才能理解他的决绝。

福州支社命题上侧重"咏史诸诗",我们看林纾留下的《咏史四律》《李后主》《崖山怀古》《复社》《土木堡》等都属于此类。同样的题材在林纾后来的诗作中也占有相当重要的地位。据他的《西湖诗序》介绍,光绪壬辰(1892),林纾从京师南归至杭州,留湖上六日,有感于宋氏之陈迹,"得二十首,多悲凉怆楚之音。不序而存之,后之人亦无由知余盖有感于宋氏而发也"。这些诗虽已佚失,但序言却说明了支社对咏史诸诗的侧重,业已化为了林纾作诗的一种自觉偏好。

咏史诗在林纾的《畏庐诗存》里颇具规模,如卷上《辛亥三月十五日,雨中冒鹤亭集同人于夕照寺为巢民先生作生日……》《为刘健之写蜀石经斋图并题长句》《过圆明园》《忆昔》,卷下《咏史》(吴越春秋、田

---

① 陈衍说"不问津此道者殆二十余年"。
② 张僖《〈畏庐文集〉序》。

单火牛）二首、《读北史》、《咏史》（晚明无将才）、《读史偶成》、《读史杂咏》等。且篇幅更为加长，如《读史杂咏》有六首；卷上《咏史》篇一连八首，对汉王莽至宋朝张邦昌的有关史实发表议论，交代出"心绪恶劣，无一宁日……不能名之为诗"的写作背景。

要之，林纾在福州的吟社活动为他后来在翻译、古文之外的诗坛中获得不容忽视的地位奠定了坚实的基础，而他走上文坛则是借助了新乐府诗发展的取向。他晚年的《畏庐诗存》以颇具规模的古体诗，让他的作品类似他的写史小说一样，成为民国最初十年社会的一面镜子，堪称一代"诗史"。

三、从师吴航谢章铤

陈庆元主编的《谢章铤集》附录一《谢章铤年谱》记光绪十三年丁亥（1887）事：

> 本年起，林纾始从章铤学经学。
> 张俊才《林纾年谱简编》光绪十一年条下："本年，曾随谢章铤学习经学，系统地钻研汉宋两代的儒家经典。"按：张谱编年疑误，光绪十一年时，章铤仍主讲白鹿洞，年内方归闽，其受聘主致用书院讲席在光绪十三年。不知张氏据何资料将林纾从章铤读经事系于十一年，故本文未从，仍以此事系于本年。①

年谱编者陈昌强先生不知《林纾年谱简编》的记事来自朱羲胄《贞文先

---

① 陈庆元主编：《谢章铤集》，吉林文史出版社2009年版，第879页。

生年谱》,而朱谱做出"与陈莼、黄彦鸿同执业于谢章铤,从学经义,有志通洽汉宋"在十一年乙酉的判断,依据是《黄笏山先生画记》:

> 越乙酉,始与先生哲嗣芸溆太史,同事吴航谢枚如师。

乙酉即光绪十一年(1885)。

查《谢章铤年谱》本年记事可知,这年66岁的谢章铤,以不适应酷寒天候兼病足为由,辞去白鹿洞讲席,本年二三月间即已归闽,因此林纾本人在《黄笏山先生画记》中叙述的"乙酉"开始"从章铤学经学"一事看似比较接近事实。

不过,笔者又在林纾《黄芸溆太史哀诔》中看见了下面这段文字交代:

> 前四十年,吴航师主讲致用书院,太史与余同执贽门下。

这篇诔文作于1923年,它为《谢章铤年谱》的初步质疑提供了旁证。如果以林纾后来的追述为准,则《黄笏山先生画记》提出的"乙酉"从师的时间显然有误。谢章铤在《〈致用书院文集〉序》中明确说的是:"予丁亥受聘主讲。"两相比较,林纾从师吴航的时间当以他的后一说"师主讲致用书院"即丁亥"执贽门下"之时为是。

林纾在杭州期间,除了为老师的赌棋山庄作记为赞外,还给谢夫子写过一封书信,汇报自己层层攻驳学生引用"天演论"的观点,说明自己"以扶植名教为宗旨"的主张、追求。联系《谢章铤集》中几处有关的记载,我们深知谢老师与弟子一脉相承共同维持风化的志趣。

一次,林琴南画了《王节妇楼居图》后,主动来找谢章铤题诗,"林子作画兼征诗"。从老师的诗中我们得知林纾意欲表彰的王氏,与"守阁三十年"的洪节妇一样为"女丈夫","正身独立",具有"冰霜"节操。

还有一次,谢章铤为林纾所绘《秋蘂夜课图》题诗,表彰弟子的同堂嫂黄孺人辛苦抚育孤儿成人的事迹。诗前叙文说到了陈贞女(陈宝琛侄女)殉情未婚夫刘腾业的盛事。当"电光刘"与"螺洲陈"两家欲将这对生死恋的夫妻合葬之际,林纾含泪写下《清学生刘君腾业暨未婚守节妻陈贞女合葬铭》[①]来纪念这对坚贞不渝的学生配偶。谢章铤论及此事时道:"是能读经书而深明纲常者也。"当年林纾跟吴航枚如师习学经书,应该说强化了他的纲常名教思想。一直到晚年林纾的拼死"卫道",都不能说没有先师教导的影响。

谢章铤对林纾的教导,或许还有词学方面的内容。近代词坛上除了常州派,也有闽派的崛起。《晚清词研究》列出"谢章铤和晚清闽中词人群"一章,介绍了谢章铤的词学活动和词学思想。在《赌棋山庄词话》中,谢章铤对苏辛一派词进行了高度评说,体现了一位卓越词学家精到的眼光和胆识。关于"词乐",谢章铤也极为重视。在陈庆元编《谢章铤集》中,我们可看到八卷《酒边词》等数百首词作,表现出谢章铤作为晚清出色的词创作家的成就。在谢章铤的组织下,闽中词学得以再现繁盛的景观。

林纾在诗歌创作外,对词的爱好也比较浓厚。胡孟玺在《冷红斋词剩识语》中说:"师早岁从钱塘张樊圃先生景祁学填词,嗣与李佛客王碧栖友,所诣益精。"林纾作词严守格律,为结撰一词,常耗费数日功夫("每成一解,辄至数日"),曾因此遭到好友高凤岐的反对,劝他少事创作。但林纾积习难改,也有数十首词作流传下来。

---

① 收入《畏庐续集》中。

除了上述师友对林纾作词的影响,他的经学导师在词学上的造诣应该对他这方面的努力也产生过潜默默化的影响。林纾在离开福州前,画过一幅从苍霞故居荡舟到龙潭角望北台的作品《松溪停舟图》。上面有一首词:

> 驾轻船,趁低低翠羽,摇向第三桥,新荇摇风,浓松僻暝,江乡多半,春消。恋篷背,轻阴片晌,乍觉冷,添上二分潮,浅绿渔墩,疏红蚕户,何处吹箫。
>
> 追忆圣湖前迹,正莼流余滑,柳换枯条,界水分菱,循碕渡苇,邀我诗梦迢迢。漫重记,巢居阁上,雨丝外,帘影带烟挑。印证家江风物,轻益无聊。
>
> 右调一萼红,乙未四月从苍霞洲放艇向望北台,山容过雨如沐,压篷皆作青绿之色,小住江南桥下,岸上一片荒青,扑人眉宇,因忆打桨白堤,孤山晚眺时,却少垂杨万缕耳。略成此解以樊会公法写之,即请梦熊老兄先生雅政。弟林纾倚声时在龙潭冷红斋。

这首作于乙未(1895)四月的"倚声"之作,成于向钱塘张景祁学填词之前。我们猜测《一萼红》不是谢章铤所教的结果,就是琴南私淑吴航的大量词作而写成的"倚声"之作。

林纾在龙潭的住房、建筑,除了使之得名的"畏庐",还有浩然堂、填词亭等。尤其是亭以"填词"而名,可以想见在拜谢章铤为师之后,这位有数十年填词雅好的老师对林纾"倚声"习气形成的直接影响。

黄彦鸿(1866—1923),黄玉柱次子,先世清福州侯官解元、进士、台湾淡水厅通判黄元吉,由闽徙籍台湾竹堑(今台北淡水港金墩)。光绪十四年(1888)中戊子科举人,光绪二十四年(1898)登庚寅科夏同和榜进士,历官翰林院庶吉士,五载馆选晋编修,签分户部主事,累官至清廷军机京章行走。

汪毅夫先生《地域历史人群研究:台湾进士》根据《黄笏山先生画记》的记载,指出黄彦鸿"乃近代文化名人林琴南的同窗"。文中说台湾翰林除陈梦球、曾维桢、李清琦、黄彦鸿外,还有同治四年(1865)钦赐翰林郑廷扬。

林纾继谢章铤作黄彦鸿家传之后,又写《黄笏山先生画记》补叙黄父在大陆政事之外的艺林贡献。他自叙少年时临摹笏山的松鹤图"百无一似",反衬其人画艺的高妙。在《黄芸溆太史哀诔》中,林纾追叙了同在师门就读的黄彦鸿中举后,书院中的海棠忽于冬日盛开,馆僮白书以为是"文字之祥也。及太史既入词苑,白书尚引以为言"。文末林纾称赞黄是"名父之子,实世茂世,蔚为词杰,用古自砥"。

被称为"台湾四大翰林"之一的黄彦鸿与林纾同出吴航门下,吴航谢章铤和琴南两师生与黄彦鸿交往有素,此前林纾还三赴台湾,为文坛留下了一段海峡两岸交往的佳话。[①]

(作者单位:福建工程学院人文学院)

[①] 参见吴仁华主编,郭丹、朱晓慧副主编:《林纾读本》,福建教育出版社2014年版,第224页。

严复、林纾交游考论

郭道平

1913年,为答谢林纾所绘《万木草堂图》,康有为特撰《琴南先生写万木草堂图题诗见赠赋谢》一诗,发表于《庸言》第一卷第七号。诗篇起首即云:

译才并世数严林,百部虞初救世心。

康氏诗作一向气魄恢弘,由此亦可窥知一二。该诗系赠与林纾之作,从而后句专意述林而未及严。然而"译才并世数严林"一句,将近代史上以翻译驰名的严复、林纾并举,既道出了二人在时人眼中已被公认为"译界双璧"的观念史实,复以其极具概括力的表达强化了该观念予人的印象,从此广为流传,成为有关近代译史的常识性叙述。

严复、林纾作为近代最重要的翻译家,在诸多身份因素乃至人生轨迹上都存在着相似之处:二人为闽籍同乡,均为19世纪50年代初生人;自甲午以后,也即19世纪末开始致力于译述西学、在公共文化场域崭露头角,同时亦从事教育、报刊等文化事业;二人作为翻译名家与古文耆宿的声誉在清末十年中先后臻于高峰,至民国以后,尤其是新文化运动前后,则由于各种因素而受到冲击。诚然,严复、林纾之间也有着诸多差别:尽管均以译介西书闻名,但二人从翻译方式到教育背景、知识结构,则又体现为相对独立的两种典范。以严、林为共同对象的研究,历来多着眼于二人译述方面;本文从严复、林纾之间往来交游的史实考述入手,依据时间发展线索逐段叙述,试图在呈现二人一生交游图景的同时,略作比较和申论。

一

严复(1854年1月8日至1921年10月27日)与林纾(1852年11月8日至1924年10月9日)在出身上有着较为相似的背景:二人生辰相去不过岁余,以林纾稍长;籍贯一为侯官,一为闽县,东西比邻;均无显赫家境,甚至一度可以以"贫困"来形容——林纾生于"小商人之家"①,严复之祖、父辈则以中医为业②。这一事实或许意味着,作为19世纪中期东南沿海城市的中下层普通家庭,严、林两家均非致力于正统"儒术",而是各以"技艺"谋生;尽管严复与林纾均走上读书之路并曾一度从事举业,但这一"非正统"的家庭背景,仍然不仅关涉到二人人生道路的选择,并且很可能在更深层次上对于他们的眼光和见解发生着潜在的影响③。

虽然幼时家境并不宽裕,但严复、林纾自小均从师授读。林纾且曾

---

① 张俊才:《林纾年谱简编》,薛绥之、张俊才编:《林纾研究资料》,知识产权出版社2010年版,第9页。
② 孙应祥:《严复年谱》,福建人民出版社2014年版,第5页。以下文中所叙严复、林纾生平行实,如无特别注明,均以二人年谱为据。
③ 如林纾在其较早所撰《闽中新乐府》中即已体现出的重工商而批评士的通达观念,除受船政局友人新思想的感染之外,成长环境亦应存在影响。

学习制艺,稍长则一边授徒,一边从事举业,可谓重复着传统读书人的典型生活方式。1882年中举后,据其自述,曾七次参加礼部考试,均未能中,从而以举人身份终身。与此相对的是,由于一个偶然或说历史性的机遇——1866年马尾船政局开局,船政学堂开始招生,严复考入了这所新式学堂,从此开始系统地接触西方文字与学术。此时林纾则正在家中校阅古书、习制举文。二人的人生道路可以说由此正式发生分野。

从现存资料看,这两位福州同乡在青年时期、于人生轨迹上并无明显的交集,而更多体现出的是这种差别的延展:严复就学船政学堂之后,于1877年赴英留学,回国后(1879)先回船政学堂任教,随即(1880)北上任职于在天津新设立的北洋水师学堂,此后长期留任,直至19世纪末;在此期间,林纾则基本在家乡过着读书应举、绘画吟诗这样更接近于传统文人方式的生活。

尽管如此,仍然不乏迹象表明严、林之间此时可能相互知名,尤其是后者对于前者而言。首先是1882年,林纾迁家到了严复的出生地苍霞洲;虽然此时严复业已在天津就职,但这位年轻有为的同乡的声名未必不会传到林纾耳中。更重要的是二人之间存在的共同友人,如魏瀚。魏瀚为船政学堂前学堂学生(严复在后学堂),1875年赴法学习,四年后与严复同时归国[①],仍就职于福州船政局,为造船专家。1882年,林纾结识了同年中举的高凤岐,交游频仍,成为一生挚友,而魏瀚为高凤岐表兄,想来亦随之相识。甲午战后林纾所作《闽中新乐府》,即于1897年由魏瀚刊行,是为"林纾第一部公开出版的著作"[②]。作为"晚

---

① 参见罗耀九主编:《严复年谱新编》,鹭江出版社2004年版,第33、57页。
② 张俊才:《林纾年谱简编》,薛绥之、张俊才编:《林纾研究资料》,知识产权出版社2010年版,第18页。

清中外思想交通的重要场地之一"①,福州船政局内通习西学的友人对于林纾的人生道路可说产生过直接的关键性影响:魏瀚之外,首邀林纾翻译《巴黎茶花女遗事》的王寿昌亦为船政局人员。无论是举人出身还是船政局中的学生群体,在当时的福州均应算得上是"小圈子"性质。尽管严复于1880年即已离开福州,前往北洋水师学堂任职,但在与魏瀚等的交游之间,想来林纾应对严复之名有所听闻。

在这段青年时期,严复与林纾之间最明显的共同之处,除了均从事于教育工作之外(一在北洋水师学堂,一为"二十六年村学究"),或者即在于二人的"沉寂"——如同其所处的时代一样,尽管诸多方面都可能正蓄积着变化的触媒和能量,但整体上仍处于湮没无闻的状态;没有清晰的证据提示二人日后将藉翻译而成名,甚至难以看出其人生道路的即将变化和趋于相似。虽然严复在北洋水师学堂职位貌似甚高,但显然并不得志:他一度参与科举考试,以试图获得"正途"出身。1893年,严复回闽参加乡试;1888、1889年,又两度参加顺天府乡试;而1889年中,林纾也正以举人身份、赴京参加礼部试。尽管二人可能在同一座城市中擦肩而过、未曾相识,却均运转于同一种文化制度的支配之下。严复由新式学堂出身而向林纾所走之路靠拢的选择,更体现了这一制度传统此时尚存在的巨大规约。

明确的变化从甲午以后开始发生。作为清末历史的转折,甲午之战带给时人的心理冲击已经毋庸赘述,而严、林二人的反应乃至人生转向,可说正是这一时代变化的典型案例。自1895年春始,严复在《直报》发表公开言论,"救亡"诸论横空出世;《天演论》等的翻译亦从此后

---

① 参见陆建德:《海潮大声起木铎——再谈林纾的译述与渐进思想》,中国社会科学院文学所编:《中国社会科学院文学研究所学刊(2011)》,中国社会科学出版社2012年版,第20页。

开始①。稍晚在1897年,林纾创作《闽中新乐府》系列乐府诗②,同年由魏瀚在福州刊刻,《巴黎茶花女遗事》的翻译亦始于此年。从而可以说,正是在甲午至戊戌这一时期,严复与林纾几乎是同时地开始涉足公共言论场域,并开始了自己的译书事业。尽管《巴黎茶花女遗事》的翻译带有某种偶然,但与船政学堂诸人的交往以及译书作为时代风习的感染,仍然是不可忽略的必然性要素。

严复与林纾此时介入公共言论的方式并不尽相同:严复采取时评这一较为自由、长于论理的文体形式;而作为本土文人讽时感事的典型体裁,林纾对"新乐府"体的采用,则流露了更多的传统和文学气质。两人的相似之处也许更体现在其言论主旨及内容上:此时严复在介绍西方学术与风俗的同时,意在批评本土文化传统的诸多方面;而《闽中新乐府》的主旨亦在于在中西比较的语境之下刺时劝世,亟盼"通变"以"救时",其中所主张者,如国家意识、文明外交、教育、女学、重商、工艺等,甚至不无西方法治、平等与科学精神的萌蘖③;连"新乐府"这一传统文学体式的采用,也因作者将其与"欧西之兴,亦多以歌诀感人者"的自觉比附,而具有了新的文化定位。如此种种,反映出此时林纾由于与船政局友人的交往以及时局的感染,业已具有相当多面的有关欧西文明的认识;虽然严复的了解更为深入,且激烈批判本土政教传

---

① 参见孙应祥:《严复年谱》,福建人民出版社2014年版,第79页。

② 《闽中新乐府》第一篇《国仇(激士气也)》中提及胶州湾事件,知创作时间乃在1897年。

③ 如《饿隶(讥役人失其道也)》《獭驱鱼(讽守土者勿逼民人教也)》等篇对"西人法"之"听断所"的称道、对"公正操刑律"的期待,《杀人不见血(刺庸医也)》《检历日(恶日者之害事也)》等篇对西方医学的推崇与本土迷信的批评,《灶下叹(刺虐婢也)》对欧西"人无贵贱咸等夷"的赞叹等,可说业已体现出对西人法治、科学、平等等制度与文化层面的初步向往。

统、"偶尔有'全盘西化'之嫌"①,但在取法西洋、改良本土以谋国家富强②这一思路上,二人是完全一致的,这也是其开始发表公开言论的共同初衷所在。

翻译方面,亦是同异并存。在严复而言,因其兼通中西文字,故而以一人之力独立从事译述;林纾则需采用请人口译、己为笔述的形式,这一合译形式在入华传教士处由来已久,至此则是口译者亦已由华人担当。在翻译对象上,《天演论》兼及西方自然科学与社会科学背景,昭示了严复的知识兴趣与学术取向;《巴黎茶花女遗事》则属爱情小说范畴,某种意义上接续了本土文学传统,也先天地蕴含着通俗性质。虽然林纾日后着力于在小说译述中表彰爱国意识、介绍西国风习,但这些作品基本上属于通俗文学范畴,应无疑义。最重要的共同之处则在于,严、林均采用了文言翻译;语言风格容有出入,行文雅驯却显然是二人的一致追求。这一语言选择,乃是清末一代译家的自发反应,与译者、读者的趣味均相吻合。至于二人所译介者,一属社会科学,一属人文学,则是恰到好处地在知识框架上隐然并峙,在对西学的引入上、与明末以来以自然科学为主要内容的翻译形成补充格局。巧合的是,《天演论》与《巴黎茶花女遗事》均为试手之作,却甫问世而风行一时、双双成为经典。个中原因,既是由于他们从不同角度填补了当时的文化空白与社会需求,也由于在这两部译著之中,译者各自发挥自身优长、使其成为撰述上的精心之作。而严、林二人日后的译书理路,亦可说由此奠

---

① 参见陆建德:《海潮大声起木铎——再谈林纾的译述与渐进思想》,中国社会科学院文学所编:《中国社会科学院文学研究所学刊(2011)》,中国社会科学出版社2012年版,第18页。

② 林纾在《闽中新乐府》中亦曾提问欧西:"国强人富操何术?"(见《检历日(恶日者之害事也)》一篇)

定了规模。

甲午以后兴起的新的社会思潮,至戊戌而出现一次高潮和顿转。严复、林纾亦以不同的方式主动参与到这场运动之中。其中严复由于身处"体制"之内,卷入更深,亦是其个体生命的一次重要转折。

戊戌前后,严复方集中精力办《国闻汇编》,从事《天演论》等的翻译工作,然而也在某种程度上介入到实际政治之中。该年正月,《国闻报》上连载其《拟上皇帝书》;又名列经济特科人选。四月间,严复两次入京,在张元济等所创办之"专讲泰西诸种实学"①的通艺学堂讲学。由于王锡蕃上折荐举,光绪帝召严复赴京觐见,七月二十九日入觐;八月初三又在通艺学堂讲《西学门径功用》。此乃严复此时的主要活动。至于上皇帝书中的言论以及政变情形,此处毋庸赘述。要而言之,戊戌变政对于严复影响甚深,仕途受阻之外,办报事业受到冲击,心理上亦多惊骇。己亥(1899)七月,在致张元济书中,严复仍申明其无意续办《国闻报》,"大家作事尚须格外谨慎回避也"②,稍后又云自己"年来绝口不谈国事,至于书札,尤所谨慎",并郑重嘱咐张元济不要将该信示人,勿加留存③。此后直到庚子事变发生,朝廷重启新政,严复方始再度与京城官场接近。

1898年,林纾也一度身在北京。二月,他在闽县同乡李宣龚寓所见到了侯官人林旭。闰三月中,林纾与高凤岐、寿伯茀等到御史台上书,陈筹饷、练兵、外交、内治四策,三次均被驳回。然而四月即南下,至

---

① 《通艺学堂章程》,《中国近代教育史资料汇编·戊戌时期教育卷》,陈元晖主编:《中国近代教育史资料汇编》,上海教育出版社2007年版,第252页。
② 王栻主编:《严复集》第三册,中华书局1986年版,第532页。
③ 同上书,第534页。戊戌之后,庚子乃是又一次转折;1900年,严复离津赴沪,还曾参与中国国会事务。

1901年中方始再度北上。由于福州船政局的作用,早期中国水师将领不乏闽籍出身者,甲午之战中福建海军覆灭,闽人所受震撼尤深。本是海军出身的严复自不待言,林纾也曾闻战讯而在街头与友人"抱头痛哭"①。该年(1898)正月,林旭等在北京开闽学会,林纾随后与之相识,自然带有这一同籍的渊源。林纾、高凤岐等相约上书,除志趣相投外,也正是因同乡而同声同气。值得一提的是,此次在京,高凤岐尚拜访了严复。此应是二人首次相识。②高与林早在1882年即已相识,此次在京应是往来频仍。高凤岐往访严复,诸人均是闽籍同乡,此事很可能林纾亦有知晓。因而尽管此时林、严尚未相见,但林纾对严复必有知名。

戊戌变政以后,严复仍在北洋水师学堂任职,同时继续译书事业;庚子中南下赴沪,辛丑春始再度北上到津。林纾则于1899年移家至杭州,讲学于东城讲舍之外,由于外部条件的具备,参与了友人创办《杭州白话报》与《译林》的举动,从此亦与报刊这一现代传播媒介发生关联,并与魏易合译《黑奴吁天录》,不仅使得译述行为得以继续,并且小说翻译这一行为于林纾而言获得观念上的合法性,成为其自觉的事业。教育、报刊与译述,作为严复与林纾共同从事的职业,也正是晚清一代趋新知识人的典型选择。而严、林二人一在天津、一居杭州,看似分隔的人生轨迹,随着庚子以后新政重开的时代机缘,以及自家的声望积累,终于将在北京这一文化中心发生交集。

---

① 张俊才:《林纾评传》,中华书局2007年版,第35页;陆建德先生在《海潮大声起木铎——再谈林纾的译述与渐进思想》一文中已论及。林纾之戚属林少谷亦在甲午海战中殉难(林纾:《〈不如归〉序》,阿英编:《晚清文学丛钞·小说戏曲研究卷》,第262页)。

② 严复《祭媿室先生文》云:"记在戊戌,子登吾堂;虚舟相值,澹若两忘。"(《严复集》第二册,第272页)文中称与高结交为时十年,则戊戌之会乃是二人首次相识。

二

庚子之变以后,朝廷重启新政,改革伊始,百废待举,教育尤为重心。京师作为政治、文化的中心地带,各级新式学堂次第开办,随之而来的是对于教育人才的延揽;尽管这一过程于个体而言不无人事上的偶然性,综观之则仍呈现出向京城集中的态势。对于严复与林纾而言,此一阶段,最有关系者乃是京师大学堂的重开以及五城学堂的创办。

五城学堂乃是北京第一所官办新式中学堂,创办事宜由顺天府尹陈璧主持。陈璧为侯官人,1896年曾参与创办苍霞精舍,以林纾为汉文总教习。辛丑(1901)秋,林纾离杭北上,受聘于金台书院。金台书院为清代北京的著名书院,属顺天府治下,历任主讲多由顺天府尹选聘。① 正是在该年七月,陈璧升任顺天府尹。从林纾北上的时间来看,其金台书院讲席之位,应是受陈璧之聘。而在当时的改革风潮中,书院在教育体系中的位置迅速被新式学堂所取代。陈璧应是甫就任即开始了五城学堂的筹办,而林纾亦顺理成章地成为该学堂汉文总教习的人选②。

辛丑(1901)十二月廿七日,严复在给张元济的信中③,提到了五城学堂的情况。值得注意的是,这也许是林纾的名字第一次出现在严复

---

① 参见赵连稳、韩修允:《顺天府尹在金台书院文化传播中的作用》,《北京理工大学学报(社会科学版)》2013年第3期。

② 《林纾年谱长编》中引用了陈璧奏折及冒广生信札,对五城学堂礼聘林纾的情形有更详细的钩沉。参见张旭、车树昇编著:《林纾年谱长编》,福建教育出版社2014年版,第88—89页。

③ 该信撰写时间乃据《严复集》编者考证(《严复集》第三册,第550页)。

笔下:

> 其洋总教系敝徒天津人王君少泉(原注:劭廉),汉总教则林孝廉琴南(原注:纾),在杭东林讲舍作山长者。二君学皆有根底。少泉肫挚沈实,琴南豪爽恺悌,皆真君子人也。林君最佩足下,虽相与未必甚稔,然察其用情,骨肉不啻,足下何以得此于林君哉?此学堂可谓得人。①

五城学堂于壬寅(1902)正月在琉璃厂正式开办,此时当已筹备停妥。严复之所以在私信中叙及五城学堂,除门生王劭廉这层渊源之外,尚因为其族侄严君潜(培南)亦在该学堂为分教习。严君潜既与林纾成为同事,二人以及严复之子严璩(伯玉)乃是"同舍"居住②——由此成为严复与林纾相识的契机。从严复的描述看,此应是二人相见之始。"豪爽恺悌""真君子人"的评语,不仅可见出严复对林纾的好感全无保留,而且的确道出了林纾的真实性情。

林纾与严君潜、严璩此时同舍而居,交往自然密切。严璩为严复长子,此时年未及三十,曾经留学英国;辛丑六月,随奉旨出使德国的载沣赴欧一行,同年秋返国。严君潜则系北洋水师学堂毕业学生;1897年,严复还曾推荐严君潜到通艺学堂教授英文③。二人作为严复子侄,英

---

① 严复:《与张元济书》,王栻主编:《严复集》第三册,中华书局1986年版,第547页。
② 林纾:《〈伊索寓言〉叙》,阿英编:《晚清文学丛钞·小说戏曲研究卷》,中华书局1960年版,第199—200页。下文中所引该文,出处亦同。
③ 罗耀九主编:《严复年谱新编》,鹭江出版社2004年版,第96页。《国闻报》创刊后时常发表北洋水师学堂学生译稿,严培南亦曾在该报发表译自《泰晤士报》的时论(参见光绪戊戌二月初六、初七等日的《国闻报》)。

文自为其长项，而这恰催生出一段译述因缘——即林译之《伊索寓言》的诞生。

据林纾为《伊索寓言》所撰叙言，该书翻译起因，乃由于严君潜与严璩所推荐；于是二人口译、林纾笔述，"日举数则"，"经月书成"。该序乃于壬寅二月作于五城学堂，既然"经月书成"，则此书的开译，应在辛丑、壬寅之交，也即严氏父子与林纾相识未久之际。《伊索寓言》一书虽然为严君潜与严璩所推荐，至少应带有来自严复的间接影响——严复素来颇重视《伊索寓言》，还曾译过其中一则，发表于戊戌（1898）二月的《国闻报》。① 严璩、严君潜此前必然亲聆教诲，故而有此翻译文本的选择，甚至可能与诸人在五城学堂的课程讲授亦不无关联②。

《伊索寓言》当为林纾抵京后翻译的第一部作品。林纾在叙言中将其与性质相近的本土之文加以比较：《庄子》寓言虽妙，但过于"精深"，未有裨于蒙学；如《谐谑录》等"齐谐小说"，则又"专尚风趣"，只有"侑酒"之用、而乏启蒙之功。只有如《伊索寓言》者，兼寓学理与娱乐，最便启蒙。1897年创作《闽中新乐府》时，林纾即将其比之于欧西歌诀，希望"梓为家塾读本"，此时为启蒙而译《伊索寓言》，承续了他对于蒙学的一贯重视。他更理直气壮地为小说正名：

> 余荒经久，近岁尤耽于小说，性有所慊，亦莫能革，观者幸勿以

---

① 罗耀九主编：《严复年谱新编》，鹭江出版社2004年版，第109页。
② 商务印书馆所出《东方杂志》创刊号（1904）上刊载《伊索寓言》广告，将其归入"国文类教科书"，并云："是书藉草木鸟兽问答之言描写人情世态，使人知所劝惩。泰西各国学堂，无不译成本国文字，用为课本。是书据英文本译出，词笔隽雅，足称原书声价。林君并逐课附加案语，发明真意，旨深词挚，附图数十，最资启发，诚少年绝妙之教科书也。"明确将该书列为课本，书中案语亦系"逐课附加"，或可窥知是书初译时的动因。

小言而鄙之。

此处所"耽"之"(西方)小说"与"(本土)齐谐小说"虽然同一命名,但所指已然有异,显示了其心目中"小说"的文类寓涵业已发生变化。而"经"与"小说"并列出现,尽管一"荒"一"耽",生动说明了近世文化体系在结构上的升沉更动,但二者各自的价值承载此时仍然给读书人造成心理上的张力,亦是此言无意中透露的讯息。在此之外,林纾更在叙言开篇,首先提到了近世欧西"哲学之家"——"斯宾塞氏撰述,几欲掩盖前人,命令当世";在为该书批注的识语中,林纾亦特地语及斯宾塞之群学①。众所周知,斯宾塞氏之群学乃是甲午以来严复译介西学的重心内容;"群"之一字,由于严复的首先倡介,清末十年中广为流衍而成为时代之关键词。林纾在此对于斯宾塞及群学的推崇,无疑是在向严复致意,显示了此时林纾对于严复所译述内容的主动了解。

严、林二人既于辛丑岁末相识,稍后京师大学堂译书局的兴办,更为二人的直接交往平添一层涵义。早在戊戌四月,江南道监察御史李盛铎即奏请"多译西书""开馆专办译书事务"②。京师大学堂筹办之时,果然附设译书局,并派梁启超办理该局事务。梁启超并且拟出章程,然而当时即已有反对之声。政变后任公亡走海外,译局当并未真正开办。庚子之变以后,朝廷重启新政,大学堂也在重振之列。正是在上文所引致张元济的同一封书信中,严复也提到了自己的出处问题:张百熙奉命经理京师大学堂,欲以吴汝纶与严复为执掌人选,一时至有以严复为

---

① 林纾:《〈伊索寓言〉识语》,阿英编:《晚清文学丛钞·小说戏曲研究卷》,中华书局1960年版,第204页。

② 北京大学、中国第一历史档案馆编:《京师大学堂档案选编》,北京大学出版社2001年版,第14—15页。

洋文总教习的说法。① 而最终聘任严复经理者,仍为重开之译书局。

壬寅(1902)正月初六日,甫被任命为管学大臣的张百熙奏请在京师大学堂附设译书局②,旋为朝廷所准。张迅即付诸实施。正月廿五日,张派沈兆祉(筱沂)、赵从蕃(仲宣)来请严复主持该局,而严复亦欣然接受了邀请,并应于二月中应聘入京。③ 三月初四日,张百熙专摺奏报译书局事,即特地奏明乃以严复为总办。尽管其时大学堂尚未开办,但各路聘任人选已经陆续到任。壬寅三月初四日的奏报中,张百熙也提到了译书局的其他人员:"其通晓中外学术各员,拟即暂派入译书局,分任纂辑、润色、校勘等事。"④此处虽未言明具体人选,但"中外学术"之谓,涵盖了"笔述"与"分译"两种职位,从后来记载的笔述人选看(见下文所引1903年京师大学堂题名录),此时林纾应已在其中。自正月末严复接受总办之邀,至此已经一阅月,正是严复物色属员之期。林纾已译之《巴黎茶花女遗事》风行海内(《黑奴吁天录》此时刊行未久),与严君潜、严璩合译的《伊索寓言》亦在二月初完竣,均为林纾获得这一职位提供了"资格证明"。张百熙所说的"润色"人选,很可能即涵盖了林纾在内。

执掌译书局一事,于严复而言乃是水到渠成。早在己亥(1899)二月廿五日致张元济书中,在回答张就南洋公学译书局所提问时,严复即

---

① 然而此亦不过传闻,壬寅(1902)正月初六日,张百熙奏保京师大学堂正副总教人选,严复并未在列。这当然并不意味着严复不为张百熙所重。

② (清)朱寿朋编:《光绪朝东华录》,中华书局1958年版,第4821页。

③ 王栻主编:《严复集》第三册,中华书局1986年版,第550页。另壬寅(1902)八月十二日,严复致熊季廉信中称自己"入都就译局之聘者六阅月矣"(中国社会科学院近代史研究所《近代史资料》编辑部编:《近代史资料》第104号,中国社会科学出版社2002年版,第57页),则其就聘时间应在该年二月。

④ 北京大学、中国第一历史档案馆编:《京师大学堂档案选编》,北京大学出版社2001年版,第133页。

已详细道出了自家对于译书局的设想:此前"西人口传而中士手受"的方式,不过"慰情胜无""难语上乘",在严复看来,译书局当"仿照晋唐人译佛经办法",首先精选"兼通中西文字者",亦不必多;其次则是深于中文之"润文通品",人数须倍之;继而"以精通西学之人副之";大家"聚于一堂",互相讨论。通西学者口译、笔译均可,有深于中文者为之笔述润色,兼通中西者则可审订纠谬。① 由此可见,关于译书方式,在严复心目中,上乘者自然是如其自身一般兼通中西且精益求精之人,此外亦可采用口译加笔述的方式,唯是双方须为华人,且深于中文者的重要性犹在精通西学者之上。林纾的译书方式,正吻合严复的这一设想。尽管严复此时尚未识得林纾,其信中所举出的"润文通品",乃是郑孝胥、吴汝纶两位,但在京师大学堂译书局中,林纾的位置属于此列,应无疑义。

据1903年的京师大学堂题名录记载,其时严复为译书局总办,属下有分译四位:常彦、曾宗巩、胡文梯、魏易;笔述二人,即林纾与陈希彭。② 这其中,杭州人魏易与林纾在杭即相识,曾合译《黑奴吁天录》,其任职可能是由于林纾的举荐。胡文梯为北洋水师学堂第五届驾驶科

---

① 严复:《与张元济书》,王栻主编:《严复集》第三册,中华书局1986年版,第529页。
② 《京师大学堂教习执事题名录》(光绪二十九年十一月),《中国近代教育史资料汇编·高等教育卷》,陈元晖主编:《中国近代教育史资料汇编》,上海教育出版社2007年版,第20—21页。严复于光绪二十九年(1903)七月刊行于《大公报》的《京师大学堂译书局章程》,亦云分译四人、笔述二人,与此相合(见《严复集》第一册,第127页)。京师大学堂所附编书局于壬寅(1902)五月一日开局(孙宝瑄:《忘山庐日记》,上海古籍出版社1983年版,第527页),译书局的开办很可能与之同时。壬寅五月,张百熙在给瞿鸿禨的信中言及:"译书编图两局亦已开办"(《中国近代教育史资料汇编·学制演变卷》,第151页),可为佐证。壬寅七八月间,编书局分纂孙宝瑄日日到局,即曾数次记载与严复见面聊天(《忘山庐日记》,第562页)。严复:《与张元济书》,王栻主编:《严复集》第三册,中华书局1986年版,第529页。

毕业生①；常彦(字伯奇)疑即常福元(字伯琦)②，与胡文梯以及严复之侄严君潜在北洋水师学堂为同班；闽人曾宗巩亦毕业于北洋水师学堂，后为北洋海军守备③；三人均为严复弟子。陈希彭则为林纾门人，且是闽县同乡④，或亦出于林纾所荐。从诸人籍贯、来历看，译书局的属员人选，应是出自总办严复的属意。林纾之聘任译局，很可能来自严复的邀请，并且亦参与了译书局人员的荐举。

自此这两位翻译家正式成为同事，均获得了译书的官方身份⑤。

---

① 刘传标编纂：《近代中国海军大事编年：1840—1949》卷下，海风出版社2008年版，第937页。

② 《京师大学堂教习执事题名录》载常彦(伯奇)为江苏江宁府人、候选同知(《中国近代教育史资料汇编·高等教育卷》，第20页)；据《严复年谱》所载，严复在安徽高等学堂任监督时，该校庶务长为常福元，同时兼任该校英文教员，到校时间为光绪三十年(1904)十月，履历为"试用州同，北洋水师学堂毕业"，江苏上元人(《严复年谱》，第248页)。上元为江宁府属县；常福元字伯琦，与常彦之字"伯奇"同音异字，类似的书写出入在当时颇为常见。译书局之"常彦"很可能即是常福元。常彦1903年年末尚在译书局，次年秋已至安徽高等学堂任职，应是随着严复离开译书局而去职。严复就安徽高等学堂之聘，常福元先已在此任职。常福元(1874—1939)日后为现代史上颇有名声之天文学家，著《天文仪器志略》，曾在辅仁大学担任数学教授。其专长是理科，吻合译书局翻译理科教材的需求。《民国人物大辞典》"常福元"条谓其毕业于北洋水师学堂，曾任京师学务处编译书局分纂、安徽高等学堂教习、学部一等书记官、公立京师大学堂庶务帮提调等职(徐友春主编：《民国人物大辞典》，河北人民出版社2007年版，第1658页)，可知其为严复属下时间亦久。常伯奇还曾在林纾家担任英文家庭教师(参见夏晓虹、包立民编著：《林纾家书》，商务印书馆2016年版，第90页)。

③ 《京师大学堂教习执事题名录》(光绪二十九年十一月)，《中国近代教育史资料汇编·高等教育卷》，陈元晖主编：《中国近代教育史资料汇编》，上海教育出版社2007年版，第20页。

④ 1906年，陈希彭为林纾与魏易合译的《十字军英雄记》作叙，署"受业闽县陈希彭谨叙于五城学堂之南楼"(《晚清文学丛钞·小说戏曲研究卷》，第289页)。从该叙内容看，陈希彭所学于林纾者以古文为长，因而也被聘为译书局笔述。严复逝世后，林纾率陈希彭一道致奠(见林纾：《告严几道文》，《畏庐三集》，《民国丛书》第四编，上海书店1992年版，第76页)，应即有二人当年在译书局与严复一同任事的渊源在其中。

⑤ 林纾在京师大学堂译书局就任当属兼职，同时仍任教于五城学堂。

二人相识未久,彼此抱有好感,这在性格热情的林纾尤然。正是壬寅(1902)春甫就任译书局之际,林纾为严复绘《尊疑译书图》①;是年八月,又为作《尊疑译书图记》。在这篇专门言及严复翻译与学术的短文中,林纾首先举出儒家以外"周秦诸子"之书,虽自有其价值,然而言及人天之际,则又言之未明,原因即在于未以名数之学为基础;继而申明自己自结交严复之后,即读其所译斯宾塞之群学书,表扬其著书之法、征实之旨;最后道出自己眼中的严复,乃是"翛然于世""不能群于士大夫",尽管与严复尚无深交(所谓"因为图以进,至尊疑之为喜为慨,余固不之审也"),但仍然抱着以知己相待的希冀("余方图卜居于浙西山水佳胜之处,尊疑其将以不群于世者群我欤?"②)。从而,林纾提出严复何以"不能群于士大夫"的疑问,乃是带着友人的善意规谏之意。

考察严复此时的状态,林纾的这一疑问亦是其来有自。严复的性格本自冷静,或者亦有几分孤高。也正是在壬寅八月,严复在给知交熊季廉的信中,说到自己自就任译书局以来,"见见闻闻使人意恶",京师大学堂亦不如人意,"其初颇欲大举,筑室道谋,卒无成算";又云"同事宗旨与我绝殊",在京"几于闭门谢客","于是傲慢之谤益复蠭起"。③因与同事宗旨不合而疏于往来,"傲慢之谤"严复亦自知之。而林纾热心直言,既见出情谊之赤诚,亦成为严复此时在译书局乃至京师官场的境遇并非适惬的旁证。

此时林纾与严复的友谊尚有其他印证。1902年夏间,严璩随孙宝

---

① 《林纾年谱简编》云《尊疑译书图》绘于壬寅(1902)三月。见《林纾研究资料》,第22页。
② 此处所引《尊疑译书图记》,出自《畏庐文集》,《民国丛书》第四编,第55页。
③ 中国社会科学院近代史研究所《近代史资料》编辑部编:《近代史资料》第104号,中国社会科学出版社2002年版,第57、55页。

琦出使法国①,林纾特为撰《送严伯玉之巴黎序》,寄望殷殷。其中尤其提到自己与严复的往来:

> 吾尝与几道先生纵论欧西人物,先生一一品第彼中学者,察其意,殊无所恇挠。故其发为文章,乘虚逐微,几与西士之铮铮者抗驰域中。戊戌一再召对,遂闭门著书,泊然无所希于人。②

"闭门著书,泊然无所希于人",仍然是严复不多与外界来往的婉转表达。而前段文字,则可窥见二人讨论欧西学术的情形,以及林纾对于严复之学问的钦佩。此时期林纾另篇文章中尝云"寻更三数见于吾友严几道寓斋"③,可知二人此时往来当颇为频密。④ 据称严复译《群学肄言》时,还曾以稿本就正于林纾,后者"颇为之点窜润色"⑤。《群学肄言》出版于1903年,其翻译正值严、林初识未久,在译局共事往来之时,《凌霄一士随笔》的记载应是其来有自。严复此前译《天演论》《原富》,均曾送予古文家吴汝纶,请为审订;如其将《群学肄言》书稿就商于林

---

① 孙宝琦于壬寅(1902)六月被任命为出使法国大臣(《光绪朝东华录》,第4888页),九月二日与其弟孙宝瑄一道从塘沽坐船南下赴沪,严璩等随行;十月十四日,孙宝琦一行于吴淞口乘坐法国轮船赴欧(《忘山庐日记》,第576、591页);则林纾《送严伯玉之巴黎序》一文应撰于壬寅(1902)六月至八月间。

② 林纾:《送严伯玉之巴黎序》,《畏庐文集》,《民国丛书》第四编,上海书店1992年版,第18页。

③ 林纾:《赠赵仲宣员外序》,《畏庐文集》,《民国丛书》第四编,上海书店1992年版,第18页。

④ 林纾与魏易合译、1904年出版的《埃司兰情侠传》,亦由严复题署(《林纾著译系年》,《林纾研究资料》,第374页)。

⑤ 《凌霄一士随笔》,《国闻周报》第七卷第八期。此外,国家图书馆今藏林纾致严复信函,提及《民种学》及罗马战争史事等书之翻译事宜(《林纾年谱长编》,第91—92、106页),可窥知这一时期林纾在译书局的翻译工作及与总办严复的关系情形。

纾,应是出于同样的尊重请益之意。

任职译书局期间,严复与林纾各自的译述均在继续。今日留存之京师大学堂官书局出版①的数种林氏译著,应即是林纾在译书局笔述职位上留下的成绩。然而严复既已不合于众,加上京师学务上的人事变动,癸卯(1903)十月,严复已向张百熙提出辞去译书局职务,由于张加以挽留,因而稍作勾留②。至次年正月,严复终于辞去译书局总办一职,预备南下赴沪居住。

甲辰(1904)三月初一日,一众闽籍同乡在陶然亭集会,为即将南下的严复饯行。林纾亦在当场,后又补绘《江亭饯别图》,诸人赋诗唱和。严复为此撰有《甲辰三月将出都即席呈同里诸君子》诗,发表于《大公报》,诗中尤以较多篇幅言及林纾:

> 孤山处士音琅琅,皂袍演说常登堂。可怜一卷《茶花女》,断尽支那荡子肠。③

"皂袍演说常登堂",应指林纾在五城学堂为教习事。后二句略以谐谑口吻提及林纾译述名作,历来为人称引。而如同1902年为《尊疑译书图》作记,林纾此次亦撰有《江亭饯别图记》。文中再次用到"翛然"一词,指出严复自为译局总办后,"阒外之迹,转稀于严子始来之时",可以见出严复任职译书局时之并不得意。进而说道:

---

① 译书局与官书局关系密切,张百熙在奏请开设译书局时,即云拟"就官书局之地,开办译局一所"(《光绪朝东华录》,第4821页)。

② 中国社会科学院近代史研究所《近代史资料》编辑部编:《近代史资料》第104号,中国社会科学出版社2002年版,第61页。

③ 王栻主编:《严复集》第二册,中华书局1986年版,第365页。

余始以为朝廷向新学,严子稍出所藏,可以饱饷什伯[佰]千万之中国人。乃赁庐京师,道若隐沦。余方进规严子之秘其藏而不欲以饷人也,及见其急急谋去京师,归食于南,始恍然严子之不尽其藏,宁秘其藏也。①

此时林纾仍在描述严复之"道若隐沦",与两年前所记并无二致。文章以"汪汪无穷者"指称严复之学问,并追溯乡谊、称自己与严复"为谊三世"。而将"始以为""急急谋去"等描写与两年前"尊疑其将以不群于世者群我欤"的殷勤询问对读,或可见出,在林纾而言,较此前所抱持的钦敬,更多了几分更为平易与日常的交谊。

　　严复离职之后,京师大学堂译书局似亦未维持更久。甲辰(1904)六月二十二日,严复致熊季廉信提及译书局有"五月底停办之说"②。今存1905年由京师学务处官书局印行的《儿童矫弊论》,署"京师编书局译",则译书局的功能合并于编书局,亦有可能。1905年年中,学部成立;次年(1906)京师编书局所编《明治小学教育沿革》一书,印行机构署"京师学部编译书局",该机构同年印行的还有《立体形学课本》等数种教材性质的书籍。此处之学部编译书局,前身即应可追溯至京师大学堂属下之编书局与译书局③。而译书局机构"皮之不存",林纾等属员自然也就继严复之后而云散了。

　　京师大学堂译书局笔述一职,不仅使得林纾与京师大学堂发生联

----
① 此处所引《江亭饯别图记》,均出自《畏庐文集》第56页。
② 孙应祥:《严复年谱》,福建人民出版社2014年版,第193页。
③ 据1906年学部酌拟官制奏折,其所拟设编译图书局,云"即以学务处原设之编书局改办"(《中国近代教育史资料汇编·教育行政机构及教育团体卷》,第15页),学务处之编书局应即沿袭自京师大学堂编书局,而大学堂译书局很可能在1904年已经停办了。

系、成为其日后任教于大学堂之肇端,并且亦起积极作用于林纾的翻译事业。译书局人选虽于 1902 年春聘任,投入正式译述工作却需要一个过程。目今所见,以"大学堂官书局"或"大学堂译书局"名义印行的书籍,最早者均为 1903 年中出版。林纾所译者亦然,兹将其此一时期(1903—1905)所译述作品列表如下①:

表一　林纾 1903—1905 年译述作品

书名	口译者	出版者	出版时间
《民种学》	魏易	京师大学堂官书局	癸卯闰五月
《布匿第二次战纪》	魏易	京师大学堂官书局	癸卯九月
《利俾瑟战血余腥记》	曾宗巩	上海文明书局	甲辰正月
《滑铁庐战血余腥记》	曾宗巩	上海文明书局	甲辰五月
《英国诗人吟边燕语》	魏易	商务印书馆	甲辰十月
《埃司兰情侠传》	魏易	未详	甲辰秋
《迦因小传》	魏易	商务印书馆	乙巳二月
《埃及金塔剖尸记》	曾宗巩	商务印书馆	乙巳三月
《英孝子火山报仇录》	魏易	商务印书馆	乙巳六月
《拿破仑本纪》	魏易	京师学务处官书局	乙巳七月
《鬼山狼侠传》	曾宗巩	商务印书馆	乙巳七月
《撒克逊劫后英雄略》	魏易	商务印书馆	乙巳十月
《美洲童子万里寻亲记》	曾宗巩	商务印书馆	乙巳十月
《斐洲烟水愁城录》	曾宗巩	商务印书馆	乙巳十月
《玉雪留痕》	魏易	商务印书馆	乙巳十二月
《鲁滨逊漂流记》	曾宗巩	商务印书馆	乙巳十二月

由上表可见,此三年中,林纾所出版之译著达近 20 种之多,可谓丰产。与此前零星、断续的翻译行为相比,可以说是进入了其翻译事业的高峰期。究其原因,首先应在于译书局职位的获得。进入京师大学堂译书

---

① 此处乃据张俊才《林纾著译系年》编制(见《林纾研究资料》,第 374—375 页),1903 年中再版之《伊索寓言》尚未计入。

局,正式使得翻译作为一种职业,进入林纾的意识并成为其生活的常态部分;口译与笔述的翻译方式,亦在此获得充足的合法性而固定下来。译书局不仅有充分的外文书籍来源,并且为林纾提供了口译的合作者。在林纾一生的翻译生涯中,与其合作的最重要的口译者有三位,即前期的魏易、曾宗巩与后期的陈家麟。自1901年起,魏、曾二人乃是林纾在清末时期的主要合作者。其中魏易在杭州即已与林纾合作,而北洋水师学堂学生、严复弟子曾宗巩却是林纾进入译书局之后结识。由上表可见,曾宗巩迅速成为林纾的重要合译者,在承担译著的数量上与魏易几乎平分秋色;并且在离开译局之后,仍然与林纾保持了合作。新的口译者的出现,为林纾的翻译拓展了译本选择的范围与风格,参与形塑了林译的面貌。

译书局的职位也在一定程度上影响了林纾翻译对象的选择。译书局成立初衷,首要在于编译教材性质的新式书籍,为教育改革、新学传播提供官方资源。由官书局出版的三种林纾译著,亦体现了这一特点:《布匿第二次战纪》与《拿破仑本纪》均与泰西历史相关,《民种学》更属于学术著作,在诸多林译小说中独树一帜。尽管如此,由上表可知,这一时期出版的林纾译作中,官书局出版者仅占其中很小部分①。一方面可以见出,此时译书局管理并不严格,局中人员可以私人身份合作、在民营出版机构自由出版译著(严复本人亦然);另一方面,则是由于译书局所期待的学术类作品实则并不符合林纾的译述趣味与所长,能够充分发挥林纾古文优势的,仍属摹写人情风俗、因"东海西海,心理

---

① 值得一提的是,作为出版严复、林纾译著的主要机构,上海商务印书馆在推动二人名望上起到的作用不可小觑。甲辰(1904)正月该馆出版的《东方杂志》创刊号上所刊新书广告,除严译《群己权界论》《社会通诠》之外,亦有林译《伊索寓言》。此类广告在《东方杂志》上连续登载,应系推广严、林著作的重要助力。

攸同"而更易于领会的小说文类。

林纾此一时期的译述还体现了强烈的国家意识与时局关怀,这在其所撰序跋及识语中体现得尤其鲜明①。而此类道德性论述与其小说译述行为的自觉实相关联。前文已经提及,林纾对于小说译述乃至小说文体的认识,亦经历了一个转变的过程,其自觉性的获得大略始于1901年前后。1899年,林纾为其译述的首部小说《巴黎茶花女遗事》作引,不过短短数十字,且对作品内容毫无评述,口译王寿昌与林纾本人均未出现本名,可见其时他对于该作品并未视之甚高。而至庚子(1900)冬天,林纾为其与魏易等共同创办的《译林》写序,有欧人"以小说启发民智"②之语,已得时代风气之先;至辛丑(1901)秋,与魏易合译《黑奴吁天录》成,林纾则不仅作序,更复跋之,于译者寄怀中国现实之命意再三致意,以为该作"虽俚浅",亦可为"爱国保种之一助"③;同时所作《〈露漱格兰小传〉序》,更特地点出《巴黎茶花女遗事》中"马克之忠"④,可谓为该译著补叙译者心曲。小说译述至此在林纾处确立了道德的正当性支持,从而获得了心理上的完全合法性。

严复虽未从事小说翻译,在其为译书局所拟章程中,于拟译教科书种类亦未尝列出"文学"一门⑤,但其对待小说的态度仍值得一提。早

---

① 对此陆建德先生已有精到论述,参见《海潮大声起木铎——再谈林纾的译述与渐进思想》一文中对《伊索寓言》识语的分析,载《中国社会科学院文学研究所学刊(2011)》,第21—24页。

② 林纾《〈译林〉序》,《清议报》第69册。

③ 林纾:《〈黑奴吁天录〉跋》,阿英编:《晚清文学丛钞·小说戏曲研究卷》,中华书局1960年版,第198页。

④ 林纾:《〈露漱格兰小传〉序》,阿英编:《晚清文学丛钞·小说戏曲研究卷》,中华书局1960年版,第198页。

⑤ 这一事实由陈平原先生指出(参见陈平原:《晚清辞书视野中的"文学"——以黄人的编纂活动为中心》,《北京大学学报(哲学社会科学版)》2007年第2期)。

在1897年，严复即与夏曾佑共同署名，在《国闻报》连载《本馆附印说部缘起》长文，提出"英雄"与"男女"为人类之公性情，政教大者亦由此而生，更申明"说部之兴，其入人之深，行世之远，几几出于经史上，而天下之人心风俗，遂不免为说部之所持"，"欧、美、东瀛，其开化之时，往往得小说之助"。① 该文对于小说之社会功用的极力推崇与理论阐发，成为日后风起云涌之"小说界革命"的先声，启迪之功无尽。从严复在他处未曾有类似论说推测，该文之合作情形，或即是西学部分来自严复，小说之话题则出于夏曾佑。纵使果真如此，文章推重小说的命意，亦当经过严复的首肯。而该文希望以小说来实现"使民开化"的宗旨，与林纾稍后欲借小说以开民智的思路正是如出一辙。甲午以后，民智一说乃是由严复首先提出。在庚子之后开智运动成为社会风潮的语境下，林纾的这一思路未始不可说是带有严复的辗转影响在内。

此应为严、林交往的第一阶段。二人于庚子以后兴办新式教育的时代潮流中在京城结识，由于译述之长而共聚于官办译局，又由于人事变动而离职他就。从而此一时期二人相聚，乃是以译书这一时代潮流为主题，并由于得风气之先而为其中翘楚。严、林双双进入京师大学堂译书局，对于二人的名望应有推波助澜之效。如吴汝纶此前已与严复结交，此时在京结识林纾，颇为推许。壬寅（1902）十月，时在京师大学堂编书局任职之孙宝瑄，乃于其日记中记云：

今人长于译学者有二人，一严又陵，一林琴南。严长于论理，

---

① 几道、别士：《本馆附印说部缘起》，陈平原、夏晓虹编：《二十世纪中国小说理论资料》第一卷，北京大学出版社1989年版，第1—12页。

> 林长于叙事,皆驰名海内者也。①

这或许是目前所见,较早将严、林在译学上相提并论的文献。长于论理与叙事的分梳,亦准确概括了二人的特色。编书局与译书局为京师大学堂附设的并列机构,孙宝瑄这一论列,自应源于其在书局内对严、林二人的听闻乃至交往。尽管只是私人日记中所言,但它反映了此时严复与林纾并重于译界的事实,却无疑义。

三

1904年,严复南下至沪之后,不仅常与高凤岐兄弟等交游,与林纾亦犹有书函往来:仅就今存资料而言,是年冬,严复将与张翼就开平矿局事赴英质讼,行前在信中告知林纾。林纾复信今存,辞意激切,更云:

> 得书后即以先生书意遍诒学生,励其立志向学,以争吾国。②

林纾此时应尚在五城学堂任教,因而得严复书后即将该事实遍告学生,激励其爱国向学。信中专意讨论中西情实与国家利益,可以窥见二人之间交流的基调;信末更有婉转宽慰之语,爱护之情跃然纸上。此后至丙午(1906)正月,商务印书馆出版林译《洪罕女郎传》,林纾在跋语中对中西文章笔法加以比较,继而说道:

---

① 孙宝瑄:《忘山庐日记》,上海古籍出版社1983年版,第593页。
② 孙应祥:《严复年谱》,福建人民出版社2014年版,第194页。

> 予颇自恨不知西文,恃朋友口述,而于西人文章妙处,尤不能曲绘其状。故于讲舍中敦喻诸生,极力策勉其恣肆于西学,以彼新理,助我行文,则异日学界中定更有光明之一日。或谓西学一昌,则古文之光焰熸矣,余殊不谓然。学堂中果能将洋汉两门,分道扬镳而指授,旧者既精,新者复熟,合中西二文镕为一片,彼严几道先生不如是耶?①

林纾在自述中屡屡自陈"不知西文"之憾,情辞恳切。而此段文字论及其对于西学与古文之关系的看法,尤为宝贵。就中西二学的关系而言,早在甲辰(1904)四月,严复甫至沪上之际,即在《〈英文汉诂〉卮言》一文中,针对其时趋新与守旧两派以为西学日兴、中学日废的思路,发表见解道:

> 自不佞观之,则他日因果之成,将皆出两家之虑外,而破坏保守,皆忧其所不必忧者也。果为国粹,固将长存。西学不兴,其为存也隐;西学大兴,其为存也章。盖中学之真之发现,与西学之新之输入,有比例为消长者焉。②

此时严复早已脱离甲午时期批判传统的激烈倾向,跳出了趋新与守旧两种窠臼,而主张"公理"既为"人类之所同",则日后"所谓学者,但有邪正真妄之分",而无"中西新旧之名"。以中西、新旧的名分之争为无谓,乃是严复的高瞻远瞩之处。而"果为国粹,固将长存"的断语,则又

---

① 林纾:《〈洪罕女郎传〉跋语》,阿英编:《晚清文学丛钞·小说戏曲研究卷》,中华书局1960年版,第225页。
② 严复:《〈英文汉诂〉卮言》,王栻主编:《严复集》第一册,中华书局1986年版,第156页。

隐约浮动着"天演"的影子。至于所说"中学之真之发现"有待于"西学之新之输入",宛然预言了日后新文化人整理国故的学术理路,至今其言尤验,更是令人钦仰无似了。

若将严复此段文字与上引林纾之言对照,顿时显出二人思路的惊人相似。林纾所不谓然之"西学一昌,则古文之光焰熸矣"一说,正符合严复所不取的"保守"派之忧。其所主张者,乃是"旧者既精,新者复熟""以彼新理,助我行文",与严复借西学以"发现"中学、用西益中的设想如出一辙。而将"合中西二文镕为一片"的理想境界,举严复为例以证,更道出了对于后者由衷的钦敬之情。

《英文汉诂》一书1904年由商务印书馆出版,《卮言》一文则发表于该年七月的《大公报》,林纾或者亦曾寓目。于主张输入西学、更生传统,调和中西以发展中国学术而言,严复与林纾无疑站在同一立场之上,均超越了"新""旧"之争,代表着清末知识人的思想高度。而若再加细究,则二者立场中仍然存在着同中之异:林纾发言,在在均就"文章"/"古文"立论,古文乃林纾本色当行的"看家本领",因而也是其立足和着眼所在;而严复则均就"学"这一概念而言,指向整体性的"学术"。此外,中西二者之间,严、林仍然有着畸轻畸重的重心倾斜——林纾所念兹在兹的,如"以彼新理,助我行文",立足在"我"也即旧学;而严复主张"西学大兴"以助中学之"存",一"兴"一"存"之间,偏向昭然若揭。这固然是由于二人的知识背景所造成。而这一立场上的微妙出入,实则贯穿了日后二人的文化理念,并且在时代变迁中有所放大,而此已是后话。

1906年,李家驹任京师大学堂总监督。该年八月,林纾受大学堂之聘,"担任该校预科和师范馆的经学教员",同时继续在五城学堂任职。[1]

---

[1] 张俊才:《林纾年谱简编》,薛绥之、张俊才编:《林纾研究资料》,知识产权出版社2010年版,第24页。

林纾为预科及师范馆所讲授课程为伦理学①,其讲义日后且辑为《修身讲义》一书,由商务印书馆出版。由此,林纾遂再度在京师大学堂任职,一直持续到民国初年。

严复于甲辰(1904)返沪后,本拟与同志自行办学,从事教育事业。与马相伯等筹办复旦公学之外,又应安徽高等学堂之聘,出任该校监督,时常往来安庆、上海之间。1906年以后,严复受学部之聘,为其考试留学毕业生,因而每年八月赴京,然均旋即返沪。至1908年辞去复旦公学监督职后,七月末北上在津任职,并在北京租下新居。己酉(1909)四月,严复被派为宪政编查馆二等谘议官,学部又聘其为审定名词馆总纂;严复遂于七月下旬北上,自此长期住京,寓"顺治门内石驸马大街海军处间壁"②,在学部任职直至辛亥鼎革。③ 己酉(1909)九月,学部名词馆开馆,"分纂有八九人"④。其中,常福元、曾宗巩早在京师大学堂译书局时即是严复属下,另庶务周庶咸(良熙)在安徽高等学堂时为该校杂务,可见名词馆属员亦多由严复聘定,并与京师大学堂译书局人员保持了某种程度上的延续性⑤。

---

① 任访秋:《林纾论》,薛绥之、张俊才编:《林纾研究资料》,知识产权出版社2010年版,第317页。
② 孙应祥:《严复年谱》,福建人民出版社2014年版,第280页。
③ 同上书,第277页。
④ 同上书,第280页。
⑤ 己酉(1909)九月三十日严复日记中,有"魏冲叔要入馆"的记载(《严复集》第五册,第1497页)。此处所谓"入馆",应即是指严复所主持之学部名词馆。魏易亦是京师大学堂译书局旧人,其向严复提出入馆的求,亦可见学部名词馆与京师大学堂译书局在人事上的沿承,而这正是由于二者均由严复主持所造成。林纾此时并未入馆。民国初年,在为中华书局版《中华大字典》所作叙言中,林纾曲终奏雅、特地指出民营机构所纂字典固然有推广之功,然而"鄙意终须广集海内博雅君子,由政府设局,刱新名词,择其醇雅可与外国之名词通者,加以说明,以惠学者"(《林纾诗文选》,第110页),这一期待与清末时期严复在名词馆的工作宗旨如出一辙。又清末出版《林严合钞》的国学扶轮社主持者民国后转入中华书局,林纾为该局《中华大字典》作叙,或亦有此一层人事上的渊源在其中。

这一时期,严、林二人多有来往。严复今存清末民初部分日记,虽所记极为简略,仍可从中窥见其部分交游情形。己酉(1909)二月廿四日,其日记中有"寄林琴南书本"的记载①。此时严复尚在上海,海上西书资源丰富,严复寄与林纾"书本",或即是其所译小说之底本。此前十余日,林纾老友高凤岐在沪辞世。高氏兄弟乃福建长乐人,亦为严复友人。严复亲自往吊,并为作《媿室象赞》及《祭媿室先生文》。严、林二人之间就此事或者亦有消息往来。该年夏天严复住京以后,与林纾更时常见面。从严复日记来看,自该年九月至十二月,仅林纾之名明确出现的记载,即每月均有,或是林纾生日(与曾宗巩同日),或为饮宴等因由;而在十一月中,仅十九日、廿一日、廿三日即接连与林纾往来,可谓相当频密②。

以上所言,仅为严复日记中有明确记载的部分,实际上二人相见的次数应不止于此。庚戌(1910)日记今已不存之外,此时林纾尚在五城学堂任教③,己酉(1909)十一月廿一日严复到该学堂,即"晤琴南在彼"④。而五城学堂乃严复这一时期常到之处,有时甚至日日前往,因此如在该处遇见林纾而日记中未记,也不无可能。此外,闽学会此时亦有活动。严复1908年日记中有数次到德源里闽学会的记载。同为闽人,该会或亦是二人发生关联的又一纽带。郑孝胥亦曾在日记中记载

---

① 王栻主编:《严复集》第五册,中华书局1986年版,第1490—1491页。
② 参见王栻主编:《严复集》第五册,中华书局1986年版,第1496—1497、1501—1503页。而林纾此时即使未入名词馆任职,仍在与曾宗巩合译小说,存在合作关系。
③ 据林纾《〈修身讲义〉序》,其在京师大学堂预科及师范班"主讲三年","后此又试之实业高等学堂,又试之五城中学堂"(林纾:《修身讲义》,商务印书馆1916年版)。林纾受聘京师大学堂预科及师范馆乃在1906年,"三年"后应为1909,在五城学堂讲授该课程更在此之后,可见其在五城学堂任职时间较久。
④ 王栻主编:《严复集》第五册,中华书局1986年版,第1502页。

与严复、林纾、高而谦、高凤谦等在陶然亭集会事。诸人均为福建同乡，结交已久，想来当时时聚会交游。

严复日记所记尽管简略，偶尔亦透露出有关二人交往内容的信息。① 如己酉(1909)十一月廿三日，记其到南城翰文斋，"买柳文及《遗山集》"，并且"同琴南往致美斋吃饭"②。古文为林纾所长，又尤重韩、柳二家，严复买柳文，未始不是出自林纾的推荐。另该年二月十四日日记中，有"何镜秋借《汤姆叔叔的木屋》两卷"的记载③。何心川（镜秋）早年亦从学福州船政学堂，曾与严复一同留学英国，且有姻亲关系。严复此处从其所借，很可能是该小说的英文原本（"汤姆叔叔的木屋"乃从英文标题直译）。有关严复资料中甚少关于其阅读小说的记载，此处特别关注《汤姆叔叔的木屋》一书，或者林纾所译《黑奴吁天录》，其亦可能寓目。又如，辛亥(1911)八月廿七日严复日记云："晤林畏庐，以或云其尽室南行也。"④林纾实则并未南下，而是在九月中携家眷到天津⑤，而严复亦于九月十九日"下午由京赴津"⑥。尽管未知林纾赴津的具体日期，从而不能确认两家是否同行，但从二人在八月末会面讨论离京事宜、九月均赴津的事实来看，其就赴津一事应该有过商议。

以上所举，均为说明此一时期严、林二人的交流情形。然而，往来的频率并不必然意味着彼此之间的亲密程度。己酉(1909)十一月廿

---

① 此外，1910年严复在给夫人朱明丽的家信中曾说到："琴南姨太，与渠（笔者案：指江姨太）同居妾位，当我正月回申，也曾来宅问好，渠总是板着面孔，与人不交一语，使人不好意思而去。"(《严复集》第三册，第764页)

② 王栻主编：《严复集》第五册，中华书局1986年版，第1502页。

③ 同上书，第1490页。

④ 同上书，第1511页。

⑤ 张俊才：《林纾年谱简编》，薛绥之、张俊才编：《林纾研究资料》，知识产权出版社2010年版，第27页。

⑥ 王栻主编：《严复集》第五册，中华书局1986年版，第1512页。

一日,在五城学堂与林纾会面后,严复在日记中评价道:

> 其谈殊 Egoistic,非善谈者也。①

Egoistic,应是"自我中心"之义。中文文言中或许缺少类似的词汇和概念,因而严复用了一个英文词来表达。林纾性格热情豪爽,仍难免 Egoistic 的缺憾。严复眼中的"善谈者",或许指向一种与人相处时多从他人立场出发、考虑对方感受的思维方式,而这种思维方式,很可能来自其所受英伦文化的影响,因这一评价标准在中国本土传统中是较为少见。尽管类似的评论经常带有偶然性质,不能据此以否定林纾的品格以及二人之间的关系,但这一负面词汇的使用,仍然提示了二人之间的性格差别,或者也有着各自所曾受熏陶的文化的差异。

与此同时,严、林并称的声誉却有增无减。1909 年,上海国学扶轮社印行《林严合钞》,是为二人的文章选集。该选集共四卷,林纾、严复各占半壁江山。从所选篇目看,林纾卷包括赠序、游记、墓志及小说译序等,严复卷亦涵盖了时论、译序乃至案语等内容,类别较为全面。书首有皋皋子作于宣统元年(1909)十一月的一篇短序,由序中所言,知其即为该集的主要编选者②。与此几乎同时,国学扶轮社还曾出版《聊斋文集》,末附跋语一则,署"宣统元年九月皋皋子识于海上之寄庐"③,

---

① 王栻主编:《严复集》第五册,中华书局 1986 年版,第 1502 页。
② 《林严合钞》序语中云:"佛头着粪,自知不免,以云主选,则吾岂敢。"
③ 该跋语收于朱一玄编:《〈聊斋志异〉资料汇编》,南开大学出版社 2012 年版,第 297 页。《林严合钞》乃是国学扶轮社所策划之系列文集之一种(可参考《商务印书馆发行国学扶轮社图书目录》,《图书汇报》1914 年第三十五期,第 100 页)。林纾《与国学扶轮社诸君书》云该社广告中"列我朝文家千余""末座亦及鄙人"(《林纾诗文选》,第 274 页)。

与《林严合钞》之序文应是出自一人之手。近代以"寄庐"为室号者,有海宁杭辛斋,其《〈学易笔谈〉述旨》,即署"岁在壬戌冬至之月海宁杭辛斋补识于海上寄庐"①。壬戌为1922年。1920年,严复曾为其《学易笔谈二集》作序,开篇云"辛斋老友别三十年矣"②。"三十年"之数疑为误植,因严、杭乃于光绪丁酉、戊戌之间同在天津,与夏曾佑、王修植共办《国闻报》及《国闻汇编》。有此一段渊源,杭氏对于严复当时学术及行实自然熟稔。杭辛斋幼年失怙,为族人收养③,"童年习贾临平某杂

① 杭辛斋:《学易笔谈读易杂识》,辽宁教育出版社1997年版。案"皡皞子"者,学者以为系王文濡(参见《林纾年谱长编》,第168页),或即因为宣统元年之《聊斋文集》,有署名"皡皞子"之短跋,至民国四年该书再版,书首有一篇更为详尽之序文,则署"宣统元年八月归安王文濡书于国学扶轮社",该序与皡皞子之跋语言辞不无重合,且均自称将原刊本之骈散次序重为编次;王文濡为国学扶轮社主持者之一,曾承担大量文集编选评注工作,若说《林严合钞》亦出其手,似乎不无可能。然而《林严合钞》书后所附《聊斋文集》广告,称该书是由"山左友人购得原本",与民国四年本王文濡序自称系从黄人处抄录而来有所出入;序文署"宣统元年八月",而该年所出版之《聊斋文集》并无此序,"皡皞子"之短跋乃署该年"九月",则王文濡序至少署名时间为伪(又:宣统元年国学扶轮社出版皡皞子所编之《龚定盦全集》,至1935年上海国学整理社出版该书增订本,为王文濡编校,情形似与《聊斋文集》相类,学者亦以"皡皞子"为王文濡,参见樊克政编:《中国近代思想家文库·龚自珍卷·导言》,中国人民大学出版社2015年版,第11页;笔者目前尚未获睹该版《龚定盦全集》)。且《林严合钞》序文作者"皡皞子"自言编选该集乃"应扶轮社主人之请",则其人应系社外之人。民国四年本《聊斋文集》之序为王文濡所作或者为真,然而与宣统元年该书之"皡皞子"跋语未必即出自一人之手。目前已知之王氏别号,"皡皞子"并不在其中。"海上寄庐"之署与杭辛斋"室名"重合,且《林严合钞》序文内容与杭辛斋、严复交往史实相符;杭辛斋1906年因言获罪、由京遭返回籍,在浙江士绅间已颇有声名,此时在杭州再度办报,国学扶轮社主持者沈知方、王文濡均是浙江同乡,若说因杭氏与严复早年同事的因缘、请其参与部分文集编选,亦是可能之事。宣统元年浙江白话新报馆编印杭辛斋演述之《白话痛史》,署"海宁夷则子",与"皡皞子"之名风格不无相类,或可作一佐证。

② 严复:《〈学易笔谈二集〉序》,王栻主编:《严复集》第二册,中华书局1986年版,第356页。

③ 杭肇峰:《杭辛斋》,海宁县政协文史资料工作委员会、海宁县文学艺术界联合会合编:《海宁人物资料》第一辑,1985年版,第25页。

货肆"①,后入同文馆肄业,及长则南北奔波、就职于各处报馆,曾因言论激烈下狱,身世与《林严合钞》序文作者"少既失学,长困衣食"的自述相合。戊申(1908)秋杭氏出狱②,次年(1909)在杭州与友人创办《白话新报》,十月初五日创刊③。则是编选《林严合钞》之时,杭辛斋正在杭州办报,很可能时常往来于沪杭之间。《合钞》序文起首云:

> 甚矣,文之难言也。自夫己氏以揉合东语、杂凑成篇之文字倡导学子,而后进承风,摹仿不已,至沿袭其肤浅语、率易语而奉为金科玉律,缪[谬]种流传,校风渐染,此亦时文后之一厄也。

作者此处感慨文之难言,不及其他,单只拈出夫己氏"揉合东语"带来的文章之"厄",显然意有所指。须知严复对于"东学""东语",亦曾有过激烈批评,1902年时曾在私信中明言:"吾不知张南皮辈率天下以从事于东文,究竟舍吴敬恒、孙揆陶等之骄嚣有何所得也?"④严复与张之洞之间的一段交锋,时人鲜见语及,可知不多为外人知晓。《合钞》序文作者所谓之"夫己氏",学者以为系指梁启超而言⑤,而若考虑到严、张二人在戊戌前后观念交涉的具体情形,此处所谓"揉合东语、杂凑成篇"以"倡导学子"之"文字",与严复对于张之洞名作《劝学篇》的批评

---

① 士元:《杭辛斋事略》,《报学季刊》1934年创刊号,第145页。
② 同上。
③ 史和、姚福申、叶翠娣编:《中国近代报刊名录》,福建人民出版社1991年版,第127页。
④ 严复:《与熊季廉书》,孙应祥、皮后锋编:《〈严复集〉补编》,福建人民出版社2004年版,第235页。
⑤ 参见陈子展:《最近三十年中国文学史》,《中国近代文学之变迁:最近三十年中国文学史》,上海古籍出版社2000年版,第206页。

若合符节,"夫己氏"所指向者或实为张之洞;对夫己氏的批评与严复当时口径如出一辙,作者应是知情人。严、张二人冲突的激化,乃是在戊戌时期,《国闻报》所刊文章即有明确针对张之洞而发者。当时杭辛斋正任《国闻报》编辑事务,从而知晓这段情事,十年后仍然念念不忘。《合钞》序文继而说道:

> 林严两先生起而正之。一则瓣香桐城,方氏义理,刘氏才思,姚氏神韵,能兼有之,而不规规于法之所在;一则取径史汉,寝馈者久,而文字之洁净精微,渊懿朴茂,即班马复生,亦惊神似。顾皆以迻译自见。严所译多科学,《原富》等书,在西人为刍狗,而以之箴我国,犹是布帛菽粟也。林所译多稗官家言,师[狮]子搏兔[兔],亦用全力,虽复寓言八九,而叙述所至,关合中事,足资为鉴戒者,一篇中尝三致意焉。间与友人论及某馆成书数百种,不乏名家著述,而信今传后,断推两先生无疑,同友人叹为知言,亦可见文字感召之有券也。

1920年,严复为《学易笔谈二集》作序时,曾回忆起戊戌前夕译《斯宾塞尔劝学篇》、《原富》诸书,乃与杭辛斋"时相商兑"、受益良多①。此处杭辛斋提及严氏译著,首列《原富》,可见印象深刻。"在西人为刍狗,而以之箴我国,犹是布帛菽粟也"云云,严复在《原富》例言中亦曾道及此意②。至于论及林译,亦云其"寓言八九",意在为"中事"提供"鉴

---

① 严复:《〈学易笔谈二集〉序》,王栻主编:《严复集》第二册,中华书局1986年版,第357页。
② 严复:《译斯氏〈计学〉例言》,王栻主编:《严复集》第一册,中华书局1986年版,第98页。《林严合钞》卷四亦曾选入此篇(《林严合钞》,宣统元年国学扶轮社印行)。

戒",虽然来自林纾文中所自陈,亦可见选者自家的关怀与趣味,与杭辛斋一贯关心时局、致力为国的情怀相合。

《林严合钞》首次将林纾与严复之文以合集选编的形式出版,堪称清末时期严、林并称之文化现象的重要证明,并且由于应时而生,对该现象想来具有推波助澜之效。该书1911年春即再版,可见市场接受效应不差。而书首所列此则序文,或亦是最早以专文对严、林加以论列的重要文献。值得注意的是,1902年时,孙宝瑄在私人日记中论及严、林,虽亦有"严长于论理,林长于叙事"的比较,所关注者乃在于二人的"长于译学";此时《林严合钞》之序,着眼点却首在文章。不仅意谓林、严之文乃是救当代文风之"厄",表彰二人古文之纯粹,足可"信今传后",并且阐发了二人的不同文章风格:谓严复之文"取径史汉",风格高古;至以林纾为"瓣香桐城",更应是较早将林纾与桐城派相关联的说辞;恐均为后人所取法。序文作者自叙该集之编选乃"应扶轮社主人之请",因而以"文章"为编选旨趣,应出自出版者国学扶轮社以之入国朝文章丛书的命意。此固然符合于该社表彰"国学"的宗旨,却正暗示了时代风会的转移:十年之间,社会所注目于林、严者乃由翻译变而为文章。这一变化的发生,就其大者而言,一方面自是由于新学体制化而获得正统地位,无论自然科学、社会科学还是小说译述,输入西学者有泱泱之势,不似当年以"新"为贵情形,严、林遂由得风气之先者渐转而为文化界耆宿;另一方面,也正由于新学的体制化冲击,"旧学"反更多引起识者的关注,就林纾乃至严复自身而言,也日渐向旧学方面倾斜[①],这一趋

[①] 严复曾以"硕学通儒"入选资政院钦选议员,自不待言;林纾为京师大学堂教习,亦为古文名宿。译书逐渐淡出二人文化活动的重心,或者说不再为其声望的主要来源。尽管林纾的翻译仍在继续,但更大程度上可说是与出版社合作的为稻粱谋的行为,影响力亦减弱了。

势在民国后表现得更为显明。

《林严合钞》的出版,尚早于《畏庐文集》数月。1908年起,商务印书馆陆续出版林纾选评的《中学国文读本》,且其正为京师大学堂教习,《合钞》属意古文而以林纾置于严复之先,亦是题中应有之义。1909年岁末,严复已在学部名词馆任职,时常与林纾会面。国学扶轮社乃清末时由沈知方等在上海开办①,所出版者如其名目所标榜、多与"国学"相关。《林严合钞》林纾卷之首,为《与国学扶轮社书》一封,正是函复为其文章编集一事,并寄予文章数篇,希望将原来的选目部分替换,可知该社为此曾与林纾商讨,选文篇目亦经过林纾审订②;由此类推,《合钞》严复卷也很可能曾经征得严复同意。③

严复、林纾此时既已富于声望,所往来者亦多一时名流。庚戌(1910)年初,御史江春霖因参劾权贵,辞官归里,诸人于杨继盛祠集会相送,一时号为雅集。林纾、严复均预该会,林纾且为绘《梅阳归隐图》;二人均有题诗,与陈宝琛、张亨嘉、赵熙等之作一道发表于1910年第11期的《国风报》。④ 交游唱和这一文化行为在仪式上蕴涵的传统意味,无意中似也暗示着某种转向。

---

① 陈平原先生在《晚清辞书视野中的"文学"——以黄人的编纂活动为中心》一文中对有关国学扶轮社的史料有详细钩沉(《北京大学学报(哲学社会科学版)》2007年第2期)。

② 该社还曾投书林纾,请其为该社所出版之《文科大辞典》作序,林纾欣然承命(林纾:《〈文科大辞典〉序》,《畏庐续集》,《民国丛书》第四编,上海书店1992年版,第9—10页)。

③ 辛亥(1911)正月,也即《林严合钞》再版之前,严复曾为国学扶轮社所编《普通百科新大词典》作序。序中特地表彰"国学扶轮社主人"为"保存国粹之职志","其前所为书,已为海内承学之士所宝贵",可见严复亦对该社有所了解。

④ 参见陆胤:《民国二年的"癸丑修禊"——兼论梁启超与旧文人的离合》,《现代中文学刊》2010年第4期。

四

自民国建立以后至 1920 年代初,严复与林纾大体上同住北京,一直保持了往来。钩稽其间事实,或可从几种线索加以考察,以下试一一叙述之。

首先是严复回到京师大学堂任职,二人再度成为同事。1912 年 2 月 25 日,民国成立未久,袁世凯即知会学部、以严复管理京师大学堂总监督事务,3 月上旬到任。严复上任后,先事筹款让陷入停顿的大学堂开学运转,继而进行人事上的准备,如请熊纯如担任分科斋务长;又合并经、文两科,拟请陈三立为该科监督,姚永概为教务提调。因陈三立不至,严复乃自兼文科学长(由"监督"改名而来);姚永概则于 5 月中接教务长职①。

林纾自 1906 年受聘大学堂预科及师范馆,为经学教员,讲授修身课程三年②;1910 年初京师大学堂开始分科举行,林纾"遂移文科讲古文辞",自此以后不再在大学堂讲授修身课程③;则 1912 年严复在任上合并经、文二科为文科时,林纾所授课程亦为古文,此后仍在大学堂为文科教习。继十年前译书局之职之后,林纾在大学堂再次成为严复下属,只是所任之事,乃由译述变为古文讲授。1912 年 6 月 24 日,姚永概

---

① 姚永概:《慎宜轩日记》下册,黄山书社 2010 年版,第 1201 页。
② 张俊才:《林纾年谱简编》,薛绥之、张俊才编:《林纾研究资料》,知识产权出版社 2010 年版,第 24 页;又林纾:《修身讲义》,商务印书馆 1916 年版,序言。
③ 1916 年 3 月,商务印书馆出版林纾《修身讲义》二卷,林纾序言中说该书乃是他在清末主讲大学堂预科及师范班时所用讲义,继而说道:"迨业毕,遂移文科讲古文辞,不再任此矣。"但此后尚在实业高等学堂与五城学堂讲授此门课程。

到大学,曾见到了熊纯如与林纾等人。① 至该年10月,袁世凯另任命校长人选,严复从该任上离职。到1913年中,林纾亦与姚永概一道辞去大学职务②。要而言之,严复此次任职时间不过数月、为期甚短,二人自此以后均完全脱离北京大学。《畏庐诗存》中有《严几道六十寿作此奉祝》一诗,或可稍窥二人此时情形。诗云:

> 盛年苦相左,晚岁荷推致。又复俇丧乱,相对坐惋喟。
> 长安多少年,啸引侪徒类。沿流渐东靡,伐异日西怼。
> 尊疑屏杜塞,讲学取宏邃。理新不醨源,述旧务订坠。
> 落落成孤行,狺狺起众诪。举幡太学沸,胁羯焉得遂。
> 深深瘖墼堂,风簾下松翠。鲜肥日仍供,神观老逾粹。
> 著书布天下,名理淡肝胃。何用修罗掌,扬杵震群魅。
> 所愿亲醇醪,君我同一醉。③

1912年,也即严复受到诸多攻讦、从京师大学堂离职的一年,正值其60岁。该年12月中,郑孝胥因严璩之请,为严复作六十寿诗二首;林纾此诗写作时间想来与此相近。诗中首先惋惜二人相见之晚,继而道及严复在大学受到攻讦一事,加以宽慰。"落落成孤行"的描绘,与十年前

---

① 姚永概:《慎宜轩日记》下册,黄山书社2010年版,第1201—1202页。京师大学堂于1912年5月改称北京大学校,因而本文中凡1912年5月以后则以新校名称之,亦仿时人简称"大学"。又:民国后林纾继续在大学堂任职,应是受到了严复的慰留,其时林纾致吴芝芬信云"严几道为大学堂总监督,再三留弟不放"(《林纾年谱长编》,第195页);《畏庐琐记》中又云"余为大学教习十年,李、朱、刘、严四校长,礼余甚至"(林纾:《林纾笔记及选评两种》,知识产权出版社2012年版,第115页),可窥知大概。
② 薛绥之、张俊才编:《林纾研究资料》,知识产权出版社2010年版,第32页。
③ 林纾:《畏庐诗存》卷上,《民国丛书》第四编,上海书店1992年版,第11页。

在译书局时"翛然于世"的印象遥相印证。而对于严复的学术宏邃、新旧并重,林纾依然相当推重。末句所云,尤觉亲切,可见这一时期二人关系应较为款洽。

在此之外,严复与林纾还曾各自为北京大学学生写过一篇序文,或可略作对照,以窥二人在大学教育中的心境与风格。

1912年11月,严复应邀为北京大学预科学生《同学录》撰序。该年10月中,因校长人选更动,学生就是否支持严复长校分裂为两派,大体而言,预科、文科、农科学生为支持挽留严复者,理、工、法、商四科则否。① 该序乃应预科学生所请而作。严复在文中全无虚词,首先感慨中国之士历来以干禄仕达为目标,传统之学亦不过"学为治人"而已;继而指出当下之学已经大异:农工商业均有学,且与"治人"之学处于平等地位,均为"国之公民"所应有之素质;进而借孔子"多闻阙疑,多见阙殆"之语告诫诸生,当治学沉潜,行事谨慎。序中所言,谆谆教诲之中,亦含有现实针对性:其时学生往往以修习法政为进身捷径(前引姚永概日记可窥一斑),由于预科学生尚未择定将来所学科目,严复强调农工商学均有同等价值,正是寄望于其多从事实学。文末云:"天下之理,非年时之学所能尽也;一国之事,非一哄之众可得专也。"②所谓"一哄之众",更未尝不是针对其时出现的学生风潮而言,劝诫以行动支持自己的学生潜心向学、勿行躁进之事。可见严复作为前任校长,未曾以个人得失为立场,而是在在着眼于学术的整体结构,以国家未来发展为出发点立言。

次年(1913)夏天,北京大学文科学生行将毕业,林纾特撰文送之。

---

① 参见孙应祥:《严复年谱》,福建人民出版社2014年版,第327页。
② 严复:《大学预科〈同学录〉序》,王栻主编:《严复集》第二册,中华书局1986年版,第291—292页。

前此在戊申(1908)岁末,大学堂师范馆学生二百余名毕业,林纾曾绘图纪盛,并撰文记之。此时再送学生毕业,抚今追昔,不免有所感伤——"今兹毕业盛典,能媲于李公之时否?"正是李家驹在1906年聘林纾入大学堂。从林纾的感慨看,此时毕业仪式的丰简显然不可与当时并论,而疑问背后,未始不隐怀着学科的盛衰之感。林纾继而慨叹古文一道的不振,其原因,一在于制度设置上:管理者"立格树表",设定规程而对学者予以各种限制;一则在于学术内部:不同路数——如"矜多务博"者的挤排,其取向不同于林纾之强调"意境"与"义法",可谓"学"对于"文"的冲击;再一则在于时代思潮的影响:欧风东渐之后,"俗士"对于古文的轻视。文末寄望于诸文科毕业生"悉心以古自励",使得"中华数千年文字之光气,得不暗然而熠"。林纾自然也意识到时代的变化:"世变方滋,文字固无济于实用",然而倘能"力延古文之一线,使不至于颠坠",仍然为国族之幸事。①

严复与林纾这两篇赠与北京大学学生的文章在撰写时间上较为接近,若不避贸然之嫌略加比较,亦可略为见出二人异同:就表层而言,乃是二人所处立场的差别——严复乃是前任校长的身份,因而从专业选择的角度予以说理;林纾则是从文科教习的立场出发,致慨于自身所授内容——古文的运命。而二文内容的出入,亦正反映了严、林学术取径的歧向:严复系西学出身,对从自然科学到社会科学的现代学术结构有着较为全面的把握,是一位学者型思想家。而林纾虽然翻译西书,并从中汲取思想养分,但其翻译不仅依靠第三者媒介,而且主要是通俗文学取向,当译述的光环随着时代语境的变迁而冲淡,其在学术上真正立身之处,仍在于古文这一"旧学";职是之故,当新学日渐普及,古文也就

---

① 林纾:《送大学文科毕业诸学士序》,《畏庐续集》,《民国丛书》第四编,上海书店1992年版,第20页。

愈来愈成为林纾言说的重心。然而,更重要的相同之处则在于,严复与林纾在赠与学生的序文中,所谈者完全在于学问,对学子寄望谆谆,即使视角不同、牵怀于国族命运则一。

自离开北京大学后,林纾尚陆续在其他学校授课,严复则基本离开了教育事业。在公共舆论领域,民国初年二人共同活动的平台是《平报》。关于《平报》的资料目前所见较少①,只知其由徐树铮创办于1912年11月1日②。徐为段祺瑞手下,此时在陆军部任职。林纾正是在"辛壬之际"与徐结识③,《畏庐续集》中今存《徐又铮填词图记》,应作于民国初年。文中强调徐树铮与自己在填词上实为"同调",所绘填词图并非"寻常酬应之作"④,可见与之关系较近。自创办起,林纾在《平报》先后开辟"铁笛亭琐记""讽谕新乐府"与"践卓翁短篇小说"三种专栏,在此之外,尚刊载其论说、诗作、文论及所译外国时评与小说,乃至启事等⑤。从作品种类之全面与数量之丰富来看,林纾自《平报》创办起确实为该报之编纂⑥,且位置相当重要。

目今所见,严复在《平报》上首次发表文章乃是在1912年12月11日,也即该报创刊月余之后。后此则陆续出现,至1913年9月,共十来篇,且其中数篇均为连载,频率亦不可谓低。此批文章大体均属时论性

---

① 笔者尚未获睹《平报》原件。张俊才先生所见《平报》截至1913年9月30日;《严复集》中所收其在《平报》上发表的文章亦止于该年9月;故此后情形尚未能得知。
② 徐道邻编:《民国徐又铮先生树铮年谱》,台湾商务印书馆1981年版,第18页。
③ 同上书,第18、14页。
④ 林纾:《徐又铮填词图记》,《畏庐续集》,《民国丛书》第四编,上海书店1992年版,第52页。
⑤ 张俊才编:《林纾著译系年》,薛绥之、张俊才编:《林纾研究资料》,知识产权出版社2010年版,第391—406页。本文所引林纾在《平报》所发表之篇目及发表时间均出自《林纾著译系年》。
⑥ 同上书,第29页。平报馆其时为林纾所付月薪为200元(参见夏晓虹:《阅读林纾训子书札记》,《现代中国》第十辑,北京大学出版社2008年版,第200页)。

质。从林纾在《平报》编辑部的位置以及其与严复的交谊看,严复在《平报》连续发表时论,或即是出自林纾的邀约。而二人言论主题中,亦不乏可相映发之处。试将严、林二人自1912至1913年在《平报》上发表文章主题之似可对应者大致列表如下①:

表二 1912年至1913年,严复、林纾在《平报》上发表相似主题的文章对照

主题\作者	严复		林纾	
政治	1912年12月11日	《论国民责望政府不宜过深》	1913年1月27日 28日	《论南北断不可更分意见》
			1913年4月1日	《论专制与统一》
	1913年3月6日至5月4日	《说党》	1913年3月1日	《论选举总统各党之竞争》(译论)
			1913年5月1日	《辨党旨》
	1913年5月21日	《论国会议员需有士君子之风》	1913年5月14日	《议员打议员》
			1913年5月26日	《议员又打架》
经济	1912年12月28日	《原贫》	1913年2月	《论中国物产及其实业》(译论)
	1913年1月24日至1月25日	《论中国救贫宜重何等之业》	1913年2月24日	《论中国丝茶之业》
	1913年4月17日至18日	《救贫》	1913年3月	《论开平煤矿》(译论)
			1919年4月1日	《论中国矿产》(译论)

---

① 此处所举,乃仅就标题所见而归类,文章具体内容则尚未涉及。其中林纾文章如属翻译外论,则在篇名后注出。

续表

主题＼作者	严复		林纾	
文化	1913年4月12日至5月2日	《天演进化论》	1913年7月3日	《某君论天演》
	1913年9月5日至6日	《"民可使由之不可使知之"讲义》	1913年9月27日	《德人与孔教》

虽然上表中的主题概括仅就大者而言，亦可见出严复与林纾此时所关心的时局问题及所持立场乃相当接近。从标题及一贯立场可推测，二人均重视国家统一，希望政府有效运转，并且重视发展实业。尽管表中所列，未必就意味着严、林同一主题的文章之间必定存在事实上的对应关联，但其中部分文章在时间与主题上的确相当吻合；二人在较长时期内同为该报撰文且交游已久，未始不存在着议题上的彼此启发与影响，甚至是讨论磋商——如林纾所译《论开平煤矿》一文所涉及之开平煤矿，即与严复渊源甚深；林纾翻译此文，理应曾与严复商讨，甚至不妨推测林纾翻译外论的篇目，或者即经过了严复的推荐。

严、林此时共同参与的报刊，《平报》之外，尚有《庸言》期刊。《庸言》是继《国风》之后梁启超在天津所办刊物。1912年10月，梁启超归国，12月出版《庸言》。梁此时正有与袁世凯联络的趋势[1]，在袁氏一方亦然；1912年年初，袁世凯即曾有意助梁启超在沪组建报馆。[2] 早在1911年岁末，严复曾向袁世凯建议"梁启超不可不罗致到京"[3]，可见后者的确听从了这一建议。《庸言》第一册所刊《馆员姓名录》中，除主干

---

[1] 参见丁文江、赵丰田编：《梁启超年谱长编》，上海人民出版社2009年版，第399—403页。

[2] 同上书，第403页。

[3] 孙应祥：《严复年谱》，福建人民出版社2014年版，第310页。

梁启超外,尚有八位撰述,林纾、严复即列于首二位。严复虽为撰述,但贡献于此报者不多,除1914年中发表《〈民约〉平议》《复黄君书》及所译《卫西琴中国教育议》外,余者不过发表于1913至1914年中的十来首诗作。林纾自第一号起,连载其与陈家麟合译之哈葛得小说《古鬼遗金记》,该刊上另载有其古文四篇、译论一篇、诗作数首。可见严、林二人虽列名《庸言》撰述,但远非该报馆主力,此一时期二人有关时政的文章,乃集中于《平报》之上。

林纾于1912年秋所撰《古鬼遗金记》序言,言及梁启超邀约撰述之事,同时也提到了严复:

> 仆于齐谐志怪之事,恒不属意,以为目所不见,理所难谕者,略之可也。自辛丑乱平,始自京师与吾友魏春叔译英文小说可五十余种。唯哈葛得书言鬼事甚详。私以为小说家言,好取其虚渺无据者,用自矜衒。而严氏几道谓西人迩来神学大昌,居然见啸梁立堂者之幻态,则争相究难,必据得其形相而后已。又言有所谓四韦陀者,言鬼至有根据。仆欲求其书而译之,至今莫得也。①

此段文字,提供了严复与林纾之间讨论西学话题的又一线索,即严复所言西人之神学发展,乃为林纾翻译哈葛得言鬼小说提供了理据支持。二人长期往来,期间就中西二学之交流,应远不止此一例。

前文列表中曾举出,严复与林纾曾在《平报》上发表与孔教有关言论,此实为民国初年二人共同参与的一项重要活动。恢复孔教乃为袁世凯所支持:1912年9月20日,袁下令恢复孔教;次年6月,又发布尊

---

① 林纾:《〈古鬼遗金记〉序》,阿英编:《晚清文学丛钞·小说戏曲研究卷》,中华书局1960年版,第639—640页。

孔祀孔令。宣扬孔教迅速发展为一场社会性的运动。据《庸言》第十四期所发表的《孔教公会序》，该会发起人署名者达二百余人，而以严复居首，林纾则紧随夏曾佑之后、排在第13位。该年(1913)8月，孔教会全体代表上请愿书，请定孔教为国教，书首开列的代表姓名，依次为"陈焕章、严复、夏曾佑、梁启超、王式通等"①，其中想也包括了林纾在内。9月3日，孔教会在国子监行丁祭礼，所请讲经者为梁士诒、严复与梁启超②。严复演讲的题目为《民可使由之不可使知之》③，讲义随后连载于《平报》。次年(1914)中，林纾也到孔教会作了关于古文的演讲④。

此即是二人参与孔教活动的大致情形。严复在祭孔会上演讲"民可使由之不可使知之"一章，讲义今存⑤。从文章看，严复首先通过训诂方式，将该句意思扭转，为孔子洗刷"愚民"之谤；继而指出句中"由"与"知"的对象，应在道德、宗教、法律三者，并一一予以阐述。在严复看来，道德、宗教与法律均为社会所最紧要者，而对于社会中大多数民众来说，并无从了解三者之所以然("知")，而只需遵从即可("由")。以民众素质为现实政治考量的出发点，实为严复的一贯思路，而文中多引西人言论发明己说、中西印证，亦是其典型风格。1914年，林纾为孔

---

① 《孔教会请愿书》，《庸言》1913年第一卷第十六期。
② 参见黄克武：《严复与梁启超》，《台大文史哲学报》2002年5月第56期，第35页。
③ 孙应祥：《严复年谱》，福建人民出版社2014年版，第344页。
④ 张俊才：《林纾年谱简编》，薛绥之、张俊才编：《林纾研究资料》，知识产权出版社2010年版，第33页。《孔教十年大事》(柯璜辑，宗圣会出版；书前有柯璜于1924年所作序言，则刊行时间应与此相近)卷五收录林纾甲寅(1914)在孔教会的讲演稿，题为《古文虽为艺学纯正者乃可载道》，应即是此次演讲稿件(李家骥等整理《林纾诗文选》收录此文，题目稍有出入)。1917年，林纾还曾到清华孔教会演讲，第二次演讲稿刊载于《清华周刊》(1917年4月26日，第106期)。此次演讲题目与严复当时讲"民可使由之不可使知之"相类，所训讲的语录则是"知耻近乎勇"。
⑤ 参见严复：《"民可使由之不可使知之"讲义》，王栻主编：《严复集》第二册，中华书局1986年版，第326—329页。

教会讲演,虽然使用"载道"一词以与"孔教"关联,实则着眼点仍在古文,且集中于唐宋八家,一一讲解各家文章风格。二人所讲题目,正各是自家长项。

严、林此一时期的相关言论还可再举一二。1913 年,严复在中央教育会演说"读经当积极提倡"①,阐述"国"之来源,以孔门教化为中国国性,从而强调读经之要。次年(1914)又有《导扬中华民国立国精神议》之提案②,依然强调国性也即忠孝节义之道德,以为立国根基。而林纾则于1913 年中,接连发表《论救国先宜去私》《国难私仇缓急辨》诸时评;1915 年,又到青年会讲演,题目为《青年应尊重国家》③,专意强调"国家"概念,以国家思想为道德来源,呼吁青年公心爱国。林纾此次演讲乃为美国人艾德敷所请,"青年会"应指 1909 年成立之北京基督教青年会。林纾为孔教会中人而在基督教会所讲演,讲演稿亦被收入孔教活动记录,可见其时孔教会组织不仅松散,而且诸人意识上高度宽容,如严复、林纾便未曾以孔教为宗教,而是以其道德内涵为国家建设的意识资源。从清末引入"群"之概念到此时在在以"国家"为言,严复的话语在一贯之中亦蕴涵着某种变迁;而林纾在清末时强调爱国,多与外族侵压相关,带有民族主义色彩,此时则更多强调国家这一共同体的概念,可以说国家意识亦悄然发生了重心转移。相关话语言说的变化,应与清廷禅让、民国成立有关。在尊崇国家、强调公心这方面,二人一直保持着高度一致;而利用传统道德资源以保持国性、维护国家,正是

---

① 严复:《读经当积极提倡》,王栻主编:《严复集》第二册,中华书局 1986 年版,第 329—333 页。
② 参见严复:《导扬中华民国立国精神议》,王栻主编:《严复集》第二册,中华书局 1986 年版,第 342—345 页。此文撰写时间乃据《严复集》编者考证。
③ 该讲演稿收入《孔教十年大事》卷五,署乙卯(1915)。《林纾诗文选》转录此文,题目稍有出入(《林纾诗文选》,第 100—104 页)。

严、林晚年的共同立场,为其参与孔教诸活动的用心所在。

尽管如此,在严复与林纾对民国的热忱维护中,实则仍有着微妙的差别。稍后在著名的"筹安会"事件中,这一理念上的差别即得到了彰显。尽管未曾属意共和,但严复仍自始表示了支持,民国建立不久,即受聘为总统府顾问,此后亦一直保持着关联。至1915年8月23日,筹安会成立,严复列名理事,从此以"筹安六君子"之一留名,成为一段迄今尚待言说的公案。而孰是孰非,当时舆论已然定调:既然"皇帝"一词已成专制之代名词,则表支持者均为有罪。"筹安"从此成为严复一生"污迹"。

与严复相对,林纾对于袁世凯称帝一事的态度可谓相去颇远:据林纾自述,袁世凯也曾意图聘其为高等顾问,但林纾屏而不见,事后作诗见志,称自己当时已准备阿芙蓉,宁死不从。而据严复弟子侯毅数年之后回忆,当1916年夏风声鹤唳之时,林纾曾力劝严复离京,"至泣涕以迫候官宵遁"①。侯毅当年曾亲历其事,后撰《筹安盗名记》,虽明言意在为乃师正名,但并无虚辞;似林纾劝严复暂避这等细节,更无捏造的必要。林纾性格热情率直,为劝老友避祸而至于"泣涕",符合其性情。可见二人当时就此事亦曾有直接来往。

时人批评袁世凯恢复帝制,多因以帝制为"反动"。门生故旧日后即便为严复辩护,也往往强调其"署名"之非关己意,价值判断的立场实则与批评者高度一致。②舆论的整体导向对于个体判断诚然有着无形的影响,然而林纾仍不应完全归入此列。自1913年起至1922年,林纾多次拜谒崇陵;1916年4月及11月中,亦两度有谒陵之举。谒陵于

---

① 侯毅:《筹安盗名记》,《精武》1924年第四十四期。
② 笔者本文中所发表关于袁世凯称帝事件之看法及有关观念,乃承陆建德先生教导而来。

林纾而言,诚然乃是寄托"国家之想","在绝望中将光绪视为国家政治统一体的象征"①,亦可佐证他之无取于"筹安"者,并非反对名义上的帝制,而更可能是出于对人物及时运的历史直觉,以及对于清室和大清帝国的怀想与眷恋。

对于支持袁世凯这一立场,于严复而言,则是出自自身的政治理念与现实考量。他曾明言:"大总统者,抽象国家之代表,非具体个人之专称,一经民意所属,即为全国致身之点",从而"效忠于元首"即"效忠于国家",乃是"纯粹国民之天职"。② 一方面,总统乃是国家的化身,某种意义上已与具体个人无涉;另一方面,袁世凯毕竟属于可能寄望的"强人"之列,且对严复不无知遇之情。1916年,袁去世后,严复作诗哭之,开篇云:"近代求才杰,如公亦大难。"末首结句又云:"化鹤归来日,人民认是非。"③可见他依然坚持自家立场,对袁世凯的支持乃是理性选择,与其对国家的维护一以贯之。

严复这一迥异时人的思想理路,渊源于他的政治哲学与现实眼光,有着学术与性格的双重支撑。对此,同样爱护民国的林纾未必能够全然领会。对于袁世凯所延揽之"前清遗老"与"海内名流",林纾以"协污"④称之,又云"可怜眼底名士尽,那分遗臭与流芳",并以陶渊明自况。⑤ 林纾笔下这些"协污"之"名士",自然包括严复在内。更晚些时,

---

① 参见陆建德:《海潮大声起木铎——再谈林纾的译述与渐进思想》,中国社会科学院文学所编:《中国社会科学院文学研究所学刊(2011)》,第25页。
② 严复:《导扬中华民国立国精神议》,王栻主编:《严复集》第二册,中华书局1986年版,第344页。
③ 严复:《哭项城归榇》,王栻主编:《严复集》第二册,中华书局1986年版,第394页。
④ 参见林纾:《拒袁世凯召聘诗》,李家骥等整理:《林纾诗文选》,商务印书馆1993年版,第132页。
⑤ 林纾:《宿葵霜阁赠梁节庵》,《畏庐诗存》卷上,《民国丛书》第四编,上海书店1992年版,第19页;另参见张俊才:《林纾年谱简编》,薛绥之、张俊才编:《林纾研究资料》,知识产权出版社2010年版,第35页。

在给门人胡尔瑛的信中,林纾再次语及此事,乃云:

> 余生平若[苦]极,却幸不曾窥足宦途。洪宪僭号,天下名士几无免者。王湘绮、缪小山、刘星[申]叔、严几道皆以不资之身,为项城所玷。老人出生入死,亦几濒于危,所赖少无宦情,故不坠于凶焰耳。①

可见林纾直至晚年,仍然抱持了"僭号"的价值判断,而将自身的免于受"玷",归因于"少无宦情"。这一以陶潜自况的思路,正是传统文人在涉及政治事件时的典型表达方式,无意中透露的是传统之于林纾的影响,以及在这一思想层面上严复与林纾的深刻差别。尽管这一差别未必存在高下之辨,而更属于本土—西方、传统—现代的观念与学术分野,于严、林比较而言,却是极具说明性的深层细节。

观念与品格不妨存在于不同层面。纵然以"筹安"为"协污",林纾却依然与严复保持了较密切的往来。1918年11月27日,张元济宴请严复父子,欲请郑孝胥作陪,郑推辞不至,对此严复在日记中评论云:"想持高节,以我为污耳。"②林纾同样以忠于清室自许,却未曾因此疏

---

① 林纾:《与胡孟玺书》,李家骥等整理:《林纾诗文选》,商务印书馆1993年版,第312—313页。夏晓虹先生《阅读林纾训子书札记》一文已引(《现代中国》第十辑,第198页),此处所订正两字亦从该文。该信中提及胡尔瑛向林纾索"自寿诗十八首",应指林纾之《七十自寿诗》,知该信至少应作于1921年以后。

② 王栻主编:《严复集》第五册,中华书局1986年版,第1527页。林纾曾在给郑孝胥的信中说道:"且弟(子)谒陵之事,亦不语及同乡诸老,防触忌也。诸老皆仕民国,弟独念念故君,辞气必相枘[柄]凿。"(林纾:《答郑孝胥书》,《林纾研究资料》,第87页)此处所说"同乡诸老",自然包括严复在内。林纾于谒陵一事甘于自为,不曾强加于人,或许是真正的自由主义态度。

远严复①,可见其重情重义。1901年岁末,严复初识林纾,即有"真君子人也"的评价。受难之时,益证其说不诬。

筹安会一事于严复终究有惊无险,然而他从此参与政治活动相对较少,于时局也少公开言论了。1917年中,为政府是否参加一战事,严复尚在《公言报》有言论发表,主张加入协约国,然此类议论并不多见②。而自1917年1月至1920年中,林纾一直陆续在《公言报》上发表诗文作品。《公言报》创办于1916年9月,以闽人林白水为主笔。林白水为林纾戚属③,早年在杭州时即相往来,曾主《杭州白话报》,林纾亦曾赞襄其事。此时在京再续办报事业,林纾作为京城名宿,义当臂助。至1919年,林纾著名的《致蔡鹤卿书》,即发表于《公言报》;蔡元培亦在清末时与林白水有旧,其答书即题为《致〈公言报〉函并附答林琴南君函》。从林纾与林白水的关系看,严复与《公言报》发生关联,或亦有林纾的绍介在其中④。

清末在杭州、北京两地的维新人士中曾发挥联络作用的闽籍这一因素,此时仍然有所表见,然而宗旨亦已不同。甲寅(1914)六月,林纾联络旅京闽籍同乡16人,组成晋安耆年会,历时八年始散⑤。林纾曾

---

① 稍早严复日记中曾记其与林纾的交往。如1917年11月10日记云:"琴南请。"次日又云:"琴南六十六。"(《严复集》第五册,第1526页)严复日记极为简略,此两日中均只记此一则信息,寥寥数字,然颇生亲切之感。
② 孙应祥:《严复年谱》,福建人民出版社2014年版,第387页。王宪明谓严复以"地雷"为名在《公言报》发表文章15篇,《严复年谱新编》据以收录(见该书第374页)。从标题看,似不类严复风格。
③ 林白水为林纾戚属林少谷之侄。
④ 1916年9月16日,严复日记中有到公言报馆的记载(《严复集》第五册,第1523页),此时正是《公言报》创办伊始,又值追惩"祸首"风头。此后到1919年7、8月中,严复还曾与林白水有书信往来(《严复集》第五册,第1530页)。这批书信目今未见,不知是否与林纾此时和新文化人的交涉有关。
⑤ 张俊才:《林纾年谱简编》,薛绥之、张俊才编:《林纾研究资料》,知识产权出版社2010年版,第33页。

撰《晋安耆年会序》,篇末叙立会宗旨云:

> 吾辈尤宜聚讲道德,叙礼秩,为子孙表式。①

"讲道德"是民初以来具有普遍性的社会思潮。前文曾经叙及,1913年,严复在祭孔会上演讲,即以道德居于宗教与法律之先、而同为社会所必需之物。而对于耆年会而言,这一宗旨与其说是与会同人的集体共识,更可能是林纾的自抒怀抱。此会严复亦与焉。此时林纾63岁,严复62岁。《瘉壄堂诗集》今存《题林畏庐晋安耆年会图》一首,诗云:

> 纾也壮日气食牛,上追西汉摘文藻。
> 十年大学拥皋比,每被冬烘笑头脑。
> 虞初刻露万物情,东野受才逊雄鸷。
> 兴来铺纸写云山,双管生枯兼润燥。
> 自言得法自吴王,定价百金酬一纛。
> 文章艺事总延年,六十容颜未枯槁。
> 苦遭恶俗不相放,儿童项领欺华皓。
> 归来洛社聚耆英,抵制少年老吾老。
> 岂知世运久更新,肮脏人生苦不早。
> 君看画里十三人,一已墓门将宿草。②

---

① 林纾:《晋安耆年会序》,《畏庐续集》,《民国丛书》第四编,上海书店1992年版,第12页。

② 原注:林君伯颖已于七月化去。

不如及早竖降旗,成功者退循天道。

更将此意问橘叟①,渠指岁寒松合抱。②

林伯颖即林孝恂,林长民之父,去世于1914年。从"宿草"的表达推测,此诗可能作于1915年春夏间。诗中所言,乃专为林纾而发,且叙及林纾一生主要事业:古文、教育、小说、绘画,既表彰其"虞初刻露万物情""上追西汉摛文藻",亦不无谐谑调侃之意,显出了同乡老友的熟稔。

严复此处所谓"儿童项领欺华皓"所涉事由以及"不如及早竖降旗"之劝告,日后或许得到了更鲜明的彰显。1919年前后,林纾与新文化派诸人之间的矛盾趋于激化,双方均公开发表了攻讦的言论。此年春间,严复正抱病于福州家乡,夏初到上海就医,10月始北上到京。而在该年7月中③,严复与熊纯如在书信往来中谈及此事,乃留下了这段著名议论:

> 北京大学陈、胡诸教员主张文白合一,在京久已闻之。彼之为此,意谓西国然也。不知西国为此,乃以语言合之文字,而彼则反是,以文字合之语言。今夫文字语言之所以为优美者,以其名辞富有,著之手口,有以导达要妙精深之理想,状写奇异美丽之物态耳。……诗之善述情者,无若杜子美之《北征》;能状物者,无若韩

---

① 原注:会长。

② 严复:《题林畏庐晋安耆年会图》,王栻主编:《严复集》第二册,中华书局1986年版,第388页。

③ 严复1919年6月20日与熊纯如信中,称"入此医院已及半月"(《严复集》第三册,第694页),知其于6月初入院;论及白话文运动之函,篇首谓"来此间计已四十余日"(《严复集》第3册,第698页),则该函应作于7月20日前后。

吏部之《南山》。设用白话,则高者不过《水浒》《红楼》,下者将同戏曲中簧皮之脚本。就令以此教育,易于普及,而斡弃周鼎,宝此康瓠,正无如退化何耳。须知此事,全属天演,革命时代,学说万千,然而施之人间,优者自存,劣者自败,虽千陈独秀,万胡适、钱玄同,岂能刼持其柄?则亦如春鸟秋虫,听其自鸣自止可耳。林琴南辈与之较论,亦可笑也。①

此或是严复就白话文运动所留下的唯一言论。严复此处所云白话"高者不过《水浒》《红楼》",林纾亦曾举出《水浒》《红楼》为"白话之圣";"下者将同戏曲中簧皮之脚本",则可对应于林纾所谓"都下引车卖浆之徒所操之语"②;至谓"千陈独秀,万胡适、钱玄同"以及"春鸟秋虫"之比喻,其中所含之轻蔑,与林纾在小说中对诸人的讽刺相较,更可谓相得益彰。可见严复对待白话文运动的态度,与林纾实无二致。

作为清末以来以文言从事著述且名满天下的两位古文耆宿,严复与林纾均站在了反对白话文运动、捍卫文言价值的立场。不同之处在于,严复无取于林纾与之公开争持的行为。古文于林纾而言自然具有更为重要的学术意义,严复所言背后则有其所笃信的学理支撑——所谓"优者自存,劣者自败",明白道出了"天演"在此所具的位置。严复相信事物的运行变化有其自身的公理或曰规律,文言、白话之争亦然。早年(1904)所谓"果为国粹,固将长存",已彰显这一思路。至于所云"林琴南辈与之较论,亦可笑也",亦显出了其与林纾的性格差别:林性

---

① 严复:《与熊纯如书》,王栻主编:《严复集》第三册,中华书局1986年版,第699页。
② 参见林纾:《答大学堂校长蔡鹤卿太史书》,《畏庐三集》,《民国丛书》第四编,上海书店1992年版,第27页。

格热情，为自家坚持捍卫的古文毅然挺身而出；严复纯然依恃"天演"，实则不无个性上的消极色彩在其中。

1919年10月16日，严复北上抵京。在京期间仍时与林纾相见：如其日记中，1920年2月1日，有宴请耆年会成员的记载①。而在己未（1919）岁末，林纾"怀念生死故旧"，作诗七首，末首借寄语林琮表达自己对传统学术与道德的固守，尤其提到了严复：

> 颇爱尊疑语，义言浓于酒。况复为圣言，更出哲学右。②

"尊疑"乃是严复早年所用名号，林纾在所赠诗文中时常以此相称。所谓"为圣言"，应指严复后期支持孔教、提倡读经等活动而言，在林纾看来，这些举动的价值更在严复所译介的西方"哲学"之上。若此解无差，可见正是在提倡传统的层面上，林纾将严复引为了同道。纵然如此，二人之间仍然存在着距离。稍晚林纾在给林琮的家信中再次提到严复：

> 今日予见严几道老伯，则对予言曰：吾近买得王府，凡六万三千元。汝闻之，当惊怕不止。余心中暗笑。严先生之尊人振先太先生与尔祖父大人均贫不自立，今几道忽买王府居住。夫京城之大，何地不可居，而必居王府？居王府且用以夸示故人。余谓居仁由义，虽终身陋巷陋室可也。以儒生忽然移气移体，且以豪富骄

---

① 王栻主编：《严复集》第五册，中华书局1986年版，第1536页。
② 林纾：《畏庐诗存》卷下，《民国丛书》第四编，上海书店1992年版，第6页；另见张俊才：《林纾年谱简编》，薛绥之、张俊才编：《林纾研究资料》，知识产权出版社2010年版，第41页。

人。吾愿汝曹万万不可存此心也。切嘱!①

此信署"庚申三月四日训",为1920年春间。就实际情形而言,此时林纾家计应有压力,全恃卖文作画维持;1919年8月23日与林琮书,有"年近七十,家事危如朝露"的自述②。而严复其时仍为总统顾问,海军部亦有薪水支领;相较而言,经济状况应较宽裕。其对于林纾所言,"惊怕不止"云云,不应指"六万三千元"之价格而言,而是购买"王府"这一行为所具的文化象征意味——此时林纾仍有谒陵之举,乃是忠于清室的仪式性行为;在此立场上,私购王府应属"大逆不道"的僭越举动。严复如是告知林纾,很可能带有对其效忠清室的调侃意味。而林纾的反应并未明确语及于此——显示了其并非顽固抱持礼制观念,而是全从道德层面发表批评:一是居于王府不符合严复出身,"移气移体",亦不符儒家典训;另一则是炫富于故人,或亦暗含对严复仕宦于民国的不以为然。只是林纾以"儒生"指称严复,此一身份命名背后所体现的二人在知识观念上的鸿沟,或竟是不可弥合的了。

1921年,林纾七十寿辰,弟子朱羲胄等广为征求诗文祝寿。《瘉壄堂诗集》今存《赠林畏庐》一首七律,为诗集卷下末篇,即是为寿林纾而作。此时距严复去世已不过一月。诗云:

左海畸人林畏庐,早年补柳遍西湖。

数茎白发看沉陆,无限青山入画图。

---

① 夏晓虹释文:《林纾示琮儿书》,《现代中国》第十辑,北京大学出版社2008年版,第206页。本文所引林纾示林琮书及林琮所作《严几道先生传》相关资料,乃承夏晓虹师指点,谨致谢忱!

② 同上书,第205页。

尽有高词媲汉始,更搜重译续虞初。

饶他短后成齐俗,佩玉居然利走趋。①

前引1920年林纾致林琮信笺上,所钤印印文即为"补柳翁"②,为林纾所署之号;严复自是知晓这一"典故",从而诗中有"补柳"之说。颈、颔二联概述林纾事业,与前此所撰《题林畏庐晋安耆年会图》无异。末二句则尤可玩味:《庄子·杂篇·说剑》形容庶人之剑客,有"短后之衣"之说;《淮南子》有"齐俗训"篇,讨论风俗应否齐一的话题;"佩玉居然利走趋",则出自韩愈《试大理评事王君墓志铭》一文中"佩玉长裾,不利走趋"一语。可见上句中"短后成齐俗"应指向西风东渐、社会已全然趋于西化的事实,下句翻转韩愈语意,乃形容林纾虽特立于时代潮流、亦能自有树立,与首句同样典出《庄子》的"畸人"所指相同。严复借短后长裾之衣装更替指代西化现实,心思巧妙;用韩文典故作比,乃是向推崇韩愈古文的林纾致意。"畸人""佩玉"之谓,既可解作严复赠诗一向带有的谐谑意味,亦可视为对于林纾的理解与肯定,"佩玉"之比尤其贴切。而严复在诗中一再言及林纾的与时颉颃,则可见出林纾对清室的眷恋与谒陵等行为,确成为这一时期严复眼中林纾形象的重要特质。林纾不以谒陵之事语及严复,而其忠于清室的立场却未始不曾影响严复对于林纾的评价。

尚值得一提的是,短短一首七律中,严复两次用到《庄子》,或则与用韩文一般,亦有深意存焉。《庄子》是严复、林纾于诸子中共同喜好的

---

① 王栻主编:《严复集》第二册,中华书局1986年版,第413页。
② 夏晓虹释文:《林纾示琮儿书》,《现代中国》第十辑,北京大学出版社2008年版,第206页。

一家。严复曾经一再加以评点;1923年,林纾亦出版《庄子浅说》。想来此亦应是严、林的话题之一,二人后期应在旧学方面有过更多的交流。

五

1921年10月27日,严复在福州家乡逝世。次年正月,林纾率门生、早年京师大学堂译书局的同事陈希彭致奠,并作文祭之。文章起首,有意无意之间,竟也用到《庄子》之典:

> 呜呼!君才之大,实北溟之鹏。其振翼也,若垂天之云,水击三千里,顾乃无厚风之积,虽未即于夭阏,然亦不复逍遥矣。图南之不终,其责在风,宁复在鹏之翼耶?①

林纾借图南之鹏比拟严复的志向和才学,推许不可谓不高。而以"无厚风之积",说明严复未得见用的责任乃在时势,亦可谓知言②。文章进而述及筹安之事:

> 呜呼!当涂篡窃神器之时,乃笼槛及君。君翛然却其千金,不

---

① 林纾:《告严几道文》,《畏庐三集》,《民国丛书》第4编,上海书店1992年版,第76页。下文所引此文均出此处。
② 林纾在文末呼应开篇,再次致慨于严复的未能见用:"君著述满天下,而生平不能一试其长,此至可哀也。"在理解严复的治国抱负与学问价值一点上,林纾可谓知严复亦深矣。又严复逝世后,林纾致送挽联,有"齐名吾有愧"之语(参见《凌霄一士随笔》,《国闻周报》第七卷第八期);以林对严的推重而言,未始不是发自心声。

署劝进之表。顾乃以中国不宜共和一语,竟窜名入党籍中。使君抑抑无可自伸,一腔之冤,不能敌万众之口。而吾独知君者,以君假吾柳州之文,手加丹铅,知君之属意于柳州,盖自方也。柳州君子人也。昌黎永贞之行,意属梦得,于子厚无与。至为之志墓,为之碑罗池,无一语及于叔文,盖知柳州深矣。吾文去昌黎万里,宁足雪君之冤。然君之心,柳州之心也。吾恒谓屈平之骚,谷风也;柳州之骚,氓也。谷风之怨,响抗而长;氓之怨,声咽而悲。读柳州之骚,其沉忧凄黯,泪与声俱,而君丹铅其上,吾未尝不以悲柳州者悲君也。呜呼!君今已矣。临命之前一月,尚以诗寿予七十,有佩玉利于走趋一语,盖用昌黎之文以况余。呜呼!予长安卖画翁耳!宁自期为君子之玉。至所谓利于走趋者,或时流怜余老悖无能恕之。

"翛然却其千金"一句,不免令人想到1902年、林纾甫结识严复未久,在为其所撰《尊疑译书图记》中,对严复即有"翛然于世"的形容。20年后笔下再度用到"翛然"一词,则是严复这一拔出众流甚至不合于时的形象在林纾心中亦未曾改变。举出"中国不宜共和"一语,可见林纾对严复的这一思路有所了解,二人曾就政体问题有过交流,亦未可知。前文曾叙及,己酉(1909)十一月廿三日,严复曾到南城翰文斋购买柳宗元文集,当日且同林纾一道外出用餐;此处林纾道出严复曾经借其柳文且圈点细读,可见严复于古文一道确曾与林纾有过交流;从文意看,此事或发生于筹安之事以后。就列名筹安一事而言,林纾以"吾独知君者"自许,遥证了侯毅日后关于严、林二人1916年时曾有密切接触的回忆。

林纾在此以韩、柳自比林、严,并非一时兴到之举。其论文素来推重韩、柳二家。1914年,在为孔教会讲演《论古文虽为艺学然纯正者乃可载道》之时,自言已读韩文25年,而"昌黎目中,亦仅有一柳州足与抗手"①;同年10月,由商务印书馆出版专论《韩柳文研究法》,应与其长期在校讲授古文之讲义有关。柳宗元参预永贞革新,事败而遭贬谪,与刘禹锡均列名"八司马"之中。韩愈《永贞行》一诗,对永贞新党有所讥刺,由此历来聚讼,一说乃专为刘禹锡而作,不及他人;林纾因取此说,以为韩愈之于柳宗元开脱,并且举出《柳州罗池庙碑》及《柳子厚墓志铭》二文均未提及王叔文事为证。永贞新党"八司马"之目,或可与"筹安六君子"并论。林纾以柳州为严复自比,未必符合严复本意,却道出了自家心思:在林纾看来,其与严复之交谊,恰如昌黎之于柳州——二人同为一代古文名宿之外,柳州之窜名党籍,恰如严复之厕身筹安;昌黎志柳州之墓,亦如林纾为严复作传。其隐然以韩愈自期,固然道出了对于自身在古文史上地位的自我确认,而这一系列符号性事件在漫长文化史上所具的对应与象征意味,在其时文言日趋式微、白话文学迅速崛起的时代语境下,无疑更令林纾满怀悲怆之感。以韩、柳自比林、严的自觉之举,因此而有着更为深厚的寓涵。而所谓"柳州君子人也",不免令人想起1901年,严复初识林纾,喜不自胜,乃有"真君子人也"的评价。无论事出巧合抑或有意为之②,二人于交游始末之际、给予彼此的这一评价,正道出了严、林各自品格的实际,以及相互之间廿年交谊的深层保证。

  晚年林纾在家训子,将绍继己学、传古文之绪的希望寄托在四子林琮身上,对此夏晓虹先生有《阅读林纾训子书札记》一文表而出之。夏先生文中所提及的,由林琮所作、林纾改定之《严几道先生传》一文,应

---

① 林纾:《论古文虽为艺学然纯正者乃可载道》,李家骥等整理:《林纾诗文选》,商务印书馆1993年版,第80页。
② 严复此说乃发表于私信之中,或则张元济当时曾将此转告于林纾,亦未可知。

是林纾生前与严复发生关联的最后一份文献①。与前此林纾亲撰之《告严几道文》不同,此文因为传记性质,故须于严复一生事迹有所概述。林琮在此所述事实,自然均闻自林纾。以弱冠少年为文,未就严复生平译述及学术更多涉笔,亦属常情。而文末一段识语,则隐然有并论林严、暗寓褒贬之意,对此夏晓虹先生已有细致阐发。②而文章终以林纾感严复赠诗为"知言""每诵及之辄泫然"作结,亦可证多年情谊、毕竟占一席重要位置。

严复与林纾一生交游行实,述至此处,已可作一收束。姑不避冗赘,再志数语于文末。如前文所言,严、林以译述驰名,始自戊戌以后,至壬癸之际,已是并称于时。这一迅速扬名的事实,固然与1902年、二人双双进入京师大学堂译书局这一专事翻译之最高官方机构有关,实则也由于新政初开、新学涌入的时代机遇下,二人引领风气之先,恰填补了其时知识界的空白。严、林以闽籍同乡而为时代先声,并非纯出偶然。福建处沿海地带,与江浙地区亦往来便利,本土有经商风习,兼具宋学传统③;船政局的创办,更使之成为新学传播的重镇。清末时期闽籍人士佼佼者甚众,从戊戌时林旭组闽学会至民国初年林纾之晋安耆年会,会中多知名之士,这一人才鼎盛的局面,与家乡的文化氛围密切

---

① 林琮此文应作于1924年,即林纾在世的最后时期。因林纾曾自言:"吾近日不作文,而第四子琮,却能握笔。此次作《严几道传》、《送高梦旦南归序》,京中大老,咸称其能。"(《与胡生孟玺论文书》,《林纾诗文选》,第317页)据夏晓虹先生考证,《送高梦旦南归序》一文作于1924年(《现代中国》第十辑,第193页),则《严几道先生传》的写作时间应与之相近。

② 参见夏晓虹:《阅读林纾训子书札记》,《现代中国》第十辑,北京大学出版社2008年版,第199页。夏晓虹先生已将此文与林纾此前之《告严几道文》并论,谓林琮此文"颇有代父立言的意味"(《现代中国》第十辑,第198页),亦是知者之言。

③ 林纾曾在《〈修身讲义〉序》中自言其于宋学中主无分朱陆,"以有益于身心性命者为宗",严复则对陆王有过严厉批评。

相关。

　　严、林译述最为重要的共同性质,乃二人均用文言从事翻译,这正是属于清末一代的时代禀赋。尽管二人行文中不乏新词汇甚至夹杂英文词,但从语言风格与语法结构而言,大体仍属于相对纯正的文言写作范畴,且对古文①抱持着自觉追求;在清末文坛上,以严、林译述为鼎足之一,不仅与梁启超倡导的"新文体"隐然呈抗衡之势,亦与章太炎一派以"学"为文的风格形成对峙。在清季民初学术转型之际,"文章"之学随着"国粹"的内部体系更动以及"文学"学科的逐渐独立,地位亦与之俱增。由此,严、林译述所具的西学与古文双重价值内涵,在舆论中也有着重心变迁的过程。《清史稿》以二人入"文苑传",云"世谓纾以中文沟通西文,复以西文沟通中文,并称林严";"林严"的排列若与当年康有为"译才并世数严林"的说法相较,或者亦能透露世易时移的些须讯息。

　　就二人译述的内容而言,恰如前辈所指出,一属西方新兴社会科学,一则属人文学范畴。二者在结构上恰呈互补格局,反映了清末本土文化界的知识需求。这自然与两人的知识结构有关:社会科学属于新事物,引介者需有西学背景;人文学在本土却有相当发达的传统,可与欧西发生对接。而在西文中文沟通之间孰先孰后、也即译述者立身何在的问题上,则正体现出严复与林纾的深层差异:二人一由西入中,一以中化西,虽均主张兼通中西,立足之处却始终一在新学、一在旧学。由此,严、林以其译介实践,树立了翻译的两种不同理路,也代表着国人

---

　　① 钱锺书先生曾对林译语言是否属于"古文"有过辨析(参见钱锺书:《林纾的翻译》,《七缀集》,上海古籍出版社1994年版,第94—98页)。本文中使用的"文言""古文"概念,乃是较为宽广意义上的使用。

自主引介西学早期的两种典型方式①。

也正因此,严、林虽然亦与旧学中人交游,实则未曾真正融入本土学术主流,时而处于一种尴尬地位。二人与章太炎之间的摩擦或可说明问题。章太炎在晚清为国学巨擘,其对于严复与林纾的苛评②,人事上的意气之外,亦与其自居于学术正统而表示的轻蔑有关。即便在同乡老友眼中,二人也属于异类:严复尚且是"半路出家,未宜苛责",而林纾自觉以古文为立身之基,更未必得到旧学中人的全然认可③,连陈宝琛也曾有过"俗学"与"中年出家"④的批评;在浸淫传统的同代人眼中,二人终未免于"空疏之讥"⑤。而入民国以后,新文化一代崛起,严、林作为前代的代表性人物,则又因其对传统的保守而成为集矢之的。要而言之,旧者觉其新,新者嫌其旧,居于两间者,俟清末十余年新旧交替的"黄金时段"过去,便为两端者所挑剔。

实际上,严复、林纾对待新旧或说中西二学的态度,尚值得得到更多的肯定⑥。二人均抱持开明姿态,主张熔铸新旧、借西学以发扬中学。就文言、白话之争而言,乃是"非读破万卷不能为古文,亦并不能为白话"⑦;在存续传统方面,则是因"转译傅会之功"而使旧学"变动而弥

---

① 尚需指出的是,严复、林纾在清末译界的另一共同点在于:二人所译者多为欧美著作,且均主张取法欧美。这在当时新学潮流中"西学"与"东学"隐然对峙的语境下,别具一层涵义。严复对东学的批评,已为人所瞩目。林纾虽未有明确批评,却曾明白表示对欧西的赞叹,连国家思想,亦当"取法欧美"(《青年人宜尊重国家》,《林纾诗文选》,第103页)。这其中不排除亦有严复言论的影响在内。

② 章绛:《与人论文书》,《学林》第2期。

③ 参见钱锺书:《石语》,中国社会科学出版社1996年版,第31—34页。

④ 汪辟疆:《光宣以来诗坛旁记》,辽宁教育出版社1998年版,第56页。

⑤ 钱锺书:《石语》,中国社会科学出版社1996年版,第31页。

⑥ 对林纾有关新旧态度的评述,参见陆建德:《海潮大声起木铎——再谈林纾的译述与渐进思想》文中"不分夷夏,新旧接续"一节。

⑦ 林纾:《答大学堂校长蔡鹤卿太史书》,《畏庐三集》,《民国丛书》第四编,上海书店1992年版,第27页。

光明"①。严、林以不同风格而同样优美的古文译介西学,正是其所秉持之文化观念的亲身实践。

文化观念也往往影响于政治立场。严复政治哲学的价值,自不待言;林纾亦曾支持立宪,虽以清室举人自陈,爱护民国之情未少。要而言之,二人在政治上贯穿始终且最为重要的共同之处,实为其国家思想。不仅言论中念兹在兹,生平事业,亦意在开启民智、改良社会,均以有益国家为念,而这正是公共知识人的本色所在。二人一生共同事业,要属教育、译书、办报三者②。此亦是清末的时代特色:在新技术与制度的支持之下,印刷与出版业臻于鼎盛,报刊、学堂迅速涌现;而正是这些新的公共文化场域的诞生,造就了近代史上第一代公共知识人的身份形成。

因此,将严复与林纾并论,获得了更为宽广的意义延伸:作为清末一代知识人的典型代表,严、林二人之间无论相同相异处,均有着丰富的阐释空间。就人生轨迹而言,二人一为新式学生,一为传统士子出身,中年时却由于译介西学这一共同事业而获得了某种相似性,并随时代发展而呈现出变迁线索:清末十年中二人别领风骚,前期译学流行,乃为西学先导;后期推崇国粹,又为古文耆宿;至民国以后,新文化一代崛起,则成为被批判的对象。由此可以见出,自甲午以后的20年间,乃是清末一代人的"黄金时期"。尽管于"五四"一代有着"哺育"之功,然而在日趋激进的时代氛围中,终究难免于当时意

---

① 严复:《〈普通百科新大词典〉序》,王栻主编:《严复集》第二册,中华书局1986年版,第277页。
② 林纾自陈其远离政治;严复虽一直游走于边缘,然而每次甫一接近中枢,即受挫而还。其自身对此亦有清晰认识,早在1905年与张元济书中即云:"若自为所能为作想,只有开报、译书、学堂三事尚可奋其弩末。"(《严复集》第三册,第555页)

气。早在1915年,严复对于林纾"不如及早竖降旗,成功者退循天道"略带调侃的劝告,实则也是一种自我解嘲,寓示着二人共同的时代属性。

至于严、林二人之间,相交既久,踪迹亦近,终究未能以知己相待①。个中原因,固然是由于二人性情本自不同:严复趋于现实冷峻,林纾则是豪爽恺悌之人。在此之外,由于知识结构、学术取向乃至政治理念之间的出入而造成的心理距离,恐亦是原因所在。从留存文字看,严、林之间交谊,前期仍可说情谊款洽,林纾尤其抱持钦敬之意,至晚年尤其1910年代末期以后则有所疏远。林纾所谓"几道生时,亦至轻我,至当面诋毁"②的表述,一则可知语出1921年以后,乃是晚期言论,再则亦稍透露了二人疏离的个中消息。进而言之,严、林虽同以译述驰名,而各自学术所立基者,不仅有着新旧的出入,更存在着新兴社会科学与传统人文学的学科差别。社会科学有着把握历史进程的自我期许,林纾所感受到的严复之"轻",或不无社会科学学者对于人文学的骄傲潜存其中。1913年,康有为公开以"译才并世数严林"之断语表彰二人在近代译界的地位,日后却流传为一桩著名公案③,有关严、林高下的评说亦屡屡不绝。诚然,严复于林纾译述事业,一则曰"断尽支那

---

① 1918年,严复致信熊纯如,谈及生平知交,除吕增祥外,已逝者如郭嵩焘、吴汝纶、熊季廉,在世者则为陈宝琛、陈三立、张元济诸人,"寥寥数公而已"(《严复集》第三册,第684页),林纾并未预于此列。就同乡老友而言,严复与陈宝琛诗有云:"乡里情亲四十年,共留老眼阅桑田。"(《严复集》第二册,第395页)同样对于陈宝琛,林纾在七十自寿诗中亦有"卅载倾心沧趣楼"之谓(《林纾诗文选》,第169页)。至于严、林二人之间,则并无这等表白。

② 钱锺书:《林纾的翻译》,《七缀集》,上海古籍出版社1994年版,第103页。

③ 参见钱锺书:《林纾的翻译》,《七缀集》,上海古籍出版社1994年版,第102—103页。

荡子肠"①,再则曰"虞初刻露万物情",固然有称道之意,但较之康有为开门见山、明白揭出林纾之"百部虞初救世心",则毋宁说后者更可称为林译知己了。

尽管如此,严、林之间的交谊仍然未可抹煞。林纾对严复学问的钦敬之情,二人诸多层面的共同关怀,常处于同一阵营的渊源,以及20年间常相往来的情谊,均历历可睹。君子和而不同。人情本来起伏流转、面向复杂,未可以片言数语遽下论断。而向细节中寻求些许史实的真相,冀以稍窥时代的风会,或者即是交游考论的命意所在。

(作者单位:中国社会科学院文学研究所)

---

① 1904年,严复离京留别赠诗中,有"可怜一卷《茶花女》,断尽支那荡子肠"的表述。20年后,也即林纾辞世前夕,在辞却别孔教大学讲席时作《留别听讲诸子》一诗,乃云:"荡子人含禽兽性,吾曹岂可与同群。"(《林纾研究资料》,第48页)"荡子"一词,在严复而言,指向林纾所译故事之情爱性质,或者带有些微调侃之意。在林纾诗中,则是指称背弃传统伦理的论辩对象,乃是带有意气的相詈之语。这一语汇的重复,因所指不同,未能说二者间必然存在着呼应,但以林纾对严复的看重而言,其在写作此诗时想起当年严复相赠的诗句,却是不无可能的。

林纾与杜亚泉

王 勇

林纾(1852—1924),清末民初最著名的文学翻译家,1899年因翻译《巴黎茶花女遗事》而一举成名。在他的一生中,共翻译了246种作品,涉及11个国家的107位作家,其中相当一部分是世界知名作家的具有代表性的作品。林译小说作为当时文学翻译的代名词,代表了当时文学翻译的最高水平,引领了一代人的翻译风尚。

杜亚泉(1873—1933),清末民初著名的科学教育及启蒙家,对我国早期科学事业的发展起过重要作用,是20世纪初我国介绍西方科学技术的主要人物之一。1900年杜亚泉在上海创办的《亚泉杂志》,是科学界公认的近代中国最早的科学杂志。1904年,杜亚泉进入商务印书馆,任编译所理化部主任。在商务任职的28年中,由他编写或主持编写的中小学教科书及科学著作有百余种。同时,杜亚泉还是著名的期刊编辑,1909年至1919年年底,兼任《东方杂志》主编。《东方杂志》能成为旧中国最负盛名的杂志,杜亚泉功不可没。正如胡愈之在《追悼杜亚泉先生》一文中所说:"《东方杂志》是在先生的怀抱中抚育长大的。"①

林纾与杜亚泉这两个人,一个是文学翻译界的泰山北斗,一个是自

---

① 胡愈之:《追悼杜亚泉先生》,《东方杂志》第三十一卷第一号,1934年1月。

然科学界的重要人物,人们或许会问,这二人有什么关系吗？最初我也有过这样的疑虑,但后来通过研究发现,两人从表面上来看,似乎没有什么联系,但把二人放到林译小说的发表以及"五四"新文化运动的背景中考察,我们就会得出一个以前被人忽略的全新结论。

一

　　林纾和杜亚泉开始发生联系是在1901年。这一年11月,杜亚泉在上海创办了《普通学报》,此刊1902年4月停刊,共出五期,月刊,石印小本,每期40页,设有经学、史学、文学、算学、格物、博物、外国语等学科栏目。封面上有杜亚泉的题字"文部之先声,学生之好友"。从杜亚泉的题字来看,这是一份以青年学生为发行对象、以传播文化知识为宗旨的刊物。刊物是杜亚泉自筹资金、自费发行,由于发行量少,成本难以收回,所以出版了五期之后就停刊了。但在《普通学报》的五期中,共发表林译小说两部——《英女士意色儿离鸾小记》和《巴黎四义人录》,均由魏易口译,前者连载于《普通学报》第一、三、四、五期,后者载于《普通学报》第二期。也就是说,《普通学报》的每一期上都刊有林纾的翻译小说。根据现有的资料,这是林译小说第一次登上刊物的版面。在此之前,林纾的译作都是以书籍的形式率先问世,如《巴黎茶花女遗事》于1899年正月在福州以畏庐藏本印行,《黑奴吁天录》于1901年以武林魏氏刻本印行。所以我们说,是杜亚泉编辑的《普通学报》在20世纪初给林纾的译作找到了另一条扩大影响的新途径。作为杜亚泉自费编辑的民间性刊物,《普通学报》由于资金有限,发行时间短,发行量有限,不太可能给林纾带来丰厚的利益。我们没有找到杜亚泉与林纾有关稿费方面的资料,但可以肯定,即使有稿费,也不会多。换句话说,林纾将翻译小说交给杜亚泉刊载,恐怕不是为了钱,因为《普通学报》的发行量极为有限;恐怕也不是为了名,因为《普通学报》也不是当时出名的刊物,那么最合理的解释就是林纾出于友情而对杜亚泉的无私支持。不管怎样,杜亚泉及其编辑的《普通学报》为林纾的译作在杂志上刊载做了有益的尝试,为以后林译小说在报刊大量登载做了先期的准备。这不仅开辟了一条林译小说发行的新途径,同时也进一步扩大了林纾译作的影响力,其开创之功,不可小视。

杜亚泉不仅将林译小说推向了杂志这一新兴的传播媒介,并且随着杜亚泉入职商务印书馆,林纾的译作更是大量地在商务出版,并在商务旗下的各种刊物上刊载。1906年林译小说《空谷佳人》开始在《东方杂志》上连载,之后《荒唐言》《罗刹因果录》《鱼雁抉微》《桃大王因果录》《略史》《戎马书生》①等先后在《东方杂志》上连载。从1906年9月《东方杂志》开始登载林纾的译作,至1920年1月杂志改版、林纾译作退出为止,145期中有58期刊有林纾的译作,占总数的40%;1906年9月至1919年12月,《东方杂志》共发表小说24篇,林纾的译作为七篇,占了将近三分之一。可以毫不夸张地说,林译小说支撑起了《东方杂志》(1906—1919)的小说栏。特别是1909年4月至1919年12月的十年中,由于杜亚泉对林译小说青睐有加,使得林译小说成为这一时期

---

① 《空谷佳人》连载于1906年9月至1907年2月第三卷第八期至第十三期;《荒唐言》连载于1908年8月至10月第五卷第七期至第九期;《罗刹因果录》连载于1914年7月至12月第十一卷第一号至第六号;《鱼雁抉微》连载于1915年9月至1917年8月第十二卷第九、十号,第十三卷第一号至第四号、第六号至第八号,第十四卷第一号至第八号;《桃大王因果录》连载于1917年7月至1918年9月第十四卷第七号至第十二号,第十五卷第一号至第九号;《略史》连载于1919年1月至9月的第十六卷第一号至第九号;《戎马书生》连载于1919年10月至12月第十六卷第十号至第十二号。

《东方杂志》文学生命的重要支柱。

从以上的分析中可以知道,不管杜亚泉与林纾在实际生活中的交往如何,至少在林译小说的刊载上两人建立起了密切的联系,可以说是杜亚泉将林译小说带向了报刊杂志,并运用自己的编辑能力,通过《普通学报》和《东方杂志》影响并带动了林译小说在报刊登载的热潮。这对于扩大林译小说的影响,拓展林译小说的传播途径起到了重要作用,对于通过林译小说普及知识、启蒙民众做出了重要贡献。如果说魏易、王寿昌等合作者成就了林纾的翻译盛名,那么杜亚泉则是将林译小说推向更广阔空间的主要推手。我们不敢说没有杜亚泉,林译小说就会怎样,但杜亚泉确是最早发现了林译小说之于报刊生存的价值,这对于林纾来说是件幸事,对于中国报刊业来说,也是一件幸事,对于广大的读者来说,更是一件幸事。但长期以来杜亚泉对于林纾译作的推介之功并没有得到人们的重视,这是值得我们深思的。

二

除了上文中提到的杜亚泉与林纾在林译小说的刊载方面的关系之外,两人在"五四"新文化运动中的表现及结果也值得关注。

1915年9月,《青年杂志》创刊,陈独秀在创刊号上发表《敬告青年》一文,高举"科学"与"民主"两面大旗,在思想领域发起新文化运动。《青年杂志》自第二卷起改名《新青年》。1917年2月,继发表胡适的《文学改良刍议》后,《新青年》再次发表陈独秀的《文学革命论》,在文学领域发起文学革命,提倡白话文学。如果说在思想领域还有些反对的声音,在文学领域却是应者寥寥,正如鲁迅所言"那时仿佛不特没有人来赞同,并且也还没有人来反对,我想,他们许是感到寂寞了"①,刘半农在《复王敬轩书》中也提到"记者等自从提倡新文学以来,颇以不能听到反抗的言论为憾"②,所以为了排除没有反对者的寂寞,新青年阵营开始采取一些措施,主动出击,"引蛇出洞"。新青年阵营的主将陈独秀是一个"老革命党",又长期从事报刊编辑,深通舆论之道和宣传之效,即为了扩大影响和引导社会舆论,不仅要为社会公众设立能够吸引他们的话题,而且要熟练运用各种传播技巧,特别是通过"论战"形式人为地造成对立,逼对手站出来,发表意见,从而找出对方破绽,击垮对手。1918年新青年派与林纾的论争就是这种方法运用的结果。

1918年3月,《新青年》刊登了由钱玄同化名"王敬轩"的来信以及刘半农以记者身份对该信的答问,这就是现代文学史上津津乐道的"双簧戏"或"双簧信"。不管这场"双簧戏"以前如何被文学史家所称道,现今又如何被一些研究者批评其手段之卑劣,仅就其结果而言,确实扩大了白话文学的影响,引起了社会的关注,也引起了一些持不同意见者的反对。林纾自然是其中最具代表性的人物。林纾在这一"双簧信"事件中,先是被"王敬轩"捧到了天上:"林先生为当代文豪,善以唐代小说之神韵,迻译外洋小说,所叙者皆西人之事也,而用笔措词,全是国文风度,使阅者几忘其为西事。是岂寻常文人所能企及?"又称颂林纾的翻译:"不特译笔雅健,既所定书名,亦往往斟酌尽善尽美,如云吟边燕语,云香钩情眼,此可谓有句皆香,无字不艳。"③后又被刘半农打入

---

① 鲁迅:《〈呐喊〉自序》,《鲁迅小说集》,人民文学出版社1990年版,第7页。
② 刘半农:《复王敬轩书》,北京大学等主编:《文学运动史料选》第一册,上海教育出版社1979年版,第53页。
③ 《文学革命之反响·王敬轩君来信》,北京大学等主编:《文学运动史料选》第一册,上海教育出版社1979年版,第49页。

到地狱:"林先生所译的小说,若以看'闲书'的眼光去看他,亦尚在不必攻击之列;因为他所译的'哈氏丛书'之类,比到《眉语莺花杂志》,总还'差胜一筹',我们何必苦苦的'凿他背皮'。若要用文学的眼光去评论他,那就要说句老实话:便是林先生的著作,由'无虑百种'进而为'无虑千种',还是半点儿文学的意味也没有!"[1]如此一来,林纾的翻译失去了文学意义,林纾"当代文豪"的称号也就徒有虚名了。不仅如此,刘半农还详细地指出了林纾翻译的弊病所在:"第一是原稿选择得不精,往往把外国极没有价值的著作,也译了出来;真正的好著作,却未尝——或者是没有程度——过问";"第二是谬论太多,把译本和原本对照,删的删,改的改,'精神全失,面目皆非'";第三是"把外国文字的意义神韵硬改了来凑就本国文"[2],也即现在所说的"意译"笔法。从中可以看出,刘半农对林纾的评价显然是不符合事实的,更谈不上公允。如果说林纾的翻译"半点儿文学意味也没有",那么就等于否认了林译小说中如《巴黎茶花女遗事》《黑奴吁天录》等世界名著的价值,否认了林译小说曾经启蒙和引导了郭沫若、鲁迅等新文学大师的文学梦想的事实;我们不能说林纾的翻译件件都是精品,但至少有相当一部分是经得起时间考验的,代表了那个时代文学翻译的最高水准。如果说林纾的翻译存在着这样或那样的问题,那也是时代的产物,非林纾个人所能左右。新文学的倡导者们急切地批判林纾,是因为他们急切地想走出林纾的阴影,想突破林纾的翻译模式,因为他们知道,想要在白话新文学上有所创造,林纾这座以古文翻译西洋文学而成就一代声名的文学高峰是无论如何

---

[1] 刘半农:《复王敬轩书》,北京大学等主编:《文学运动史料选》第一册,上海教育出版社1979年版,第56—57页。

[2] 同上书,第57页。

也绕不过去的。就这样,林纾被卷进了"五四"新旧文学的论战之中。

林纾的翻译走的是"意译"的路子,刘半农所说"把外国文字的意义神韵硬改了来凑就本国文"和王敬轩所说的"所叙者皆西人之事也。而用笔措词,全是国文风度",意思相近,只是态度不同。林纾用古文笔法来翻译西洋文学,致力于中西文化的比较与交流,从结果来看,林译小说就是中西文化调和交流的产物;就其文化立场来看,林纾的翻译仍是张之洞所说"中学为体,西学为用"的格局。这与"五四"时期《新青年》确立与标榜的西化路线完全相悖,因此说,《新青年》阵营批判林纾的翻译倒在其次,主要是通过对林译模式的批判,扫清新文学发展的障碍,确立白话文学的正宗地位,确立以"直译"为主的现代翻译模式,进而对"中学为体、西学为用"的近代文化立场以及东西文化调和的中国文化发展路径进行清算,以确立以西化为主的现代文化立场和文化发展路径。

正因为有着如此的深意和对中国文化发展的整体考量,所以从《新青年》阵营的角度来看,"双簧戏"的出演以及对林纾的批判仅仅是随后一系列思想论战的开始,因为林纾虽然是文学翻译的大家,但毕竟只是中西文化调和的一个实践者,而非理论家。林纾在《论古文之不宜废》中曾说过:"知腊丁之不可废,则马、班、韩、柳亦自有其不宜废者。吾识其理,乃不能道其所以然,此则嗜古者之痼也。"[①]可见,林纾并不具备理论家的素养,因此在新青年一派的眼里,他不是一个难对付的角色,也并不具备与他们抗衡、论争和对峙的能力,而真正具备理论家素养并占据重要舆论阵地的,则是时任《东方杂志》主编和商务印书馆编译所理化部主任的杜亚泉。杜亚泉编辑了大量的中小学教材并致力于科学启蒙,是科学界、教育界的重要人物;又因为他主编《东方杂志》这

---

① 林纾:《论古文之不宜废》,《大公报》1917年2月1日。

——当时中国最为重要的刊物之一,在思想舆论界具有重要影响力,而商务印书馆又是中国印刷出版业的"龙头大哥",因此,把杜亚泉以及商务印书馆作为主要的论争对手才能造成更大的社会反响。于是1918年9月,陈独秀发起了对《东方杂志》及其主编杜亚泉的攻伐。如果说对付林纾用的是"暗箭伤人"的方法,那么对付《东方杂志》和杜亚泉则是公开叫板的正面攻击了。

《东方杂志》创刊于1904年,是商务印书馆旗下最为重要的一个刊物,起初只是选录其他报刊的文章,是一份汇报性质的综合性杂志。杜亚泉接编以后,于1911年第八卷起,变更体例,增加篇幅,"广征名家之撰述,博采东西之论著,萃世界政学文艺之精华,为国民研究讨论之资料,藉以鼓吹东亚大陆之文明"①,并按照现代科学分类体例对杂志进行了现代化改造,这次改良"对中国当时的杂志界而言,实质上是一次革命,它代表了一种现代杂志的崭新观念"②,而且改造取得了巨大成功,发行量最多时达一万份以上。所以说,《东方杂志》在"五四"之前已经是中国思想界的重镇了。在这块重要的舆论阵地上,"凡世界最新政治经济社会变象,学术思想潮流,无不在《东方》译述介绍",对正在发生的第一次世界大战,《东方杂志》"都有最确实迅速的详述,为当时任何定期刊物所不及"③。杜亚泉本人以"伧父""高劳"等笔名为杂志撰写了300余篇时评与论文,对民国初年中国的政治、经济、文化状况进行评论。其中,引起争论的是一组探讨中西文化和国民道德心理方面的论文,如《共和政体与国民心理》《现代文明之弱点》《精神救国论》

---

① 《辛亥年东方杂志之大改良》,《东方杂志》第七卷第十二号,1910年1月。
② 周武:《杜亚泉与商务印书馆》,《档案与史学》1998年第4期。
③ 胡愈之:《追悼杜亚泉先生》,《东方杂志》第三十一卷第一号,1934年1月。

《国民今后之道德》《个人之改革》《接续主义》《吾人今后之自觉》《论思想战》《静的文明与动的文明》《再论新旧思想之冲突》《个人与国家之界说》《战后东西文明之调和》《矛盾之调和》《迷乱之现代人心》等。在这一系列文章中,杜亚泉系统阐明了自己的政治和文化立场,概而言之,即在政治上主张渐进的社会改良,在文化上主张东西文化的调和,在社会和文化发展方式上主张接续主义。综合来看,杜亚泉赞同革新,不是僵化的守旧派,但其基本的思想框架仍然没有突破"中学为体,西学为用"的近代思维模式,这与陈独秀等人为中国社会及文化预设的发展模式存在着巨大差异,甚至某种对立。因此,陈独秀等人对杜亚泉的文化调和论的批判就关系到中国社会及文化的发展方向,是路线之争,而非是非之争。

值得注意的是,陈独秀与杜亚泉之间本是思想文化上的对立,但陈独秀却用了一个政治性很强的、非常吊诡的文章标题《质问〈东方杂志〉记者——〈东方杂志〉与复辟问题》,将两人在思想文化方面的对立转换成政治上进步与反动之间的对立,指责杜亚泉"妄图复辟""谋叛共和民国",这种政治的定性是新青年派一贯的论辩作派,使得对手在这种二元对立的政治定性中始终处于不利的地位,无论怎样争辩都无法摆脱守旧失败的结局。这场论争中,尽管杜亚泉的文化调和论在学理上更加理性、更加完备,尽管陈独秀的批评激情有余、漏洞百出,但论争的结果却是和林纾一样,杜亚泉"败"下阵来,其《东方杂志》主编一职被撤换。

三

如果只是孤立地看林纾与杜亚泉这两个事件,似乎并不相干,但如果将新青年阵营与林纾和杜亚泉的论争结合起来,放在"五四"时代的整体语境中来看,这两者就有了值得玩味的地方。林纾与杜亚泉,一个是用自己的翻译沟通中西文学、实现中西文明调和的实践者,一个是利用刊物介绍世界最新思潮,并发表中西文化调和论的理论家;杜亚泉用自己主编的刊物支持了林纾的翻译,而林纾又用自己的翻译具体支持了杜亚泉的中西文化调和论,二者在"五四"时期先后受到批判并不是一个孤立的事件,这是新青年派为实现他们设定的中国政治和文化的西化路径而精心设计的一场批判运动。林纾与杜亚泉在实践与理论方面代表了中西文化调和的两座高峰,从林纾这个中西文学调和的实践者入手,进而对中西文化调和的理论家杜亚泉进行批判,这样就可以将中西文化调和论者一网打尽,从而彻底消除发展道路上的障碍。如果不是这一思路的话,那么林纾与杜亚泉这两个表面上没有什么关系的人为什么会在"五四"时期先后受到批判呢?合理的解释只有一条,那就是他们在思想和文学、在对待中西文化、古文白话以及传统道德等问题上有着高度的一致性,或者说他们二人在对待"五四"新文化的态度上,虽然算不上极端反对,但却是消极的抵制,尤其是对白话和传统道德等的见解具有惊人的一致性。如果说新青年派把中西文化调和看作是他们前进道路上的一块巨石的话,那么林纾与杜亚泉无疑就是这一块巨石的两面,只有把这理论与实践一体的属于旧时代的巨石搬开,他们才能顺利前行。所以,放在时代情境中来看,林纾与杜亚泉受到批判几乎是不可避免的。正因为他们是一体的,所以才会先后受到批判,这也正揭示了两人在文化上的不可分割的血缘关系。

两人在"五四"论争后的表现与结局也极其相似。对林纾而言,本不想卷入论争,却被对手设计圈套硬性牵扯了进来;对杜亚泉而言,虽有对思想文化的强烈关注,且与对方在观点上相左,但也只是想发表自己的见解,并无论争的企图,结果同样是被对手先发制人,自己被迫还击,但也只有招架之功而无还手之力。二人在与新青年派的对峙中,都先后受到批判,又都以失败而告终。"经过1919年的新旧思潮之'激战',林纾这个曾经负着'译坛泰斗''古文殿军'等文名的'大文豪'在新派人士的眼中大概已算是'身败名裂'了。新文化阵营似乎也无意再和这位保守的、倔强的老人继续纠缠。于是林纾成了一个几乎被文坛遗忘了的角色。他孤独地、忧愤地在北京的寓所,在他的'春觉斋'里度着自己的暮年。"①杜亚泉辞去《东方杂志》主编后,专任商务印书馆编译所理化部主任,同时创办新中华学院,两年后学院因经费不足而停办,负债数千元。1932年"一·二八"事变商务遭难后,杜亚泉离开上海,次年在家乡病逝。"他在病时,无钱医治,下葬时借棺入殓,身后萧条,令人倍觉凄凉。""杜亚泉逝世后,不但他的生平和功业很少有人提及,就连他的名字也似乎渐渐湮没无闻了。解放后所出版的现代思想史论,对五四前后那场关于东西文化问题的论战,未置一词",即使有所涉及,也是"毁多誉少,有的甚至把它诋为落伍者"。② 可见,林纾与杜亚泉这一对"难兄难弟"晚境都是十分孤愤凄凉的。

总之,林纾和杜亚泉这一对从晚清走出来的人物,年龄相差21岁,林纾1852年生,杜亚泉1873年生,按理说并不是同一个时代的人,而且一个是文学翻译家、古文学家,一个是科学教育家、著名编辑家;一个是福建人,一个是浙江人;一个长期生活于福建与北京,一个主要活动于上海,两个人似乎没有任何关系,但通过我们的梳理,林纾与杜亚泉

---

① 张俊才:《林纾评传》,中华书局2007年版,第237页。
② 王元化:《杜亚泉与东西文化问题论战》,许纪霖、田建业编:《杜亚泉文存》,上海教育出版社2003年版,第2—3页。

的关系明朗了起来——他们因为两个刊物——《普通学报》与《东方杂志》联系了起来。杜亚泉是这两个刊物的编辑者,于是林纾的译作就大量地在其上登载。《普通学报》开启了林译小说在报刊上发表的大门,《东方杂志》成为了林译小说登载的最重要阵地之一,仅次于《小说月报》。杜亚泉以自己的刊物支持了林纾的翻译事业,林纾也以自己的翻译实践回报了杜亚泉的中西文化调和论。同时,两人又都在新文化运动中先后受到新青年阵营的批判,结局惊人地相似。林纾与杜亚泉在19世纪末20世纪初均抱定启蒙的宗旨,或译介西方文学,或创办刊物普及科学知识,且都在各自的领域里建树颇丰,然而这两位领一代潮流的"新派"人物,却被"五四"时代的"新新派"毫不留情地抛进了守旧者的行列,但历史却记录下了林纾与杜亚泉这一对"难兄难弟"的文化情缘。

(作者单位:河北师范大学文学院)

《林纾家书》和家教

包立民

半个世纪前,我在复旦大学中文系求学,听现代文学导师潘旭澜讲授"五四新文学运动史",谈及当年文坛发生的一场"文白之争",由此听说了林纾其人其事,得知他不通外语,仅凭合作者口述,就翻译了百余部小说名著,名扬海内,一时洛阳纸贵,人称"林译小说";又得知这位文言翻译家反对用白话文替代古文,曾与陈独秀、胡适、钱玄同等多位新文学倡导者论争笔战,被喻为手持长矛、大战风车,开历史倒车的唐吉诃德式的人物。但其著其论,恕我薄学无知,既未拜读过林译小说,亦未认真研读过"文白""新旧"之争。

20年后,我供职《文艺报》,有机会读到林纾的一些诗文论著、轶闻传记,读到当年与林纾论争过的几位新文学倡导者及现当代文史论者写的诸多评述论著,尤其是一些学者提出要"反思五四"的议论后,我对林纾有了新的看法。我斗胆写了《林纾其人其文其译其诗其画》,发表在2003年的《人物》杂志上,后被福建文史研究馆编入《林纾研究资料选编》。想不到这篇"不学无术"的随笔,引起了林氏后人的注意,始料未及地请我参与编辑《林纾家书》。

2010年秋,家中来了一位长者。长者姓林名大文,是清末民初翻译名家林纾的嫡孙。自我介绍后,他从随身携带的布袋中取出上下两厚本《林纾研究资料选编》递给我说:"这是年前福建省文史研究馆编印的,书中收了你的一篇大作,因不知你的通讯地址,所以迟至今日才送交。我是从孩子处才打听到你的地址。"我听了十分感动,为了区区一篇文章样书,竟劳长者送书上门,赶忙道谢让坐,同时随手翻阅"选编"。我一边翻阅一边说:"一篇陈年旧作承蒙选入,代我谢谢编者。"林老听了忙说:"文章早在杂志上拜读,可惜无缘相识。听说你还编了一本《张大千家书》?"我回道:"去年出版的。"随手从书柜里取出了一本,签名递呈林老道:"请批评。"林老接书道:"容我回家细细拜读。"然后聊起了家常,他已年近80,长我十岁,中等个头,一口京腔,身体看上去颇壮实。由于他家住得较远,不便久聊,我遂把他送到公交车上,匆匆道别。

不久,林老来电告知:《张大千家书》看了,编得好。他的祖父也留下了几十通给他父亲的家书,不少尚未发表过,想给我看看。我听说林纾示儿家书尚存人间,忙答当要拜读。他说:"今天就可送来。"林老下午携来了一袋信札及相关资料,我赶忙把他迎进门来。坐下后,他从布袋里取出一册散装书札,书札前有牛皮纸封面,上书"畏庐老人训子书、仲易钞本寄赠圣明"等字样。他解释道,祖父的原件早年被他父亲易米了,这是原件出手前,由祖父的学生林仲易抄录,赠给侄孙林圣明珍藏的,原件早已不知下落。封面右侧粘贴了一幅书照,是林纾逝世后,老友康有为写的一首挽诗影印照片。信札用北平晨报社稿纸抄写①,粗粗检点有百余页,数十封之多,都是林纾"字谕祥儿"②的家书。他还从袋中取出一叠林纾致四子林琮的家训册页及作文批阅件,我粗粗翻阅后,对大文说道:"尊祖示儿家书幸存人间,这些遗训、作文,极有史料价值,应好好保存。"他回道:"抄本存家多年了,对我家子孙固有教育意

---

① 林仲易是林纾的堂侄及高足,早年曾在北平晨报任编辑。
② "祥儿"是林大文之父林璐的小名。

义,但存在一家,不如公之于世、出版发行,让它发挥更大的作用,你看如何?"我看他对我似有期待,于是直言相告:"尊祖是一代文豪,百年家书、家训流传至今,实在不易,能出版,对社会、对读者是件大好事。但目前不少出版社重利轻义,不知肯否接手,我可帮助询问一下。"他见我允诺帮忙,忙说:"包先生快人快语,我就把出书的事,全权委托给你了。如蒙同意,我的委托书也带在身边了。"言罢,不由分说,马上从布袋里取出委托书。好一个忠厚长者,原来是有备而来的呵!正是因他的有备而来、反复言说,几经周折,我才邀约北京大学夏晓虹教授合作编注《林纾家书》。

在近现代文学史上,林纾(1851—1924)是一位多才多艺的古文大家、小说翻译家、诗画家,也是一位苦尽甘来、时来运转的传奇人物。他前后娶过两房妻室,前妻刘琼姿,生有一女二子;后妻杨道郁,育有五子四女,可谓子女满堂,同时代文艺家中,堪与齐白石比肩。刘琼姿病逝于1897年,不久长女林雪、次子林钧又相继病故,仅存长子林珪,三岁时,曾过继给弟媳家为冢子。林纾早年丧父、丧弟,长年患肺病,中年丧母、丧妻、丧子、丧女,可以说,他的前半生是在丧葬接踵、贫病交迫中度过的。由于特殊的家境,他与子女长年守在一起,无须写信联系,所以未见他给长女林雪、次子林钧的家书。前妻亡故后,在友人的规劝下,他怀着悲痛辞别故乡,闯荡江湖,有感于清末官场腐败,创作新乐府、"白话道情",并与友人合作翻译《巴黎茶花女遗事》。这本书出版后一炮打响,一版再版,名扬海内,从此林纾步上文坛,移居京城。

谕林珪:如何做一个公正廉明的好官

现存林纾家书中,最早见到的是《与林珪书》,仅存一通,可说是林纾现存的第一通家书。林珪生于1875年,三岁时林纾将他过继给亡弟之妻,并养育成才,官至大城县令。这通写于1908年的"居官法戒",是林纾为时任大城县令的林珪而写。在这通家书中,林纾教导林珪要做一个好官。怎样才能做一个好官?是不是只要保持清廉,就可以称为好官呢?林纾认为"廉者,居官之一事,非能廉遂足尽官也",也就是说,清廉,仅仅是做官的一个条件,并非只要能廉洁就能称好官。在《析廉》(《畏庐文集》)一文中,林纾曾揭露过,官场上有些打着清廉的幌子,巧取豪夺,中饱私囊的丑恶行径。知子莫若父,在家书中他写道:"尔自瘠区量移烦剧,凡贪墨狂谬之举,汝能自爱,余不汝忧。"老人最担心的是判案,在判案中,"患尔自恃吏才,遇事以盛满之气出之,此至不可。凡人一为盛满之气所中,临大事行以简易,处小事视犹弁髦;遗不经心之罅,结不留意之仇:此其尤小者也。有司为生死人之衙门,偶凭意气用事,至于沉冤莫雪、牵连破产者,往往而有,此不可不慎。"因此,勿自恃吏才,盛气凌人,意气用事,是林纾在家书中告诫乃儿登堂判案的要旨。在这通家书中,林纾还从如何判案,如何用人,如何处理教民讼,如何检尸,如何批阅经卷诸方面,向林珪示以法戒多条。判案是地方官吏主要的职责,案件判处得公正、廉洁与否,当是考察官员业绩的重要方面。林纾正是从吏治的这一重要环节入手,来教导林珪怎样做一个好官的。

众所周知,封建社会读书人的出路主要是参加科举考试,步步高中,步入仕途,封官享禄,光祖耀宗。所谓"十年寒窗苦,金榜题名时"。林纾也不例外,苦读十年寒窗,31岁中举后,曾先后七次赴京城参加会试,求仕之心不可谓不切,可是时运不济,总以落榜告终。戊戌变法失败后,他看清了清王朝的腐败没落,悲愤不已,于是背井离乡,闯荡江湖。偶然间与友人合作笔译了《巴黎茶花女遗事》,不料一举成名,使他找到了卖文为生、寄情译述的名利之路,从此绝意仕途。他终身没有做过官,是一介布衣,一介教书匠,一介文人,用他自己的话来说,是一个"措大"。既然他从未做过官,为何又要写这通"居官法戒"?原来1899年他客居杭州时,就曾见过"长官之督责吮吸属僚"的弥复可笑的官场现象。何况他博览古今小说,现实生活中的官场丑恶更是屡见不鲜。礼部侍郎郭春榆,欲以"清廷破格求才俊,取备特科"举荐他入试,他却向郭侍郎上了一封《不赴书》,不愿苟禄冒荣,宁以布衣终身。而他的长子林珪既然升任大城知县,当上了七品芝麻官,"职分虽小,然实亲民之官。方今新政未行,判鞫仍归县官。余故凛凛戒惧,敬以告汝"。正因为如此,他才写下了这通居官法戒。林珪确实也不负父望,不恃吏才,能平心判案,调查研究,从易于忽略的细微处,探求案情的疑点端倪,果断破案。诚如林琮在《记伯兄宰大城三事》文后所论:"伯兄老于听讼,平反疑狱,弭治积盗之政甚夥,而皆以整暇敏捷出之。然而余独举是三事以为记者,则以其纤细易于忽,而伯兄独能于繁剧中烛及几微也。"

1911年辛亥革命前夕,林珪在大城主演了一出"空城计",对此林纾一点也不知情,后经媒体载文传遍京城,他才获悉。林珪做了一件如此轰动漂亮之事,却对老父秘而不宣,林纾十分欣慰,做了一首五言长诗,寄示珪子,诗中赞道:"汝今宰小邑,敢与前贤侔。所仗运命佳,竟使民病瘳。……汝能止豪暴,临难生权谋。苦语述贫瘠,哀痛回贼酋。县中出羊酒,境外传歌讴。此语闻若翁,喜极翻泪流。"按理推测,林纾教导林珪的家书不会只有一通,可惜未能留存。

谕林璐:做一个能谋生养家之人

林纾家书中,保存最多的是与林璐(字谕祥儿)书,有65通之多。

林璐生于1899年,是林纾与杨道郁婚后的头胎儿,也是一个为他后半生带来文运、财运的"宝贝儿子"。因此夫妇俩格外钟爱这个老来子,格外关心这个寄读外地求学的儿子。林纾与璐儿的家书最早写于何年?据《贞文先生年谱》载:林纾是"辛丑(1901年)应征赴京,主金台书院讲席,又受五城学堂聘为总教习,授修身、国文"教职。1901年,他携妻挈儿移居京城。1911年10月10日,爆发了震惊中外的辛亥革命。革命惊动了以译书、教书谋生的这位布衣老书生。林纾深知革命必然会引起京城动乱,为了保护家人,11月9日(阴历九月十九),林纾封存了家中财物,举家前往天津西开英租界避难。临行前,他思绪万千,写下了《九月十九日南中警报,急挈姬人幼子避兵天津。回视屋上垂杨尚凌秋作态,慨然书壁》五言长句。诗中有一段写他随家人避难途中所见:

> 战声沸汉水,警报惊燕都。
> 达官竞南逝,荒悸如避胡。
> 仆妪半散走,家人声喁喁。
> 我老亦舐犊,安忍听为俘?
> 璐子年十三,文笔已清腴。
> 阿鬲亦八岁,继勒若套驹。
> 阿度方四龄,盈盈玉雪肤。
> 二女尤可念,出入相抱扶。

值得注意的是,诗中提到的林璐时年13岁,而林琮只有八岁。兄弟俩本随父母在京城学堂求学,这次避难天津,为时九个月之久。琮儿尚小,在家自学即可,璐儿则托天津友人入学德国人办的德华教会学堂(这是一所中小学贯通的学堂)。13岁的林璐成了德华学堂寄读生,不能随时回家。母亲不放心,于是让林纾与璐儿通信。由此可断定,林纾最初的《训璐儿书》,早不过辛亥岁末。林璐寄读于天津,1913年转学青岛,1915年又回到天津德华学堂,前后约八年。自1911至1919年,林纾与林璐通了八年书信,为后人留下了65通训子书。

在训子书中,老夫妇最为关心璐儿的衣食住行、寒暑冷暖等健康状况。他在信中写道:"凡父母爱子之心,一分一寸,无不着意","第一节是卫生,卫生从慎风寒、谨饮食始。凡极用力时,如体操之类,切不可饮冷物,热冷相触,脾胃即为之碍。夜中拥被,勿令被落。窗隙有风,名曰贼风,中人不觉,切须留意。"老父知璐有头眩之疾,另有一信告之:"汝秉气非属火者,切不可食凉冷之物。余少时饮麦冬、沙参,食尾梨、密梨,头常常眩晕。即近来[年]以来,每遇头眩,即以手探喉,令之吐水。水吐,眩即愈。因此知尔头眩,决为温动。柿子凉冷凝滞,汝切勿食。鱼肝油已买,便合肉松并寄。"老母倚间望归,盼儿家书,家书未至,唯恐其儿在校有个好歹闪失。家书一到,粗识文字的她急忙拆信先看,林纾回信,有时她也在旁观看,信中有未及处,嘱其补写。如在一封信中,林纾郑重补记道:"再,尔母亲谕尔,微寒即换呢袍,每日牛乳、牛肉汤万万不可间断。此际春暖不时,不可贪凉,使寒气侵入,生出毛病。亦不可出游,闲时只在操场散步可也。"行文至此,不由我想起《红楼梦》中,贾母疼爱宝玉,"含在咀里怕化,抱在怀中怕摔",不知如何钟爱才好的情景。

在求学方面,林纾对林璐倒无太高要求,他不求璐儿苦学上进,不求名列前茅,只求他能顺大溜升学就行。用他的话来说不躐等,可多读一年书,可多长一年学识。他知璐儿不是治学之才,不求他精通学问,只要他能讲洋文,日后在洋行谋个差使,养家糊口、照料弟妹就行。因此为其定下了如下的学习方案:"吾意以七成之功治洋文,以三成之功治汉文。汉文汝略略通顺矣。然今日要用在洋文,不在汉文。尔父读书到老,治古文三十年,今日竟无人齿及。汝能承吾志、守吾言者,当勉治洋文,将来始有啖饭之地。"真正令人难以想象,一个坚守古汉语文字、曾为文言强争一席之地的古文学大家,为了林璐的就业前程,竟然退守到"汝能承吾志,守吾言者,当勉治洋文,将来始有啖饭之地"的地步。清末民初,西学东渐,一些知识界家庭子弟中开始流行读洋文、谋洋差和出国留学之风。这股风也刮到了林纾的家中。他不仅要林璐学好洋文,而且也要林琮学好洋文,还为林氏兄弟请了家庭英语教师,甚至考虑过林琮的出国留学问题(因故未行)。但在林纾内心深处,对出国留学是并不赞成的,诚如他在庚申四月十日为林琮的一通家训中写道:"学生出洋,只有学坏,不能有益其性情,醇养其道德。然方今觅食,不由出洋进身,几于无可谋生。余为尔操心至矣!"社会上对不听父言、不守父业的子女,常被责骂其为"不肖子女",可是林纾却偏偏鼓励林璐不要学自己,不要走自己的路,做一个能谋个差使、凭洋文混口饭吃的"不肖子弟"。

林纾本是一个风骨嶙峋、清高狷介、极有个性锋芒的人物。青年时代就素有狂名,"少年里社目狂生,被酒时时带剑行",为人刚正不阿、爱憎分明;步入老年,依然不改本色。可是在待人处世上,他仅要求儿子们做一个安分守己、明哲保身、留心谨慎的人,他在信中告诫:"须知做人时时葆其天良,慎其言语,留心于伦常。于伦常尽一分之力,即人品增高一层;于学问肆力一分,即后来一身之飨用";"为人第一须留心:读书留心,则得书中之益;饮食留心,则无疾病之虞;说话留心,则无招怪及招祸之事;做事留心,则不致有偾败之处;交友留心,则不致引小人近身;起居留心,则不致冒暑伤寒,旋生疾病"。细细想来,林纾对林璐与林琮的这番告诫,也确是总结了他处世的经验之谈。

魏晋"竹林七贤"中,嵇康是代表人物之一,个性十分狂傲。后来他因文获罪,被司马炎杀了。就是这位因文招祸的嵇康,临终前,特地为不满十岁的儿子嵇绍留下了一篇《家诫》。在《家诫》中,他教儿子做人要小心,并写下一条一条的戒律。有一条说宴饮时,有人争论,你可立刻走开,免得卷入是非争论的旋涡;如果有人要你喝酒,即使不想喝,也不要推辞,而必须和和气气端起酒杯……1800年后的林纾,适逢20世纪的乱世,莫非他也在学嵇康的教子之道吗?

林纾"家书",嵇康"家诫",都是家教。两者在教子不要学自己方面,表面上颇有相似之处,其实不然。嵇康诫子着眼在官场政治,告诫未成年的儿子今后在官场上,如何与上司、同僚周旋相处:"凡人自有公私,慎勿强知人知,彼知我知,则有忌于我。今知而不言,则便是不知矣。若见窃语私议便舍起,勿使忌人也。或时逼迫,强与我共说,若其言邪险,则当正色以道义正之。何者?君子不容伪薄之言也,一旦事败,便言某甲昔知吾事,是以宜备之深也……"(鲁迅校本《嵇康集》,见《鲁迅全集》)诸如此类的诫条,对一个不满十岁的孩子来说,实是无法理解的。由此推断嵇康诫嵇绍,许是他临终前的自我反省,希望其子今后仕途上不要重蹈他的覆辙。而林纾训林璐,重在教其于经济上能谋生自立。可见嵇康诫子与林纾训子,虽同属家教范畴,但内涵实有不同。

谕林琮:做一个传承古文家学的学人

林纾作为清末民初的一代教育家,在家教上,注重身教,以身作则,为儿表率;同时注重言教,言之不足,自知口拙,用书、训代替言说。当然他也注重因人而异,因材施教。同是写家书、家训,《训林琮书》就不同于《训林璐书》。在治学做人上，希望林璐不要学自己，但期望林琮能学自己的治学精神，能全盘继承家学。期望立足点不同，书写内容方式也就不同。林纾与璐儿书，意在教其如何做人，做一个养家谋生之人，苦口婆心，不厌其烦，五日一信，十日一书。尽管千言万语，呕心沥血，可是朽木难雕，枉费了心机。《三字经》上说："养不教，父之过；教不严，师之惰。"作为一个父亲，他不可谓不教；作为一名教师（家庭教师），他教得又不可说不严（先慈后严），但最终失败了。为此他十分失望，从此再也未与林璐写过信。己未、庚申两年间，他转而给肄业在家自修的林琮写了23通家训，还为他批改作文13篇，还先后写了两通长信。示琮儿书，均为册页，在写作上借鉴古人格言形式，但又有别于古人格言。诚如他在开册第一页中所题："凡古人格言，有切处，有未切汝之病痛处，余故不能泛滥举以示汝。必取近尔之毛病处下药，方能有效也。"日常生活或学习中，他发现林琮有什么毛病，随时就挥笔写下所思所想及建议。因而在这则家训中他又道："余胸中有千言万语，见汝时爱极，防说之不尽，故时时书一两纸示汝，汝可藏之，将来裱为册页，可以时时观览。"书中收入的家训，已裱成册页。

20多张册页，对症下药、富有哲理："做人须得一个'勇'字，又须得一个'忍'字。不勇无以趋事业，不忍无以就事业。盖能勇则猛进不畏难，能忍则耐性不避难。总在自家定力，不必待人助辅，方是好男子。"试看这段文字，他要求琮儿既能勇，又能忍；与仅要求璐儿谨慎留心，安分守己就大相径庭。为什么？资质不同也。又如他在另张册页中阐述凡事要求己不求人："天下人都不足恃，即堂兄弟亦各有自为之心。男子万无恃人之理。余年少孤露，亲戚人人齿冷，至不以我为人。余躬自刻苦，励行读书，后此亲戚稍稍亲近。余一不计较，极力佽助之，至老不衰。盖自信宁可我为人恃，不能以我恃人。凡人有恃人之心，其居心皆苟贱不堪言。故余一心盼汝能自立也。"老人语重心长的醒世格言,是自身痛切的人生总结,也是有感于凡事恃人的林璐而发。关于林璐,老人在册页中也有提及:"余老矣,若兄又不解事,懒而乖忤,似朽木难雕。"老人对林璐失望、痛切之情,溢于言表。当然,说林璐也是提醒林琮,不要走其兄的老路,并不忘在信中叮嘱儿子:"凡事须虑及后来。今日花费乃恃一垂暮之老翁,犹傍晚远行,渐渐趋入昏黑。若尔能自极力学好,极力用功,即类四更上道,虽一路洞黑,恃一灯光,乃渐渐平明,旭日出矣。"又在《训子遗书》中写道:"力学是苦事,然如四更起早,犯黑而前,渐渐向明;好游是乐事,然如傍晚出户,趁凉而行,渐渐向黑。"诸如此类的话,林纾对林璐也说过,却如对牛弹琴,林璐只当耳边风;只得转寄希望于林琮,并语重心长地告诫道:"须知为人必先苦后甜,不宜先甜而后苦。……汝若昧昧,视为甜境,则苦境之来,正算不到是何时日。"

治学上,老人欲把衣钵传承给林琮,在《岁暮闲居,颇有所悟,拉杂书之,不成诗也》其七中写道:"……吾力非孟韩,安足敌众口?顾恋吾阿琮,(予第四子。)生质尚和厚。三《传》已周遍,三《礼》逾八九。琅琅温《周易》,厥声出户牖。《毛诗》吾自释,且晚当汝授。颇爱尊疑语,(严几道字。)义言浓于酒。况复为圣言,更出哲学右。涕泗语阿琮,心肺欲吐呕。人生失足易,夺常即禽兽。聪明宁足恃,励学始自救。"己未岁暮即1919年年底,林纾与新文化运动倡导者的一场"新旧"文学之争刚告一段落,他感到势单力薄、众口难敌,于是退而求其次,想把传承古文的火种传给林琮,静下心来,为他讲诗释文,引路导航,并从如何作文起步:"作文贵在酝酿,一好题目到手,须于闲时先打腹稿;凡逐笔而来者,大非俊物。""凡作文,一题到手,须将本事前后仔细一想;想得时,即须下笔直书,书后再改。若迟留不即署稿,神形立时走失;再寻索,意思便差得多矣。所以作文贵在留心,尤贵捷敏。"他还针对琮儿文章写不长、展不开的毛病,下药方曰:"汝惮于读古文,知用字造句,不知行气,故文字不能过七百字,由不读之病。此后每日宜读《过秦论》三篇。"林琮文章写不长,林纾认为是文气不足所致,怎么改进?他提出反复诵读长篇古文,可以养气。他还告诫琮儿:"凡作文,不可一下笔即思向要好边着想。一思要好,即把文理抛却,满怀参以人欲,那能将文章咬出浆汁?"

难得的是,家书中还收录了13篇林纾批阅林琮作文的真迹,作文本字里行间圈圈点点,显示了林纾手把手修改的笔迹。每篇作文后,林纾均有热情的赞评,还有犒赏银元的数目。从13篇作文内容来看,林纾也是参照他选评《古文辞类纂》选本的分类,以循序渐进、逐类练习的方式,从"论说"入手,继之为"杂记",过渡到"传状",最后到"赠序",有步骤地对林琮进行教授练习。对此,夏晓虹教授在《阅读林纾训子书札记》一文中已有精辟的剖析,不敢掠美,恕不赘述。

须要说明的是,林琮写作这些作文时,年仅16岁,对文中所写之人之事并不甚了了,因此每篇作文的命题立意谋篇,乃至用字遣辞都有林纾的推助,其中不乏口述笔录之篇,类似当年他与友人合作译著时。他要在作文批改中,把自己的这套所谓"耳受手追,声已笔止"的看家本事传授给林琮。他颇满意林琮能揣摩肖似自己的文思笔路作文,常把他的作文在友人中传阅。他还致信恳请太保太傅陈宝琛为林琮作文"加墨"点评:"琮子之视公,如藉、湜之慕韩公,然藉、湜借用,而公之为韩则确也。秀才望榜况味,公夙知之,则书为孺子谅也。"祈求陈公"加墨",借用了唐代张藉、皇甫湜慕韩愈的典故;而盼望点评,又恰似"秀才望榜",可见他望子成龙之心切,难怪陈宝琛要"加墨"题道:此儿"可跨尔灶"。直到临终,林纾已饮食不进、言语不清时,仍以食指在林琮的手上写道:"古文万无灭亡之理,其勿怠尔修。"又可见其寄予林琮能承继古文传统的厚望。

值得深思的一个问题

作为一名古文传统教育家,林纾从祖居馆学发蒙教起,到京城五城学堂直至京师大学堂(北京大学前身),从教数十年,入门弟子上千人,学生中不乏有用之才。他还收养了两位亡友人之子(并收为义子,大排行三子王雨楼、四子林复生),分别培养成文秀才和武将军,诚如他在《七十自寿诗》中所述:"总角知交两托孤,凄凉身正在穷途。当时一诺凭吾胆,今日双雏竟有须。"遗憾的是,偏偏自己的两个亲生儿子没能成材,或者说没有成大材。尽管他对林琮寄予厚望,希望子承父业,传承古文,但终未修成正果。也许是家族基因的遗传,林纾早年便患肺疾,族中又有多人患肺病。林纾逝后不久,林琮也因肺病而过早地离开了人世,时年30岁。据林琮之女林钢告知,其父在天津《大公报》曾任主笔,全力投入报业,极少回家,以至四岁丧父的她,竟然对父亲没有留下任何印象。除13篇作文外,笔者也未发现林琮有其他诗文遗著。

后半生的林纾,时来运转,文财两旺。林绎小说成了商务印书馆的畅销书,版税颇丰;画因文贵,他的画名也水涨船高,润格高于当年的齐白石,画资收入颇多。有人戏称他家开了造币厂,财源滚滚。他成了家中一棵摇钱大树。尽管年近古稀的林纾笔耕不辍,家教也严,但大树底下好乘凉,子女们并不体谅年迈老父的辛勤劳作,反而心安理得地在老父身边,衣来伸手,饭来张口。尤其是林璐,居然在求学时期就旷课、逛戏院、打茶围、赌钱乃至娶小妾,过上了纨绔子弟、阔少爷的生活。林纾苦心培育两个儿子,训书上百通,可收效甚微,一个英才早夭,一个朽木难雕,真应了名流大家子女少有成材的一句老话。岂不令人痛惜,令人深思?!

2014年10月9日,是林纾逝世90周年,谨以此文悼念纵横文坛百年的翻译大家、古文大家、诗画家林纾。

(作者原单位:《文艺报》社)

林纾的文化品格与大学文化建设

吴仁华　郭　丹

对于这个题目,似乎有必要事先解释一下。林纾虽为一介书生,但他长期在北京等地多所大学担任教席,编写多种大学教材,所以,他是一位大学教师,是一位教育家。另一方面,1896年,他在福州与陈璧、力均、孙葆瑨、陈宝琛等人创办了苍霞精舍,这是一所不同于古代私塾、采用新式教学内容和教学方式的全新学校。苍霞精舍后来发展演变为福州高级工业学校,即今天福建工程学院的前身。所以,林纾与中国的大学又是有密切关系的。

林纾是19世纪至20世纪之交的一位有影响的文化人,上世纪之交以来,林纾的翻译小说在全国范围内产生了深刻的影响,同时他在"五四"新文化运动中的表现——不管它是正面的还是反面的——也产生了重要的影响。对于林纾在"五四"新文化运动中的"落伍"表现,已经有不少学者给予重新的认识。全面、客观、公允地看待林纾,他的精神追求和文化品格令我们敬仰,值得我们弘扬。

一、林纾的人格魅力与文化品格

我们从以下几个方面来认识林纾的人格魅力与文化品格。

心系民族、儆醒社会的心灵世界

林纾并非封建的遗老遗少。他一生怕做官,从未入仕,曾说:"生平冷僻,提起做官二字,如同恶病来侵。"①有人举荐其做官,他力辞不就,在《答某公书》中,提出三条谢官理由:"幕府之要,原以用才为极策,顾文章之士,动多夸诞,如纾之类是尔。矧纾之所长,又未必足名为文章者,执事竟欲岁縻千金,辟为参佐,窃以执事为过听";"纾年十八,即侍先君于台湾,童幼不自克勉,回念宿过,惭沮万态,固不足以益执事";"老母明年六十,近视纾益娇贵,若乳下之子","深念亲意如此,岂忍割弃"。此三条颇似正始名士嵇康的《与山巨源绝交书》之"七不堪"。婉拒的实际原因,在于林纾看透了官场的险恶而不愿陷身其中。

有鉴于此,林纾写了一系列的诗文小品,对如蝇逐臭的利禄之徒、江湖骗子给予无情的鞭挞,对其深恶痛绝;对所谓饱读诗书却人品低下的"名士"给予辛辣的嘲讽。如《湖之鱼》刻画争逐名利者为名缰利锁羁绊,揭露世俗之人未能淡泊名利、脱钩而逝。《赵聋子》写世人为追逐名利、贪图富贵,竟被一个江湖术士骗得神魂颠倒。《馋人》《老饕》虽是讽刺"吃白食者",但其矛头对准的还是那些不顾人格、如蝇逐臭之徒。作者讽刺世人的丑相,亦衬托出自己的人格情志。

历来,人们对于林纾的印象总是"前清遗老",事实并非如此。林纾虽推崇古文,但对科举制度给予严厉的批评,认为"制举之学,鹄于科名",乃"取决于庸俗之眼,求幸于蒙昧之获,于向道之心不为无间"(《赠林长民序》)。士人热衷科举,并不能增进其向慕道义之心,林长民无意此道,林纾对其激赏有加。林纾认为知识分子应有国家责任感、

---

① 本文所引林纾诗文,均见商务印书馆1923年影印本《畏庐文集》《畏庐续集》《畏庐三集》和《畏庐诗存》。

时代使命感,读书人不能像那些腐儒,"外间边事烂如泥,窗下经生犹作梦";他对"方今欧洲吞亚洲,噤口无人谈国仇"(《知名士》)的现状痛心疾首。1921年5月,林纾南游雁荡,车过沧州,目睹饥民"酸风卷出哭声哀,菜色人人杂色灰"之惨状,他无心游玩,"赤地再无登麦望,白头颇晦看山来"(《车过沧州》),表现了一位正直士人心系百姓、忧虑民生的胸怀。他敢于斥责慈禧:"此局明明肇孝钦,卅年府怨士民深。纷奢有过秦人暴,屠胁无难汉陆沉。"认为慈禧之骄奢淫逸比之暴秦有过之而无不及。他的《书宋张淏艮岳记后》也是批评慈禧太后修颐和园的。他欢迎革命,赞同维新,曾参与维新变法,"今朝父老欢呼竟,鼎革仍原上帝心"(《归途感赋》),内心充满了对改革的认同与激情。在《黄建人》这篇小说中,他向往革命,歌颂革命,颂扬女革命者;在《与吴畲芬》书中,他认为"共和之局已成铁案,万无更翻之理",而且表白"仆生平弗仕,不算为满洲遗民,将来仍自食其力,扶杖为共和国老民足矣"。对于辛亥革命的成功,他热烈称赞。他支持实业救国,认为"强国者何恃?曰:恃学,恃学生,恃学生之有志于国,尤恃学生人人之精实业";认为读书学习不在于做官:"天下爱国之道,当争有心无心,不当争有位无位。"(《〈爱国二童子传〉达旨》)这样的思想,直到今天仍具有教育意义。他积极支持兴办新学,闻知上海有人提倡办女学,作《兴女学》以赞扬:"兴女学,兴女学,群贤海上真先贤。"甚至说"女学之兴系匪轻,兴亚之事当其成",把兴女学提高到振兴国家的高度。同时,他身体力行,与孙葆瑨、陈宝琛等人创办了新式教育的学堂苍霞精舍。林纾的这些态度,后来虽有一些反复,但就当时来看,林纾不啻为一位维新人物,林纾的心灵世界,不愧于是时代的一面镜子。

畏天循分、忠义侠胆的人格正气与魅力

　　林纾一生检身制行,坚持高厉之节;廉洁黜骄,淡泊明志;粗衣饱食,心滋以为足,浩然之气存焉,这是林纾的人格魅力。林纾的祖母曾以"汝能谨愿如若祖父,畏天而循分,足矣"(《先大母陈太孺人事略》)教导他,而他也谨记在心。"畏天循分""终身畏""不为伪",成为林纾的生活准则。在《畏庐记》一文中,林纾自述一生行事的准则,即"深知所畏而几于无畏,事不在变而在常,用不在气而在志"。其最可畏者,在于"重名美利",林纾认为,"据非其有而获重名美利,乡党誉之、朋友信之,复过不自闻而竟蹈于败",是最可悲者。他在《畏庐记》最后说:"余行年四十,检身制行,不足自立。出观乡党朋友之间,间有誉而信者,吾亦甚畏其沦而为伪也。因筑室于龙潭浩然堂之侧,颜曰'畏庐',并记以存之。庶几能终身畏,或终身不为伪矣。"检身制行,不要"沦而为伪",时时儆醒自己。

林纾虽不做官,但对于官场有清醒的认识。在《析廉》一文中,他说:"廉者,居官之一事,非能廉遂足尽官。"当官应当廉洁,但仅仅廉洁并非就能做官。"一日当官,忧君国之忧,不忧其身家之忧,宁静淡泊,斯名真廉。""贪财为贪,贪权贪势尤贪!"而当时的官场是贪权贪势,误国害民:"任气以右党,积偏以断国,督下以诿过,劫上以迁权,行固以遂祸,挑敌以示武,朘民以佐欲,屏忠以文昏",种种劣行,不一而足。这些贪官,是"劫君、绝民、覆国之廉,直豺狼耳"!他揭露"程要金""梁不满"之类的贪官广纳赇贿、结党营私(《奸臣便捷》);讽刺孝廉方正的欺世盗名(《孝廉方正》)、官场中人"一逢朱邸即低眉"的丑态(《画竹自题》),其批判的态度是非常坚决的。他要在浊世之中保持自己的正气与人格:"不妨浊世高标格,愈信风人富性情。"(《寄恨何梅生》)另一面,儿子做官,他告诫儿子应该平心静气、洞察民情、爱民亲民,谆谆教导说:"汝能心心爱国,心心爱民,即属行孝于我。"

林纾痛恨劳民伤财者的骄奢淫逸、趋炎附势者的蝇营狗苟,称颂忠肝义胆、铁骨铮铮的血性男儿。他拒绝袁世凯的征召,说:"任他砭骨寒威重,不到袁安卧榻边。"(《题画诗》其十五);他曾对前去说项的徐树铮说:"将吾头去,吾足不能履中华门也。"并嘲笑当时的一些趋炎附势者:"可怜眼底名士尽,那分遗臭与流芳!"1921年,林纾七十寿辰,陈宝琛在为他所作寿序中说:"洪宪称制,重其名,陷之以高等顾问,弗就;又以硕学通儒征,益拒之。"其《追忆》一诗就是拒绝袁世凯征召之后所作。相反,林纾无情地揭露和嘲讽袁世凯的倒行逆施,《咏史》其六影射说:"邦昌篡孱宋,僭妄窃钟簴。""入梦岂即真,出梦足发噱。妄意觊非分,终竟作公路。"袁世凯病亡之后,中国处于军阀混战之中,对此,林纾有着深深的忧虑。在《述变》一诗中揭露的是军阀混战的乱象以及军阀混战给百姓带来的痛苦,也表露了自己对于国家、时事的悲伤与失望。这些体现了林纾忠义侠胆的人格正气,他在《题画诗》里写道:"绕屋松篁山气寒,道人长日据床看。年来纵有征书及,却自回翔惜羽翰。"松、竹刚正不阿、耿介孤傲的高洁形象是林纾自己人格特质的写照。

博爱深广的情感世界

林纾是个情感丰富的人。他长年远离家乡,客居京津、沪杭等地,然而最不能忘怀的是乡情、亲情、友情。"遥想故园春半后,轻烟焙出女儿茶。"(《题画诗》其三十)"儿孙长自他乡惯,未必清明便忆家。"(《近寒食偶成》)在《苍霞精舍后轩记》中,他深情地回忆故居生活情景,与母亲、妻子一起度日的琐事,从生活乐趣中缅怀亲人,深情缱绻,音吐凄梗,读之令人欷歔。《亡室刘孺人哀辞》表达了对亡妻刘琼姿的怀念,《高氏妹哀辞》中记述对兄妹手足离别的哀思,其用情之真之深,令人扼腕。正如后人评述的,"拧出泪水的哀情却正是凭着平淡质朴的语言表现出来的"。

林纾真诚待人,对友人、师长的感恩,对朋友的诚挚,都铭记心头。王薇庵、高凤岐是林纾的至交。王薇庵与林纾为总角之交,王薇庵曾将自己的房子让出来给林纾当塾舍,二人遂成为挚友。王薇庵亡故,林纾哭诉而祭奠他,写了情真意切的《告王薇庵文》。王薇庵留下的一子一女均由林纾抚养成人,并为其嫁娶婚配。高凤岐、高而谦、高凤谦兄弟三人与林纾是同乡挚友。宣统元年(1909)二月高凤岐在上海病故,林纾事后才知道,乍闻噩耗,他"纳屣忘倒,南向哀号,胃脘交搗,俯视庭轩,仰对穹昊,忽忽若痫,莫知所可",作《祭高梧州文》以寄托哀思,然情何以堪!而高氏三兄弟都早于林纾下世,林纾有多首诗作怀念他们。对同年李畬曾、座师宝廷,林纾都是感念深深。林纾怀念挚友先师的诗作,同时也感念世局的艰难、人才的夭折,可谓恸中愈恸。

林纾始终关心民瘼,同情百姓,忧民疾苦。1920年夏,闽江下游因海啸成灾,林纾闻讯立即捐款救灾,并作《哀闽》长诗:"去年闽海啸,浊浪高于屋。草舍若渔舟,伏地受怒瀑。""米价与珠并,灾黎较病笃"。大水无情,但官府无视灾情,不管百姓死活,更是令人气愤,林纾在诗中怒斥:"大水毒匪深,毒深在民牧。但能去壅蔽,尤为斯民福。"其诗《灯草翁》,乃"伤贫民苦于税券"而作,他写"灯草翁,卖灯草,日得百钱养衰老。力疲脚急行蹒跚,冬苦严寒春苦潦。百钱匀作两日餐,噭声达晓焦肺肝。"而官府极其凶猛:"突来厮役猛于虎,清厘屋税归官府。"对此林纾大声责问:"闻官风节甚严正,奈何行此虐民政?"林纾的《闽中新乐府》诸诗,就是仿照白居易《新乐府》的意图与手法而作,充满了对百姓细民的同情,体现了深挚的人道情怀。如《谋生难》是"伤无艺不足自活者";《水无情》是"病溺女也";《小脚妇》是"伤缠足之害也";《灶下叹》则反对虐婢。《闽中新乐府》关心社会下层人民、饱含爱国御辱激情,郑振铎盛赞《闽中新乐府》,甚至称赞林纾"在康有为未上书之前,他却能有这种见解,可算是当时的一个先进的维新党"。

木强多怒、心系国家和民族的爱国情怀

林纾的一生,国家盛衰、民族存亡,是他一心所系。1884年马江战败,他义愤填膺、捶胸大哭,曾和周长庚一起拦左宗棠的马告海防大臣张佩纶怯战误国。甲午战后,《马关条约》签订,林纾义愤难平,曾会同陈衍、高凤岐等人叩阙上书抗争。台湾割给日本,他更是痛心万分,在《周莘仲广文遗诗引》中说到"宿寇门庭,台湾今非我有矣"时,仍是痛不自已。家事、国事的蹭蹬破败,导致了他"木强多怒"(《冷红生传》)的性格。在林纾的作品中,由大好河山落入人手、外来侵扰频繁、国势岌岌可危而来的忧愤之情、用世报国之心,随处可鉴。

甲午中日战争,中国惨败,爱国将士英勇奋战、血洒海疆,在《徐景颜传》《杨公墓志铭》中,林纾颂扬徐景颜、杨用霖等死义之士的英雄壮举,称颂他们的民族气节。后来在为他所翻译的日人言情小说《不如归》所作的序中,用大量篇幅重提甲午战事,希望当局吸取教训,振作自强;并直抒胸臆:"纾年已老,报国无日,故日为叫旦之鸡,冀吾同胞警醒!"可见他忧国忧民的一腔"血诚"!法国小说《两儿童周游法国》,他翻译时改名为《爱国二童子传》,目的在于突出"爱国"二字。他在《〈黑奴吁天录〉跋》中说:"今当变政之始,而吾书适成,人人既蠲弃故纸,勤求新学,则吾书虽俚浅,亦足为振作志气,爱国保种之一助也。"可见其翻译此书乃出于爱国保种、变法图强的目的。在《夜中望岱》一诗中,想到北洋军阀不断出卖国家权益,面对大好河山,林纾发出了"莫教落人手,松石被胡腥"的呼喊。在《谢枚如先生赌棋山庄记》中,他对外来的侵略表示深深的忧虑:"今之为苻氏者,凶狡百倍于坚时。铁骑突过戈壁,止吾塞上,且已侵探腹地。中原虽完好,异于当日江南之被兵,而不测之忧殆有过之。"担心如此下去,会有亡国的危险。其游西湖,想到的是宋代赵氏子孙不思"复仇尽敌",而是"溺情于富丽之地","日逍遥于湖山之上,宸游数出,觞咏相属","不能一力于国家之事"(《西湖诗序》),联系当时清廷的作为,在对历史的反思中,他提出了莫蹈宋人覆辙的警告。

林纾的爱国情怀是深刻的、执着的。甲午战败后,林纾痛感中国"国势颓弱,兵权利权悉落敌手,将来大有波兰印度之惧"(《与陈述庵书》),《闽中新乐府》的第一首诗《国仇》,集中表现了他的心情:"国仇国仇在何方,英俄德法偕东洋。"诗中历数列强侵辱瓜分中国的事实,痛惜清廷的腐败,"欧洲尅日兵皆动,我华犹把文章重",简直令人难以置信。所以他要做"叫旦之鸡",唤醒国人。"激士气",激发同胞振作志气、奋力抗争、抵御外侮,"我念国仇泣成血,敢有妄言天地灭"。其诚可鉴日月。

二、弘扬林纾的文化品格与大学文化建设

诚如开篇所述,自创办苍霞精舍之后,林纾一生大部分时间在各大学任教,先后执教于东城讲舍、京师大学堂、励志书院、孔教大学等学校,还编写了大量的大学教材。林纾与大学教育有密切的关系,称他是一位教育家是名副其实的。

大学文化建设的一个重要方面,是如何挖掘和总结自身固有的文化传统。只要有足够深长的历史渊源和办学历史的大学,首先应该挖掘自身的优秀文化传统,并将其发扬光大。以福建工程学院为例,一所

大学拥有像林纾这样的文化名人的遗产,是非常难得的。具体到林纾这么一个个案来说,应该注意的是两个问题。

一是如何认识和挖掘林纾的人格魅力、文化品格与文化遗产。

习近平总书记提出"要对传统文化进行创造性转化、创新性发展"。对中华传统文化是这样,具体到一所大学的文化建设,也应该对其所持有的传统文化进行创造性的转化和发展。

大学文化建设,唯有将历史作为致远之源,大学的文化建设才能根深叶茂。"要对传统文化进行创造性转化、创新性发展",首先要对自身优秀传统文化有清晰的认识,要根据学校的历史特点,集中力量,自觉担当抢救、整理、研究与传播传统文化的重任,扬其精华,弃其糟粕,在特定领域创造出新的文化研究成果,为推动符合时代要求的当代文化繁荣发展做出特定的为社会所公认的贡献,从而使学校发展与区域社会发展形成文化上的紧密联系。

林纾及其同仁创办了苍霞精舍。苍霞精舍作为福州第一所兼习中西文化科学知识的新式学堂,既是福州乃至福建教育现代化的滥觞,也是福建工程学院的肇始与源头。林纾,由此被确立了其为苍霞精舍之后绵延百年各阶段学校"校主"地位。林纾的文化品格与文化遗产,他与福建工程学院的历史渊源,是福建工程学院建设特色文化的宝贵资源,将成为福建工程学院独立品格的重要组成部分。一方面,对林纾的文化品格的再认识,是学校坚持立足区域、特色办学的重要组成,对于福建工程学院在新的历史阶段提升文化软实力和社会影响力具有积极作用;另一方面,林纾文化对学科发展的滋养、渗透,有助于彰显人文学科特色,挖掘学科专业的文化内涵,对于推动校园文化建设和特色学科发展具有不可替代的学术价值与现实意义。

林纾的文化遗产,既是近代文化的组成部分,也是颇具特色的闽都文化的组成部分,当然也是福建工程学院文化积淀的宝贵遗产和鲜明特色。研究近现代文学与文化,绕不开林纾。林纾生平交游甚广,与蔡元培、胡适、鲁迅、陈独秀、康有为、梁启超等新旧人物皆有往来,是商务印书馆早期最重要的作者之一,众多现当代名家受到林译小说和林纾古文的影响。他还与严复、陈璧、陈宝琛、谢章铤、林旭等闽籍名士过从甚密,其学术活动和据此建立的文化圈成为近代福州文化的独特现象。因此,无论林纾在中国近代化、现代化进程中的历史作用,还是他个人的学术思想、学识品格,都还有许多极具研究价值的领域,有的尚未开拓。研究林纾,不但是弘扬林纾精神以用于大学文化建设,同时也是对近现代文化精神的继承与弘扬。

二是如何弘扬林纾的文化品格与文化遗产,为建设当代大学文化服务。

习近平总书记还指出:对传统文化的创造性转化,就是要按照时代特点和要求,对那些至今仍有借鉴价值的内涵和陈旧的表现形式加以改造,赋予其新的时代内涵和现代表现形式,激活其生命力。创新性发展,就是要按照时代的新进步新进展,对中华优秀传统文化的内涵加以补充、拓展、完善,增强其影响力和感召力。中华文化是我们民族的"根"和"魂"。中华文明绵延数千年,有其独特的价值体系。中华优秀传统文化已经成为中华民族的基因,植根在中国人内心,潜移默化影响着中国人的思想方式和行为方式。林纾身上的人格正气和爱国情怀,秉承了中华传统文化的特质,折射出中华传统文化人的优秀品质。可以说,林纾"既是学问之师,又是品行之师"。

林纾的人格气质与文化品格,是复杂的、多面的。他也不免有彷徨,有落伍之举,任何历史人物都有其局限性。但是,林纾并非一生"反动",就是在晚年也并非全面"反动"。综观林纾的一生,其人格气质与主流品格是积极的、向上的,是值得继承和弘扬的。"我们拨开'唯政治'的帷幕,对林纾的复杂人生进行进一步认识与理解,对林纾的心灵世界进行进一步解读与诠释,就可以发现:林纾一生,心系民族、儆醒社会,耕耘学问、争理卫道,教书育人、奖掖后进,畏天循分、忠义侠胆。他有开风气之先的勇气,也有即便'守旧'并不失人格的豪气,不依附权贵,不凭据世态。他是一个敢于担当的文化人。其为人、为教师、为学,令人景仰。"(吴仁华《〈林纾读本〉序》)他的心系民族、儆醒社会的心灵世界、担当精神,足以为当代学子修身正德的榜样;他的畏天循分、忠义侠胆的人格正气,在今天道德滑坡、物欲横流的社会,足以让人们儆醒;他的深广博爱的人道情怀,可以教育后人应该如何去培育自己的亲情、友情、乡情,知道感恩;而他炽热的爱国情怀,更是今天培育爱国主义情操的一个生动的样本。作为一名教师,林纾怀着强国理想在教学,带着真挚感情在教学。林纾对学生之挚爱与厚望之切常常在课堂上表露无遗,其心可鉴,其情可感,堪称师表,当令人敬仰,深值弘扬。大学特色文化建设既是对传统文化积淀的坚守,吸收优秀的文化遗产,更要转化成为新时期大学文化内涵建设的提升。这是认识和弘扬林纾文化遗产的目的。

福建工程学院弘扬林纾文化品格的指导思想,就是突出林纾品质中的正能量,把林纾的心系民族、儆醒社会的心灵世界,畏天循分、忠义侠胆的人格正气,关心民瘼、同情百姓、忧民疾苦的朴素情感,执着的爱国情怀、报国之心,结合新形势的特点,用之于学校的思想品德教育。"以人格魅力引导学生心灵,以学术造诣开启学生的智慧之门。"在具体措施方面,一方面,学校成立专门机构,深入挖掘林纾的文化品格与精神特质,客观、公正地评介林纾,还原林纾在中国文学史、文化史、教育史上应有的历史地位。另一方面,学校还在全校营造浓厚的传统文化氛围,宣传林纾的文化精神,整理林纾全集;出版《林纾书画集》;选编林纾的优秀作品,编成《林纾读本》,作为全校选修课教材进入课堂。这些具体措施,目的在于激活林纾文化品格的生命力,让全校师生感知林纾精神的存在;通过林纾精神世界及人格气质、情操情怀的展现,让全校师生领悟林纾的人格魅力;通过林纾人生经历及坚定信念的显现,让全校师生感受林纾的激励;通过林纾的文化内涵及当代启示的呈现,让全校师生内化林纾的文化精华,使林纾的道德文章、精神思想发扬光大。

弘扬林纾的文化品格,对于福建工程学院的大学文化建设,是有益的,对于大学文化建设,也是积极的尝试。

(作者单位:福建工程学院)